The Great Railway Bazaar

火车大巴扎

〔美〕保罗·索鲁 著　　苏西 译

人民文学出版社
PEOPLE'S LITERATURE PUBLISHING HOUSE

著作权合同登记号　图字 01-2019-04019

THE GREAT RAILWAY BAZAAR
Copyright © 1975，Paul Theroux
Simplified Chinese translation copyright © 2020
by Shanghai 99 Readers' Culture Co.，Ltd.
All rights reserved.

图书在版编目(CIP)数据

火车大巴扎/(美)保罗·索鲁著；苏西译.—北
京：人民文学出版社，2020(2023.2 重印)
(远行译丛)
ISBN 978-7-02-015392-3

Ⅰ.①火…　Ⅱ.①保…②苏…　Ⅲ.①游记-作品集
-美国-现代　Ⅳ.①I712.65

中国版本图书馆 CIP 数据核字(2019)第 263071 号

出　品　人　黄育海
责任编辑　卜艳冰　邰莉莉
封面设计　汪佳诗

出版发行　人民文学出版社
社　　　址　北京市朝内大街 166 号
邮政编码　100705
印　　　刷　凸版艺彩(东莞)印刷有限公司
经　　　销　全国新华书店等
字　　　数　274 千字
开　　　本　890 毫米×1240 毫米　1/32
印　　　张　12.5
插　　　页　5
版　　　次　2020 年 2 月北京第 1 版
印　　　次　2023 年 2 月第 2 次印刷
书　　　号　978-7-02-015392-3
定　　　价　95.00 元

如有印装质量问题,请与本社图书销售中心调换。电话:010－65233595

"献给迷失的大军，献给该诅咒的人，
献给我远在海外的哀伤中的同袍……"

也献给我的兄弟姐妹，
尤金，亚历山大，安妮-玛丽，
玛丽，约瑟夫，彼得，
我爱你们

目　录

第一章

启程：伦敦到巴黎

　　小时候，我住在离波士顿和缅因不远的地方。打那时起，我一听见火车驶过的声音，就恨不得置身其中。火车的汽笛声仿佛有种魔力：铁道是个让人无法抗拒的市集，无论地貌怎样，都能沿着完美的平面蜿蜒蛇行；火车的速度会让你的心情为之一振，想喝上两杯的愿望也从来不会落空。坐火车不用受罪，不必因为飞机恐惧症而汗出如浆，不必忍受长途巴士的晕车呕吐，也不会像坐小汽车的乘客那样，窝得双腿麻木。如果火车空间够大，够舒服，你甚至连目的地都不需要，一个角落的位子足矣。你成为旅人了，保持着运动状态，一路沿着铁轨前行而去，好似永远不会到达终点，也无需到达终点。就像那个幸运的家伙，退休了，拿着免费的车票，终日生活在意大利的火车上。坐进头等车厢比到达终点更惬意，或者就像英国小说家迈克尔·弗雷恩所说，他套用了麦克卢汉 ① 的句式："旅程即目的地。"可是，我已经选定了亚洲，一想起那块大陆与我有半个世界之隔，心头只有欣喜。

　　亚洲就在窗外了，我坐在向东驶去的列车上，穿越这片土地，

---

① 即马歇尔·麦克卢汉（1911—1980），20 世纪媒介理论家、思想家，曾提出著名的论断"媒介即信息"。

惊叹着火车内部这派市集景象，就跟从身边呼啸掠过的市集一样。在火车上，任何事都有可能：美餐，狂欢，牌友过来打招呼，一次偷情，一夜安眠；还有陌生人长篇大论的独白，结构有如俄罗斯短篇小说。我要搭上每一列轰轰隆隆驶入风景的列车，从伦敦的维多利亚火车站一路开往东京中心站；我要搭上支线火车，去往开伯尔山口中的山地城市西姆拉，再走走连接印度和锡兰的那段弧线铁道；我要搭乘曼德勒快车、马来西亚金箭号、越南的当地火车，还有那些名字无限诱人的列车：东方快车、北方之星、西伯利亚横贯线。

我寻觅火车；我发现乘客。

第一位是达菲尔，我记得他，是因为后来他的名字变成了一个动词——先是莫尔斯沃思这么用，后来我也用了。在维多利亚车站的7号站台，"洲际旅客"的牌子那儿，他就排在我前头。他有把年纪了，身上的衣服对他来说实在太大，就像是匆忙离去时随手拿错了衣服，或是刚刚从医院里出来似的。他走路时会踩到裤脚，裤边儿已然成了破布。他带了很多怪模怪样的牛皮纸包裹，外头还捆着细绳。这种行李更像是急匆匆的炸弹分子会拿的东西，而不像是无畏旅人的物品。行李标签在铁轨间吹来的风中摇摆飞舞，每一张上都写着他的名字和地址：R.达菲尔，华棕旅馆，伊斯坦布尔。这一路我们要搭伴同行了。若是个蒙着严实面纱的尖酸寡妇岂非更好，她的提包里再装满杜松子酒或遗产，那就更妙了。可眼前没有寡妇，只有徒步的旅人、拎着哈罗德百货公司购物袋准备回去的欧洲人、推销员、跟损友们待在一起的法国姑娘，还有灰色头发的英国男女——带着大摞小说，好像要来一场昂贵的、文学式的偷情。没人会去比卢布尔雅那更远的地方，而达菲尔要去伊斯坦布尔，我很想知道他去那边做什么。我孤身一人旅行，神不知鬼不觉。我没透露目的地，也没任务要完成。没人会留意到我陷入沉默，跟太太吻别，独自登上十五点三十分出发的列车。

火车轰隆隆地驶过克拉珀姆。我认为，旅行半是逃离，半是追寻。可待我们离开了伦敦南部郊区的砖砌阳台、铺着煤炭的前院、狭窄的后花园，经过德威学院操场的时候（打着领带的孩子们正在操场里懒洋洋地锻炼），我已经适应了火车的韵律，把上午一直在读的新闻报道忘得一干二净："贝比·克里斯滕：一被起诉并即将获释的女子刺伤九岁女童"，没有一个字提及"小说家离家而去，不知所踪"，那倒也无妨。接着，列车经过一串联排房屋，进入了隧道。一分钟的彻底黑暗后，眼前豁然出现一幅全新的景致：开阔的草场上，牛群咀嚼着青草，身穿蓝色外套的农夫正在割草晾晒。我们已经远离了伦敦，远离了那个灰扑扑、湿乎乎的地下之城。在"七橡树"，我们又进了隧道，然后又瞥见了一派田园风光：田野里马匹正在用蹄子刨着地，羊儿跪卧在地上，烘干房上立着乌鸦，零星几座活动板房从一侧车窗外闪过。从另一侧车窗看出去，是一幢有着詹姆斯一世时期风味的农舍。郊区叠连着农场，这正是英格兰的风格。在好几个平交道口，公路上都塞满了汽车，直排到一百码开外。火车上的乘客狠狠地盯着车流，一副幸灾乐祸的模样，好似在咕哝："停车吧，混蛋们！"

天色渐晚。汤布里奇的月台上，身穿深蓝外套的学童拿着板球拍和书包，袜子滑落在脚踝上，傻乎乎地笑着。列车驶过，带走了他们的笑容。我们不停车，连大站也不停。我坐在餐车里凝视着外头的景致，面前摆着一杯晃晃荡荡的茶。达菲尔先生也弓着腰，一边盯着他的包裹，一边拿一支医生用的压舌板搅着他的茶。我们经过啤酒花田，九月的啤酒花田给肯特郡添上了几分地中海式的混乱风情。我们经过吉卜赛人的营地，十四辆破旧的大篷车，每辆车的前门口都有一个坚不可摧的垃圾堆。我们经过一个农场，四十英尺外，村落外围的晾衣绳上晾着好多有趣的衣物：灯笼裤、长内衣、亮闪闪的黑色胸罩、耷拉成三角旗般的软帽和袜子。这一切构成了一则精妙复杂的讯息，就像一艘忧心忡忡的护卫船正守护着这些房屋，而这些衣物就是船上的信号旗。

我们一路未曾停顿，这为这列英国火车增添了一种匆忙的气氛。它加速驶向海岸，准备过英吉利海峡。可这急匆匆的劲头是个假象。坐在倾斜小桌旁的达菲尔要了第二杯茶。黑乎乎的阿什福德火车站朦胧现身，又隐没在背后。我们正在穿越罗姆尼沼泽高低起伏的草场，一路朝着福克斯通驶去。此时，我已经把英格兰抛在了身后。其他乘客也是一样。我回到铺位，听见意大利人提高了嗓门。或许，已然到达英格兰边界的事实让他们放了心，有了勇气。几个尼日利亚人说起了约鲁巴语，在此之前，他们只是一曲"头饰四重奏"——两人戴着礼帽，一人顶着缠头巾，一人戴着蜂窝式的假发。看他们说话的模样，好像要把每个词都拼出来似的，每说完一个音节就咂咂嘴唇。每个乘客都转回了母语，只剩下英国人嘟嘟囔囔地把眼光转开去。

"哟，快看。"一位女士一边说，一边把手帕在膝上铺开。

"真是整洁有序。"窗边的男士说。

"有鲜花呢。"女人把手帕轻轻裹到鼻子上，先擤了一边，再擤另一边。

男人说："国殇纪念墓园管理委员会在负责管理。"

"弄得很漂亮。"

一位小个子男人拎着扎了细绳的纸包裹，走进过道。他的胳膊肘撞到了走廊的窗。达菲尔。

那位尼日利亚女士俯身往外看，念出站名："福洛克斯度恩。"她错误的发音像是在讽刺挖苦，神情像特罗洛普[①]笔下的格伦蔻拉夫人般无动于衷（"她什么也不想要，就连福克斯通也不想看"）。

港口吹来的风扑到我眼前，灰压压的，还带着细密的雨珠。我正在感冒中苦挨——九月第一遭寒流侵袭伦敦的时候，我就中了招；这让我向往起锡兰的棕榈树和明媚煦暖的好天气。这场感冒让我出远门的决定变得更容易了，因为出门本身就是解药："吃阿司匹林没有？""不用，我就要去印度了。"我拎着行李走进渡口，进了酒吧。两个年长些的男人站在里头。其中一个正拿着一枚两先令的银币敲柜台，希望引起酒保的注意。

"雷吉瘦得吓人。"第一个男人说。

"是吗？"第二个说。

"恐怕是。瘦得吓人。衣服都不合身了。"

"他本来也不壮。"

"这我知道。可你最近见他没有？"

"没。戈弗雷说他病了。"

---

① 即安东尼·特罗洛普（1815—1882），英国小说家。

"要我说啊，病得可不轻。"

"上年纪了，可怜的家伙。"

"而且瘦得吓人。"

达菲尔进来了。这两人议论的没准就是他。但实际上不是，两位年长绅士根本没注意他。达菲尔一副心神不宁的样子，像是把包裹忘在了别处，也像是自以为被人盯了梢。过于宽松的衣装让他显得很虚弱。鼠灰色的华达呢外套耷拉在肩上，皱巴巴的，衣袖太长了，盖到了指尖，跟拖沓的裤腿一个模样。他身上有股面包皮的味儿。他依然戴着粗花呢帽子，而且也患了感冒。他脚上的鞋很有意思，是农民爱穿的工作靴。他开口要了杯苹果酒，从口音里我听不出他是哪里人，可他的籍贯有待琢磨，那耐穿的衣料透出一种固执的俭省意味——对伦敦人来说，那太寒酸了。他能告诉你帽子和外套是在哪儿买的，花了多少钱，鞋子已经穿了多久。几分钟后，我从他坐着的角落沙发旁经过，看见他打开了一个包裹，面前摊着一把刀，一条法国面包，一筒芥末酱，数片红艳艳的意大利香肠。他慢慢地嚼着自制三明治，陷入了沉思。

加来车站很黑，但巴黎特快上灯火通明。我感到十分宽慰。格伦蔻拉夫人对女伴说："咱们可以直接见到库尔德人啦，爱丽丝，用不着再换船。依我看，这就是欧洲大陆让人舒心的地方。"我要一路去往巴黎了，搭上东方快车，见见库尔德人。上车后，我发现车厢里挤得要命，于是走到餐车去喝点东西。服务生把位子指给我，一对男女正在撕着面包卷，却没有吃。我想要红酒，可服务生端着托盘忙前忙后，不搭理我的恳求神色。火车开动了，我向窗外望了一会儿，视线转回来时，只见桌上已经摆着一块烧煳了的鱼。

撕面包的那一对说，想要酒的话，得找点酒的服务生。我四处张望着寻找，上了第二道菜后才看见他，点好了酒。

"安格斯在《泰晤士报》上说，动笔前他会做调研，"那男人说，"这说不通嘛。"

"我猜，安格斯肯定得先研究一番。"女人说。

"安格斯·威尔逊[1]？"我问。

他俩看着我。女人冲我笑笑，可男人相当不友好地瞪了我一眼。他说："格雷厄姆·格林就用不着。"

"为什么？"我说。

男人叹口气说："他不用研究也知道。"

"我希望能同意你的观点，"我说，"可是我读《宛如幻术》的时候，心想，'这才像真正的农学家嘛！'可在《名誉领事》里头，三十岁的医生说起话来活像七十岁的小说家。提醒一句，我觉得那小说不赖，你可以看看。来点红酒？"

"不了，谢谢。"女人说。

"格雷厄姆送了我一本。"男人说。他转向那女人："书上签着'敬请雅正，格雷厄姆'。就在我包里。"

"他这人蛮不错的，"女人说，"我一向喜欢看格雷厄姆的书。"

长时间的沉默。餐车上的调料瓶和酱汁瓶子晃荡着，甜点跟咖啡一道送来了。我已经喝掉了刚才点的半瓶红酒，急切地想再来点，可服务生又忙了起来，拿着托盘步履蹒跚地在桌子间收拾脏盘子。

"我喜欢火车，"女人说，"你知道吗，下一节车厢会挂到东方

---

[1] 安格斯·威尔逊（1913—1991），英国小说家。下文的《宛如幻术》就是他的作品。

快车上去。"

"没错，"我说，"实际上……"

"开什么玩笑。"男人看着服务生递给他的小纸片，上头用铅笔写了字。他把钱放在茶碟上，领着女人走开了，再也没瞧我一眼。

我自己的账单上写着四十五法郎，估算下来大约是十美元。我着实吓了一跳，可随后得到了一个小小的报复机会。回到铺位后，我发现报纸落在餐车桌子上了，于是转回去拿。可我刚碰到报纸，服务生开口了："您要做什么？"①

"这是我的。"我凶巴巴地说。

"您刚才坐这儿？"

"当然。"

"那您刚才点的什么菜？"看起来，他颇为享受这番精妙的盘问。

我说："煎煳了的鱼，一小块烤牛肉，湿答答的烧焦西葫芦，冷土豆，不新鲜的面包，这些玩意儿收了我四十五法郎，再跟你说一遍，四十五……"

他让我把报纸拿走了。

在巴黎北站，我所在的车厢挂到了另一个火车头上。达菲尔和我一起在月台上看着，然后上了车。他花了很长时间才上来，累得直喘。列车开动之后，他仍然站在那儿喘息着。这辆车要往前再开二十分钟，到达巴黎里昂火车站，再载上其余乘坐东方快车的旅客。现在已过了十一点，绝大多数公寓楼都熄了灯。可有一扇窗还

---

① 此处服务生的三句话原文为法语。

亮着，里头的晚餐派对即将散场，像是一幅城市风情画，在屋顶和阳台的幽暗画廊里闪着光。火车驶过，窗里的情景映入我的眼帘：两个男人和两个女人围坐在桌边，桌上摆着三个酒瓶、盛宴余下的残羹、咖啡杯、一碗吃剩的水果。所有这些道具，还有穿着衬衫的男人，都述说着一种怡人的亲昵，一场老友重聚的悲喜剧。让和玛丽有阵子没回来了。让微笑着，正准备说笑话，他装出一副困惑的法国人模样，来回挥舞着手说道："她像个疯子似的站到桌子上，就像这样，冲着我来回摇晃它。真不敢相信！我对玛丽说：'皮卡德两口子肯定不信！'这是真的。然后她……"

火车慢慢地绕着巴黎开，在黑洞洞的楼宇间穿行，呜呜的尖锐汽笛声传进沉睡女人的耳朵。里昂火车站充满了活力——明亮的灯光和冒着白烟的火车头映出午夜的魅惑，在闪烁着微光的铁轨对面，有辆火车上覆盖着螺纹帆布，仿佛把这辆车变成了一条准备动身的毛虫，打算在法兰西的大地上啃出一条道路。月台上，到达的乘客打着哈欠，拖着疲惫的步伐。搬运工倚在行李车上，瞧着人们费劲地提起箱子。我们的列车与东方快车的车厢挂在了一起，砰然一声，包厢门震得滑了开来，把我径直抛向对面女士的膝部，令她从睡梦中惊醒了。

第二章

东方快车：从巴黎到伊斯坦布尔

达菲尔戴上了一副金丝边眼镜，镜片上缠了好多透明胶带，估计他是看不见蓝色清真寺①了。他把包裹聚在一堆，一边咕哝着，一边用皮绳和帆布带子把行李箱捆扎上，好似要加上双重保险，免得箱子撑爆。走过了几节车厢后，我俩再次在车身的标牌旁相遇，标牌上写的是：东方快车，巴黎—洛桑—米兰—的里雅斯特—萨格勒布—贝尔格莱德—索菲亚—伊斯坦布尔。我们站在月台上，盯着这个牌子，达菲尔像用望远镜似的，把镜片举到眼前。终于他说话了："1929年的时候，我坐过这趟车。"

他好像在等我接茬，可当我想到该说什么的时候（"从这车的模样来看，八成就是你坐过的那一辆！"），他已经拎起那一堆包裹和五花大绑的行李箱，沿着月台往前走了。在1929年，这必定是一辆光鲜体面的列车，而且毋庸置疑的是，东方快车可谓是世上最著名的火车。就像西伯利亚横贯线一样，它也连接了欧亚大陆，部分浪漫色彩正源于此。但小说也给它添上了光环：心潮起伏的查泰

---

① 蓝色清真寺，建于1609年，伊斯兰教世界最优秀的建筑师锡南的得意弟子穆罕默德·阿加的作品，伊斯坦布尔最重要的建筑之一。清真寺内墙壁全部用蓝白两色的依兹尼克瓷砖装饰。

莱夫人搭乘过它；赫丘力·波洛和詹姆斯·邦德也搭乘过它；格雷厄姆·格林派出笔下一批心中没有信仰的角色，在车厢中逡巡——写《伊斯坦布尔列车》的时候，他自己甚至还没坐过这趟车（"既然我没法搭火车去趟伊斯坦布尔，那最好的做法就是去买张奥涅格的交响乐《太平洋231》的唱片听听。"格林在前言中这样写道）。小说作品中的浪漫源头可追溯到法国作家莫里斯·德哥派拉1925年的作品《卧铺列车的圣母》。德哥派拉笔下的女英雄黛安娜是"那种会让约翰·拉斯金 ① 热泪盈眶的女子"，完完全全符合东方快车的情调："我的车票是到伊斯坦布尔的。可我或许会在维也纳或布达佩斯下车。这全看机缘，或是看跟我同包厢的人眼瞳是什么颜色。"最后，我不再去猜为何有这么多作家都把这趟列车设为谋杀案件的密谋场所——从诸多方面来看，这辆东方快车的确能要人命。

我的卧铺包厢是个逼仄的小空间，里头还硬挤着一架梯子。把行李箱扔进去后，我就没地方下脚了。列车员示范给我看，该如何把行李箱踢进下铺底下的空隙去。他磨磨蹭蹭地不肯走，等着我给小费。

"这间还有别人吗？"我从没想过自己会有旅伴。远途旅人总是想得挺美：既然自己要去的地方那么远，肯定会独享包厢吧。很难想象还有人跟自己想法一样，也要去那个好地方。

列车员耸耸肩，没准有，没准没有。看他态度这么含糊，我就没给他小费。我在车厢里溜达了一圈：一间双人卧铺里有对日本夫

① 约翰·拉斯金（1819—1900），英国作家、艺术家、艺术评论家。

妇，这是我第一次也是最后一次看见他们；紧邻的是一对年长些的美国夫妇；丰满的法国妈妈不放心地盯着可爱的女儿；一个块头极大的比利时姑娘（身高一米八还不止，脚上踩着超大码的鞋子）跟一位时髦的法国女子搭伴旅行；还有个身材胖胖的人，不知是修女还是魔鬼的信徒（当时门正关上了）。车厢那头，有个身穿高领套头衫、戴着水手帽和单片眼镜的男子正在往窗台上堆放瓶子：三瓶红酒、巴黎矿泉水、一大瓶杜松子酒。他显然要出远门。

达菲尔站在我的包厢外，上气不接下气。他说他法语烂得很，所以找车厢费了一番周折。他深吸一口气，脱下华达呢外套，把衣服和帽子挂在我的衣物钩旁边。

"这是我的铺位。"他拍着上铺说。他是个小个子，可他一踏进包厢，空间就塞满了。

"你到哪站下？"我斗胆问道。尽管我知道答案，可听见他说出来，还是有点灰心。我本打算站远一点观察他，也指望着独占一个包厢，可如今都落了空。他看出我的神色有异。

他说："我不会碍事的。"他的包裹还在地上放着，"只是得找个地方放这些东西。"

"你慢慢收拾。"我说。其他人正站在车厢过道里等车开动。那对美国人用指头蹭着窗户上的灰，发现污迹原来是在玻璃的另一面才停手；带单片眼镜的男子喝着酒，四处观望；法国女人在说"……瑞士"。

"伊斯坦布尔。"比利时姑娘说。她长着一张大脸盘，大大的眼镜愈发显得她面庞宽阔，而且她比我高一个头。"第一次去。"

"两年前我去过伊斯坦布尔。"法国女子皱皱眉。法国人改口说母语之前，总是这种表情。

"那儿怎么样？"比利时姑娘问。她等着下文，我也在等。她催催法国女子："很不错？"

法国女子冲我俩笑笑。她摇摇头说："很脏。"①

"可那边很漂亮吧？古老吗？教堂怎样？"比利时姑娘追问。

"脏。"可她干吗笑着说这句话？

"我打算去伊兹密尔、卡帕多西亚，还有……"

法国女子不停气地说着："脏、脏、脏。"她回包厢去了。比利时姑娘冲我挤挤眼，做个鬼脸。

列车已经开动，车厢那头，戴水手帽的男子倚在门上，喝着酒看着我们。几分钟过后，其余乘客都各自回到包厢，我那间里传出窸窸窣窣的声音——纸包被塞进了角落。于是，过道里只剩下我和那位饮酒男子（我开始认定他是个船长了）。他朝我看过来，说道："伊斯坦布尔？"

"对。"

"来喝一杯。"

"我都喝了一天酒了，"我说，"你有矿泉水吗？"

"有，"他说，"不过我是留着刷牙的。火车上我从来不喝水。喝点带劲的吧，说说，想喝点什么？"

"啤酒就挺好。"

"我从不喝啤酒。"他说，"尝尝这个。"他举杯给我看，返身到架子前给我倒了点，"这种夏布利干白味道好得很，一点石灰味也

---

① 原文为法语。

没有。他们出口的那种总有那种味儿，你肯定知道的。"

我们碰杯。火车加速了。

"敬伊斯坦布尔。"

"一点不错，敬伊斯坦布尔！"

他叫莫尔斯沃思，可他咬字特别清楚，念出这个姓氏的时候中间顿了一下，我头回听见的时候还以为这是个复合姓。他言语机敏，行动利索，有种当过兵的感觉，但也有可能当过演员。他有五十七八岁，正是对人对事愤愤不平的年纪，我能想象出他训斥年轻下属的样子——在军事重镇奥尔德肖特，或是在拉提甘①写的某出戏剧的第三幕里。他脖子上挂着的原来不是单片眼镜，而是个放大镜。他用它来找夏布利酒瓶子。

"我是个演员经纪人，"他说，"在伦敦开了个公司。规模很小，可生意不错，活儿总是接不完。"

"有我认识的吗？"

他说了几个大明星的名字。

我说："我以为你是当兵的。"

"是吗？"他说他真的在驻印度的军队里服过役：浦那、西姆拉、马德拉斯②。由于他很有戏剧天分，就负责为士兵组织安排演出。1946年，他曾安排诺埃尔·科沃德③造访印度。他十分热爱军旅生涯，说有不少印度人的教养很好，简直可以平等相待，跟他们

---

① 泰伦斯·拉提甘（1911—1977），二十世纪英国最受欢迎的剧作家之一。
② 现名金奈，印度南部东岸的一座城市。
③ 诺埃尔·科沃德爵士（1899—1973），英国演员、剧作家、流行音乐作曲家。因影片《与祖国同在》获得1943年奥斯卡终身成就奖。

说话的时候，你都不觉得是在跟印度人说话。

"我认识个英国军官，四十年代在西姆拉服役，"我说，"我是在肯尼亚遇到他的。他的外号叫'巴尼'。"

莫尔斯沃思沉吟了一会儿，然后说："嗯，我认识好几个叫巴尼的。"

我们聊起印度的火车。莫尔斯沃思说那边的火车了不得。"车上有淋浴，而且总有小个子仆役随身伺候，你要什么他都有。他们还会给下一站拍电报去订餐呢。哦，你肯定喜欢。"

达菲尔从门里探出头来说："我上床睡觉了啊。"

"你同屋，是吧？"莫尔斯沃思说。他前后看看："这趟车可没以前气派啦，真可惜。以前这车真是数一数二的，奢华得很，坐的都是有身份的。如今可不敢这么说了。我看车上没餐车，要是真没有就惨了。你带吃的了吗？"

我说没带，尽管人家嘱咐我带点来着。

"嘱咐得对，"莫尔斯沃思说，"我没带饭，可我吃得也不多。吃东西的主意不坏，可我更愿意喝点小酒。这夏布利怎么样？再来点？"他把放大镜凑到眼前，找瓶子倒酒，"法国葡萄酒，禁得住咂摸。"

半小时后，我回到自己的包厢。灯亮着，达菲尔在上铺睡着了。在头顶灯光的映衬下，他的脸庞苍白灰败，没有活力。他的睡衣扣子一直扣到脖领，脸上一副遭罪的神情。他的头随着车身晃动，表情却没有变化。我关灯上床。起先我睡不着，感冒、刚才喝下的酒，还有疲劳都令我没有睡意。随后一个发亮的圆圈引起了我的注意，原来是达菲尔的夜光表，他的胳膊垂了下来，发光的绿色表盘随着火车的颠簸，在我眼前像个钟摆似的晃来晃去。

圆圈消失了。我听见达菲尔爬下梯子，每踏一步梯级就呻吟一声。表盘移到洗脸槽边，灯亮了。我翻个身，冲着墙，听见达菲尔哐啷啷从水槽下方的柜子里摸出便壶。我等待着，过了好一会儿，传来一阵颤抖的水声，夜壶满时，水声转了调。然后，水花泼溅的声音传来，好似一声叹息。接着，灯灭了，梯子轧轧作响。达菲尔最后呻吟了一声，我睡着了。

早晨，达菲尔已没了踪影。我躺在铺位上，用脚趾去挑窗帘，往上抬了几英寸后，窗帘卷了上去，展露出阳光灿烂的山坡。阿尔卑斯山斑驳的身影从窗口闪过。在这趟火车上的第一个清晨，数天来我第一次见到了阳光。就从这一天开始，此后的两个月一直阳光灿烂。在明澈的天空下，我一路行进到印度南部，直到那时我才再次见到了雨，那是马德拉斯迟来的雨季。

到了沃韦，我想起了黛西①，然后冲了一杯果子盐调理肠胃。到了蒙特勒，我精神养足了，起身去刮脸。达菲尔回来得正是时候，夸赞起我的充电剃须刀来。他说他用刀片刮胡子，在火车上总是把自己割得一道一道的。他给我看脖子上的小伤口，然后告诉我他的名字。他要在土耳其待两个月，但没说去做什么。在明亮的阳光下，他看上去比在阴郁的维多利亚站台上显得更老。我猜他大约有七十岁。可他的精神并不矍铄，我想象不出，除了在逃的贪污犯，还会有谁在土耳其待上两个月。

他眺望着阿尔卑斯山，说道："有人说，要是让瑞士人来设计

---

① 亨利·詹姆斯发表于1878年的著名小说《黛西·米勒》中的女主人公。男女主人公第一次相遇就是在瑞士的沃韦。

这些山，嗯，山头就会更平一点。"

我想吃早饭了，可在整列东方快车上走了个来回也没发现餐车，只有更多的卧铺车厢，还有在二等座上打瞌睡的人。回99号车厢的路上，我身后跟了三个瑞士小男孩，每到一个包厢门口他们都去拧拧门把手，如果里头应声了，他们就拉开门往里瞧，可人家八成在穿衣服，或是还赖在床上没起。趁人急匆匆拉过衣服遮掩的时候，孩子们就高声喊出"不好意思，夫人！""不好意思，先生！"。来到我这节车厢时，爱偷看的顽皮小鬼们正在兴头上，尖叫着，嚷嚷着，可敲开门之后，他们的语气里总是饱含着最高级别的礼貌。"不好意思，夫人！"他们发出最后一声呼啸，消失不见了。

美国夫妇的包厢门开了。先生先走了出来，整理着领带结；太太有气无力地挂着手杖，蹒跚地跟在后头，撞到了窗玻璃。阿尔卑斯的走势陡峭起来，最险峻的地方建有阔屋顶的小房舍，蘑菇丛般一簇簇贴近地面生长着，远近错落分布在教堂周围，看那教堂的模样，仿佛在挑战重力法则。不少山谷都处在暗影中，阳光只出现在高高的崖壁和山顶上。平地上，火车经过果园和整洁的村庄，系着头巾的瑞士人骑着脚踏车在兜风。这一切就像是日历上的风景画，你赞叹一小会儿之后，就迫不及待地想翻到下一张去。

美国夫妇回来了。男人往我这边看看，说："我没找到。"

女人说："依我看，咱们走得还不够远。"

"别傻了，都走到火车头了。"他看着我，"你找到没有？"

"找什么？"

"餐车。"

“没餐车，”我说，“我找过了。”

“那见鬼了，”男人此时才忍不住发火，“为什么他们还叫我们出来吃早饭？”

“有人叫你们了？”

“是啊。‘最后一遍通知。’你没听见？‘用早餐了，最后一遍通知。’他们说的啊。所以我们才急忙出来。”

这对美国夫妇出来之前，是那群瑞士小男孩在高声喊叫着拉包厢门。他们以为这阵喧哗是早餐通知；饥饿的人耳朵总不大好使。

男人说道：“我讨厌法国。”

太太看着窗外：“依我看，咱们已经出了法国，现在已经不是了。”

“管它是哪儿。”男人说。他说他挺窝火，可又不想总是抱怨，但他打了辆出租车，车程不过一丈远，就收了他二十美元。后来又来了个搬运工，把两个箱子从出租车提到月台上，就要十美元。给法国钱还不要，人家要十美元。

我说这的确挺过分的，又补了一句：“你给了吗？”

“我当然给了。”男人说。

“他应该吵一架，不能就这么算了。”女人说。

男人说：“在国外我从来不跟人吵架。”

“我们以为赶不上火车了，”女人大声地喋喋不休，“我赶得都要吐血了！”

肚子空空如也的时候，这种谈话听着挺烦。我很高兴听到男人说：“来吧，孩子妈。没早餐吃，咱们还是回去吧。”他带着她回去了。

达菲尔在吃最后一点香肠。他让我吃，我婉拒了，说我打算等车到了意大利就去买早餐。达菲尔拈起香肠片，送到嘴边，就在他咬下去的那一刻，火车进了隧道，什么都看不见了。

"开开灯吧，"他说，"黑着我没法吃东西。尝不出味儿来。"

我摸索着找到开关，打开了，可依旧什么都看不见。

达菲尔说："他们可能是想省电。"

黑暗中，他的声音好似离我特别近。我挪到窗边，想看看隧道墙壁，可看见的只有黑暗。漆黑中，隆隆的车轮声显得更响了，列车在加速。速度和黑暗让我感到一阵幽闭恐惧症般的窒息，房间里的气味清晰起来：香肠、达菲尔的毛衣，还有面包屑。过了好几分钟，隧道还没过完。我们这是掉进井里了吧，阿尔卑斯山的这个大洞要把我们带往瑞士那钟表般的内核，冰冷的齿轮和棘轮，结了寒霜的报时布谷鸟。

达菲尔开口了："这肯定是辛普朗隧道^①。"

我说："希望他们把灯开开。"

我听见达菲尔把吃剩的香肠包起来，塞进了某个角落。

我说："你去土耳其做什么呢？"

"我？"达菲尔说，好像这间包厢里挤满了要去土耳其的老头，每个都在等着表明此行的目的。他停了一会儿，说道："我在伊斯坦布尔待一阵子，然后在土耳其国内转转。"

"出差还是观光？"我太想知道答案了，在这充满告解氛围的黑暗中，我的刨根问底听上去没那么恶劣，他看不见我渴望的神

---

① 位于瑞士伯尔尼至意大利米兰的铁路线上，穿越阿尔卑斯山脉，长 19.8 公里，为世界最长隧道之一。

色。另一方面，我听得出他小心翼翼的犹豫。

"都有。"他说。

这没多大价值。我等他多说点，可他没再说下去了。于是我问："达菲尔先生，您是做什么的？"

"我？"他又来了，简直是在请我挖苦他，可我还没来得及接茬，火车就驶出了隧道。阳光洒满了车厢，达菲尔说："肯定到意大利了。"

达菲尔戴上粗花呢帽子。他发觉我在看那帽子，说："这帽子有年头了，十一年。干洗就行。在巴罗亨波买的。"他拽出香肠纸包，继续吃被辛普朗隧道打断的早饭。

九点三十五分，我们停在意大利多莫多索拉火车站。有个男人在卖吃的，他从水壶里倒出咖啡，从塞得满满的手推车上拿出食品。推车上有水果、长条面包和面包卷、各种各样的香肠，还有午饭便当，他说里头装的是"好东西"。他还有不少酒。莫尔斯沃思买了一瓶巴多利诺和三瓶契安蒂——"以防万一"。我买了一瓶奥维多干白和一瓶契安蒂。达菲尔买了一瓶红葡萄酒。

莫尔斯沃思说："我把这些拿回车上去。劳驾，帮我买份午饭？"

我买了两份午饭和几个苹果。

达菲尔说："英国钱，我只有英国钱。"

意大利人从老人那里拿了一英镑，找给他若干里拉。

莫尔斯沃思回来了，说："苹果要洗洗才能吃，这地方有霍乱。"他又看看食品推车，说道，"我看得买两份午饭，保险点。"莫尔斯沃思又买了些吃的和一瓶巴多利诺。达菲尔说话了："1929

年我坐过这趟车。"

"那时候是值得坐坐，"莫尔斯沃思说，"以前这车很有档次。"

"咱们停车多久？"我问。

没人知道。莫尔斯沃思冲列车员大声喊："哎，小子，咱们停多长时间？"

列车员耸耸肩，此时火车开始后退。

"咱们是不是该上去了？"我问。

"车在倒退，"莫尔斯沃思说，"估计他们在转轨。"

列车员说："走啦。"①

"意大利人特喜欢穿制服，"莫尔斯沃思说，"瞧他。可那制服总是特差，他们看上去真像长得太快的小男生。你在跟我们说话吗，小子？"

"我看他是叫我们上车。"我说。火车停止了倒退。我跳上车，往下看去。莫尔斯沃思和达菲尔还站在梯级底下。

"你拿着东西呢，"达菲尔说，"你先上。"

"我没关系，"莫尔斯沃思说，"你先。"

"可你拿着东西呢。"达菲尔说。他从外衣口袋里掏出一支烟斗来，放进嘴里。"上去吧。"他往后退退，给莫尔斯沃思腾出地方来。

莫尔斯沃思说："你确定？"

达菲尔说："1929 年的时候，我坐的不是全程。直到'二战'以后我才坐过全程。"他把烟斗放进嘴里，微笑着。

---

① 原文为意大利语。

莫尔斯沃思踩上踏板，慢慢地爬上车来——他还拿着一瓶酒和第二份午餐盒。达菲尔抓住门外的扶手，正在此时，火车开动了，他松了手，放下胳膊。两个工作人员连忙冲到他身后，扶着他的胳膊，把他推向移动着的99号车厢。达菲尔觉察到了意大利人的手，他甩开人家的胳膊，虚弱地往后倒退了几步。他转过身，对着迅速移动的车门苍白无力地笑了笑。他看上去有一百岁了。火车轻快地掠过他面前。

"小子！"莫尔斯沃思大喊道，"停车！"

我探出身子往外看："他还在月台上。"

我们身旁有两个意大利人，一个列车员，一个负责整理床铺的。他们泰然自若，做好了耸肩的准备。

"快拉紧急刹车绳！"莫尔斯沃思说。

"可别，别，别，别，"列车员说，"我要是拉了绳子，就得掏五千里拉。别碰！"

"随后还有火车吗？"我问。

"有，"整理床铺的不耐烦地说，"他可以在米兰赶上我们。"

"下一班火车什么时候到米兰？"我问。

"两点。"

"咱们什么时候到米兰？"

"一点，"列车员说，"咱们两点开车。"

"见鬼了，那他怎么……"

"那老头可以搭汽车，"铺床的说，"别担心，他可以在多莫多索拉打辆出租车，出租车快着呢，唰的一下就到啦。他能赶在咱们前头到米兰！"

莫尔斯沃思说:"这帮家伙真该学学怎么管理铁路。"

达菲尔没赶上车,午饭变得索然无味。我们到莫尔斯沃思的包厢里聚餐,比利时姑娘莫妮克拿来了自带的奶酪。她想要点矿泉水喝,却遭到了拒绝。"不好意思,那是我留着刷牙的。"我们肩并肩坐在莫尔斯沃思的铺位上,阴郁地在午餐盒里挑挑拣拣。

"我没想到会没餐车,"莫尔斯沃思说,"依我看,每个国家都应该有自己的餐车才对。在边境挂上,提供讲究的餐点。"他咬了一小口煮老的鸡蛋,说,"或许咱们应该联名给铁路部门写封信。"

东方快车一度以优质服务而著称,如今却以没有服务而著称了。印度的吉达尼快车的餐车上供应咖喱,巴基斯坦的开伯尔邮车也是,马什哈德快车上供应伊朗风味的烤鸡肉串,去往日本北部城市札幌的列车上有熏鱼和黏黏的米饭。仰光车站上有卖盒饭的,马来西亚的火车总有装配了面条摊位的餐车,你可以买到汤米粉。还有美国铁路公司的火车,我一向认为这是全世界最差的火车了,可在詹姆斯·惠特康姆·赖利号(华盛顿到芝加哥)上也有汉堡出售。饥饿让旅行变得索然无味,从这个角度看,东方快车还比不上最寒碜的马德拉斯火车,在后者上,你还可以用脏兮兮的餐券换来锡盘盛着的蔬菜和米饭。

莫妮克说:"我希望他搭上出租车了。"

"可怜的老家伙,"莫尔斯沃思说,"他吓慌了,你瞧见了吧。直往后退。'你拿着东西呢,'他说,'你先上。'他要是不慌神,没准就上来了。咱们看他能不能到米兰吧。应该能到。我真怕他犯心脏病。他的气色看上去可不好,是不是?你知道他叫什么吗?"

"达菲尔。"我说。

"达菲尔，"莫尔斯沃思说，"要是他晓事理，就该先坐下来喝一杯，然后搭出租车去米兰。路程不远，但他要是慌了神，就会走丢。"

我们继续吃吃喝喝。如果有餐车，我们就会去简单吃点东西，到此为止。可既然没餐车，我们就一路吃到了米兰，越是担心挨饿，就越觉得饿。莫妮克说我们快跟比利时人差不多了，总是在吃。

到米兰时已经过了一点钟。没有达菲尔的任何迹象，月台上没有，拥挤的候车室里也没有。车站是模仿大教堂的样子修建的，拱顶很高，简单而硕大的标志牌（比如"出口"）戏剧化地镶在墙上，颇有几分宗教箴言的隐喻意味。阳台除了栖息着沉思的石雕鹰鸟外，别无他用，而且看那鹰的模样，估计也肥得飞不动。我们买了更多的午餐，外加一瓶葡萄酒和《论坛报》。

"可怜的老头。"莫尔斯沃思四处寻找达菲尔。

"看样子他没赶上。"

"有人提醒过的，不是吗？别误了火车。你以为车正在转轨道，可实际上是要开车啦。尤其是东方快车。《观察家报》上登过来着，大家都没注意。东方快车最容易出这种事了。"

到了99号车厢门口，莫尔斯沃思说："我看咱们最好上去，我可不想被'达菲尔'了——误了车子。"

现在已到了威尼斯，没有任何看到达菲尔的希望。他没有丝毫机会赶上来了。我们又喝完了一瓶葡萄酒，我回到铺位上去。达菲尔的行李箱、购物袋和纸包都堆在角落里。我坐下，往窗外看去，压制住翻看他行李的冲动——我真想知道他去土耳其究竟干什么。

天气热了起来，玉米地被烤成了焦黄色，散落着秸秆堆和收割后的残茬。过了布雷西亚，成排房屋的玻璃反光害得我头痛起来。过了一小会儿，在意大利令人昏然欲睡的炎热中，我进入了梦乡。

威尼斯就像一个加油站里的会客室，郊外是一大片贫瘠的工业用地，飘散着恶臭的油味，横七竖八地排布着污水沟，还有冶炼厂硕大无朋的水池和火炉。在这些东西的威吓与映衬下，不远处那个精致优雅的城市就显得矮小了。沿途墙上的涂鸦画得跟那些工厂名字一样专业：莫塔冰淇淋、阿吉普石油公司、我们都是杀手、雷诺、联合。潟湖上漂着闪亮的油膜，就像被意大利画家卡纳莱托绝望地修饰过似的，水面上还浮着将近一米宽的垃圾：橡胶、塑料瓶子、坏了的马桶坐垫。湖中混杂着未经处理的污水，白骨色的泡沫被风吹成了小堆，漂在水面上。城市的边缘区域已经屈服在工业的侵蚀之下，乡间别墅浸了水，你能看到破碎的后窗和废弃的后门，还有几座颓败的威尼斯式尖塔。再往前走，是黄澄澄犹如意大利面颜色的灰泥矮墙，肉眼几乎能看出它正在下沉。红色的屋顶上，成群的燕子在空中滑翔，教鸽子学飞。

"咱们到啦，孩子妈。"那位上年纪的美国人搀着太太走下车厢梯级，一个行李搬运工几乎是半抱着她走完余下的路，来到月台上。这对夫妇见过威尼斯的盛时光景，可如今，这座城和看城的人都已老衰，忍受着岁月的致命折磨。这里头有种奇异的般配。可凯彻姆夫人（这是她的姓氏，也是她告诉我的最后一件事）看上去像受了伤一般，拄着拐棍，弯起僵得如同石头的关节，疼痛地挪着步子。他们的计划把我给吓了一跳：凯彻姆夫妇过几天要去伊斯坦布尔。我觉得，拖着虚弱的身体，从一个遥远的国度挪到另一个，说得客气点，这简直就是莽撞。

我把达菲尔落下的行李交给威尼斯站的工作人员，请他联络米兰站，让达菲尔放心。他答应了，可语气里带着意大利式的漫不经心，就像在嘲弄你对他的信任。我跟他要了个收条。这个他倒是给了，可在纸条上逐件记下达菲尔的行李时，他慢吞吞的，一副不情愿的样子，流露出一种酸溜溜的顺从态度。一离开威尼斯，我就把纸条撕成碎片扔出了车窗。要这个收条，我不过是想小小收拾他一下罢了。

在的里雅斯特，莫尔斯沃思发现意大利检票员误把他票夹里的票全给撕了。这事出在威尼斯那一站，结果莫尔斯沃思就没有去伊斯坦布尔的票了，或者就眼下来说，他没有去南斯拉夫的票了。可莫尔斯沃思依然很冷静。他说，在这种情况下，他的策略就是说自己没钱，而且只会说英语。"这就把球给他们踢回去啦。"

可新检票员顽固得很。他倚在莫尔斯沃思包厢的门上，说："你，没票。"莫尔斯沃思没搭腔，给自己倒了杯红酒，啜了一口。"你，没票。"

"你弄错了，小子。"

"你，"检票员拿着一张票，冲莫尔斯沃思晃晃，"没票。"

"对不住，小子，"莫尔斯沃思仍然在抿酒，"你得给管理部门打电话。"

"你，没票。掏钱。"

"我不掏钱。没钱。"莫尔斯沃思皱皱眉，对我说，"真希望他赶紧走。"

"你，不许坐车。"

"我就坐车。"

"没票！没车坐！"

"老天爷啊。"莫尔斯沃思叹道。这场拉锯战来回扯了一阵子。莫尔斯沃思被规劝到了的里雅斯特车站里。检票员开始冒汗了。他对车站站长解释了情况，站长立起身来离开了办公室，再也没回来。他们又找到了一个工作人员。"瞧瞧那身制服。"莫尔斯沃思说，"皱得不像话。"这个工作人员打电话给威尼斯。他用粗短的手指嗒嗒敲着电话叉簧："快点，快点！"可电话就是打不通。

终于，莫尔斯沃思说话了："我投降。喏，给你钱。"他抓起一把一万里拉的钞票在眼前晃，"我再买张票。"

检票员伸手去拿钱，就在他快够着的时候，莫尔斯沃思把手收了回去。

"听着，小子，"莫尔斯沃思说，"你给我拿张票。可给我票之前，你坐下来给我写个欠条，让我回头能把钱要回来。明白没有？"

可当火车开动，我们再次上路的时候，莫尔斯沃思只说了一句："我看那帮人全都顽劣得很。"

到了南斯拉夫边境的塞扎纳，那边的人也顽劣得很。胸前横扎着黑带子、浮肿面庞的南斯拉夫警察挤在车厢过道里检查乘客的护照。我把护照拿出来，警察抓将过去，舔舔手指头，乱翻一气，在纸页上留下湿迹子，直到找出我的签证页为止。他把护照递还给我。我想从他身边过去，到莫尔斯沃思包厢里去拿我的红酒杯，这位警察揸开手掌，冲我胸口一推。看我往后趔趄，他咧嘴笑了，露出参差不齐的牙齿。

"想想吧，这些南斯拉夫警察在三等车厢是什么做派。"莫尔斯沃思说这话时，流露出一份少见的义愤。

火车外，孩子们在铁轨上嬉戏，父母们排成行，弓腰勉力提着行李箱。穿着制服的警察身上带着警棍和皮质子弹袋来回巡逻，吸着呛人的香烟，牌子的名字倒贴切得很："停！"

在威尼斯这一站，有更多乘客上了99号车。一位从土耳其来的亚美尼亚女士（她有个姊妹住在马萨诸塞州的沃特敦），带着儿子一道出门，每次我跟这位漂亮女子说话的时候，小家伙就开始大哭，直到我领会意思走开。还有一位意大利修女，长着一副罗马皇帝的面孔，脸上还有一抹唇髭痕迹，她弟弟恩里克住了达菲尔的铺位。三个土耳其男人想尽办法想挤在两张铺位上。还有一位从维罗纳来的医生。

医生是个癌症专家，准备去贝尔格莱德开个癌症研讨会。他对莫妮克十分钟情，为了转移他的注意力，姑娘把他带到莫尔斯沃思的包厢里去喝一杯。医生一直闷闷不乐，待到话题转向癌症时，他的态度有了转变。就像威廉·伯勒斯[①]笔下的本韦医生一样（"癌症！我的初恋！"），当他说起要在大会上宣读的论文时，就变得颇为好相处了。我们全都竭力装出一副能听懂的样子，可我注意到医生捏着莫妮克的胳膊，仿佛发现了什么症候，正准备来个更为彻底全面的检查。我道了晚安，回到铺位上去读《小杜丽》。在米格尔斯先生的话中，我找到了几分启示："人总是一离开某个地方，

---

① 威廉·伯勒斯（1914—1997），美国作家，"颓废一代"的主要成员。下文提到的本韦医生就是其名作《裸体午餐》中的角色。

就开始宽恕它了。"脑际萦绕着这个念头，我沉沉睡去，有如憩息在老式摇篮里的婴儿，也有如火车卧铺车厢里的旅人。

次日清早我刮胡子的时候，恩里克也像达菲尔一样，对我的便携充电剃须刀大感好奇。此时，我们正与另一列火车并行，那辆车的车身上镶着一个珐琅牌子，上头写着"莫斯科—贝尔格莱德"。东方快车停下了，震得车厢连接处一阵响，恩里克冲出了门口。这里就是贝尔格莱德，正是在这一站，我想到应该把相机拿出来试试。我看到一群南斯拉夫农民，有妈妈、爸爸、奶奶，还有一群小孩子。男人们留着翘胡子；其中一个女人身着翠缎长裙，底下却穿着男式长裤；奶奶围着大披肩，除了硕大的鼻子之外，一切都被遮挡住了，手里还提着一个破旧的旅行箱。他们其余的行李，包括各式各样的纸板箱和缝得整整齐齐的大包裹，都被扛过铁轨，从一个月台运到另一个月台上去。任何一个大包都会导致列车脱轨。"贝尔格莱德的移民"，这该是一幅琐屑现实的辛酸画像。我对好了焦距，准备按下快门，可在取景框里，我看见老奶奶对一个男子咕哝了几句，他转过身来，冲我做了个威胁的手势。

往月台上再走深几步，我又发现了一个绝妙的机会。一个身穿铁路巡查员制服的男子正向我走来，他头上端端正正戴着鸭舌帽，衣服上缀着肩章，裤子烫得笔挺。可值得拍照的妙处在于，他双手各拎着一只鞋，正在光脚走路。他宽大的脚板像萝卜一样，白而圆钝。我等着他经过面前，按下了快门。可他听见了咔嗒声，回身冲我吼了句脏话。打这以后，我拍照时就不再这么明目张胆了。

莫尔斯沃思见我在月台上晃，说道："我得上去了。我再也不信任这趟火车了。"

可大家全都在月台上。事实上，贝尔格莱德车站的全部月台都挤满了游客，这给我留下一种难以磨灭的印象：贝尔格莱德就像个终点站，人们等待着永不会到来的火车，张望着无限期晚点的车头。我把这想法说给莫尔斯沃思听。

他说："我看它是'达菲尔'了。我可不想被'达菲尔'。"他上了车，冲我喊："你可别被'达菲尔'了！"

在威尼斯，意大利列车员已经走了。到了贝尔格莱德，南斯拉夫的列车员换成了保加利亚人。

"美国人？"保加利亚列车员收我护照的时候，问我。

我说对。

"阿格纽①。"他说道，然后点点头。

"你知道阿格纽？"

他咧嘴笑了："他的日子可不好过呀。"

莫尔斯沃思一副公事公办的口吻，说道："你是列车员，对吧？"

保加利亚人脚跟一碰，微微鞠了个躬。

"好极了，"莫尔斯沃思说，"现在我要你把这些酒瓶子清理出去。"他指指包厢地板上触目惊心的一大堆瓶子。

"空瓶子是吧？"保加利亚人干笑道。

"没错。很好。干活吧。"莫尔斯沃思说，然后走到窗边跟我一起看风景。

---

① 即斯皮罗·阿格纽（1918—1996），曾任马里兰州州长和第39任美国副总统。由于涉嫌在马里兰州长任内犯有勒索、受贿、逃税等罪行，于1973年辞去副总统职务。

贝尔格莱德的郊区绿树成荫，一派怡人景象。我们离站时已是中午时分，所以沿途的农人都放下了农具，盘腿坐在铁道旁的树荫里吃午饭。火车的速度相当慢，你都能看见他们盘子里盛着湿答答的卷心菜，能数得出缺了口的碗中盛了多少颗黑橄榄。他们相互传递着足球大小的面包，掰成大块，擦着盘底。

这趟旅行的晚些时候，我从日本的火车市集转向苏联的铁道（起点在纳霍德卡），搭乘一艘苏联轮船，航行在日本海上。在船上的酒吧里，我遇见了一个快活的、名叫尼古拉的南斯拉夫人。他告诉我："在南斯拉夫，我们有三样东西——自由、女人和酒。"

"但三者不可同时兼得，是不是？"我说，希望这话没有冒犯他。那时我正晕船，已经忘掉了南斯拉夫，忘掉了在火车上度过的漫长的九月下午。那个下午，列车从贝尔格莱德驶往季米特洛夫格勒，我坐在角落的位子上，有满满一瓶红酒和通畅的烟斗。

窗外的确有女人，可她们都上了年纪，围着头巾挡住阳光，挽着绿色的洒水壶在踩得乱七八糟的玉米地里劳作。农地的地势很低，坑洼不平，尘土中有几只牲畜，大概是五头牛吧，一动也不动。一个牧民斜倚在木杆上，盯着饥饿的牛群，一旁的稻草人（一根细瘦的横杆上套了两个塑料袋）以同样的姿态盯着种了卷心菜和胡椒的荒芜田地。在成行的紫甘蓝之外，一头粉扑扑的猪正在拱着小猪圈的薄围栏，废弃足球场的小树荫下躺着一头牛。深红色的胡椒好似一簇簇的一品红，摊在农场小屋外的太阳地里晾晒。农人跟在牛拉的犁后头磕磕绊绊地走着，偶尔有人摇摇晃晃地骑着自行车，载着大捆大捆的干草。牧人不仅仅是放牧的，他们也是卫兵，守护着小群的牲畜不受侵扰：一个女人看着四头牛，一个拿着棒子的男子赶着三头猪，骨瘦如柴的小孩子盯着骨瘦如柴的鸡群。自由、女人和酒，这是尼古拉的定义。田里的确有个女子，她停下来，把水罐凑近嘴巴，喝完后弯下腰去继续捆扎玉米秸。赭色的大南瓜鼓胀饱满，坐在枯萎的藤蔓间。农人在灌泵，用拴了长杆的水桶从井里提水。地里堆着细高的干草垛，胡椒田呈现出不同层次的成熟风貌，乍看之下我还以为是花园。这是一派纯然的静谧，火车的穿越暂时打破了这与世隔绝的乡村风貌。在南斯拉夫的这个下午，车窗外的景色一连几个小时全然不变，可随后所有的人都消失了，那感觉很怪异：路上没汽车也没自行车；空旷的田野边上，农舍的窗户空敞着；树上累累地结着苹果，却无人采摘。或许是时间不对——正值下午三点半；也或许是天太热。可是，是谁堆起了干草垛，把胡椒精心摊开晾晒？火车继续前行。这不停歇的前进正是火车的魅力所在，可经过的仍然是同样的景色。六个形状匀称的蜂窝，一个废弃的蒸汽机车头，野花从烟囱里钻出来，仿佛给它戴上了花环。平交道口立着一头一动不动的公牛。下午的蒸腾热气中，我的包厢变得灰扑扑的，车厢顶头，土耳其人躺在座席上张着嘴巴睡觉，孩子们趴在大人肚皮上，醒着。在每条河、每座桥上都有方形的砖砌炮台，身上弹痕累累，就像是克罗地亚版的碉堡。随后我看见了一个男子，他弯腰低头俯在田地里，比他身量还高的玉米秸挡住了他的身影。我开始怀疑，是不是庄稼把他们衬得身形如此之小，所以我才一个人都没看见。

尼什城外上演了一幕活剧。铁轨旁的道路上，一群人争先恐后地围观一匹马，马儿身上还套着缰绳，拖着一辆超重的货车，侧身倒在泥坑里——货车显然是卡住了。我猜它在尽力挣脱负重的时候心脏已经迸裂了。这事肯定刚刚发生：孩子们正呼朋引伴过来瞧；一个男人正撂下自行车，跑回来看；稍远处，一个正对着篱笆小解的男人竭力往马匹这边张望。这幅景象好似佛兰德斯画派的构图，正在解手的男子恰是个生动的细节。火车的车窗暂时框住了景象，把它变成了一幅画作。篱笆前的男子抖落掉老二上的最后一滴，把它塞进宽松的长裤，朝着人群发足狂奔。画面完整了。

“我讨厌观光。”莫尔斯沃思说道。我们待在过道的车窗旁，一个南斯拉夫警察因我拍了一张蒸汽机车头的照片刚训了我一句。暮色中，上千名归家的上班族穿过铁道，扬起盘桓回旋的烟尘，一大蓬青色的蒸汽混杂着金色的蚊蚋群，笼罩了车头。现在列车行驶到尼什郊外的山谷区域，正朝季米特洛夫格勒行进。随着列车贴近，山崖显得越发高耸，偶尔呈现出对称分布，就像是损毁的城堡上砖石垛口的遗迹。这种景象好像惹得莫尔斯沃思有点不耐烦，我觉得他很想解释解释自己的疲劳。“手拿导游手册到处转悠，”沉吟了一会儿之后，他说道，“混在成群结队的观光客里头，在教堂、博物馆、清真寺里进进出出的。我可不要，不要。我只想安安生生待会儿，找把舒服椅子坐下。你明白我意思吗？我想踏踏实实的，好好感受一下这个国家。”

他在喝酒。我俩都在喝酒，酒精让他陷入沉思，却让我陷入了饥饿。这一整天下来，我只在贝尔格莱德吃了一个奶酪面包，还有一包椒盐饼干和一个酸苹果。保加利亚的景象，那破败的房屋和瘦骨嶙峋的山羊，都让我没法指望在索菲亚站吃上丰盛美食。在一个名字颇为吓人的城镇（“踿勾门”），很多人因为没打霍乱疫苗而被带下了车，其中就有几个是我们99号车厢的。保加利亚人说，意大利那边正闹这毛病呢。

我找到保加利亚列车员，请他给我说说典型的保加利亚饭食是什么样子。然后我把他提到的佳肴名称用保加利亚语记了下来：奶酪、马铃薯、面包、香肠、豆子色拉，等等。他跟我保证说，到了索菲亚肯定有吃的。

"这车慢得吓人。"东方快车在黑暗中轧轧行驶的时候，莫尔斯沃思说道。时不时地，我们能看见一盏黄色的灯笼、远处的灯影，或是遥远小站上房舍里透出的灯光。小站几乎看不清楚，依稀能看见站长立在小屋近旁，冲着这趟慢悠悠的列车挥舞着旗子。

我把保加利亚美食清单给莫尔斯沃思看，告诉他我打算在索菲亚站把能买的都买了。这是我们在东方快车上度过的最后一夜，理当享用一顿美餐。

"这单子应该有用，"莫尔斯沃思说，"你打算用什么钱买？"

"这我可真不知道。"我说。

"这边的人用的是列弗，可麻烦的是，我不知道兑换价。我的银行经理说，列弗属于毫无前途的货币——我估计它压根就不是真的钱，不过是纸票子而已。"从他说话的模样中我能看出来，他不饿。他接着说道："我总是用卡。卡可是相当有用啊。"

"卡？"

"喏，就是这玩意儿。"他把酒放下，拿出一叠信用卡，一边洗牌似的整理，一边念出卡的名字。

"你觉得巴克莱卡在保加利亚能刷吗？"

"但愿如此吧，"他说，"如果不能的话，我还剩了点里拉。"

到了索菲亚，已经晚上十一点多了。正当莫尔斯沃思和我准备下车的时候，列车员告诉我们行动要快："十五分钟，没准十分钟。"

"你说我们有半小时的呀！"

"可现在车子晚点了。别说了——赶紧吧！"

我们快速冲进月台去找吃的。小咖啡馆的柜台前挤满了人，除此之外，只剩下月台那头一个推着食品车的男人了。金属小车上冒着蒸汽。男人是个光头，他一只手里拿着小纸袋，另一只手弹开推车上的食盒，叉出白色的面包和红色的香肠。香肠有香蕉那么大，滴着汁水，肠衣微绽处，露出粉扑扑的肉来。我们前头有三个人。他不紧不慢地给他们拿吃的，用叉子叉起面包和肉肠放到袋子里。轮到我了，我冲他举起两根手指，想了想，又举起三根。他每样给我装了三个。

"我跟他一样。"莫尔斯沃思说，递给他一张一千里拉的纸钞。

"不，不。"男人说。他推开我的美元，同时把食品袋从我手里拿走，放回到推车上。

"他不收咱们的钱。"莫尔斯沃思说。

"银行，银行。"那人说。

"他想让咱们去换钱。"

"这是一美元，"我说，"都拿着吧，别找了。"

"他不会要的，"莫尔斯沃思说，"你说的银行在哪儿，啊？"

光头男子往车站上指指。我们朝他指的方向跑去，看见一个出纳柜台。那儿排起了长队，队伍一寸寸往前挪，闷闷不乐的人们手里捏着纸钞，踢着脚下的行李。

"我看咱们算了吧。"莫尔斯沃思说。

"那香肠都快把我馋死了。"

"除非你想被'达菲尔'。"莫尔斯沃思说,"你得上车了,我看我得上去了。"

我们上车了,几分钟后汽笛响起,索菲亚隐没在保加利亚的夜色中。恩里克看到我们两手空空地回来,就从他的修女姐姐那里要来了意大利饼干给我们吃。亚美尼亚女士拿来一厚片奶酪,甚至还坐下跟我们喝了一杯,直到她儿子穿着睡衣摇摇晃晃地走进来。他看见妈妈在笑,于是大哭起来。"啊,回去了。"她说,然后起身走了。莫妮克已经上床,恩里克也去休息了。99 号车厢都睡了,可列车在加速。"咱们也不是一穷二白嘛,"莫尔斯沃思一边切奶酪,一边说,"还有两瓶酒,咱俩一人一瓶,还有点奥维多白葡萄酒。奶酪和饼干就权当夜宵吧。"我们继续喝,莫尔斯沃思谈起了印度往事,他第一次跟上千名应征入伍的汉子乘坐 P&O 公司的轮船出航,这些人都是来自达谟煤矿的剽悍矿工。莫尔斯沃思和军官们有充足的酒水,可级别低的人没这个福气。一个月之后,啤酒喝光了。船上起了内讧,"等我们到了孟买,绝大多数人都给铐上了。可我因为规矩得很,肩膀上还多了颗星星"。

列车在加速行进,莫尔斯沃思在拔最后一瓶酒的塞子。"要说喝酒,经过一个国家,就该喝它当地的酒。"他瞟一眼车窗外的暗夜,"我看咱们还在保加利亚。多遗憾呐。"

七只身形庞大的灰狗(大概是野的)正穿越过土耳其西北部荒芜的大草原,追着火车狂吠。它们把我吵醒了,这里是色雷斯,内格尔出版社的导游手册称此地"相当无趣"。野狗放慢了脚步,被疾驰的列车抛在身后。此时，除了单调沉闷的小山包外再无什么值得一看了。外头偶尔闪过几幅军队招贴画，男人们把覆着尘土的甜菜头铲到钢制的车斗里去。放眼望去，不见一棵绿树，这一切都让窗外的景色显得愈发单调。我真受不了这些光秃秃的山包。埃迪尔内（旧名阿德里安堡）尚在北边，此地距伊斯坦布尔还有四个小时。可我们在大草原上行驶着，在最小的站台停靠，这真是贫瘠地貌上乏善可陈的旅行。这片草原唯一的特色就是没有特色，这为它蒙上了一抹棕色，除此之外再没什么值得记述的了。

尽管如此，我还是待在窗边，希望能看到惊喜。又经过了一个车站，我想找出点细节，可它跟之前的五十个车站并无不同，这种重复让人抓不住重点。可这一站刚过，我看到了一个花园，园子旁有三只火鸡，正以禽类典型的方式在闹哄哄地转圈。

"瞧哇！"莫尔斯沃思看见了。

我点头。

"火鸡。在土耳其[①]！"他说道，"它们是不是因此得名的……"

但事实并非如此。这种禽鸟的名字来源于非洲几内亚的吐绶鸡，是通过伊斯坦布尔进口引进的。我们边喝早晨的那顿酒，边讨论这个问题，一直说了一两个小时。令我惊讶的是，身为一个已经有妻有子的男人，我那种毫无目的的好胜心竟然强得很，旅行中，人总是慵懒而又放纵。

一进入伊斯坦布尔郊区，这辆由巴黎开来的伟大快车就名不副

---

① 英文中"火鸡"和"土耳其"是一个词。

实了，它变成了一辆令人心焦的土耳其当地火车，站站都停，好像只为了给列车员一个机会，让他们在土耳其的克拉彭火车站和斯卡斯代尔①来回瞎摆弄记事簿子。

列车的右边是马尔马拉海，波光粼粼的海面上停泊着锈迹斑驳的货船和轮廓如弯刀般的渔船，帆船围绕在四周。列车左侧是郊区，每五十码就换个景致：星星点点的帐篷和渔村让位给高耸的公寓楼房，楼的脚底下是窝棚；接着是一处建在岩层上的棚户区，平坦的地方盖了平房，然后是一片高低不平的木头房子，从悬崖上斜斜地延伸下来。马萨诸塞州的萨默维尔很喜欢这种建筑风格，伊斯坦布尔这边也是。我过了一会儿才明白过来，这些建筑风格上的巨大差异，体现出来的不是社会阶层的不同，而是年代。每种风格都代表着一个年代。伊斯坦布尔是一个有两千七百年历史的城市。你离宫殿越近，建筑就越老，也越坚固（从墙面板到木材，木材到砖头，砖头到石块）。

火车经过了金色大门（也就是狄奥多西凯旋门）的城墙，伊斯坦布尔到了。这城墙修建于公元 380 年，但是不比土耳其人服装下摆的线绳破旧多少。此时，火车没来由地加起速来，沿着伊斯坦布尔的"鼻子"地带向东快速驶去，经过蓝色清真寺和托普卡匹皇宫，然后绕到了黄金角。锡尔凯吉火车站完全没法与博斯普鲁斯海峡对面的姊妹车站海达尔帕夏相比，但它离繁华的艾米诺努广场和城内最美的清真寺之一新清真寺最近，更不用说那座加拉塔大桥

① 克拉彭火车站，伦敦重要火车站，是欧洲最繁忙的火车站之一。斯卡斯代尔，纽约附近的著名郊区，居民多为公司高级人员，每天乘坐火车通勤上班。

了。桥上包罗万象：小贩、鱼摊、商铺、餐馆，还有伪装成商贩的扒手。这让乘坐东方快车到达伊斯垣布尔的人们又惊又喜，仿佛一头扎进了市集。

"全都丑到家了。"莫尔斯沃思说。但他在微笑："我觉得我会喜欢这地方的。"他要去高消费的渔村塔拉布亚。他把电话号码给我，说要是我待得无聊就打给他。此时我们尚在锡尔凯吉火车站的月台上。"我得说，看见这趟车的尾巴我不伤心，你呢？"可他话音里别有一番挑剔的钟爱，就像一个人自称傻瓜，但实际上指的是完全相反的意思。

在伊斯坦布尔佩拉宫大酒店十英尺高的镀金框大镜子中瞥见自己的样貌，你立马就能领略到那种荣耀和欢乐，就像在王子的肖像画中看到了自己的脸。酒店里的装修有种没落的奢华味道，大片大片的精美地毯，黑色的嵌板，墙上和天花板上雕刻着洛可可式的花纹，丘比特的塑像在那里耐心地微笑着，剥落着；天花板上装的是复杂的枝形吊灯，像是巨大的水晶风铃；走过舞厅的大理石柱和盆栽棕榈树，就到了桃花心木装饰的酒吧，墙上挂着平庸法国画作的精美复制品。从外头看，这座宫殿并不比波士顿的查尔斯顿储蓄银行壮观多少。侍者们都身量不高，肤色黝黑，看起来都像是同一家族不同辈分的亲戚。当他们用法语回答你的英语提问的时候，每个人的小胡子下都带着殷勤的假笑。幸好，这个饭店由一个慈善基金会掌管，根据已过世的拥有者、一位土耳其慈善家的遗愿，你在这儿的每一笔骄奢花费，其利润都会改善贫苦土耳其人的生活。

在这座城里的第一天，我就像刚从长时间的禁闭中突然解放出来一样，肆意地到处乱走。对于我这种爱漫步的人来说，坐火车唯一的惩罚就是没法走路。随着时间慢慢过去，我放慢了脚步，拿着内格尔出版社的《土耳其观光手册》开始观光。观光这种行为让真正的闲散人士很开心，因为这太像做学问了，直直地盯着古董器物，偷听它们的私语，自以为是在发现过往，实际上却是在重新发明，而导游手册的功用就是速记提纲。可是，伊斯坦布尔应该怎么看呢？格温·威廉斯在他的《土耳其历史与导览手册》中这样建议道：

> 花一天时间看城墙和防御工事，再用几天寻觅城内外的水渠和贮水池，一个星期看宫殿，再一个星期看博物馆，一天看柱子和塔，数周看教堂和清真寺……可能要花上好几天来参观坟墓和公墓，你会发现，死亡的装饰要比你想象中的欢快华美……

经过这一番筋疲力尽的折腾，不管装饰怎样，死亡本身也够欢快华美的了。无论如何，我还有火车要赶。于是我随意去了几个地方逛逛，结果满意地发现，这个城市我是很愿意重游的。在托普卡匹后宫，我看到了黑奴宦官的房室。每个小间外都摆着各式各样的刑具：指头夹、鞭子等。但据导游说，刑罚不一定都煞费苦心。我追问着，请她举个例子。

"他们把他们吊起来，打他们的脚。"她说。

一个法国人冲我问道："她说的是英语吗？"

她说的是英语，也说德语，但她把这两种语言都染上了土耳其语的韵律和摩擦音。可是好像没人在意这个，绝大多数人只是慢腾腾地来回走，说着："来一个，怎么样？"在珠宝馆里，这种话听上去有种格外的讽刺味道，因为匕首和长剑上的绝大部分珠宝都是假的，真品早在多少年前就被人偷走了。到伊斯坦布尔的平均机票价，毫无疑问能买下托普卡匹的全部珍宝，尽管土耳其人出于爱国，坚称那些鸡蛋大的祖母绿都是真的，就像他们坚称庭院对面圣物馆里穆罕默德的足迹是真的一样。如果真是这样，他大概是史上唯一一个穿十四码巨大凉鞋的阿拉伯人。

比这更奇怪（但肯定是真事）的是圣索菲亚教堂一张马赛克壁画背后的故事。画中人是佐伊女皇（980—1050）和她的第三任丈夫君士坦丁·摩诺马修斯。君士坦丁的脸孔有种面具般的感觉，就像毕加索为格特鲁德·斯泰因画的那幅著名肖像画一样。实际上，君士坦丁的脸孔是在佐伊的第一任丈夫罗马诺斯三世死去或被流放之后才补到壁画上去的。但是，最美的马赛克壁画并不在伊斯坦布尔中心的大教堂和清真寺里，而是在城郊一幢小而破败、灰土色的建筑里。它名叫卡里耶清真寺，里面的马赛克壁画柔美生动。成千上万片小小的马赛克仿佛有着画笔的笔触：基督如同在呼吸一般，有幅壁画上的圣母马利亚长得跟弗吉尼亚·伍尔芙一模一样。

那天下午，我急着去看看伊斯坦布尔的亚洲部分，也打算把去德黑兰的火车票给买了，于是我搭上渡轮，穿过博斯普鲁斯海峡，去往海达尔帕夏车站。海面出乎意料的平静。读毕《唐璜》，我还以为这片海必定险恶非常：

黑海海浪最凶险

乘客狂呕皆掩面

　　但那片海在博斯普鲁斯海峡的远端。此处的海面波平如镜，海达尔帕夏车站倒映在水面上。车站是一幢厚重沉郁的欧式建筑，有一面钟和两个钝的尖塔。身为通向亚洲的门户，它的风格并不协调。这幢楼建于 1909 年，设计它的德国建筑师显然认为，土耳其用不了多少时日就会成为德意志帝国的一部分。在这个帝国里，在这样的车站里，臣服的民众会忠贞不渝地爱吃香肠。他的意图似乎是要盖上这么一座楼，德国皇帝的肖像会挂在里头，而且看起来不会不搭调。

　　"请拿一张到德黑兰的票。"我一边对售票处的姑娘说，一边瞄着土耳其语会话手册，给自己鼓点勇气。

　　"我们星期日不卖票，"她用英语说，"明天再来吧。"

　　我待的地方在博斯普鲁斯海峡的右岸，所以我从车站走到了塞利米耶兵营，也就是弗洛伦斯·南丁格尔①在克里米亚战争②期间护理伤兵的地方。我问卫兵能不能进去看看。他说："南丁格尔？"我点点头。他说她的房间星期日不开放参观，然后指路给我，让我去于斯屈达尔的公墓看看，那里有伊斯坦布尔最大的古墓地。

　　正是在去于斯屈达尔的路上，我悟到了一件关于土耳其的一直困扰我的事。"土耳其之父"（他的姓氏就是这个意思）穆斯塔法·凯末尔·阿塔图尔克的形象在土耳其无处不在，到处都是他

----

① 弗洛伦斯·南丁格尔（1820—1910），护理事业的创始人，她因在克里米亚进行护理而闻名，被誉为"提灯女神"。

② 1853 年至 1856 年俄国与英国、法国、土耳其、撒丁王国之间的战争。

的照片、肖像画和雕像：广告板、邮票、硬币上，总是同一幅侧面像，像个皱着眉头的银行家。街道和广场以他的名字命名，你在土耳其的每一场谈话，几乎都会提到他的名字。他的面孔已经成了一种标志，鼻子、下巴，那带着棱角的轮廓无处不在，就像中国人用来驱鬼的简笔画一样。阿塔图尔克于1923年上台执政，他宣布土耳其成为共和国，实施现代化改革。他关闭了全部宗教学校，废除宗教法令，引进拉丁字母和瑞士民法法典。他于1938年逝世，我悟到的东西就跟这个有关：1938年11月10日九点零五分，随着凯末尔溘然长逝，土耳其的现代化进程中止了。就像是为了证明我这个想法似的，他离世时的房间保留着原样，屋里所有的钟表都停在九点零五分。这似乎能够解释为什么土耳其人的典型服饰是1938年的样式：毛茸茸的棕色毛衣，菱格纹的袜子，宽松的细条纹长裤，蓝色哔叽呢套装上有垫肩，翅膀样的翻领，胸前口袋里露出叠成三角形的手帕。他们的头发用发油弄出波浪，胡须上打着须蜡。女性日常穿着棕色华达呢的长裙，裙边大约在膝下两英寸。这些是"二战"前的时尚，你不用费劲就能看到1938年的帕卡德、道奇、庞迪克在路上慢吞吞地行驶，而路面最后一次拓宽，正是这些车型上市的时候。伊斯坦布尔的家具店在橱窗内展出最新的设计式样——四四方方的椅子装着过厚的坐垫，沙发的腿是爪形的。这一切都让人得出必然结论：如果说奥斯曼帝国的优雅顶点是苏莱曼大帝在位时的十六世纪，那么现代化的最高水准就是1938年，彼时阿塔图尔克依然在模仿西方保守谨慎的设计风格，塑造着土耳其的时尚。

"有你的，真聪明啊。"我给莫尔斯沃思打电话说这事的时候，他这样说。随后他转变了话题。他在塔拉布亚很快活，天气好极了。"过来吃午饭吧，出租车钱贵得吓死人，可我保证你能喝到非常好的葡萄酒。这酒名叫'坎甚雅'或'安基雅'，是干白，有那么一丁点粉红色，但绝对不是玫瑰红，我讨厌玫瑰红酒，而这酒顺口得很。"

我没法去跟莫尔斯沃思一起吃午饭，因为我已有约在先了。我在伊斯坦布尔的唯一任务就是做一场午餐会演讲，是一位热心的美国使馆人员帮我安排的。我没法取消，还得靠它付房费呢。所以我去了会场，那儿大约有二十位土耳其人，正喝着饮料等开场。有人告诉我，这些人是诗人、剧作家、小说家和学者。我交谈的第一个人最傲慢，他是土耳其文学联盟的主席，名叫厄丘迈那·贝札特·莱夫，对我来说，这名字既难念又没声望。此人一副徒有虚名的样子：白发，小小的脚，勉为其难的眼神中带着过于熟练的倨傲。他抽烟的时候，脸上带着一种斜睨的厌恶神情，人想要戒烟的时候就是这种神态。我问他是做什么的。

"他说他不会说英语。"漂亮的翻译诺尔小姐说。主席说了句话，转开了视线："他愿意说土耳其语，但他可以用德语或意大利语跟您交谈。"

"好啊，"我用意大利语说，"那咱们就用意大利语。你在哪儿学的意大利语？"

主席用土耳其语向诺尔小姐说了句什么。

"他说：'你会说德语吗'"

"说得不太好。"

主席又说了句什么。

"他要用土耳其语跟您聊。"

"问问他是做什么的，是作家吗？"

"这个问题，"这位男子通过诺尔小姐回答我，"完全没有意义。你没法用一两个词说清你是做什么的、你是谁。要说清这个，得花上几个月，有时要好几年。我可以告诉你我的名字。除此之外，你就要自行找答案了。"

"你跟他说，这工作量太大了。"说完我走开了，跟伊斯坦布尔大学英语系主任聊了起来，他介绍同事给我认识。他们两人都穿着粗花呢，脚跟支着地，微微摇晃着，一副英国学者打量教员休息室里新成员的做派。

"他也是个老剑桥了，"系主任拍拍同事的背，"跟我一个学院的，菲兹的。"

"菲兹威廉学院？"

"没错，可我有些年没回去过了。"

"您教什么？"我问。

"什么都教，从《贝奥武甫》到弗吉尼亚·伍尔芙！"

看来除了我之外，每个人都预先排演过自己的说辞。正当我琢磨着该怎么接话的时候，有人大力抓住我的胳膊，把我给拉走了。拽我的人身材高大魁梧，脖颈粗壮，下巴结实，淡茶色眼镜没完全遮住他的右眼——那只眼睛盲了，看上去像是凋萎的葡萄。他一边把我朝房间角落里拽，一边快速地说着土耳其语。

"他说，"诺尔小姐努力跟上我们的脚步，"他总是能逮到漂亮姑娘和优秀作家。他想跟您聊聊。"

这位是雅沙·凯末尔，《雄鹰穆罕默德》的作者。土耳其小说里，我只记得读过这一本。很久以前人们就说他会获得诺贝尔文学奖。他说自己刚从苏联回来，在那边跟朋友阿齐兹·聂辛一起做演讲。他在莫斯科、列宁格勒、巴库和阿拉木图都做了演讲。

"演讲的时候我说了好多可怕的话！他们讨厌我，气得要命。比如，我说社会主义现实主义是反马克思主义的。我认为就是这样。我是个马克思主义者，我很清楚。除了肖洛霍夫之外，所有苏联作家都是反马克思主义的。他们不愿听这么可怕的话。我告诉他们说，'你们想知道谁是最伟大的马克思主义作家吗？'然后我说，'威廉·福克纳！'他们气坏了。没错，肖洛霍夫是个伟大的作家，可福克纳是个更伟大的马克思主义者。"

我说，我不认为福克纳会同意这话。他没理我，继续往下说。

"还有最伟大的幽默作家，当然咱们都知道是马克·吐温。可第二伟大的就是阿齐兹·聂辛。别以为我这么说只是因为我俩都是土耳其人，或者因为他是我最好的朋友。"

阿齐兹·聂辛正从房间里走过，忧郁地小口咬着一块美国使馆的酥皮馅饼。他已经写了五十八本书，大部分都是短篇小说集。据说他的作品十分幽默滑稽，可尚无一本被翻译成英文。

"对此我毫无疑问，"雅沙说道，"阿齐兹·聂辛是个比安东·契诃夫还要伟大的幽默作家！"

阿齐兹·聂辛听见有人说自己的名字，抬头看看，悲哀地笑了笑。

"到我家来坐坐，"雅沙说，"咱们去游泳，如何？吃吃鱼？我把前因后果都说给你听。"

"你家怎么走？"去他家前一天，我问雅沙。他说："随便找个孩子问就行。大人不认识我，可所有小家伙都知道。我给他们做风筝。"

我相信他。到达一片断崖上的公寓楼之后（这片山崖底下是一个名叫麦那科西的马尔马拉渔村），我向一个年纪很小的娃娃打听雅沙家。孩子指了指顶层。

雅沙家里乱糟糟的，那种舒服从容的散乱和堆叠，唯有作家同行才能理解它其实是井然有序的，周围散落的纸张和书籍都是有意为之，直到这些东西构成一个惬意而又牢靠的巢穴。雅沙的好几个书架上放置着他自己的著作的不同版本——被翻成了三十种语音。英文版是他夫人蒂尔达翻译的，她窄小的书桌上摊开着一本《简编牛津英语词典》。

雅沙刚刚接受了一家瑞典报纸的采访。他把报纸递给我看，尽管我看不懂，但"诺贝尔文学奖候选人"的字眼吸引了我的视线。我跟他谈起这个。

"是的，"蒂尔达给我们当翻译，"有这个可能。但他们认为，该轮到格雷厄姆·格林了。"

"我的朋友。"雅沙听见了格林的名字。说这句话的时候，他把毛茸茸的大手放在心口上。

格雷厄姆·格林好像在这一路上有不少朋友。可雅沙还认识很多作家，说到他们名字的时候，他就拍拍心口。威廉·萨洛扬是他的朋友，还有厄斯金·考德威尔、安格斯·威尔逊、罗伯特·格雷夫斯、詹姆斯·鲍德温，他叫他"吉米"——雅沙提醒我，詹姆斯的《另一个国度》就是在伊斯坦布尔的一座奢华别墅里写成的。

"我可不敢去游泳。"蒂尔达说。她是个耐心而又聪颖的女子，英文说得那么好，以至于我都不敢夸她，生怕她会说出瑟伯在相似场合下的回答："我理当说得不错——我在俄亥俄州的哥伦布过了四十年，天天琢磨这玩意儿。"蒂尔达为丈夫打点那些人间烟火的事情，谈合同，回信，向人解释雅沙关于理想中社会主义天堂的慷慨宏论——在那个苏维埃田园牧歌式的地方，工人拥有生产资料和全套福克纳的作品。

真可惜，蒂尔达不跟我们一块去游泳，因为这意味着我跟雅沙要说上三个小时的洋泾浜英语，他肯定跟我一样，觉得这样沟通很累人。我们拿着泳裤，走下覆满灰尘的小山到海边去。雅沙指指渔村，说他打算依据那儿的生活方式创作一系列小说。路上，我们遇见了一个哆哆嗦嗦的小个子男人，他是个光头，照例穿着皱巴巴的、三十年代的衣装。雅沙冲他大声打招呼。男子迤逦着步子过来，捉住雅沙的手想要亲吻，可雅沙猛地抽回手，把这卑下的逢迎变成了握手。他们聊了一会儿，雅沙拍拍男子的背，让他跟跟跄跄地回去了。

"他叫阿迈特。"雅沙说。他把拇指按到嘴巴上，晃晃手："贪杯啊。"

我们在一个游泳俱乐部里换好衣服，有些男人在附近晒太阳。下水后我提议来个比赛，他轻而易举地赢了我，我跟在他身后勉力往前游的时候，他冲我泼起水花。前一天他看上去像个公牛，可如今在水中的他成了壮硕的海中怪兽，毛茸茸的肩膀、粗壮的脖颈，他庞大的块头在水中拍起浮沫，漂浮在胳膊旁，他咆哮着浮出海面，水珠从巨大的头颅上滴落下来。他说，游泳冠军（他说自己就算一个）全部来自安纳托利亚南部的阿达纳——他出生的地方。

"我热爱家乡，"他指的是安纳托利亚，"我爱那个地方。托罗斯山，平原，老村庄，棉花，鹰隼，橙子，最好的马——很'长'的马，"他把手按在心口上，"我爱。"

我们聊起作家。他喜欢契诃夫，惠特曼不错，爱伦·坡也很棒。麦尔维尔相当好：每年雅沙都会重读《白鲸》和《堂吉诃德》，"还打荷马"。我们顶着烈日，在海滩上漫步。雅沙的庞大身影遮住了我，因此我绝无晒伤之虞。他不喜欢乔伊斯，他说："《尤利西斯》——太肤浅了。乔伊斯是个很肤浅的人，不像福克纳。瞧，我对形式感兴趣。新形式。我讨厌传统的形式。用传统形式写作的小说家是……"他艰难地搜索着词句，"是渣滓。"

"我不说英语，"过了一会儿他说道，"我说库尔德语，还有土耳其语和吉卜赛语。可我不说野蛮人的语言。"

"野蛮人的语言？"

"英语！德语！没错！法语！所有这些野蛮……"他正说着，传来一声大喊。一个正在沙滩椅上晒太阳的男子在招呼雅沙，给他看报纸上的一篇文章。

回来后，他说："巴勃鲁·聂鲁达逝世了。"

回去的路上，雅沙坚持要去渔村待一会儿。咖啡馆外大约有十五个男子。看见雅沙后，他们跳了起来，雅沙给每人都来了个熊抱。其中有个八十多岁的男人，穿着破旧的衬衫，裤腰带是一根绳子。他肤色黧黑，光着脚，牙已经掉光了。雅沙说他没有家，无论什么天气，他每晚都睡在自己的帆船里，而且这样已经有四十年了。"他有一艘船，也睡在里头。"这些人，以及我们后来在陡峭小路上遇到的一个（向我作介绍之前，雅沙谨慎地在他两颊上各吻了一下），显然都认为雅沙是名流要人，言谈应对中都带着敬畏。

"他们是我的朋友，"雅沙说，"我讨厌作家，我喜欢渔民。"可他们之间有距离。雅沙故意插科打诨，创造亲昵的氛围，想拉近距离，可距离仍在。在这个咖啡馆里，没人会认为雅沙是个渔民（他的身量比任何一个人都要大上一倍，穿得像个职业高尔夫选手），也没人会认为他是个闲逛徘徊的作家。在这里他看上去像个当地人，是这里的一分子，却又与周围形成鲜明的对比。

在我看来，他那永无止息的慷慨大度让他陷入了矛盾。这个结论并没有让我更容易理解他。我们的午餐是烤红鲻配白葡萄酒，席间雅沙谈起监狱、土耳其、他的书和计划。他以前坐过监狱，而蒂尔达坐牢的时间甚至比他还长，如今他们的儿媳妇正关在监狱里。根据蒂尔达的说法，这姑娘的罪行是：有人发现她在一个男人家里煮汤，而这个男人曾被通缉去问话，原因是跟政治犯罪有牵连。对这个稀里糊涂的故事，最好还是别表现出无法相信的样子。据土耳其人说，土耳其这地方跟别处都不一样，可是，在用阴郁的土耳其方式描述过最难以置信的、由折磨和残忍带来的恐惧之后，他们会邀请你来这里住上一年，连声跟你保证，你一定会爱上这个地方的。

雅沙的性格还要更奇怪些。身为库尔德人，他一心爱着土耳其，不愿听"脱离"的话；他热诚地支持苏联政府，也热诚地支持索尔仁尼琴，这就好比既支持魔鬼，又支持丹尼尔·韦伯斯特[1]。他

---

[1] 作者的说法当源自美国 1941 年的电影《魔鬼和丹尼尔·韦伯斯特》。故事大意是有个倒霉的穷苦农人，为了变得富有把灵魂交换给了魔鬼，后来蒙著名政治家韦伯斯特相救，出任他的律师，与魔鬼打赢了官司，撤销了契约。

是个信仰马克思主义的穆斯林，他太太是犹太人，在他看来，异国里唯一比苏联更好的地方就是以色列，"我的花园"。他有着公牛般的体格和孩童般的温驯，他认为福克纳笔下的约克纳帕塔法郡享有永恒的荣耀，也认为克里姆林宫的人民委员们都是心怀愿景的天使长。他的信念与逻辑是相违背的，有的时候，这些信念会十分怪异地、出乎意料地出现，就像你在亚洲孩子身上看到了金发和雀斑。可雅沙的复杂性格很多土耳其人都有。

在我们的告别午餐上，我把这些讲给莫尔斯沃思听。他半信半疑。"我相信他是个很棒的家伙，"他说，"可你得当心土耳其人。战时他们是中立的，你知道的。可他们要是有一丁点志气的话，就会站在咱们这边。"

第三章
凡湖快车：伊斯坦布尔到凡湖

"求您看看这个卷轴吧，再看看我。"伊斯坦布尔大市场里的古董小贩说。他拿起霉坏的丝绸卷轴在耳边拍拍："您说这个卷轴脏了！可不吗！肯定脏！我今年四十二，头都秃了，还满脸褶子。这个卷轴可不止四十二年呐，它有两百年了，您不买，是因为您嫌它脏！您想要什么样的？鲜亮亮的新货？您跟我开玩笑吧！"

他把丝绸卷起来，塞到我胳膊底下，一边在柜台后踱着步子，一边叹道："好吧，我就吃点亏吧。大早上的，给四百里拉您就拿走吧。"

"不要。"我把卷轴递回去。我只不过流露了一点礼节性的好奇，他却以为我很感兴趣，只是精明地不表现出来而已。每次我试图走掉，他都把价格降下一半，坚信我的冷淡是狡猾的砍价策略。

最终我逃开了。我睡过了头，正饿着肚子，而且我得去买点吃的，为凡湖快车之旅做好准备。这趟车一向以食品短缺和路途漫长著称，而到达伊朗边境要十天以后。我这么记挂着吃，其实还有一个原因。我很想尝尝内格尔导游手册中提到的一些菜式。那些菜名十分诱人，既然我下午就要坐火车走了，这一顿就是我最后的机会。我给自己列了个菜单。里头包括"土耳其佛跳墙"（Imam

Bayildi，一种蔬菜杂烩），"大臣的手指"（Vezir Parmagi），"陛下所好"（Hunkar Begendi），还有另外两种叫人没法拒绝的菜，"淑女的大腿"（Kadin Badu）和"淑女的肚脐"（Kadin Bobegi）。

我时间不多，只能尝尝最后两道。去渡口的路上，我走进一家咖啡店。我很想知道，土耳其人对菜名的选择是否体现了他们在解剖学上的品位："大腿"那道菜肉滋滋的，"肚脐"则是甜的。每道菜二十美分，比起午夜时分"独立大道"后巷里排列的同名"淑女"要便宜得多，大概也安全得多。小客栈里透出朦胧的微光，飘出萨克斯的乐声，趁你沿着陡峭的鹅卵石小道摸索走路的时候，流莺扯住你的袖子。可我坐怀不乱。在伊斯坦布尔，除了这道名字委婉的面点，我从没接近过任何一位淑女的大腿。何况有人提醒过我，这些流莺绝大多数都是异装癖者，白天他们在博斯普鲁斯渡口当船员。

在渡口乘船最后一次前往海达尔帕夏的时候，我相信了这个说法——一个穿着水手服饰的年轻人操着中性的嗓音，甜甜地称我"阁下"，催促我快点上船。我找到上层甲板，把食物分门别类查看了一遍。我有好几听鲔鱼罐头，豆子，一种用葡萄叶包了馅儿的吃食，几根黄瓜，一块白山羊奶醋，还有脆饼干和三瓶葡萄酒——去凡湖的路上一天喝一瓶。我还带了三盒酸奶，他们叫作"ayran"，据说这是土耳其牧人的传统饮品。

可我其实用不着这么操心，因为当凡湖快车停在海达尔帕夏车站的时候，我一眼就看见了餐车。我找到铺位，去餐车吃了午餐，然后看看月台上的动静。成群结队的嬉皮士宛如去参加聚会或前往新牧场的部落人，挤过穿着朴素衣装的土耳其家庭。几分钟后，土耳其人和嬉皮士发现大家都在三等车厢，于是争起靠窗的位子来。土耳其铁道部门用于短途运输的蒸汽机车被堵在了月台上，它们喷出煤烟，笼罩了正在上车的乘客，也染黑了天空，为这个德国车站添上了几分德国的气氛。

真惬意啊，又可以一边吃着东西、喝着酒、读着《小杜丽》，一边乘着铁路上的市集向东而去，它将把我带到土耳其最大湖泊的岸边。看到土耳其的铁道设施，我更加放心了：火车长而结实，卧铺车厢比东方快车的新，餐车的桌上摆着鲜花，葡萄酒和啤酒的存量充足。到凡湖要三天，到德黑兰五天，而我极其自在。我回到包厢，坐在窗边，那是个阴凉的角落位置，亚洲的大地正在车轮下渐次展开，这种感觉让我平静而又安宁。

列车到达马尔马拉海的最东岸，在边远城镇卡尔塔尔和盖布泽（汉尼拔自杀的地方）停留了一阵子，随后披着落日余晖的斑驳光影，驶到了伊兹米特海湾。天色渐黑，我们在内陆中一路朝着安卡拉行进。火车停的站更少了，进站的时候，头戴布帽、身形疲惫的小个子男人们带着绳捆的包袱从火车上下来，一走下梯级，就把包袱放到地上，等待下一班火车。离站的时候我观察着他们，火车带走了光线，直至他们身上余下最后一颗光点。那是唇边的香烟，随着焦躁的抽吸一亮一灭。绝大多数地方车站都有户外的咖啡馆，摆满了白色的桌椅，灯光打在绿树上。在里头喝东西的人不是观光客，而是吃过了晚饭，到车站来看火车，借此消磨长夜的当地人。凡湖快车对咖啡馆来说是个大事：我们一离开，身形笨拙的客人就从位子上起身，招呼穿着白色外套的侍者，指指自己的咖啡杯。侍者正凝神看着火车，听见客人的声音，兴兴头头地走过来，拍着前臂上搁着的小毛巾，准备鞠躬。

"晚上好。"① 我的包厢门口来了个土耳其人。他说，他不会说英语，但是懂一点德语。以前他在慕尼黑做过一年的汽车装配。打扰我很不好意思，但他的朋友有几个问题想问我。他的朋友是个不会说外语的老头，就站在他身后。他们腼腆地走进包厢，然后会说德语的那一位开始提问：您为什么一个人待在包厢里？您要去哪儿？您为什么没带太太一起来？您喜欢土耳其吗？为什么您的头发这么长？您国家里的人头发都留这么长吗？提问停止了，老人拾起《小杜丽》，翻动书页，他对细小的印刷字迹大感惊讶，用手掂量着那本九百页的书。

我心想，我应该有权利问问他们同样的问题，可我犹豫了。他们肯定刚刚在自己的包厢里吃过饭，把酸菜的味道带到了我这儿。他们盯着我的杜松子酒，裤扣没有扣上。现在我能够理解，为什么一战时期的英国士兵管这种扣子叫"土耳其奖章"了。那老人不停地用口水沾湿指头，翻着我的书。

门口出现了几张孩子面孔，最小的哭了起来，我的不耐到达了顶点。我把书要回来，请他们出去，然后闩上门睡觉。在梦中，我竭力想飞起来，迎着强风扑扇着双臂，当我尽力想离开地面的时候，风像托风筝一样把我托了起来，可我依然只能像水面上的黑鸭般水平掠过。我狂乱地扑打着双臂，拖着沉重的脚。一连三个月，这个梦我每周都要做上好几次，在万象深吸的那一口鸦片，才让我飞上了天。

---

① 原文为德语。

豪华卧铺车厢里只有土耳其人。观光客总是认为当地人不坐头等车厢，这回这想法可站不住脚了。好像是怕被其余车厢传染似的，这些土耳其人极少离开包厢，更是从来不到其他车厢去。卧铺包间里设有两张窄小的床，我颇费了点时间琢磨，他们究竟是怎么分配铺位的呢？比如说，我隔壁是个橙黄色皮肤的男子，带着两个肥胖的妇人和两个孩子。我看见他们白天的时候在下铺坐成一排，可天知道晚上怎么办。没有一个包厢少于四个人，拥挤给卧铺车厢带来了这些人竭力想避免的三等车厢的脏乱。

那个说德语的土耳其人形容其他车厢是"没事闲嗑牙"，还做了个鬼脸。可只有在闲嗑牙的车厢里才有人说英语。你可以看见扎着马尾或编着辫子的高个子小伙，还有短头发的姑娘，她们在男友身边晃来晃去，一副闷闷不乐的变童模样。身型瘦削、头发乱糟糟的男孩子带着背包，鼻子上留着晒伤的痕迹，摇摇摆摆地站在过道里，每个人的脚都很脏。越往车厢顶头走，人的模样就越脏，也越疲惫。到了车头附近，他们几乎可以被误认为是土耳其人的不幸远亲了。但跟他们同包厢的土耳其人要干净得多，他们大声嚼着面包，把食物渣从胡子上梳理下来，给婴儿拍着奶嗝。总体来说，嬉皮士无视土耳其人的存在，他们弹吉他，吹口琴，手拉着手，打牌。有些人只是弓着背侧躺在座位上，占掉了半个包厢，坐在位子上的土耳其女人从黑色面纱后惊异地瞅着他们，双手绞紧放在膝盖间。偶尔我能看见热恋情侣十指紧扣地离开座位，到卫生间去亲热一番。

绝大多数人都是去印度和尼泊尔的，因为：

对裘园至为狂野的想象，是加德满都的日常景象；

于克拉珀姆犯下的罪孽，在马达班即可视为贞洁。①

但他们大多数人都是第一次去，所以脸上的神情像逃犯般，有种僵冷的忧惧。事实上，我毫不怀疑，组成这些松散部落主力军的十几岁少女，她们的模糊快照或修饰过的高中毕业照，最后肯定会出现在亚洲区美国领事馆的公告板上："少女失踪！您见过她吗？"这些年轻孩子是有首领的，从穿衣打扮的样子很容易就能看出来：褪了色的僧侣服装，破旧的肩包，还有饰品——耳环、护身符、手镯、项链。地位纯粹靠的是阅历，单凭他们身上叮当作响的饰品就能看得出哪个资历更深，并借此成为小群体的头头。总而言之，这种社会秩序跟马萨伊部落很相似。

我想知道他们要去哪儿，可这并不容易。他们极少去餐车吃饭，总是在睡觉，而且土耳其人的奢华堡垒不允许他们进入。有些人站在车厢过道的窗边，陷入了老僧入定般的状态——土耳其的地貌会引得游人入了迷。我悄悄走过去，问他们有什么计划。有一个人甚至连头都没转。他大约三十五岁，头发脏乎乎的，穿着一件写了"摩托古兹"的 T 恤衫，耳朵上戴一颗小小的金耳环。我猜他把自己的摩托车卖了，换了张车票去印度。他手扶窗框，凝视着空荡荡的、泛着浅红和微黄的平原。他的嗓音十分柔和："本地治里。"

"去静修？"灵修地奥若维里就在印度南部，离本地治里不远，

---

① 出自英国诗人拉迪亚德·吉卜林的诗歌《在新石器时代》。裘园，英国皇家植物园，又译作邱园。

它是为了纪念斯瑞·奥罗宾多，当时的管理者是他九十岁的法国情人（"妈妈"）。

"是的，我想在那儿能待多久就待多久。"

"大概多长时间呢？"

"几年吧。"他看着窗外经过的村庄，点点头，"如果他们让我留下的话。"

当一个人告诉你他听到了心灵的召唤时，他的语调就会像这样，带着几分虔诚，还有几分傲慢。可"摩托古兹"在加州已有妻儿。有趣的是，他从孩子们身边逃离，而他所在群体中的一些小姑娘从父母身边逃离。

另一个家伙坐在列车转向架的踏步上，在风中晃荡着双脚。他在啃苹果，我问他打算去哪儿。"没准去尼泊尔，"他说，然后咬了一口苹果，"没准去锡兰，如果可以的话。"他又咬了一口。那个苹果就像地球，小而明艳，唾手可得，他正在镇定冷静地把它一块块切分给自己。他露出非常洁白的牙齿，再度咬下去。"没准去巴厘岛。"他咀嚼着，"没准去澳大利亚。"他最后咬了一口，把苹果扔进尘埃，"你是干什么的？写书的？"

这不是挑衅。他是个心满意足的人——他们全都是，只有一个人例外。此人是个德国的马拉松选手。白天不管几点钟，你都能看见他在二等车厢里做着肌肉训练。他爱吃酸奶和橘子。他穿着带拉链的蓝色田径服，用前脚掌走路。"我快疯了。"他说。他平素习惯每天跑上十二英里。"要是这趟车开得时间太长，我就没状态啦。"一开始我没听明白，原来他是要去泰国比赛。他曾经去过俾路支斯坦。他告诉我火车要开往扎兰德。他想起这地方，笑了："等你到了扎黑丹，你会变得非常脏。"

夜里的一阵撞击声惊醒了我，引得我往窗外看去，发现写着埃斯基谢希尔的站牌正在后退。清晨六点，我们到了安卡拉，马拉松选手一跃而下，疯狂地在调车机车旁慢跑起来。午餐时分，列车到了土耳其中部，马拉松选手告诉我，他还有足够的酸奶，够喝到阿富汗边境的，在那边会有更多酸奶可买。

然后，我们默默地望向餐车窗外。窗外的风景乏善可陈，地貌没有变化，而且十分崎岖，没有绿树的山丘在地平线上连绵不断，眼前是一片贫瘠的平原，笼罩在凡湖快车扬起的黄褐沙尘中。不毛之地晃得我眼睛生疼。唯一可见的变化是上帝的乏味之作：洪水、干旱和沙尘暴留下的痕迹，被侵蚀的沟壑中露出干涸的河床，还有暴露在外的岩层。余下的就是干旱的广袤平原，在澄澈的蓝天下，绵延几个小时毫无变化。我看到的人物就像是贝克特 [1] 戏剧中的可悲角色，荒芜的大地上，他们那焦灼的身影显得他们愈加荒谬。不知从何处来了位穿着可爱裙子的小姑娘，摇摇晃晃地提着两桶水，越发衬出荒漠的寂寥。一个土耳其男人像株杂草般立在干涸的水闸边，他穿着细条纹裤子、V领毛衣，打着领带，头戴羊毛高尔夫球帽，浓浓的唇髭勾勒出浓浓的笑意。这幅景象过去几英里后，火车经过了几处房屋，其中有六所像是泥砖房，屋顶立着整整齐齐的一列圆木棍。这里是中央高原，火车正往低海拔的地区开。午饭过后，我们看见了灌溉的迹象，原野上出现了几处绿洲，再远处是高山灰蒙蒙的天际线。可是，往外看很累，因为外头热度渐高，光线

---

[1]　即爱尔兰剧作家塞缪尔·贝克特，《等待戈多》的作者。

越来越刺眼。下午晚些时分，气温达到了三十二摄氏度，呛人的灰尘落得到处都是。

"一直到巴基斯坦，差不多都是这样子，"马拉松选手说，"一模一样，很平坦，土黄色。当然了，那边更热，尘土更多。"

我回到铺位躺下，就像自愿殉夫的印度寡妇躺到了火葬柴堆上。让我更"开心"的是，一个满脸青春痘的小个子澳大利亚姑娘从三等车厢闲逛到我的包厢门口，想要点东西喝。我给她拉克酒①，可她要喝水。她的包厢里住了六个人，前一天晚上有一个偷偷走了（她不知道那人上哪儿去了）。"所以五个人还不算太坏。我的意思是，我睡了几个小时，可今天晚上又有六个人了，鬼知道我该怎么办。"她看看我的包厢，微笑说，"我叫琳达。"

"我愿意请你留下，"我说，"可问题是，琳达，这儿地方太小了，咱俩立马就得摞起来了。"

"那好吧，谢谢你的酒。"

她是个学生，跟其他人一样，她也有张证明身份的学生证。就连年纪最大、穿得最破旧、嗑药嗑得最晕的首领也有学生证。理由很充足：凭学生证能买半价票。青春痘澳大利亚姑娘从伊斯坦布尔到德黑兰，付的票价是九美元。我的票是五十美元，便宜得简直没道理——两千英里的路程，有风扇和洗脸池的单间，还有足够的枕头，让我可以像个土耳其总督一样靠在铺位上，在旅游手册上查询途经的城镇。

其中一个叫做开塞利，也就是原来的凯撒里亚。炎热的午后，

---

① 土耳其的特产酒，酒色纯净透明，但加入矿泉水后会慢慢变成白色。

这座城池出现在车窗外。自从公元 17 年，也就是罗马皇帝提比略把它设为卡帕多奇亚都城的那一年以来，它经历了很多个征服者：六世纪的萨珊家族，七世纪和八世纪的阿拉伯人，到了九世纪征服者变成了拜占庭人，十世纪是亚美尼亚人，黑斯廷斯战役一年后，塞尔柱人占领了它。最后，它落入巴耶塞特（Bayezid）手中（有些英国讲师称他为"Bajazeth"），在马洛①的《帖木儿大帝》上卷中，巴耶塞特被帖木儿俘虏后发了疯，一头撞死在囚笼柱子上。1402 年的安哥拉之战中，帖木儿历史性地击败了巴耶塞特，正是在这次战役之后，凯撒利亚被兼并了；随后它被马穆鲁克②占据，到了十六世纪变成了奥斯曼帝国的一部分。但尘土并没有留住征服者的足迹，就连帖木儿的灿烂声名也没有把这个样貌单调的城镇渲染得有趣一点。随后的征服者只是劫掠它的财富，除了一座清真寺外没留下任何辉煌。据说这座清真寺是建筑师锡南的作品，这位天才修建了伊斯坦布尔几座最伟大的清真寺，他最广为人知的成就是用巧妙而巨大的支撑结构修复了圣索菲亚大教堂。开塞利城中，清真寺笔杆般的宣礼塔在奇形怪状的房屋轮廓间隐约可见。离城远些的地方长着成行的白杨树，灰白的叶片在风中翻转着。树林之外，简陋的屋舍零散地分布在郊区，平房样貌呆板，窗歪歪斜斜的，帖木儿的后人在屋院里徜徉，忧戚地向地平线张望着另一批征服者的身影。

---

① 即克利斯托弗·马洛（1564—1593），英国诗人，剧作家。马洛革新了中世纪的戏剧，在舞台上创造了反映时代精神的巨人性格和"雄伟的诗行"，为莎士比亚的创作铺平了道路。

② 中世纪服务于阿拉伯哈里发的奴隶兵，主要效命于埃及的阿尤布王朝。

正是薄暮时分，这是土耳其中部最静谧的时候：蓝丝绒般的天幕上嵌着几颗明亮的星，山影的暗色浓淡合宜，村井龙头旁的小水洼如同水银般，不规则的形状闪着微光。夜幕迅速降临，四周漆黑一片，唯有灰尘的气息犹在，提醒你这筋疲力尽的一天。

"先生？"说话的是碧绿眼睛的土耳其列车员，他正在锁卧铺车厢的门，把他想象出来的其余车厢的掠夺者锁在外头。

"什么事？"

"土耳其好不好？"

"好。"我说。

"谢谢您，先生。"

第三天，我们穿过幼发拉底河上游，从马拉蒂亚去往埃拉泽，缓慢地朝着凡湖进发。火车经常停下，待到汽笛回声散去，列车就再次起动。沿途的房屋依然是方正的，但垒成房子的是圆石头。这些房屋就像界碑，指出去往精心灌溉的绿洲的道路。放眼望去，起伏的平原上有绵羊和山羊，如果地上有草的话，你尚可断定它们正在吃草，可地上根本一棵草也没有。这些牲畜瘦骨嶙峋的模样跟它们脚下嶙峋的大地很相配。在小站上，孩子们追逐着列车，他们长着金色头发，十分活泼，除了褴褛的衣衫之外很像瑞士人。地面的景象没有什么变化，但地貌变得越来越开阔，越来越干旱空旷。远山上显现出巨大的火山褶皱，有些地方非常葱茏；近些的山丘也有褶皱，却像烤焦了的饼皮般呈现出焦煳色。

我正看着这派荒芜景象，包厢的门滑开了。进来的是隔壁包厢那位橙黄肤色、拖着一大家子的男人。他皱着眉头，冲我打个手势示意，关上门，坐下。他用手捂住头。那边厢，他的孩子们在哭，我隔着窗户听得到。他留着一条细唇髭，脸上的神情像撞上了所有倒霉事的喜剧演员——那种适合喜剧的悲剧角色。他又做了个无助的手势，带着点道歉的意思，然后点了支烟，靠在椅背上抽了起来，一句话也没说。他叹口气，抽完烟，掐灭，拍拍膝盖，起身拉开门，头也没回，大步流星地朝哭喊的孩子的方向走回去。

到了吃午饭的时间。如果你能早早地进到餐车，找个阴凉的座位，还有足够的桌面空间可以继续读《小杜丽》，那么凡湖快车上的午餐还是非常惬意的。我刚刚开始边吃边看，那群人里的一个二当家的就过来坐到了我身旁。他的长金发留成了童花头，是那种心怀远大抱负的先知喜爱的样式。他的上衣是用面粉袋很艺术地剪出来的，身上穿着一条褪色极厉害的"华盛顿牌"工装裤，一只手的手腕上戴着个象鬃编的手镯，另一只手上套着个印第安手镯。我曾见他在二等车厢里盘腿打坐。他把一本伊德里斯·沙赫的书放在桌上，书被翻得很旧了，就像后来我在圣城马什哈德见到的倦怠信徒手中握着的旧《古兰经》。可他没看。

我问他要去哪儿。

他摇摇头，发丝飞扬起来。"只不过是，"他抬起眼皮，戏剧化地说道，"上路旅行啊。"

他看起来颇为虔诚，但可能是火车的缘故。在土耳其的这个地段，二等车厢给每个风尘仆仆的人都抹上了几许受苦受难的虔诚神色。

他要的瓜来了。瓜被切成了小方块，他带着怜悯微笑着说："他们把它切了。"

我主动告诉他，邻桌土耳其人点的瓜没有切，他们盘子里盛的是带着瓜皮的。

二当家的想了想，然后俯身过来直盯着我的眼睛："这是个奇怪的世界。"

为了他的神智状态着想，我希望气温可别再升高了。可天更热了，空气滚烫，每个包厢里的阴凉都被收了回去。每次想读上两行或写上两行的时候，我都会睡着，唯有火车全然停下时才会醒来。停车是因为到了荒原里的小站，小屋子前头有个男人举着旗，布告板上写着"通行"或"故障"。我写了几行字，随即惊异地发现，自己的字体流露出迷路探险者那种慌乱的潦草，比如说，就像被遗孀整理出版的沙漠探险日记。我对自己说，下次汽笛再响的时候我一定要起床，到车头那边溜达溜达。可汽笛再响的时候，我总是还在梦中。

到达凡湖已是晚上十点，这可真讨厌。外头漆黑一片，我没法去印证听来的传说：会游泳的猫；高碳酸含量的湖水能漂白衣衫，还能把游泳的土耳其人的头发漂成火红。我还有一个遗憾：这里是列车的最后一站。卧铺车厢被摘了下来，我完全不知道余下的旅程安排。柴油车头被换掉了，一个蒸汽机车头把我们拉到渡口码头，然后用了好几个小时，把车厢两个两个地拉上渡轮。其间我找到了新的列车员，他是个伊朗人，我把车票给他看。

他把票推到一边说："没包间。"

"这是一等车票啊。"我说。

"没地方，"他说，"你上那边去。"

上那边去。他指着刚被拉上渡轮的车厢，那是三等座。三天以来，去餐车的路上我都要经过这几节车厢，那感觉可谓是纯粹的恐怖。我知道乘客都是何许人。那儿有一拨罗圈腿的日本人，肤色很黑，顶着粗硬的短发，同行的还有个矮女人，也是日本人，她把相机用皮带子挂在脖子上，可相机能撞到她的膝盖。这群人的首领是个凶巴巴的年轻人，戴着军用墨镜，抽着没点的烟斗，脚上踩着冲凉时穿的塑胶拖鞋。那边还有个日耳曼部落：蓄须的男孩子，留着平头的胖姑娘。他们的头儿一副猩猩模样，在过道里晃来晃去，有时候还拦住路谁也不让过。那儿还有整天大睡的瑞士人、法国人和澳大利亚人，醒来只是为了抱怨或问时间。里头还有一些美国人，其中有几个我知道名字。"部落首领"们正在渡轮上碰头议事，其余的人在车上看着。

"上那边。"列车员说。

可我不想去，那边的包厢过于拥挤，除了满是欧洲人和美国人的车厢之外，还有住着库尔德人、土耳其人、伊朗人和阿富汗人的包厢，他们摞着睡在旅伴身上，还危险地点起煤油炉子，在铺位之间的空余地方做炖菜。

渡轮拉响汽笛，向漆黑的湖中开去。我追着那个列车员，从甲板这头走到那头，竭力跟他理论。我边说边堵住他的去路（巨大的车体被铁链锁在甲板的轨道上，哐啷作响）：已经大半夜了，可我的包厢在哪儿？

他把我领到二等铺位，里头有三个澳大利亚人。后三个月里，我渐渐发现了一个规律。在我情绪最低落的时候，当一切都陷入最绝望、最难受的境地时，我身边总有澳大利亚人出现，就像是在提醒我已经倒霉到底了。凡湖渡轮上这个三人组把我看作侵略者，从晚餐中惊异地抬起头：他们正在分食一条面包，像猴子似的弓腰低着头吃。三人里有两个男孩和一个金鱼眼女孩。我请他们把背包从我的铺位上挪走的时候，他们不满地嘟哝着。渡轮的引擎引得车窗嘎嘎作响，我躺在铺位上琢磨着，万一船沉了，我该怎么爬出包厢和车子，沿着狭窄的扶梯上到渡船甲板，去到安全的地方。我没睡好，有一次是被澳大利亚姑娘刺耳的呻吟声吵醒了。她离我不到两英尺，一个同伴正鼾声大作，躺在她身上。

天色破晓，迅疾的晨光中，我们抵达了湖的东岸。在这里，火车更名为德黑兰快车。澳大利亚人在吃早饭，把剩下的面包撕成小块。我走到过道上，盘算着该给列车员塞上多少贿赂。

第四章
德黑兰快车：凡湖到德黑兰

崭新的德黑兰快车驶离了位于戈图尔的边境车站，这个车站像个现代化的大超市，崭新的铁轨发出刺耳的尖锐声响（伊朗的国家铁路系统正在更新换代并向外扩张）。法国造的餐车中，大厨脱下清爽洁白的工作服，展开一块可爱的方毯，跪下来祈祷。他每天要这样做五次，祈祷的地方就在收银台和厨房之间的小角落里。他吟诵道："万物非主，唯有真主；穆罕默德是主的使者。"与此同时，用餐的乘客正出声地喝着柠檬汤，嚼着烤鸡肉串。巨大的玻璃混凝土车站里挂着三幅画像：国王、王后和王子。画像有十五倍真人大小，由于放大而显得模糊不清，于是人像显得丰满、贪婪，极有皇家威仪。微笑的儿子看上去像是早熟的小演员，在才艺节目里边跳踢踏舞边唱着"跟节拍走"。这是个古老的国家，现代化的光彩中处处显露出传统的痕迹：做祈祷的厨师、画像、露营的游牧民，还有，在这个世界上运营得最出色的铁路系统中，有人一心想揩点油水。

我又一次把票给列车员看。"一等票，"我说，"你要给我一等的包厢。"

"没包厢。"他说。他指指澳大利亚人包厢里我的铺位。

"怎么没有？"我说。我指着一个空包厢："我要这间。"

"不行。"他给我一个极为热情的微笑。

那笑容是因为我手里的东西。我拿着三十土耳其里拉（约合两美元）。他把手伸到我手边。我压低嗓门，悄声说出那个东方通用的词："好处费。"

他接过钱揣了起来，把我的行李从澳大利亚人包厢里拿出来，放进另一个包厢，里头放着一个磨旧的行李箱和一盒饼干。他把包滑进行李架，拍拍卧铺的床。他问我要不要床单和毯子。我说要。他去拿了来，还带了个枕头。他把窗帘拉下，挡住阳光，冲我鞠个躬，又拿来一大壶冰水。他脸上的微笑仿佛在说："本来你昨天就可以享受这一切的。"

行李箱和饼干是一个大块头土耳其人的，他名叫萨迪克，是个光头，身穿宽松的羊毛长裤和一件弹力毛衣。他来自大扎卜河的上游河谷，那是土耳其较为荒凉的地区；他是在凡湖上车的，准备去澳大利亚。

他走进来，胳膊在汗津津的脸上搭了一下，问道："你住这儿？"

"对。"

"你给了他多少？"

我把数目告诉他。

他说："我给了他十五里拉。这人相当不老实，可现在他站在咱们这边。他不会再把别人往这儿带了，这大房间是咱俩的了。"

萨迪克咧嘴微笑起来，他长着一口歪歪斜斜的牙。露出饿相的其实不是瘦骨嶙峋的人，而是胖子。萨迪克此时就显得饥饿难耐。

"我看，有些话还是先说清楚比较好，"我思忖该如何说出后面的话，"我不是，呃，同性恋。你知道，我不喜欢男孩子，而且……"

"我也是，我也不喜欢。"萨迪克边说边躺下睡了。他有睡觉的天赋，只要横躺下就能睡着，而且他总是穿着同一身衣服睡觉，一次也没脱下来过。去德黑兰这一路上，他也从没刮过胡子、洗过脸。

他不大像是大亨巨贾。他承认自己邋遢不讲究，家底却殷实得很，他的脑筋相当灵光，所以生意做得很不错。他先是把土耳其的古董珍玩出口到法国去，八成他还是这一行的鼻祖哩，别人都还没想到的时候，他就已经垄断了欧洲的连环戒①和铜壶市场。他在土耳其不付出口税，法国那边也不交进口税。他把成箱不值钱的东西运到法国边境，放在仓库里存着，然后带着样品去法国批发商那儿谈订单，然后把进口的头痛事一股脑都丢给批发商。这桩生意他干了三年，把钱存在了瑞士。

"我挣够了钱，"萨迪克的英语算不上完美，"就开了个旅行社。你想上哪儿去？布达佩斯？布拉格？罗马尼亚？保加利亚？兄弟呀，全是好地方！土耳其人爱出门旅游，可他们很蠢。他们不会说英语。他们跟我说，'萨迪克先生，我想要咖啡'——这是在布拉格。我说：'找服务生要去。'他们就怕啦，眨巴着眼睛，可他们兜里有钱呐。我对服务生说'上咖啡'，人家就明白了。谁都听得懂咖啡这两个字，可土耳其人什么外国话也不会说，所以我就得一直

───────────────

① 即 puzzle ring，由好几个独立指环拼叠而成的戒指。

当翻译。跟您说吧，这事快把我给烦死了。那些人总是跟着我。'萨迪克先生呀，带我去夜总会''萨迪克先生呀，给我找个小姐'。他们甚至跟我跟到洗手间，有时候我真想跑了算了。我机灵着呢，从货梯走。"

"我不去布达佩斯和贝尔格莱德了。我带朝觐的人去麦加。他们付我五千里拉，所有事我全包。我打天花防疫针，盖戳儿——有时候我只盖戳儿不打针！咱医院里有人，哈！可我把他们照顾得好好的。我给他们买塑胶床垫，每人一个，吹上气就不用睡在地上了。我把他们带到麦加、麦地那、吉达，然后我就走啦。'我在吉达有事。'我说。可我去了贝鲁特。你知道贝鲁特吧？好地方啊——夜总会，小姐儿，乐子多着呢。然后我再回吉达，接上这些朝觐过的人，带他们回伊斯坦布尔。很有赚头。"

我问萨迪克，既然他是穆斯林，而且离麦加这么近，为什么他自己从来不去朝觐。

"去了麦加就得起誓，不能喝酒，不能骂人，不能沾女人，还得施钱给穷人。"他笑道，"这是老头子过的日子。我还没到时候！"

如今他打算去趟澳大利亚（他念成"欧大利亚"），因为他又想到了一个主意。那是有天他在沙特阿拉伯闲极无聊的时候想出来的（他说，哪个项目一开始赚钱，他就对它没兴趣了）。他的新主意是，把土耳其人输送到澳大利亚去，那边缺工人。就像把连环戒卖给法国人一样，他会先去澳大利亚的工厂考察一番，看看他们缺什么工种，然后列张单子出来。他在伊斯坦布尔的搭档会找齐一大批人，做好文书工作，办好护照、健康证明和相关材料。随后，萨迪克来租飞机送这些土耳其人过去。向土耳其人收钱之后，他还向澳大利亚人收钱。他挤挤眼说："很有赚头。"

正是萨迪克向我指出，那些嬉皮士命定要穷困潦倒。他说，他们穿得像狂野印第安人，可实际上都是美国中产人士。他们不懂得给人好处费，而且，由于他们总是把钱抓得紧紧的，盼着讨到食品、遇见热心肠，所以他们肯定总是失败。对于嬉皮士首领身边总是围着那么年轻的姑娘，他愤愤不平。"那帮家伙长得丑，可我也丑啊，为什么那些小妞就看不上我呢？"

他爱讲自己的糗事。最妙的一件是，有次他在伊斯坦布尔的一间酒吧里遇见个金发女郎。当时已是午夜，他醉得一塌糊涂，欲火中烧。他把金发女子带回家，云雨了两次，然后睡了几小时，醒后又做了一次。次日晚些时分，他爬下床的时候，发现金发女郎冒出了胡茬，随后他看见了假发和那人身下硕大的老二。"'只有萨迪克，'我的朋友们说，'只有萨迪克能跟个男人搞了三次，还以为人家是女的！'可我不是喝多了嘛。"

在沉闷漫长的路途中，萨迪克是个好旅伴。这趟火车挂了三十节货车车厢，缓慢地穿越伊朗西北部，朝着德黑兰驶去，途经我所见过的最贫瘠的土地。在这炙烫的沙漠中，设施优良的火车会让人感激不尽，而德黑兰快车真是再好不过。餐车干净整洁，叫人舒心，每张桌上都铺着上了浆的台布，摆着花瓶，里头插着红色的剑兰。饭食的水准一流，但缺乏变化，总是柠檬味道的汤、烤肉串，外加一摞齐整的方面包，好似一沓吸墨纸。卧铺车厢里的空调凉得晚上要盖两条毯子。火车离开欧洲越远，好像就越奢华。在加兹温（沙漠中又一个大超市模样的超大型车站）我发现我们已经晚点了十个小时，可我没要紧事，而且不管在任何情况下，比起准时来，我都更喜欢舒适。因此我踏踏实实坐着，看书，午饭时听听萨迪克在澳大利亚大干一场的计划。车窗外的风景渐渐有了特色，山丘和高原出现了，随后是郁郁葱葱向北延伸的山脉；村庄多了起来，还有喷吐着火焰的精炼厂，没过多久，我们到了德黑兰。

　　萨迪克买了张当天去马什哈德的火车票。他本来没打算去的，但排队的时候他无意中听到两个漂亮姑娘在买三等车票，还看见售票员给她俩分了一个包间。在伊朗火车的三等车厢，性爱没有等级之分。萨迪克要了张三等票，而且被分到了同一个包间。"天赐良机啊！祝我好运吧。"

　　德黑兰，一个脱胎于村庄的兴旺城镇，是个没有古迹也无甚趣味的地方，除非你对糟糕的驾驶和恶劣交通有特别的嗜好。这里的交通状况比纽约还要坏上二十倍。据说这里以后要修地铁，但德黑兰的管道设施是村镇水平的，污水被泵入地下，而地面上就是楼房。所以，要是挖隧道的话，很可能会引发大规模的霍乱爆发。我遇见的一个人证实了这个想法，他说在这城里随便哪个地方，你只要往下挖个十英尺，就能碰到污水，过不了几年，挖五英尺就行了。

　　尽管这座城市规模大，也有簇新的外表，可它依然保留着市集最令人厌恶的特点。这一点跟因石油而富裕起来的得州城市达拉斯很像，而且德黑兰也具备它的全部特色：虚假的光艳，尘土和炎热，塑胶的味道，金钱的迹象。这里的女人很可爱，她们手拉手轻盈地到处走（就连最时髦的女郎也不例外），或弯腰挽着蒙着头巾的矮小老妪，走在人行道上。除了过分讲究衣装，财富没给伊朗人太多表现余地。事实上，冻得人直哆嗦的空调似乎只有一个目的，就是让伊朗富人能穿上时髦的英国服装，那是他们的格外偏爱。在堕落颓废的气氛中，有一点十分特别，几近野蛮，那就是女人的缺席。你极少能看见女人跟男人在一起，几乎看不见夫妻，情侣的身影更是绝了迹，到了黄昏，德黑兰变成了男人的城市，成群结队地徘徊闲荡。酒吧里全是男人，他们穿着昂贵的西装，喝着酒，焦渴的眼睛不断在房间里搜寻，仿佛在期待女人的身影。可女人是没有的，性的替代品十分悲哀，而且显而易见：电影海报上画着身穿短睡衣的丰腴波斯女郎；有肚皮舞娘、脱衣舞女、大腿舞女的夜总会，里头还有头戴可笑帽子的喜剧演员，他们讲的每个波斯笑话都要提到掏了钱又遭人拒绝、没能尝到风流滋味的冤大头。金钱把伊朗人拉向一边，宗教把他拉向另一边，结果就造成了一个愚蠢而又饥渴的怪物，对他来说唯有女人才能解饥止渴。查拉图斯特拉如是说："头戴三重钻冕的丑陋偏执狂、自称为'王中之王'的人，就是他们心目中的政府；一支执行枪决的行刑队，就是他们心目中的法律。"

没有那么可怕，但同样恶心的是，伊朗人喜欢吃用胡萝卜做的果酱。

由于石油的缘故，德黑兰有很多外国人。这儿有两份英文日报和一份名叫《德黑兰日报》的法文日报，还有一份德文周刊《邮报》。毫不奇怪，英文版《德黑兰日报》的体育版面被如此缺乏波斯风味的新闻占据：对棒球选手汉克·阿伦的特写报道（"伟大的球员，伟大的人"）；届时他当着一批淡漠的亚特兰大人的面，就快要打破贝比·鲁思一辈子714支本垒打的记录（"亚特兰大是棒球的耻辱"）。除了一条关于伊朗自行车队的简短报道之外，余下的体育新闻跟美国的差不多。用不了在德黑兰走上太远，你就能发现这些报纸是给谁看的。城里可不缺美国人，就连在边远地区干活的美国钻井工人，也可以在工地干完七天活之后，就到德黑兰来待上七天。因此，这儿的酒吧有种狂野西部小酒馆的气氛。

卡斯朋酒店的酒吧就属于这一类。高个子美国男人懒洋洋地倚在沙发上，对着瓶子喝杜柏牌啤酒，几个板着脸的太太或女朋友坐在他们身边一支接一支地抽烟，还有个男的坐在吧台边滔滔不绝地说话。

"我找到那狗娘养的说，'用 X 光给照照这焊点'，他呆瓜似的看着我。都三个星期没 X 光了。这堆破玩意儿肯定早晚得塌。他对我说……"

"我们在库姆遇见奥尔布赖特夫妇了。她穿了件漂亮透顶的裙子。"沙发上的女人说。她的鞋子已经踢掉了："她说就是在这边买的。"

"他娘的，我不知道该怎么办了，"吧台前的男人说，"我告诉他要是我觉得这玩意儿不合格，我就不离开工地。要是他还这么着，他就继续干他这破工作。只要老子愿意，我随时可以回沙特去。"

一个穿着牛仔裤的中年大块头进来了。他脚步有点蹒跚，但面带微笑。

"吉恩，你这狗娘养的，快过来。"吧台前的男人叫道。

"嗨，罗斯。"大块头答应着，几个伊朗人往旁边挪了挪。

"一屁股坐地上之前先坐这儿来。"

"请老子喝一杯,小混蛋。"

"喝个屁,"罗斯掏出鼓鼓囊囊的钱包给吉恩瞧,"我只剩下一百里拉了。"

"他们是得州人,"沙发上的女人说,"我们是俄克拉荷马的。"

酒吧里更嘈杂了。罗斯冲着吧台旁一个男人叫着"嘿,哥们"。那人弯身抱着个酒瓶,从后头看,他已经烂醉如泥了。吉恩站在几英尺外,喝着啤酒,歇气不喝的时候就咧嘴笑。

"嗨,韦恩,"罗斯对那个弓着腰的人说,"今儿晚上咱们揍谁啊?"

韦恩摇头,吉恩用手蹭蹭脸颊,他的手被晒得很厉害,文身几乎都看不见了。

"喝一杯,韦恩,"罗斯说,"喝一杯,吉恩。问问比利想干吗。"

罗斯一巴掌拍在韦恩背上,轰隆一声巨响,韦恩跌到了吧椅间的地板上,金色的运动服揪到了胳肢窝。比利过来了(他一直在跟女人们喝酒),帮着罗斯和吉恩把韦恩架回吧椅上坐稳。韦恩粉色的后背露了出来。他的脸是刮过的,长着一对招风耳,胳膊肘支在吧台上。他抱着酒瓶的样子,活像水手在强风中紧紧抓住桅杆。他斜眼盯着自己的两只手,咕哝着。

之前一直沉默的伊朗人,此时开口跟服务生用波斯语说着什么,好像是在提意见。比利察觉到了,冲其中一个伊朗人说:"你跟他说什么呢?"

"过来,哥们。"罗斯对另一个伊朗人说。他对韦恩挤挤眼,韦恩有点酒醒了,站起身来。罗斯一下子拽住那个伊朗人的衣袖:

"跟你说句话。"

沙发上的女人们起身要离开，抱着手袋往门口走去。

"嗨！"罗斯冲她们喊。

"你们这帮小子又要动粗了。"

女士们走了。发觉事态不妙，我也跟着她们走到了喧嚷的街上，同时发誓我一定要搭上最早一班火车，逃离德黑兰。

离开伦敦前，我在地图上画了一条路线。我本来想从德黑兰一路往南，去往卡里德巴德，再到达伊斯法罕，然后从这里往东南方向去，到亚兹德、巴夫格，最后到达铁路终点扎兰德。然后我打算坐汽车穿过俾路支斯坦，在伊朗的扎黑丹火车站搭乘巴基斯坦西方列车，一路向东去往巴基斯坦。

"这条路线当然可以，"一位使馆官员说，"但我不建议你这么走。去奎达得耗掉你将近一星期的时间，就算别的都不考虑，这时间也太长了，因为你没法洗澡。"

我说，我刚刚经历了五天没澡洗的日子，这不算什么。我真正担心的是俾路支人：他们是不是在打仗？

"宁可信其有！"

"那您觉得，这条路线不大好喽？"

"要我说，冒这个险挺蠢的。"

别的旅行者可能会直面挑战，去往东南方，而我庆幸有机会反其道而行之。我谢过使馆官员的建议，买了张火车票，去往东北部的马什哈德。

第五章

夜班邮车：德黑兰到马什哈德

位于伊朗东北部的马什哈德离阿富汗边境约有一百英里，离苏联甚至更近。它是个圣城，因此最热诚的穆斯林会搭乘夜班邮车，车上随处可见虔诚的波斯人，低声念诵着上天堂的祈祷词，尽管有诗云：

> 波斯人的天堂很容易搭建
>
> 有了黑眼眸和柠檬汁就能实现①

到了做晚祷的时候，火车似乎被某种奇怪的病症击中了。乘客们跪倒，行额手礼。开往马什哈德的夜班邮车多半是世上独一无二的火车——所有的乘客都背向行驶方向而坐，凝望着麦加的方向。旅途中充满祷告的氛围，车厢的颤动应和着他们的虔诚。在德黑兰快车上，女士们穿着裙子和衬衫，可在夜班邮车上，她们都包裹着长袍，脸孔完全隐藏在面纱后。

毫无疑问，由于这趟车上的宗教氛围，餐车里的啤酒都不见

---

① 语出托马斯·默尔（1779—1852）的诗句。其为爱尔兰诗人，最著名的作品是歌词《夏日最后一朵玫瑰》。

了。可离开德黑兰的那一夜，天气十分炎热，我急切地想喝点什么。那一满瓶杜松子酒是要留到阿富汗的。

"没啤酒，是吗？"我问厨子，"车上有什么？"

"鸡肉串。"

"这个我不要，你这儿还有其他饮料吗？"

"有牛排。"

"有葡萄酒吗？"

他点点头。

"哪种葡萄酒？"

"鸡肉饭、汤、沙拉。"

我放弃了喝酒的念头，决定吃点东西。我边吃边欣赏着外头月球般的景色（火山、地平线上的荒凉山脉，还有最远处的沙地），一个身穿狩猎夹克、拿着份报纸和购物袋的男人走过来说："我能坐这儿吗？"

"您请。"他拿的伦敦《每日电讯报》是五天前的，购物袋里装着好多罐消毒剂。他坐下，手肘压在报纸上，手托着腮，一副专心致志的样子。

"看那姑娘。"他说。一个漂亮姑娘走了过来，她穿着一件颇为贴身的裙子，不像其他女人那样裹着厚头巾和衣服。她吸引了食客的目光。我刚想开口评论一番，可他制止了我："等等，我要专心看看。"他目送着姑娘的背影，直到人家走出了车厢，说道："真想认识个这样的姑娘啊。"

"干吗不上去介绍一下自己？不会太难的。"

"不可能。她们不会搭理你的。要是你想约她们出去，好比说吃顿饭、看场演出什么的，她们是不会去的，除非你打算娶她们。"

"这可真尴尬。"我说。

"还不止呢。我住在没人烟的地方，埃兹纳那边没女人。"

"我以为你周末经常过来。"

"哪里！这是我第二次去德黑兰，第一次是四个月前。"

"你在沙漠里待了四个月？"

"在山区，"他说，"但都一样。"

我问他，既然他这么想结识个好姑娘，那为什么还要住在伊朗山区里，一个姑娘都见不着。

"我本来是要在这边见个姑娘的。我们是在利雅得认识的，她是个秘书，非常好的姑娘，她说她要到德黑兰来，换工作。所以我回英国去的时候，就接了这份工作，还给她写了信。可那是六个月前的事了，她没给我回信。"

现在外头已经全黑下来了，没有月光，伸手不见五指。车轮的咔嗒声沿着餐车的桌子传递上来，刀叉叮叮作响。司厨们脱下整洁笔挺的制服外套，准备做晚祷。工程师继续讲述着他的忧郁故事（他是个工程师，指导一座油井的挖掘工作），就凭着能见到秘书姑娘的微弱可能，他签订了一份在伊朗工作三年的合同。

"我真正想要的，是认识一个有钱的姑娘，不是索菲亚·罗兰那种，而是漂亮又有点钱的。以前我认识一个，她父亲在银行业，可她很奇怪，总是一副幼稚小丫头相。我可没法娶这样的！瞧。"

刚才走过餐车的姑娘回来了，又经过我们身旁。这一次我好好打量了她一番，我发觉，你得孤身一人在伊朗山区待上四个月，才能觉得她是个美女。工程师一副心醉神迷的样子，让我觉得感动而又绝望。"老天啊,"他说,"想想我能跟她一起做的事吧!"

为了转移话题,我问他在工地上闲时做些什么。

"那边有个台球桌,还有飞镖,"他说,"可都破得很,我不玩。就算它们能用,我也不会去俱乐部的。我受不了那股厕所味。我去德黑兰的目的之一,就是去买点清洁剂。我买了九罐。"

"我平时干什么?嗯,一般是看书,我喜欢看书。我也在学波斯语,有时候我加班。我听广播听得挺多的。哦,那边的日子很安静。正因为这个,我很想认识个姑娘。"

他告诉我,过去七年他都待在沙特阿拉伯、阿布扎比和伊朗。我问他,他的单身问题拖了这么长,会不会跟这个有关系。他立即称是。

"妓院呢?"

"那不适合我,老兄。我想要稳定的关系,找个好姑娘,清白,漂亮,有钱,样样都有。我弟弟身边有很多这样的姑娘。气得我。以前有个从阿克斯布里奇来的姑娘,是给女士做头发的,可爱得很,对我弟弟迷得不行。那会儿我跟他住一起,我有探亲假,住在他海斯的家里。可他正眼看人家一眼没有?一眼都不看!最后姑娘走了,嫁了别人。我不怪她。我特想找个这样的姑娘。我会带她去看戏,送花给她,带她去好馆子吃饭。我肯定会这么做的。我会好好对待她。可我弟弟这人很自私,一直都是这样。想要大汽车,要彩电,只对他自己感兴趣。我,我对所有的人都感兴趣。

"我不知道自己为什么会过成这样,可上回探亲差点要了我的命。我遇见了一个真的很可爱的姑娘,是个从切斯特来的打字员,正当一切顺利的时候,她前男友给我打了电话,说他要杀了我。我只能跟她断了。"

餐车里已经空了，厨子们已经做完祈祷，正在收拾桌子，为第二天的早餐做准备。

"我看人家想让咱们走了。"我说。

"我非常尊敬这些人，"工程师说，"你想笑我的话就笑吧，可我总想当个穆斯林。"

"我可不会笑话这个。"

"你必须熟读《古兰经》，这不容易。在工地的时候我一直读经书来着，当然了，我是私下里悄悄读的。要是我们经理发现我读《古兰经》，他肯定不理解。他会以为我疯了。可我想，或许这就是答案吧。成为穆斯林，三年后续签合同，认识个波斯好姑娘。如果你是穆斯林的话，认识她们就太容易了。"

这次谈话，跟火车上我与别人的许多谈话一样，很容易形成一种坦诚的气氛，因为大家有缘同行一段路，因为餐车的舒适，还因为彼此都知道以后大家再也不会见面。火车是小说家的市集，无论是谁，只要有耐心，就可以带走一段记忆，日后私下里回味。这些记忆是不完整的，但就像最精妙的小说一样，故事的终局总是早就埋下了伏笔。那位悲哀的工程师永远不会再回到英国了；他会成为老侨民中的一员，隐居在遥远的山区里，带着古怪的同情心，对当地的宗教一知半解，心里怀着没来由的愤怒和能赶走好奇陌生人的全套追忆。

我的包间里还有三个人：一对加拿大夫妇，一个来自伦敦东部贫民区、毛发浓密得骇人的男孩子。他们都是要去澳大利亚的，加拿大夫妇去那边是因为"我们不喜欢学法语"，伦敦佬则是因为

"伦敦城里满是讨厌的印度人"。这必定是个社会学现象，比起贫困问题，偏见才是促成移民的更常见原因。可让我感兴趣的是，像其他很多人一样，这三人是沿着最便宜的路线去往澳大利亚的。他们取道阿富汗和印度，过着身边最穷困的人过的日子，吃着低劣的食物，睡在藏着臭虫的旅馆，这都是因为他们拒绝生活在原来的世界，一个在他们看来将要腐坏的社会。

他们的对话无聊至极。我从列车员那里要了毯子和枕头（他只象征性地收了点好处费），喝了杯杜松子酒，睡了。

次日一大早，汽笛声把我吵醒。骆驼在棕色灌木丛间吃草，庞大的羊群聚拢在山坡沙地上。村落不多，但建筑的式样极不寻常。房子低矮，四周有围墙，就像沙滩上父母用小桶和小铲给孩子搭的堡垒似的。房屋的窗户很小，土墙剥落了，雉堞歪歪扭扭的。远看让人印象非常深刻，近看的话，房子几乎分崩离析，是那种基本挡不住敌人的防御工事。妇女们在大风地里蹲坐在墙根，咬住面纱的一角，免得被大风吹开。

马什哈德突然从沙漠中现身了，清真寺覆着金屋顶，白色的宣礼塔笔直而又修长。火车站里，朝圣者们拖着铺盖卷从车里拥出。这个距离伦敦四千英里的车站是铁路的终点：在这个伊朗铁路最东头的车站和开伯尔山口中兰迪科塔尔的巴基斯坦小站之间，横亘着阿富汗，一个一寸铁路也没有的国家。

在马什哈德待了一小时之后，我就急着想走了。适逢斋月，也就是穆斯林的禁食期，白天没有食物售卖。我吃了点伊朗奶酪，发现了两个好像跟族人失散了的嬉皮士首领。他俩没法理解我为何不愿待在马什哈德。"这儿多好，"一个说，"既新潮，又自由。你应该到处逛逛。"

"我要去巴基斯坦。"我说。

"那你得先经过阿富汗。"另一个说。他是个小个子，留着胡须，拿着吉他。"好像是必经之路。"

"愿意的话跟我们一块走吧。我们要出站去。我们这样走了好多回，上火车，拉下窗帘，倒头就睡。"他穿着印度式的宽松裤子、凉鞋、一件绣花马甲，脖子上挂着珠串项链，还戴着手镯。他这副打扮活像维多利亚时代版画里的土耳其人，只是没有弯刀和头巾。"一起走的话就赶快，否则咱们就赶不上大巴了。"

"我讨厌巴士。"我说。

"听见没，鲍比？他讨厌巴士。"

可鲍比没接茬，他正在盯着一个姑娘看。后者可能是美国人，正从火车站往外走。她脚上踩着一双高木屐，摇摇晃晃，囊囊地往前走着。

"我真服了这种鞋，"鲍比说，"小姐们穿着这玩意儿怎么走路啊。我敢打包票，发明这玩意儿的家伙肯定是个恨女人的变态。"

阿富汗是个不招人喜欢的地方。以前这儿物价低，风气野蛮，人们到这里买大量的印度大麻——在赫拉特和喀布尔肮脏的旅店里晕乎乎地待上好几个星期。可 1973 年发生了军事政变，国王被废黜了（彼时他正在意大利晒太阳）。如今的阿富汗物价高，可仍跟以前一样野蛮。就连嬉皮士也开始觉得难以忍受了。食物有股霍乱味道；旅行总是不舒适，有时候还有危险。没待多久我就后悔了，不该改变计划向南走。没错，俾路支斯坦的确在打仗，可那地方很小。我下定决心要迅速离开阿富汗，忘掉这些不愉快。可是，距离下一班火车还有一个星期。

海关晚上不开门。我们没法回到伊朗边境，也没法继续去赫拉特，所以只得待在一个既非阿富汗又非伊朗的狭长地带，找了个没名字的旅馆住下。旅馆里没电也没厕所，供应的水只够每人泡一杯茶。门厅里点着蜡烛，当烛影中的阿富汗人告诉我们，每张床位收三十五美分的时候，鲍比和他的朋友洛佩兹（他以这个名字自称，但真名叫莫里斯）极度狂喜。洛佩兹要印度大麻，阿富汗人说没有。洛佩兹说人家是"卑鄙小人"。阿富汗人拿来了狗屎大小的一块，当晚余下的时间我们就抽大麻。约莫午夜时分，黑暗中电话响了。洛佩兹说："要是找我的，就说我不在！"

第二天我们去赫拉特的路上，一位阿富汗乘客掏出手枪把大巴车顶轰了个洞。随后他们打了起来，争执该由谁付钱修补。次日在赫拉特，我依然被那枪声震得耳鸣。那时我正看着成群结队的嬉皮士站在荆棘丛边，抱怨着汇率。凌晨三点，赫拉特的主干道上有人游行，短号噗噗吹着，还敲着鼓，如同德国小说里老头子做的诡异噩梦。我问洛佩兹听见游行没有，可他没搭理我。他说他正焦虑着呢。他像个股票经纪般哀叫着，死命摇晃着戴着镯子的手腕，说出了坏消息：一美元才换五十阿富汗尼。"宰人啊！"

我取道马扎里沙里夫，坐了大巴和飞机，到达喀布尔。喀布尔有两个插曲让我印象深刻：我去参观了喀布尔精神病院，没能保出一个被误关进去的加拿大人（他说，只要有巧克力吃，在里头待着他也无所谓，反正比回加拿大强）；那周晚些时候，经过一个帕坦人的帐篷营地的时候，我看见一头背着大堆木头的骆驼突然倒地，片刻之后，几个帕坦人扑了上来，把那头可怜的牲畜剥皮卸块了。我一点也不想在喀布尔多待。我搭上巴士，向东去了开伯尔山口。在那边的兰迪科塔尔，我要搭上火车去白沙瓦。我很怕误了这趟车，因为一周只有这一班。这趟周日出发的当地车，名叫"132下行线"。

第六章

当地火车：开伯尔山口到白沙瓦

比起巴基斯坦那一边，阿富汗境内的开伯尔山口岩石更多，地势更高，更加崎岖不平。但在边境的托克汗姆，地面开始变绿，不禁让人感到无限宽慰。这是离开伊斯坦布尔以来我第一次看到连绵不断的绿色。先是岩石上长出了青苔，一簇簇苍白的杂草从岩缝里伸出芽尖，然后是被风吹弯了的灌木和低矮树丛，最后出现了葱茏的草坡，到了白沙瓦附近，树木已经枝叶纷披。从贾拉拉巴德郊外的陡峭山谷，到摇曳着野花的兰迪卡纳，这过程就像是在一天之内经历了季节的更替。变化是突然出现的，世上应该不会有多少这样的邻国，地理位置上如此贴近，地貌却又这般迥异。地图上标出的边境线一到，地貌就平缓下来，阿富汗人的灰白面孔（他们头上凌乱地缠着白色头巾）就被棱角分明的巴基斯坦脸孔取代。巴基斯坦男人穿着瘦窄的拖鞋，唇髭的样式就像魔术师，细细的，带着几分轻蔑的意味。

然后就是更令人愉快的开伯尔铁路了。这个五十年前花费巨资修建的铁路是工程学上的奇迹。全线共有三十四个隧道、九十二座桥梁和涵洞，而且爬升到了三千六百英尺的高度。火车的守卫森严：铁轨上方的断崖上，小小的要塞掩体中，开伯尔步枪队正在站着执勤。他们茫然地盯着阿富汗贫瘠边境上垂直而下的幽暗山涧。

开伯尔铁路每周只有一班车，而且所有乘客都是巴基斯坦人口中的"部落人"：库吉人、马里克丁人、喀姆巴人，还有扎卡吉尔人，凭着褴褛的衣衫几乎无法分辨出他们的区别。每周一次，他们坐这趟车去白沙瓦赶集。这是他们进城的大日子，因此开伯尔山口的兰迪科塔尔车站的月台上挤满了兴奋的部落人，踩着光脚，等着火车开动。我在最末一节车厢里找了个位子，看着一个多半是疯子的部落人在月台上跟乞丐们争吵。一个乞丐蹒跚地走向等车的家庭，伸出手，那疯子就马上冲过去朝他尖叫。有些乞丐不理他，有一个还击了，懒洋洋地打了他一巴掌，直到警察过来干涉。

疯子是个老人，留着长胡子，穿着一件军用外套，趿拉着用橡胶轮胎剪成的凉鞋。他冲着警察叽叽呱呱地说了一阵，然后上了火车，坐到离我很近的地方。他唱起歌来，逗笑了众人。他唱得愈发大声了。乞丐们陆续走过车厢——麻风病人、小男孩领着的盲人、拄着拐棍的男子，都是常见的乡下苦命人。他们呻吟着，拖着脚步，从车厢一头走到另一头。乘客们带着些许兴趣看着他们，但没有一个人给他们东西。乞丐们拿着锡罐，里面盛着干面包皮。疯子在嘲笑乞丐：他冲一个盲人做鬼脸，对一个麻风病人尖叫。乘客们笑了，乞丐们继续往前走。一个独臂男人上了车，他站在那儿挥舞着那只完整的胳膊，展示着残肢——肩头上四英寸长的骨头。

"伟大的安拉！你们看啊，我失去了胳膊！施舍点东西给我这个受伤的人吧！"

"滚开，蠢货！"疯子嚷道。

"给点吧。"独臂人说。他走进车厢。

"滚开，笨蛋！不许待在这儿！"疯子站起来骂，那个人朝他猛扑过来，挥拳在他头上重重地敲了一下，把他打倒在座位上。独臂人离开之后，疯子继续唱起歌来，可这次没有听众了。

这一幕是我旁边的两位男士翻译给我听的：哈克先生年约六十五，是个来自拉合尔的律师；哈桑先生是他朋友，来自白沙瓦。他们刚刚从边境来，哈克先生说："我们在那边做点调查。"

"你会喜欢白沙瓦的，"哈桑先生说，"很不错的小城。"

"我得打断我博学的朋友，他不知道自己在说什么，"哈克先生说，"我有把年纪了，我知道自己在说什么。白沙瓦根本不是什么不错的城镇。以前是，可现在不是了。阿富汗政府和苏联人想占领它。苏联人和印度人拿走了巴基斯坦的一块地方，把那儿叫作孟加拉国。以前的白沙瓦是很不错，历史悠久，可不知道以后我们会遇见什么事。"

火车开动了，现在那疯子正在欺负一个好像是独自出门的小男孩，部落人都支着胳膊肘坐在窗边。这是趟怪异的旅程：前一刻车厢里还充满阳光，外头的山谷变成了歪歪斜斜的石头峡谷；下一刻我们就进入了黑暗。开伯尔铁路线上的隧道总共有三英里，车厢里没有灯，因此这三英里的路我们要在黑暗中度过了。

"很高兴能跟你聊聊天，"哈克先生说，"你去过喀布尔。你说说看，那边安全吗？"

我告诉他，我见到了不少士兵，但我认为那是因为有军事政变。阿富汗是受法令统治的。

"唔，我有个问题，我年纪大了，所以需要点建议。"

问题是这样的：哈克先生的一个远亲，一个巴基斯坦男孩在喀布尔被逮捕了。由于很难换得外币，也不可能去印度旅行，所以巴基斯坦人想度假的话就只有去阿富汗。哈克先生认为那孩子被捕是因为携带印度大麻，有人求他去趟喀布尔把孩子带回来。而他拿不定主意，不知道自己该不该去。

"你说我该怎么办？"

我告诉他应该把事情交给巴基斯坦驻喀布尔的大使馆来解决。

"官方上说，我们是有外交关系的，可谁都知道我们实际上没有外交关系。我不能这么干。"

"那你就得去一趟了。"

"要是他们把我抓起来怎么办？"

"他们为什么要抓你？"

"他们可能会认为我是间谍，"哈克先生说，"因为普什图尼斯坦的事，我们就快要和阿富汗开战了。"

普什图尼斯坦问题是这么回事：几个得到苏联和阿富汗支持、有武装的帕坦人村庄，威胁要脱离巴基斯坦，成为新的省份，然后凭借出售干果的收入，实现自治。解放了的战士们要进军世界的葡萄干和梅干市场。

"我的建议是别去。"我说。

"你怎能这么说！那孩子怎么办？他是我的亲戚啊，他家里人可担心了。"哈克先生说，"我想，再问你个问题。你知道喀布尔的监狱吗？"

我说不了解，但我见过喀布尔的精神病院，没觉得是什么好地方。

"喀布尔的监狱啊，听着，我告诉你。那是巴布尔国王在1626

年建的。他们管那叫监狱，可就是在地面上挖个洞，就像深井似的。他们把犯人关在里头，晚上就盖上盖子。真相就是这样。他们不给犯人吃东西。那孩子有可能会死掉。我不知道该怎么办。"

他用乌尔都语焦躁地跟哈桑先生说着什么，我拍着峡谷的照片。我们钻进隧道，穿过山谷到达对面的车站，头顶上，加固的塔楼和石头炮台在正午的阳光下闪闪发亮。这仿佛是一条永远不可能走完的铁路线。火车摇摇摆摆地行驶在悬崖边缘，沉重地喘息着，待到面前除了垂直的岩壁外别无他物的时候，就一头钻进了山里。在洞里，列车惊动了山洞顶上的蝙蝠，坐在窗口的部族人挥着手杖猛打。随后，列车又驶入阳光，经过阿里清真寺旁边的要塞，在高高的山峰上平衡着车身。一小时后，经过二十个急弯，火车开进了一个较为平缓的斜坡，快到贾姆鲁德了。贾姆鲁德上方是庞大笨重的要塞，墙有十英尺厚，角堡正对着阿富汗。

有些部落人在贾姆鲁德下车了，哈克先生观察起他们来："我们尽力善待他们，他们就出来了。"

他又陷入沉默，一直没有说话，直到我们穿过白沙瓦的郊区，行驶在公路旁。路上有得得作响的轻便马车，还有按着喇叭的破旧汽车。这里地势平坦，满眼绿意，棕榈树长得很高。这里的天气多半比喀布尔热，但浓重的绿荫让一切显得十分清凉。在我们身后，太阳已经落得很低了，开伯尔山口的山峰笼罩着一层淡紫色的薄雾，那颜色美得仿佛散发着清香。哈克先生说他在这儿有生意——"我得把最操心的事解决了。"

"咱们以后见面再聊聊吧，"在白沙瓦兵营车站，他说道，"我不会再拿自己的事来烦你。咱们喝喝茶，聊聊世界上的大事。"

白沙瓦是个美丽的城镇。我很乐意搬来此地，在凉廊上踏踏实实坐下，看着开伯尔山口的夕阳，就此终老。白沙瓦的楼宇空间阔朗，全是盎格鲁-穆斯林-哥特式的绝佳范例。房屋分布在宽阔寂静的道路边，头顶上遮着绿荫。要从喀布尔的糟糕经历里醒过味来，这儿再合适不过了。你在车站叫一辆轻便马车，载你到酒店。酒店回廊上，椅子的脚凳部分已经拉了出来，供你把腿跷上去，活络活络筋骨。伶俐的服务生拿来一大瓶穆里的出口啤酒。酒店空荡荡的，其余的客人都冒险参加了十分辛苦的旅程，去了斯瓦特，盼着能得到总督殿下的接见。你在罩着蚊帐的床上安安稳稳地睡上一觉，然后被鸟鸣唤醒，起来吃一顿英式早餐：以麦片粥开始，腰子收尾。之后，叫辆马车去博物馆。

佛陀是如何在母亲体内受孕成形的呢？你心里疑惑不解。白沙瓦博物馆里有个犍陀罗风格的浮雕，描绘出这样一幅景象：佛母侧躺着，身体上方有个像热气球喷管的东西，正在从肋骨处使她受孕。在另一幅嵌板上，幼小的佛陀从她体侧的一个裂缝跳跃而过，奋力一跃来到世间。后面是诞生后的景象，佛陀躺在跪着祈祷的护理人员中间。这是圣诞卡上常见的场景，被精细地雕刻在了石头上，人物的面部都呈现出古典的韵味。最震撼的是一件三英尺大小的石雕，一位老人正盘腿打坐。此人正在禁食，他眼皮低垂，肋骨一根根清晰可见，膝盖嶙峋，肚腹空瘪。他看上去就快死了，可神情圣洁安详。这是我所见过对瘦削躯体刻画得最真实的石雕像，在印度和巴基斯坦，我一次又一次地见到同样的躯体：在门边，在小屋外，斜倚在火车站的柱子旁，饥饿为骨瘦如柴的面孔添上了一层特殊的圣洁。

我去离博物馆不远的小店里买火柴，有人问我要不要吗啡。我怀疑自己听错了，就问能不能看看。男子掏出一个火柴盒（或许"火柴"是个暗号？），滑开。里头装着一个小药瓶，上面写着"硫酸吗啡"，还有十个白药片。男子说这是打在胳膊里的，二十美元就全部拿走。我笑着还价说五美元，可他觉得我是在捉弄他，脸色一沉赶我走。

我很愿意在白沙瓦多留一阵子。我喜欢躺在凉廊上，摊开报纸，看着轻便马车来来往往；我喜欢听巴基斯坦人讨论跟阿富汗之间即将到来的战争。他们忧心忡忡，十分痛心，可我鼓励他们说，要是他们肯入侵那个国家，我会热烈支持。这份干脆的保证让他们惊讶不已，可他们看得出我是真心实意的。"我希望您能帮助我们。"一个人说。我解释说，我可算不上骁勇善战。他说："不是您个人，而是全美国。"我说我没法承诺全美国会支持，可我很愿意替他们进上一言。

在白沙瓦，事事都简便顺心，除了买火车票之外。买票花了一上午工夫，搞得我筋疲力尽。首先，你去查巴基斯坦西线铁路的时刻表，得知开伯尔邮车下午四点开。然后，你到咨询窗口去问，人家告诉你这车晚上九点五十分开。咨询处的人让你去订票窗口看看。而订票窗口没人，清洁工告诉你人马上就回来。一个小时后，人回来了，帮你选好座位档次。他把你的名字记在本子上，给你一张单据。你拿着单据去售票处，付上一百零八卢比（大约十美元），拿到两张票和一张签过字的单据。你再回到订票处，再一次等着工作人员回来。他回来了，在车票上签字，检查单据，然后在六平方英尺大的账本上记下细节。

这还不是唯一的麻烦事。订票处的人告诉你，开伯尔邮车上没有卧具。我猜他是想要点好处，所以给了他六个卢比，请他解决这事。二十分钟后，他说卧具都被预订光啦，抱歉。我要拿回好处费，他说"随你的便"。

那天晚些时候，我想出了一个完美无缺的办法。我住的是迪恩酒店，它跟我在拉合尔要住的法乐提酒店是连锁的。我缠着酒店工作人员说了半天，他终于同意给我提供卧具。我要给他六十卢比，然后他给我开个单据。到了拉合尔，我把卧具还给法乐提酒店，然后拿回我的六十卢比。单据上是这么写的：

> 凭此单据，收回毯子、床单、枕头各一件，退还此人六十卢比（仅限此金额）并将账目记于白沙瓦迪恩酒店账户。

第七章
开伯尔邮车：白沙瓦到拉合尔

卧铺车厢的列车员拉什德帮我找到了包厢，犹豫片刻后，他请我帮忙看看他的牙。疼着呢，他说。这个请求算不得无礼，因为我告诉他我是个牙医。亚洲式的探问快让我招架不住了：你从哪儿来？你是干什么的？结了婚没有？有孩子吗？这些唠叨问话把我弄得支支吾吾，遮遮掩掩，笨嘴拙舌，还满嘴跑火车地乱编瞎话。拉什德铺好了床，然后张开嘴巴，拉着下嘴唇，给我看一颗坏蚀的犬齿。

"你最好到卡拉奇去看看牙医，"我说，"吃东西的时候用另一边嚼吧。"

他对我的建议挺满意（我还给了他两颗阿司匹林），说："您在这儿会很舒服。德国造的车，十五年前的。车子重，您瞧，所以不摇晃。"

找到我的包厢没费多大劲。有人的只有三间，另外两间里住的是军官，而且包厢门上贴了标签，我的名字用大字写在上头。现在我一踏进火车，就能估摸出旅程的质量如何。进了开伯尔邮车，我的感觉有点失望——这段旅程太短了，到拉合尔只要十二小时。我巴不得它再长点，因为我要的一切应有尽有。包厢面积很大，明亮，舒适，毗邻房间里有厕所和水槽；我有一张可折叠的桌子、带软垫的座椅、镜子、烟灰缸、镀了铬的酒瓶架，等等。我独占这个包厢，但要是我想找人说说话，可以溜达到餐车去，或是去过道上跟军官们聊会儿。火车不需要乘客做任何付出。坐飞机，你得在紧巴巴的椅子里拘上好几个小时；坐船，需要你兴致高昂，还得左右逢源会社交；坐小汽车或大巴，你得闭上嘴不说话。卧铺火车是痛苦最少的旅行方式。在《奉命南游记》中，罗伯特·路易斯·史蒂文森①这样写道：

> 我以为，火车旅行的主要魅力在于如下几条：车速是如此从容，带我们驶入风景，却不至于惊扰它，令我们的心灵充满乡间的安宁和静谧；我们的身体随着车厢向前飞驰，思想却在幽默的推动下，因着荒僻的车站而停驻……

卧铺车厢的浪漫，源自它极度的私密，它既有密闭空间的最佳特点，同时还能向前移动。在这个移动的卧房中，无论上演什么戏码，都会因窗外的风景而倍添韵致：隆起的小丘，山脉引起的惊叹，喧哗的铁桥，或是昏黄灯光下伊人独立的忧伤画面。而且，唯有坐火车，旅行才会变成连绵不断的视觉盛宴，穿越起伏大地时一幕幕难忘的景象才会一连串地铺展开来，不会因空茫的天空和海面而中断。火车是让人得以安稳居停的交通工具，该吃就吃，该睡就

---

① 罗伯特·刘易斯·史蒂文森（1850—1894），苏格兰小说家、诗人与旅游作家，也是英国文学新浪漫主义的代表之一。他的代表作为《金银岛》。《奉命南游记》是《维琴伯斯·普鲁斯克集》里的第四章。

睡，一切都妥妥帖帖。

"到卡拉奇是几点？"

"时刻表上是晚上七点一刻，"拉什德说，"可咱们要晚点五个半小时。"

"为什么？"我问。

"总是晚点五个半小时。总是这样。"

我躺在迪恩酒店的床单枕头上，踏实地睡了一觉。次日早晨六点，一个锡克教徒把我叫醒了。他的头巾上缀着一枚钢质徽章，上写着"巴基斯坦西方铁路"。他的右眼长了沙眼，有点浑浊。

"您要早餐吗？"

我说要。

"我七点送来。"

他送来了煎蛋卷、茶和吐司。接下来的半小时里，我摊开手脚躺在铺位上，一边读着契诃夫的精彩小说《阿里阿德涅》，一边喝完了茶。然后我拉开窗帘，包厢里顿时洒满了阳光。在灿烂的阳光下，我们经过稻田，经过开满白莲花、立着苍鹭的污浊水坑。再过去一段，在一颗小树上我惊异地发现了一对淡黄绿色的鹦鹉；它们飞了起来，腾空时翎羽显得愈发嫩绿。亚洲的火车之旅中，窗外的景色就像是一段未经裁剪的旅行纪录片，没有恼人的旁白，我必须自己猜想某些行为的目的。有人把粪便拍成饼状，再贴到泥巴小屋的墙上风干；男人赶着牛，扶着犁，翻着田地准备种稻；在拉合尔城外的巴达米巴，一个到处是草棚、纸板棚、小帐篷，以及用纸、树枝和布搭成的简陋棚屋的小镇，人人都在忙——分拣水果，叠衣服，生火，把狗轰走，修补屋顶。这就是穷苦人在清晨的活计，他们是如此忙碌，以至于看上去充满希望，可这是个假象。房屋的模样出卖了他们，这里是极端贫困的地段，是铁轨旁的棚户区。

还有一个人也见证了这幅景象：一个瘦高个子、长头发、大约二十岁的印度人，正立在过道的窗边。他问我几点了，那一口伦敦腔是不可能错认的。我问他要去哪儿。

"印度。我是在孟买出生的，三四岁的时候就走了。可我仍然是印度人。"

"可你是在英国长大的。"

"对啊，我拿的也是英国护照。我不想要，是他们给我的。但印度护照太麻烦了。我最终想去德国，都是欧共体国家，有英国护照很容易去。"

"为什么你不留在伦敦？"

"愿意的话是可以留下的。那边的人都是种族主义者。你打十岁起，满耳朵听到的都是这些：东方佬、老黑、黑鬼。可你无能为力。学校里真的很可怕，听说过'打巴佬'吗？我根本不是巴基斯坦人。他们看不出区别。可他们是懦夫，我跟朋友们在一起的时候，没人上来惹我，也没人说什么。可有很多次，他们要是有十几个人凑到一块儿，就会过来找茬。我讨厌他们。我很高兴来到这里。"

"这儿是巴基斯坦。"

"都一样。大家的肤色都一样。"

"不算一样吧。"我说。

"差不多啦，"他说，"在这边我很放松——我自由了。"

"你不想换换样子，跟大家都一样？"

"到了印度我要干的第一件事就是把头发剪了，这样就没人看得出来了。"

命运的安排似乎有些残酷。他不会说印度话，父母双亡，而且他不太清楚怎么去孟买。那边他有些远亲，可除非他随信寄了钱去，否则他们极少回信。他属于殖民地上的异类，他不愿意承认自己已经相当英国化了，可在这个他唯一了解的国度里，又觉得不自在。

"在英国，别人总是盯着我看。我讨厌那种感觉。"

"在这里别人也盯着我看。"我说。

"那你觉得滋味如何？"我能感到他在指摘我的肤色，毕竟他快回到故土了。

我说："我倒蛮享受的。"

"阁下，"拉什德提着我的行李箱，"快到站了。"

"他管你叫阁下。"印度人说。他一脸厌恶："他怕你，所以他这样叫你。"

"阁下，"拉什德说，可他这回是冲着印度人说的，"请您把票给我看看。"

印度人买的是二等车票。火车进站的时候，拉什德把他从头等车厢里赶回去了。

在拉合尔车站（拉什德站在我身边，为了火车晚点而道歉），我一脚踏进了一个熟悉的城池：它符合我心目中的样子。我对印度城市的印象来自吉卜林，正是在拉合尔，吉卜林成长为一名作家。在他的早期小说和《基姆》中，吉卜林夸张地描写了暴民、下流堕落的市集、斑斓的色彩和混乱的城市，这些景象与当今的拉合尔并无二致——在林荫道区之外，充塞着人力车、马车、小贩，还有蒙着面纱的女子，他们挤在狭窄的巷道中，把你往身边拉。阿娜卡里市场，圈在城墙中的内城，还有古堡和清真寺，都还保留着吉卜林笔下令人心荡神驰的异国情调，但经过一百年的不断重复之后，不免令人有些生厌。

"这里有坏女人。"马车夫把我送到老城里一个破败区域时说道。可我一个也没看见，没有一处像是那种地方。在巴基斯坦，女性身影的缺席，加上所有逡巡着的男人，这一切把我也变得怪异起来。我发现自己和那些闲来无事的男人差不多，都盯着俗丽的电影明星海报看个没完。我开始认为，伊斯兰的严苛规矩很快就会把我变成花痴，对女人身上露出来的那么一丁点肌肤想入非非，瞥见线条优美的脚踝时尤其激动，四下搜寻面纱内的眼波，盯着面纱笼罩下的香肩，希望发现一点反应。好像为了唱反调似的，电影海报嘲讽着这种色欲：穿着长靴的丰满姑娘绝望地跟色眯眯的多毛男子搏斗；痛苦的女人攥着自己的胸；英印混血儿扭着臀，对着麦克风浅吟低唱。拉合尔街头的男人一边闲逛，一边抬眼瞅着这些漫画式的狂想。

"他们会请你出去吃饭。"一个美国人对我说。这番对话发生在壮观的古堡中，当时我们俩正对着那间小小的大理石亭赞叹不已。石亭名叫"Naulakha"（吉卜林借用了这个名字，把他在佛蒙特州伯瑞特波罗郊外的房屋也命名为"Naulakha"，意思是900,000）。美国人气得够呛，他说："吃完饭，他们开始上上下下乱瞟你的妞儿。他们其实只想跟你的女伴套近乎。那妞儿磕药磕得迷迷糊糊的。'哟，穆罕默德，你的缠腰布上怎么没有口袋呀？''我们没有口袋，小姐。'说的都是这种混话。有个家伙真把我惹火了，他把我拉到一边说：'五分钟！五分钟！我只要跟她一起待上五分钟！'他愿不愿意让我跟他的妞儿待上五分钟？开什么玩笑。"

拉合尔的秩序存在于建筑当中，屋宅都是莫卧儿王朝和殖民时期的壮丽作品。建筑周围挤满了人和车，他们漫不经心的态度把建筑衬得愈加宏伟，就像做饭的荤油气和牛屎味会把香水和庙里的香火气息烘托得更加浓烈。为了去夏丽玛花园，我不得不走过好几英里长的拥挤街道，人们推推搡搡的，脸上都带着掠食者的饥饿表情。我奋力挤过花园附近的小镇贝加姆普拉，但花园里面一派静谧安详。尽管大理石已经剥落，水池变成了深棕色，可花园里有秩序，有绿荫，是个让人心旷神怡的避难所，这番景象应该不会比沙·贾汉在1637年建造它时差上太多吧。拉合尔的情调是古老的，尽管改建的意图随处可见，但巴基斯坦人尚未成功地把这座美丽的城市变为废墟。

斋月仍在继续，餐馆要么不营业，要么只供应一些应急的食物，比如鸡蛋和茶。所以我也被迫禁食了，同时巴望着自己不会因此而变得疯狂，就像它对阿富汗人和巴基斯坦人造成的明显影响一样。饥饿并没让人昏昏欲睡，反而造就了一批激动兴奋、目光呆滞的人，其中有些敏捷地从小巷里冲出来，拽住我的衣袖。

"大麻，印度大麻，迷幻药。"

"迷幻药？"我问，"你还卖迷幻药？"

"卖啊，干吗不卖？到我那边去看看，我还有不错的铜器、银器、工艺品。"

"我不想买工艺品。"

"你想要印度大麻？二十美元一公斤。"

价钱很诱人，可我宁可买上一罐又甜又稠的芒果汁，再来几个咖喱角。咖喱角总是用旧课本的纸裹着。我坐下，喝着果汁，咬着咖喱角，读着纸上的字迹："……横梁上任意××（油迹）的剪力，取决于这条直线和 CD 直线之间的垂直距离。"

法乐提酒店的餐厅里有四十七张桌子。这很容易数清楚，因为连着两天，晚上去吃饭的只有我一个。五个服务生远近不等地站在附近，我一清嗓子，就有两个箭步冲上前来。我不想让人家失望，所以就打听点关于拉合尔的问题。在一次交谈中我得知，离酒店不远的地方有个旁遮普俱乐部。我寻思着，饭后去打一局斯诺克应该很不错，所以第二天晚上，服务生给我指明了方向，我就往那边走了。

可是，在酒店旁的街区里，我马上就迷路了，那儿没有街灯，我的脚步惊动了院子里的看门狗，我走过的时候，狗儿们吠叫着，在篱笆后头上蹿下跳。我一直没有摆脱儿时对陌生犬类的恐惧，而且，尽管树木散发出甜香，夜晚也十分清凉，可我一点也不知道该往哪儿走。十分钟后有辆车子开过来了，我把它拦住。

"你从哪儿来？"

"法乐提酒店。"

"我是说从哪国来。"

"美国。"

"热烈欢迎，"司机说，"我叫安瓦尔。捎你一段吧？"

"我想去旁遮普俱乐部。"

"请上车吧。"他说。我进到车里，他说："你好吗？"正是契诃夫小说《约内奇》里装腔作势的伊万·图尔金问候人的腔调，分毫不差。

安瓦尔先生往前开了一英里，告诉我说，我们相遇是多么幸运。这地方到了晚上贼很多，他说。在旁遮普俱乐部，他递了张名片给我，邀请我参加他女儿的婚礼。日子是一周后，我说那时候我已经在印度了。

"哦，那就另说啦。"他开车走了。

旁遮普俱乐部是个平房，开在一片高树篱后。里面灯火通明，看起来很惬意，但它是个被彻底遗弃的地方。我本来希望能看见拥挤的吧台，兴高采烈的酒客扎堆推杯换盏，球桌上正打着一局斯诺克，角落里有一对正偷情，服务生端着放酒瓶的托盘，收据满天飞。这里像医院，眼前虽然看不见一个人，可那种气氛，甚至还有那些杂志，都像是牙医的候诊室。沿着走廊往前看去，我看见了想要的东西。几扇门之外，窗户上写着大大的红字：台球室。暗影中摆着两张球桌，球已经摆好，等着人来打，搁在上头的几支球杆微微地闪着光。

"您好。"说话的是个较为年长的巴基斯坦人，脸上带着一种孤凄的空茫——正埋头读书的人被打断，抬起头来的时候就是这副神情。他系着黑领结，衬衫口袋里插着几支笔，笔有点沉。"您想来点什么？"

"我路过，进来瞧瞧。"我说，"你们在伦敦有合作俱乐部吗？"

"据我所知，没有。"

"或许经理知道吧。"

"我就是经理，"他说，"以前我们跟伦敦一家俱乐部有过合作，很多年之前了。"

"那家叫什么名字？"

"不好意思，我不记得了，可我知道它停业了。您想要点什么？"

"打一局斯诺克。"

"您跟谁打呀？"他微笑说，"这儿没人。"

他带我转了一圈，一个个灯火通明的房间让我郁闷不已。这是个被遗弃的地方，就像摆着四十七张空桌子的法乐提餐厅和仅余下看门狗的街区一样。我说我得走了，在前门他跟我说："您找找看有没有出租车吧，下一条路上可能有。晚安。"

压根没希望。我已经沿着他指的方向走出了一百码，可仍然找不到路。我能听见附近的篱笆后有狗在咆哮。随后我听见了车声，一辆车轻快地朝我开过来，嘎的一声急停下。司机下车来把后门打开，他说经理怕我找不着路，派他来送我回酒店。

一回到酒店，我就出门去找喝酒的地方。时候尚早，才十点左右。还没走出五十码，一个穿着条纹睡裤的瘦男人从树后头走出来。他脸上有块三角形的阴影，鼓泡眼在阴影中闪着光。

"你找什么？"

"喝酒的地方。"

"我有好姑娘。两百卢比。爽得很。"说这话时，他就像是在卖刮胡子刀片，不带一丝多余的情感。

"不要，谢谢。"

"特别年轻。跟我来。爽得很。"

"爽你个头，"我说，"我要找喝酒的地方。"

他跟在我身后，嘟囔着那几句，到了一个公园边的十字路口，他开口说："跟我来，这里头。"

"这里头？"

"对，她在等着呢。"

"在这树林里？"天色很黑，没有灯，蛐蛐在叫。

"这是个公园。"

"你是说，就在这儿办事，在树底下？"

"这是个好公园，阁下！"

走了没多远，又有人跟我搭讪了。这回是个年轻男子，紧张地抽着烟。他看着我的眼睛："你要什么？"

"什么都不要。"

"要姑娘？"

"不要。"

"男孩子？"

"不要，走开。"

他犹豫了，但仍然跟着我。最后，他轻柔地说："那要我吧。"

我走了二十分钟，仍然没找到酒吧。我转身回酒店去，一路跟皮条客保持着安全距离，回到了酒店。在酒店前的一棵树下，三个老人佝偻着，围着一盏汽灯在打牌。其中一个瞧见了我，叫道："阁下，等一等！"他把牌扣下，朝我小跑过来。

"不要。"他还没开口我就发话了。

"那姑娘好得很。"他说。

我继续往前走。

"好吧,只要两百五十卢比。"

"别人家只要两百。"

"可这个能到你房间去呀!我去把她带来。她可以留下过夜。"

"太贵了。"

"阁下!到处都要钱啊!清洁工十卢比,门卫十卢比,服务员十卢比,处处都得塞钱。不然他们就找茬。挑我这个姑娘吧,她好得很。我的姑娘们样样精通,什么都会做。"

"身材瘦还是胖?"

"随你挑。我有一个,不胖也不瘦,就像这样,"他用指头在空中勾画出一个轮廓,意思是挺丰满,"二十二三岁。英语可好了。你会非常中意的。阁下,她是个受过训练的护士!"

我踏上酒店门廊的台阶时,他还在冲着我喊。原来拉合尔唯一的酒吧就在这家酒店的偏厅里。我要了杯昂贵的啤酒,跟一个年轻的英国男子攀谈起来。他在拉合尔待了两个月,我问他闲的时候做什么,他说此地没什么事情好做,但他正打算去白沙瓦逛逛。我告诉他白沙瓦比拉合尔更安静,他说真遗憾,因为他觉得拉合尔已经静得没法忍受了。他说他无聊透顶,可总算还有希望。"我填了张申请表,交给俱乐部了。"他说。他是个相貌平平的高个子,每说完一句话就擤擤鼻涕。"如果他们同意我加入,日子就好过了。晚上我可以到那儿待着,那儿挺热闹的。"

"你说的是哪家俱乐部?"

"旁遮普俱乐部。"他说。

第八章
边境线邮车：阿姆利则到德里

位于印度境内的阿姆利则离拉合尔非常近，搭出租车就可以到（1947年以来，两地间的火车就停开了）。阿姆利则对于锡克教徒的重要性，就好比贝拿勒斯^①之于印度教徒。它是个宗教中心，是座圣城。锡克教徒的朝圣目的地是金庙，一个坐落在水池中央、铺了镀金铜叶片的庙宇。神圣没有阻挡池水的腐滞，一英里外你就能闻见味儿。在有生之年亲眼看看金庙，再从阿姆利则带个纪念品回去，这是每个锡克教徒心底最诚挚的愿望。最受欢迎的纪念品是一张大幅彩色海报，上面画着一个无头男子。他身披战衣，血从断了的脖颈处喷溅出来，他一只手握着剑，另一只手提着掉了的头。我问了九位锡克教徒，画上这人叫什么名字，没人说得上来，但人人都知道这个故事。在旁遮普的一次战役中，他被砍了头。可他决意要战斗下去。他拾起头颅，用手提着，以便能看见东西（断头上的眼睛怒睁着），然后继续投入战斗。这样一来，他就能回到阿姆利则，举办个体面的火葬。这个故事说明了锡克教徒的虔诚、勇猛和力量。但锡克教徒也非常友善，一大批人都是国际狮子会^②的成

---

① 印度东北部城市瓦拉纳西的旧称。
② 世界最大的服务组织，总部设于美国。

员。部分原因始于文化误解，因为所有锡克教徒都姓 Singh，意思是狮子，他们觉得加入狮子会是自己的义务。

锡克教要求教徒穿特别式样的裤子，不剃发，戴银镯，带木梳，佩匕首。进入金庙是不许穿鞋的，于是我像个跳探戈的蹈火行者般，蹦蹦跳跳地踩上火热的大理石过道，看着"狮子"们脱下神圣的裤子，在水池里沐浴，吞咽着绿色的池水。这一口下去，恐怕恩典和痢疾菌都一齐进了肚。锡克人都是骁勇善战的士兵，寺庙围墙上到处都是大理石板，记载着浦那骑兵团和孟加拉工兵队捐赠了成千上万卢比的事迹。

我在城里逛了一圈，到一家锡克餐厅吃了饭，然后走到火车站去买边境邮车的票，准备去德里。订票处的工作人员把我的名字记在了候补名单上，然后告诉我"有98%的机会"买到卧铺，可我必须等到四点半之后来确认。印度的火车站是个消磨时间的好地方，那儿就像是印度社会的缩影，分着种姓、阶层和性别：二等车厢女士候车室、随从入口、三等车厢出口、一等车厢洗手间、素食餐厅、非素食餐厅、休息室、行李寄存处。办公铭牌上罗列出所有的职务，最小的上头写着"清洁工"，一直到最体面的"站长"。

月台上，一辆蒸汽机车正在冒烟。我过去拍照的时候，一个锡克人从司机室里出来，请我回头给他寄张照片。我答应了。他问我要去哪儿，我告诉他我要搭边境邮车，他说道："还有好几个小时要等呢。跟我来吧，上来。"他指指头节车厢，"到了第一站，你可以进来跟我一块儿开车。"

"我怕误了车。"

"不会的，"他说道，"没跑儿。"他准确地说出这句话，仿佛想起了英语课上学到的句型。

"我没票。"

"没人有票，净是些逃票的！"

因此我爬上车，到了第一站的时候进了驾驶室。这趟车是去巴基斯坦境内的阿塔里的，路程十六英里。我一向盼望能在蒸汽机车的驾驶室里开火车，可这趟旅程的时机糟糕透顶。出发时正值日落时分，而我戴的是近视墨镜（另一副眼镜在我行李箱里，放在火车站行李寄存处了），什么都看不见。我抓着把手，瞎得像个蝙蝠，被炉膛的热气蒸得直冒汗。锡克人大声对我解释他的动作：拉操作杆，升压，转把手，避开煤铲。两小时的短途游中，噪声和热气让我没法享受任何乐趣。我肯定看上去非常无精打采，因为锡克人急切地想让我开心起来，为我拉响了汽笛。每次他鸣笛的时候，火车好像都慢了下来。

去了趟阿塔里，弄得我脸上和胳膊上都是煤灰。在边境邮车上这倒不成问题。我开心地体验了一回潮热夜晚冲凉的乐趣——火车从旁遮普开往德里的路上，我蹲在水龙头下冲洗了一把。

回到包间，我发现有个年轻男子坐在我的铺位上。他跟我打了声招呼，口音很重，我辨别不出他是哪里人，一方面是因为他咬字不清，另一方面是因为他看上去有点怪异。他的头发中分，垂到了肩膀；细瘦的胳膊紧紧裹在袖子里；他每只手戴着三枚戒指，上头镶着硕大的橙色石头；他还戴着各种各样的手镯，脖子上挂着一串白色贝壳项链。看见他的脸，我吓了一跳。那呆滞的面孔像是疯子或濒死之人的，眼窝和面颊深陷，皱纹很深，瘦狭的脸庞上毫无血色。他的眼光怯弱，看着我时（我身上还在往下滴水），手里捏弄着一个皮革小钱包。他说他叫赫尔曼，准备去德里。他给列车员塞了点钱，为了跟个欧洲人同住。他不想跟印度人住在一个包间里，会有麻烦的。他希望我能理解。

"当然，"我说，"可你是不是不舒服啊？"

"我生病了，在阿姆利则我住了四天医院，在奎达也是。我真是紧张。医生给我做了化验，开了药，可没什么效果。我吃不下，睡不着，只能喝杯牛奶、吃片面包什么的。我从拉合尔坐飞机到阿姆利则。我在拉合尔病得太厉害了，住了三天医院，在奎达住了两天。我横穿了俾路支斯坦。还有亚兹德，你知道亚兹德吧？糟糕的地方。我在那儿待了两天。从德黑兰坐了两天汽车。我睡不着。每过五个小时，巴士就停一会儿，我喝点茶，吃点瓜。我病了。别人说：'你为什么不说话呀，你生气啦？'我说：'没，我没生气，我生病了……'"

他说话就是这样子，口齿不清，滔滔不绝，中间还自己打断自己，用一成不变的道歉语气不断重复着"我生病了"。他是德国人，以前在一艘德国船上当甲板水手，后来去一艘芬兰船上管膳食。他在船上待了七年，去过美国。"对，每个国家都去过，"他说，"但只待几个小时。"他热爱船上的生活，可没法再出海了。我问他为什么。"肝炎。"他用德语发音说。他是在印度尼西亚染上的，住院住了好几个星期。他一直没彻底痊愈，仍然得做化验。他在阿姆利则做了一次。"别人跟我说，'你脸色不好，肯定生病了'，我知道我脸色不好，可我吃不下。"

他面色惨白，而且在发抖。"你有在吃药吗？"

"没吃，"他摇摇头，"我吃这个。"他打开那个先前一直用瘦削手指摩挲着的小皮包，掏出个玻璃纸包。他把玻璃纸剥开，给我看那团黏黏的棕色东西，它宛如一块压扁了的英国太妃糖。

"这是什么？"

"鸦片，"他答道，"我把它搓成小球吃下去。"

他含混不清的发音令"小球"这两个字显出一种湿濡的堕落。

"我嗑药。"他掰下一小块鸦片，用指尖慢慢揉搓成一小团。

"吸毒？"

"嗯，我打针。瞧我的胳膊。"

他锁上包厢门，拉下窗帘，卷起左边衣袖。他的胳膊把我吓了一跳，上头满是青紫色的针眼，清清楚楚勾勒出每条血管的走向，浓重的淤痕把血管都变成了黑线。他羞赧地摸摸自己的胳膊，好像那不是他的肢体。"我买不到海洛因。在拉合尔的时候，我感觉不太舒服了。我进了医院，可仍然既虚弱又紧张。周围人很吵，而且天那么热。我不知道能干些什么，所以我逃出来了，在街上逛。一个巴基斯坦人说他有吗啡。我跟他去，他拿给我看了。相当好，德国的吗啡。他收了我一百五十卢比。我打了一针。我就是这么到阿姆利则的。可在阿姆利则我病得很重，没法去买吗啡。所以我吸这个，"他拍拍右边口袋，掏出一块印度大麻，跟那块鸦片大小差不多，但干燥松散，"或者是这个。"他拿出一小袋大麻。

我告诉他，带着这么多毒品，他能进到印度境内真是幸运。在边境检查站，我看见一个印度海关的工作人员叫一个男孩脱掉牛仔裤。

"是啊，"赫尔曼说，"我很紧张！那人问我有没有大麻，我说没有。吸过没有？我说吸过，有时候吸。可他没看我的行李。我紧张，所以我把那些藏起来了。"

"那你就没什么可担心的了。"

"有啊，我觉得热，还总是紧张。"

"可你已经藏好了。"

"那些东西全扔了都行，我可以再买，"他说，"可胳膊长在我身上啊！要是被他们看见了，他们肯定就知道了。我得把胳膊一直盖住。"他把袖子撸起来，再次看着长长的青紫淤痕。

他告诉我他是怎么到的印度。在汉诺威，他决定去戒毒。他去挂号，进了一家戒毒中心——他称之为"解脱中心"。在那里，他每月能拿到七百德国马克，每天服用一杯美沙酮①。相应的，他要为戒毒中心做清洁工作。他一步也没离开那儿，因为他怕到了外头又碰见毒贩。但怪异的事情发生了。由于他留在戒毒中心里，所以没机会花每月的补助，到了年底，他发现自己已经省下了颇为可观的一笔费用，足够在印度住上半年多。所以他收拾东西离开戒毒所，登上一架包机飞到了德黑兰，在那儿，他的毒瘾复发了。

被遗弃的人来到了被遗弃的地方。他没救了，身上散发出死亡的气息。我沿途经过的火车站里有些不幸的人，为了灯光和水聚集在那里，而他的境况和这些人差不了多少。有这么一些外国人，自知此生已荒废无望，于是来到印度，隐没在她的衰朽中，在东方的贫民窟中生病，老去。正如 V. S. 奈保尔最近写到的："这些人希望身处一个比自己更加脆弱的社会中……到最后，除了庆祝自己的安

---

① 戒毒时常用的药物，海洛因的替代品。

全太平，他们什么也不做。"

"我吃一块，"他把那一小球鸦片扔进嘴里，闭上了眼，"然后喝点水。"他喝了一杯水。他已经喝下两杯了，就算毒品没要了他的命，印度的水也会。"现在我睡觉去。要是我睡不着，就再吃点鸦片。"

那一夜，下铺上两次亮起了火柴的光，风扇的影子投射在天花板上。我听见玻璃纸窸窸窣窣作响，赫尔曼掰开黏糊糊的鸦片，喝了口水。

如果说阿姆利则火车站里的标志牌（三等车厢出口、二等车厢女士候车室、一等车厢洗手间、清洁工通道）让我对印度社会有了一种表面的印象，那么早上七点，在旧德里的北方铁路终点站里，我窥见了表象背后的现实。听印度人说，要想了解真实的印度，就要去乡村看看。但你不一定非得下乡不可，因为印度人已经把村庄搬到了火车站。白天的时候一切还不显眼，你很可能会把这些人误认为是乞丐、逃票的游客（告示牌上写着"逃票是罪恶"），或是无证商贩。但到了夜晚和清晨，这个车站村庄就完整了，这个社群是如此专心致志地过着自己的日子，不理会外人的眼光，以至于成千上万到达或离去的乘客都不会去打扰他们，而是绕道而行。这些铁道居民占据着车站，但是唯有新到达的乘客才会注意到这些。他觉得不对劲，是因为他还没学会印度人的习惯——对明显的东西熟视无睹，为了保持冷静绕道而行。新来的人不敢相信，自己这么快就被卷入了如此私密的场景中。换了另一个国家，这一切都是隐藏着的，就算去一趟村庄，日常生活也不可能如此清晰地呈现在眼前。印度乡村能告诉游客的东西很少，他被要求保持距离，对当地生活的体验仅限于在窒闷的客厅里喝杯茶或吃顿饭。除此之外就没有别的了。村庄的日常生活和内部的情景不会让他看见。

可车站村庄的内部情景毫无保留地呈现在眼前，那种震惊让我连忙转身离去。我觉得自己没有任何权利看见这一切：有人就着低矮的水龙头冲澡，赤身裸体地暴露在拥入车站的上班人潮中；男人在吊床上睡懒觉，或是在折叠缠头布；戴着鼻环、露出皲裂的黄色脚掌的妇人在冒烟的炉子上炖着讨来的蔬菜，给婴儿喂奶，铺床；小孩子把尿撒在脚丫上；小女孩们穿着尺码过大的裙子，在三等洗手间里用锡罐接水，衣衫从肩上滑落下来；报摊旁边，一个男人仰面躺着，正举着一个婴儿胳肢逗弄。辛苦的劳作，可怜的欢愉，为了糊口而奔忙。这是一座没有围墙的村庄。我用别的东西来转移自己的注意力：广告牌上写着瓜廖尔西装衣料、拉什米超级涂料；电影海报上是无处不在的丰满面庞，上面写着"鲍比"（"一个现代爱情故事"）。我走得这么快，都找不到赫尔曼了。火车到站之前他已经用过毒品，因为人群让他紧张。他走出月台，不见了。

我怀疑自己能否对这种印度式的坦率熟视无睹。有人说，见到德里我不应该做出任何论断，因为德里不是印度，不是真实的印度。我答说，行啊，我也没打算留在德里。我想去西姆拉、那格浦尔、锡兰，凡是通火车的地方都行。

"没有到锡兰的火车。"

"地图上说有。"我打开地图，顺着黑线从马德拉斯找到科伦坡。

"Acha①。"他穿着一件色彩斑斓的手织布衬衫，左右摇着头。

---

① 印地语，意思是"对哦""是"。

这个印度的身体语言就像要使劲把水从耳朵里甩出去似的，意思是同意你的话。可当然了，那是个美国人。在印度的美国人用这种造作的行为来博得印度人的好感。这种轻易的矫揉造作和拙劣模仿把联络人员弄得如此尴尬（起码在美国使馆里是这样），以至于他们对我说道："我们这个项目可把您给套牢啦。"此时，一旁那位美国人正说着"Acha"，阴郁地傻笑着。

把我"套牢"的项目是，到斋普尔、孟买、加尔各答和科伦坡去做一连串演讲。凡是通火车的地方我都愿意去，我说。

"没有到科伦坡的火车。"

"那看看再说吧。"然后我听到了一场奇怪的对话。后来我发现，这种对话实在太常见了，根本就是在印度的美国人之间寒暄的主题——肠胃问题。寒暄和短暂的停顿过后，这些人就开始纷纷报告对自己消化系统的臆想。那份热情简直丝毫不顾体面，让他们闭上嘴就像让放屁不出声似的那么困难。

"昨晚上真难受，"一个使馆工作人员说，"德国大使办了个聚会，东西好吃极了，向来如此。各种各样的红酒，好多好多菜。可是上帝啊，早上五点我就醒了，病得一塌糊涂。肠胃造反啦。"

"这事怪得很，"另一个说，"有时候你在苍蝇馆子里大吃一顿，以为这回肯定完蛋了，可结果没事。我刚从马德拉斯回来，在那边吃了点可疑的东西，可我好好的。然后我去参加了个外交方面的会，结果搞得好些天都直不起腰来。所以呀，你压根说不准在哪儿会中招。"

"给保罗讲讲哈里斯的事。"

"哈里斯！听好了啊，"那人说，"那哥们是新闻部的，有天去看医生。你猜怎么着？他便秘。便秘！在印度！整个使馆都传开了，大家看见他都笑得要死。"

"我最近还不错，"一个低级职员说，好像加入这场讨论是他的责任似的，"哦，我可别乌鸦嘴了。我也曾经闹肚子闹得不行，真痛苦啊。可我找到办法了。喝酸奶，大量喝。依我看，酸奶里头的细菌把吃食里的细菌给灭了。算是以毒攻毒吧。"

旁边还有个人。他脸色苍白，可他说还扛得住。肠胃问题。折腾了一夜。肚子绞痛。痢疾，拉肚子。吃什么拉什么。他说："我肯定中招了。细菌性的。得过这种没有？没有？都把我整趴下了。连着六天我什么都不能干，光往厕所跑，我都快住在厕所里了。"

每次听到这种对话，我都想一把揪住说话人的手织布衬衫，一边摇晃他一边说："给我听着！你的肠胃肯定一点毛病都没有！"

第九章
加尔加邮车：德里到西姆拉

　　尽管我一副蓬头垢面的模样，可德里的相关人士认为，若是我亲自排队去买到西姆拉的车票，那实在是太掉价了。但是，或许这是个委婉的规劝，要是我去排队，没准会被当作"贱民"，抓起来一把火给点了（在印度的报纸上，这种烧死贱民的消息每天都能看到）。那个宣称自己的肠胃饱受痢疾摧残的美国使馆人员介绍我认识了纳什先生，这位先生说："别着急，一切包在我们身上。"这话我之前也听见过。纳什先生给副手赛斯先生打了电话，后者命秘书给旅行社打电话。他给我沏了茶。我婉谢了茶，到旅行社去。这回接待我的人叫作萨德先生。他把买票的事情交给了底下的办事员。办事员被叫过来了，他没票，但他已经派了一个信差去办。这个信差是个低种姓的泰米尔人，好像他的任务就是专门去售票窗口排队。真是个印度式的故事啊，车票仍然不见踪影。纳什先生和萨德先生陪我去了售票处，我们站在旁边（"您肯定不想来杯好茶？"），看着那个倒霉的信差排在离窗口十英尺远的地方，捏着我的申请表。熙熙攘攘的印度人开始插队了，挤在他前头。

　　"现在你亲眼看到了吧，"纳什先生说，"为什么这里这么落后。但是别担心，总有些位子是留给贵宾的。"他解释说，每趟火车总会有些席位留给贵宾和政要，一直保留到开车前两小时，以防某个重要人物突然决定出行。显然，每一天，印度的一万辆火车里，每辆都有个车票候补名单。

"纳什先生，"我说，"我算不得贵宾。"

"何出此言。"他说。他吸了一口烟斗，把眼光从信差那儿移回我身上。我猜他明白了我的意思，因为他接着说了一句："咱们也可以塞点钱。"

"好处费。"我说。纳什先生冲我做个鬼脸。

萨德先生开口了："您为什么不坐飞机？"

"我会晕机。"

"我看咱们等得够长的了，"纳什先生说道，"咱们去见见管事的，把情况说说。我去跟他说。"

我们绕到栅栏后，来到售票处经理的位子旁，他正不耐烦地瞟着账本。他没有抬眼，问道："什么事？"纳什先生拿烟斗杆指指我，用英语跟他说起话来（当一个印度人跟另一个开口说英语时，总有这种自负腔调）。他说我是个著名的美国作家，印度铁路正给我留下糟糕的印象。

"等等。"我说。

"我们务必尽最大努力，确保……"

"游客？"售票处经理说。

我答"是"。

他打个响指："护照拿来。"

我递过去。他填了一张新表格，把我们打发出去。表格又回到了信差手里，他正排在队里慢慢往窗口挪。

"游客优先，"纳什先生愤愤地说，"你是游客，你大老远的一路过来，所以你有优先权利买票。我们想给游客留下好印象。要是我想带家人一起旅游，带上太太、孩子，没准还有我母亲，他们会说：'喔，没票啦，有个游客要买票。游客优先！'"他咧嘴笑笑，却没有开心的意思。"情况就是这样。可你买到票了，这是关键，不是吗？"

　　卧铺包厢里，一个年长的印度人正盘腿坐在铺位上，看着电影杂志。见我进来，他摘下眼镜，冲我笑笑，继续看杂志。我看那边有个大木头柜子，就用手拍拍门，想把它打开。我想把外套挂起来。我把手指伸进百叶门，想把门勾开。印度人又摘下了眼镜，这回他把杂志合上了。

　　"别，"他说，"这样会把空调弄坏的。"

　　"这是空调？"这个柜子跟房间一样高，有四英尺宽，涂着清漆，静静地没有声音，而且是暖的。

　　他点点头："已经新改装过了。这趟车造了有五十年。"

　　"1920 年左右的？"

　　"差不多，"他说，"那时候的空调系统很有意思。每个包厢都有独立制冷的设备，这东西就是。效果好得很。"

　　"我还不知道二十年代就有空调了。"我说。

　　"用的是冰。"他解释说，大块大块的冰被装进车厢底部的柜子里，而且是从车外头装的，免得惊扰了乘客的睡眠。我刚才试图打开的柜子里装有风扇，会把冷气吹到包厢里。每隔三小时左右就换一次冰（我想象到一幅画面：一个英国人在铺位上打着呼噜，而在偏僻车站的月台上，眼睛亮晶晶的印度人正在把冰块往柜子里塞）。但现在已经改装过了，鼓风机底下换上了制冷设备。他话音刚落，百叶门后就传来一阵嗡嗡声，然后是一声响亮又悠长的"呼嗤——"。

"从什么时候开始不用冰的？"

"大概四年前，"他打个哈欠，"不好意思，我睡了。"

火车开动了。这趟老旧卧铺车上的木镶板在嘎嘎作响，地板战栗着，金属的防盗窗在窗框里格格直颤，高柜子里传来的呼啸声响了一整晚。加尔加邮车上满是孟加拉人，他们要去西姆拉参加宗教庆典：迦梨女神法会。孟加拉人的肤色和他们崇拜的这位黝黑的毁灭女神有点像，也长着鹰钩鼻。可他们没运气，居住的地区刚好在国家的另一头，离最受欢迎的迦梨女神庙很远。迦梨女神总是被描绘成这种形象：戴着人头骨组成的项链，紫红色的舌头伸在外头，脚踏一具尸体。可这一路上，孟加拉人笑容甜美，携带着盛着食物的篮子，戴着精心编织的花环。

黎明时分，火车抵达加尔加。我还在睡，但那位年长的印度人体贴地把我叫醒了。他已经穿戴整齐，坐在折叠桌边，一边喝茶，一边读着《昌迪加尔论坛报》。他把茶倒进杯子，吹吹，然后把半杯茶倒进茶碟里，再吹吹，然后用手指托住，从茶碟里喝茶。他像猫喝水一样，舔着碟子里的茶。

"你肯定想瞧瞧这个，"他说，"你们的副总统辞职了。"

他把报纸递给我看。这条好消息出现在头版上，跟一篇关于迪克西先生的报道并列。迪克西和阿格纽看起来是个开心的组合，尽管我敢肯定，迪克西先生的政治生涯必定是清白的。当我把阿格纽受贿的数目换成卢比，告诉我的印度同伴时，他哂笑起来。就算用黑市价计算，那数目也相当不起眼，显得阿格纽没见过世面。这事逗得印度人忍俊不禁。

在加尔加，两种迥异的地貌汇合了。平原倏然变成了高山：喜马拉雅山脉耸立在中央平原的上缘，突然之间拔地而起。火车也必须改换型号，以适应这剧烈的变化。这得需要两种车型，大而宽敞的车开到加尔加，再换上小而结实的，爬上西姆拉。加尔加是个秩序井然的车站，这里是宽轨道的终点。在加尔加与喜马拉雅山脉之间，明媚的山脊上矗立着凉爽的山城车站西姆拉。我为这趟六十英里的窄轨旅行选好了车：我要坐单厢的小火车。普通火车的蓝色木质车厢中已经挤满了朝圣的孟加拉人。他们的身手十分敏捷，拿出在加尔各答上火车的手段，从车窗一头钻进去，先占上最好的位子。这种翻筋斗的动作刚好和消防演习相反，属于城里人的功夫，让更为耐心的山地人看傻了眼。我想坐的单厢小火车是白色的，方方正正，前脸像福特的 T 型车，车身像旧公交车。它低低地趴在窄轨道上，看上去像是老旧的豪车。但是，考虑到这是 1925 年生产的车（司机是这么说的），这模样已经很不错了。

我找到了列车员。他身穿一件脏了的白色制服，头戴一顶不适合他的大盖帽。听见我想坐小火车，他表示遗憾。好像是为了迷惑我似的，他的大拇指在票夹底下来回动。"我在等一批人。"

小火车里只有三个人。我觉得他可能是想揩点油。我说："这辆车能坐几个人？"

"十二个。"他说。

"有多少位子预订了？"

他把票夹藏到身后，转过脸去。他说："很不好意思。"

"你肯定能帮我找个位子的。"

"我在等那批人呢。"

"如果他们来了，就告诉我一声。"我说，"现在我把行李放进车里。"

"可能会被偷走的。"他快活地说道。

"那再开心不过了。"

"吃早饭吗，阁下？"一个拿着拖把的小个子男人说。

我说好，五分钟之内，我的早餐就摆在了月台中央一个没人用的检票柜台上：茶、吐司、果酱，一块黄油，还有个煎蛋卷。清晨的阳光照进站台，我站着吃早餐，身上晒得暖洋洋的。这个站台在印度可谓少见，没有拥挤的人群，没有露宿的人，没有裸身的流浪者安营扎寨，没有牛。四处弥漫着清晨的湿润青草和野花的气息。我拿了块厚吐司，抹上黄油吃掉了，可没能把所有东西都吃完。我剩了两片吐司、果酱，还有半个蛋卷。我朝小火车走去，转身回看时，发现两个衣衫褴褛的孩子跑到柜台前，匆匆把剩下的早餐往嘴里塞。

七点一刻，小火车的司机来了。他把一个长杆的曲柄塞到引擎里，猛拉一下。引擎摇晃着，咳嗽着，颤抖着，喷出白烟，轰鸣起来。几分钟内，我们上了山坡，往下俯瞰着加尔加火车站的屋顶。停车场里，两个男人正在用绞盘让一个硕大的蒸汽机车头调头。小火车的速度稳定地保持在每小时十英里，我们在陡峭的山坡上蜿蜒迂回地前进着，路过梯田上的花圃，穿过白色的蝴蝶群。我们穿越了好几个隧道，一开始我还没留意山洞门口写着号码，后来才看见洞口上写着个硕大的"4"。邻座的男子是个在西姆拉上班的公务员，他告诉我说，一路上总共有一百零三个隧道。打这之后，我就尽量不去注意那个数字了。车外是倏然削落的悬崖峭壁，有几百英尺深。这条铁路在1904年修成通车，是直接从山壁里开凿出来的，头顶的岩石上留着凿痕，宛如雪橇滑道一般盘山而上。

三十分钟过后，除了公务员和我，所有的乘客都睡着了。到了沿途的小站，坐在车尾的邮递员就从瞌睡中醒来，把邮包从车窗里抛给等在月台上的搬运工。我想拍照片，可风景总是躲着我，一幅景致刚延续数秒，就又换了样子，弄得人眼晕。车外一会儿是山丘，一会儿又空然无一物，一会儿是薄雾，一会儿又变成了清晨的绿荫。车身下绞肉机齿轮般的车轮在铁轨上哐啷作响，像个老式钟表般弄得我昏昏欲睡。我掏出充气枕头，吹鼓了，垫在脖子后头，在阳光中安稳地睡了一觉，直到刹车和车门碰撞的巨响把我吵醒。

"停车十分钟。"司机说。

我们刚巧停在一幢木质小房子底下，窗口开满了红色的花朵，宽宽的屋檐上覆盖着青苔。这里是班古车站。车站有个宽敞而又复杂的凉廊，一个服务生胳膊底下夹着餐单站在那里。乘客迅速爬上台阶。在加尔加车站吃的那顿早餐太早了，我闻到了鸡蛋和咖啡的香味，听见有孟加拉人用英语在和服务生吵架。

我沿着碎石小路走过去，欣赏铁轨边精心养护的花田和仔细修剪的草坪。车站底下有条小溪正在汩汩地流着，花田边竖着一块牌子，上写"请勿摘取"。一个服务生追到小溪旁，冲我喊着："我们有果汁！新鲜芒果汁怎么样？来点粥？咖啡？茶？"

火车继续开动，我再度盹着了。时间过得飞快，等我醒来时，外头矗立着更高的山峰，树木更少，山坡上的石头更多，小茅屋搭建的地方也越发危险。薄雾已然散去，山坡上阳光明媚，但空气仍然清爽，清新的微风从小火车的窗里吹进来。每进一个隧道，司机就按亮黄灯，车轮的哐嘡声也显得更加响亮，在隧道里激起回声。索伦站过后，车里只剩下一家子去朝圣的孟加拉人（听起来他们全都睡着了，仰脸打着鼾）、公务员、邮递员，还有我。下一站是索伦啤酒厂，空中洋溢着酵母和啤酒花的味道。这一站过后，我们穿越了松柏树林。一条直道上，一只身量有六岁孩子高的狒狒爬下轨道，让我们过去。这东西的个头可真不小。

公务员告诉我："以前西姆拉附近住着一位圣人。他懂猴子的语言。有个英国人家里有个花园，一年到头猴子总来捣乱。猴子的破坏力是很厉害的。英国人对圣人诉苦，圣人说：'我来想想办法。'圣人进了森林，把所有的猴子都召集过来。他说：'我听说你们总去英国人家里捣乱。这可不好。你们必须停下，不许再去花园里胡闹。要是让我听见你们再折腾，我可不给你们好果子吃。'从那以后起，猴子再没去过英国人的花园了。"

"你相信这个故事吗？"

"哦，我相信。可那人已经死了，我是说那个圣人。不知道那个英国人后来怎么样了。可能走掉了吧，跟其他英国人一样。"

又过了一会儿，他说："你觉得印度怎么样？"

"很难说。"我说道。我想给他讲讲早晨那几个争抢剩饭的可怜孩子，再问问他，马克·吐温对印度的评价是否属实："这是个奇怪的民族。在他们看来，一切生灵的命都是神圣的，但人命除外。"可我说出来的是："我在这儿待的时间还不长。"

"我告诉你我是怎么想的，"他说，"如果那些谈论着诚实、公平、社会主义等的人开始言出必行，亲自去做，印度就会变好。否则肯定会闹革命。"

他五十岁出头，不苟言笑，有种名门望族的严肃气质。他不抽烟，不喝酒，在进入政府机构当公务员之前，他是印度一所大学的梵文学者。他每天早晨五点钟起床，吃个苹果，喝杯牛奶，吃些杏仁；梳洗完毕之后他念祈祷词，然后散步很久，随后去办公室上班。为了给下级官员做好表率，他总是走路上班，办公室保持一派素朴，而且他不要求仆从穿卡其制服。他承认，这表率作用的效果并不大。他的下属官员有停车位，豪华办公家具，还有穿着制服的随从。

"我问他们，为什么要把钱花在这种没用的地方。他们说，给人留下好的第一印象非常重要。我问这些卑鄙小人，'那第二印象呢？'"

"卑鄙小人"是他经常提到的一个词。克莱芙少将[①]是卑鄙小人，其他大多数总督也是。卑鄙小人会索贿，会欺瞒财务部；卑鄙小人过着奢侈的生活，大谈社会主义。在这位公务员看来，两袖清风是个荣誉问题，他这辈子从来没行过贿，也没受过贿。"一个子儿也没有。"他手下有些人干过这种事，当公务员十八年来，他开除过三十二个人。他认为这可能都创下纪录了。我问他这些人都犯了什么错误。

[①] 即罗伯特·克莱芙（1725—1774），又称为印度的克莱武，是一位著名的军事冒险家和司令官，建立了英国东印度公司在印度南部和孟加拉的军事霸权。通常认为他是建立英属印度殖民地的关键人物。

"那些人没一点工作能力，"他说，"勒索钱财，耍把戏玩花招。可我解雇人之前，一定会先找他父母谈一谈，人人如此。以前审计部里有个卑鄙小人，总是掐人家女孩子屁股。都是好出身的印度女孩子啊！我警告过他，可他管不住自己。所以我叫他把家长请来。那卑鄙家伙说，他父母住在五十英里外的地方。我给他们出了车费。他父母都是穷人，很担心孩子。我对他们说：'现在我希望你们搞清楚，你们家儿子麻烦大了。他惹得部门里的女同事非常反感。请你们跟他谈谈，告诉他，他要是再这么干，我就只能解雇他了。'父母走了，那家伙回去工作，可十天之后他故伎重演。我当场停了他的职，然后起诉了他。"

我问他，这里头有没有人想报复他。

"有，有那么一个。那人有天晚上喝醉了，拎了把刀来我家门口。'你给我出来，我宰了你！'之类的。我太太吓坏了，可我气得要命。我没法控制自己，我冲出门去，使劲踹了他一脚。他丢下刀，哭了起来。'别报警，'他说，'我家里有老婆孩子。'瞧见没有，十足的懦夫。我放他走了，人人都说我不该这么做，说我应该去告他才对。可我跟他们说，这人肯定不会再去招惹谁了。"

"还有一次。那回我给重型电力公司做审计，查孟加拉的几个骗子。建筑上有缺陷，复式记账，预估的费用是正常数目的五倍。还有伤风败俗的事。承包商的儿子特别有钱，养了四个妓女。他给她们喝威士忌，让她们脱光衣服，裸着跑到一群正做礼拜的女人和孩子里头去。成何体统！他们一点也不喜欢我，我离开的时候，有四个强盗拎着刀在去车站的路上等着我。可我料到必有此事，所以我换了条路走，那帮卑鄙小人没能抓到我。一个月以后，两个审计人员被强盗杀了。"

小火车沿着悬崖边摇摇摆摆地往前开，越过深深的峡谷，对面的山坡上就是西姆拉。城镇的绝大多数房屋都依山而建，就像个全部由铁锈色屋顶组成的马鞍。但车子开近，我发现有些房屋延伸到了山谷中。西姆拉是绝不可能错认的，正如默里导游手册里所说："它的天际线很不协调，一座哥特式教堂，一座男爵城堡，还有个维多利亚式的乡村别墅。"在这些砖石建筑之上，是八千英尺高、轮廓尖锐的加库山；往下，是延伸出去的房屋。西姆拉的南端实在太过陡峭了，因此水泥的台阶代替了道路。从小火车上望去，这是个迷人的地方：一座铁锈色的小镇，背景则是华美壮观的雪峰。

"我的办公室就在那个城堡里。"公务员说。

"戈登城堡，"我看着旅游手册，"你的上司是旁遮普总会计师吗？"

"呃，我就是总会计师。"他说道。可他完全没有自吹自擂的意思，只是在表述事实。在西姆拉车站，搬运工把我的行李箱扛上肩（他是克什米尔人，趁旺季上山来找活做）。公务员自我介绍说，他名叫维施努·巴德瓦杰，还请我下午去家里喝茶。

林荫道上满是正在闲逛的印度游人。孩子们穿得暖暖和和的，女人们在纱丽外罩着羊毛衫，男人们穿着粗花呢套装，一只手握着绿皮的西姆拉导游手册，一只手握着手杖。闲逛有着严格的时段限制，上午九点到十二点，下午四点到八点，这是由吃饭时间和店铺营业的时间决定的。这个时间规矩早在一百年前就制定好了，那时的西姆拉是印度帝国的夏都；这个传统百年来从未变过。城中的建筑也保持了原样，全是高级维多利亚风格，在殖民地劳工力所能及的范围内极尽堂皇，呈现出一种庸俗的华美，排水沟和柱廊都装饰得繁缛而铺张，柱子和钢骨架撑住了房屋，避免它滑下山坡。建于1887年的欢乐剧院仍是欢乐剧院（我在的时候，里头正在举办一个"性灵展览"，但我没有参观的特权）；戈登城堡里仍然在处理讼事案件，基督教堂里依然有人在做祈祷（这座英国国教的大教堂修建于1857年）；总督府邸（Rastrapati Nivas）是一幢富丽堂皇的别墅，如今是印度高级研究所的所在地，但往来学者都轻手轻脚地，带着一种临时看守人的谦逊，令这幢建筑留有昔日的肃穆庄严。点缀在这些宏伟建筑之间的是小型的平房（荷莉小筑、罗姆尼城堡、砖屋、森园、七橡树、蕨园），但如今这些房子的住客都是印度人，更准确地说，是继承了传统的印度人，他们严格遵照导游手册，握着手杖，打着领结，下午四点钟吃茶，每天晚上散步到街头景点"丑闻点"。这里是深肤色人种的王国，帝国的前哨，怀古的度假游客留住了它的原貌。这里不是《基姆》中浓墨重彩的阴谋的发生地，它的氛围也肯定比一个世纪前温和。毕竟，贵族艳妓洛拉·蒙苔兹就是在西姆拉开始她的风月生涯的，而我见到的唯一的女人是身材矮小、红脸膛的藏族女工，她们身穿缀满补丁的衣服，背着沉重的石块，沿着林荫大道往前走去。

我和巴德瓦杰一家人喝了茶。这不是我预想中的简餐，席上总共有八九种吃的：pakora是蘸了蛋奶糊油炸的蔬菜；poha是拌了豌豆、芫荽、姜黄的米饭；khira，用大米、牛奶和糖做的香滑布丁；一种加了黄瓜和柠檬的水果沙拉名叫chaat；murak，一种泰米尔的开胃点心，就像大块的坚果饼干；名叫tikkiya的薯饼；malai chops是蘸了奶油的小糖球；还有杏仁味的pinnis。我尽量放开胃口吃。

第二天，我在戈登城堡里看到了巴德瓦杰先生的办公室。屋里就像他在车上跟我说的一样，十分简朴，桌子上摆着一个铭牌：

> 我对为何拖延不感兴趣；
> 我只对做完的事情感兴趣。

> ——贾瓦哈拉尔·尼赫鲁

我离开的那天，在西姆拉的一个斜坡上发现了一个静修处。德黑兰快车上那帮嬉皮士总说静修处有多么美妙，所以我特别想参观一下。可我失望了。这个静修处是间摇摇欲坠的平房，管理者是个健谈的老人，名叫古珀塔。他宣称，他曾经治愈了很多严重瘫痪的人，方法就是用手在患者腿上方晃晃。静修处里没有嬉皮士，古珀塔先生极想把我招募过去。我说我要赶火车，他说如果我相信瑜伽的话，就不会担心赶火车的问题。我说正是因为这个，我不相信瑜伽。

古珀塔先生说："我给你讲个故事。有个人去找一位瑜伽修行者，说他想拜师。瑜伽修行者说自己很忙，没空收他。那人说他心意已决。瑜伽修行者不相信。那人说，要是修行者不相信他的决心，他就从房顶上跳下去自杀。修行者什么也没说，男子就跳下去了。

"'把他的遗体带过来。'修行者说，遗体送过来了。修行者把双手放在遗体上方，几分钟过后，男子复活了。

"'现在你做好了充分的准备，可以当我的徒弟了，'修行者说，'我相信你会由于恰当的冲动行事，而且你也显示出了虔诚。'于是，复活的男子成了他的徒弟。"

"你让谁复活过吗？"我问。

"目前还没有。"古珀塔先生说道。

目前还没有！他的导师是帕拉宏撒·尤迦南达，平房里到处都贴着这位导师的画像，面庞圣洁，容光焕发。在兰契，尤迦南达看到了自己的未来：数百万美国人聚集在一起，需要他的指引。他在《自传》中描写道："有极大一批人，正心无旁骛地凝视着我"，他们"像演员般席卷过意识的舞台……神在召唤我，让我去美国……是的！我要前去发现美国，就像哥伦布。他以为自己发现了印度，这两块大陆之间必定存在着因缘！"那些面孔是如此清晰地呈现在他眼前，以至于几年后当他抵达加州时，他认出了他们。他在洛杉矶住了三十年，与哥伦布不同的是，他故去时是富裕、幸福、圆满的。古珀塔先生用庄严的语调给我讲述了这个喜剧故事，然后领着我参观了平房，让我看他钉在墙上的很多耶稣画像（画得像个瑜伽修行者）。

"你住在哪儿？"一个友善的小个子修行者说。他正在吃苹果（西姆拉的苹果很香甜，但由于贸易协定的问题，所有的果子都运到了波兰）。

"现在住在伦敦南部。"

"可那边太吵、太脏了！"

这话从一个自称住在加德满都的人口中说出来，实在有点令人吃惊，可我没有深究。

"我以前住在肯辛顿花园，"他说，"房租很贵，可我国政府出。那时候我是尼泊尔驻英国大使。"

"你见过女王吗？"

"见过很多次！女王喜欢跟人聊伦敦当时上演的戏剧，演员啊、情节啊之类的。她会说，'你喜欢这一段，还是那一段？'要是你没看过那出剧，就很难接上话茬。但她通常会谈论马匹，遗憾得很，我对马没一点兴趣。"

我离开了静修处，最后一次去拜访巴德瓦杰先生。他给我提了好多旅途中的注意事项，并且建议我去看看马德拉斯，说在那里我可以见到真正的印度。他要去修一下汽车的汽化器，然后去结算掉办公室的一些账目。他希望我喜欢西姆拉，说我没见到下雪真是太遗憾了。他的告别相当正式，几乎可以用严肃二字形容，但我们沿着卡特路往前走的时候，他说："咱们在英国或美国再见吧。"

"那太好了，我很希望咱们能再见。"

"肯定会。"他说。他是如此笃定，我忍不住问他。

"你怎么知道？"

"我就要从西姆拉调离了。或许去英国，或许去美国。我的星盘上是这么说的。"

第十章

首都快车：西姆拉到孟买

拉迪亚先生（他的名字写在门旁的标签上，挨着我的）坐在他的铺位上，用鼻子哼着印度歌曲。见我进来，他哼唱得更大声了。我掏出电动剃须刀来剃胡子，他用忧郁得夸张的歌声压住了剃刀马达的嗡嗡声。唱歌的时候，他的神情欣喜若狂，安静下来的时候，就显出尖酸来。他厌恶地看看我的杜松子酒瓶，说印度火车上不能带烈酒。听到我一本正经的回答（"可我认为印度人相信神灵"），他只是嘟哝了一句 ①。过了一会儿，他恳求我把烟斗熄掉。他说他有次坐火车的时候呕吐了，因为包厢里有个英国人抽烟。

"我不是英国人。"我说。

他嘟哝了一句。我看见他在用力辨认我刚翻开的书是什么名字。那是帕拉宏撒·尤迦南达的作品《一个瑜伽行者的自传》，是西姆拉静修处的古塔先生送给我的临别礼物。

"你对瑜伽感兴趣？"拉迪亚先生问。

"不。"我认真看起书来，舔舔手指翻过一页。

"我对瑜伽感兴趣，"拉迪亚先生说，"不是身体层面，而是心

---

① 此处为双关，spirit 有烈酒的意思，也有神灵的意思。

灵。益处是在心灵层面的。"

"瑜伽最大的好处就在身体层面。"

"我看不是。对我来说它纯粹是心灵层面的。我喜欢用各种各样的讨论和辩论来锻炼心智。"

我啪的一声合上书，离开了包厢。

窗外是一望无际的平坦大地，尽头是尘土升腾的雾霾。时间尚未到黄昏，但橙色的夕阳已经沉入了尘霾。德里是个有三百万人口的城市，但刚离开车站半小时，就已是一派人烟寥落的乡村景象，绿色的平原就像土耳其和伊朗的一样平坦，它是如此空旷，以至于光线刺得人眼睛发痛。我一路挤过各个等级的车厢，走到餐车去。头等空调卧铺车里有毯子，门把手是冰凉的，窗玻璃蒙上了雾，印度式厕所中装有淋浴喷头，但在样式可怕得犹如公用电话亭（这属于过火的诋毁）的"西式厕所"中就没有。头等卧铺车里没什么陈设，铺位上包的是塑料布，坐席安排得像飞机座位，乘客已经窝在位子上准备过夜了——他们把毯子蒙在头上，抵御着冷气和头顶明亮的灯光。木质的二等包厢里，人们在打牌。三等卧铺车厢里，书架般的铺位是成排钉死在墙上的，就像苏联老电影里一样。有人斜倚在墙上，瘦骨嶙峋的膝盖往外突着，还有人排队站在厕所门口的水洼里。

餐车位于这个印度社会的最底层，狭小的空间里摆着残破的椅子和脏桌子。吃饭需要买餐券。到了旅途的这个阶段，我已经变成了素食者。我在印度看见的肉总是脏兮兮的，所以我从来没动过点肉菜的念头。尽管我没感到素食有什么副作用（比如不举、脾气变好、肠胃胀气），但每当看见（那天晚上就是）一个身材肥胖、穿着肥大衣服、汗流浃背的印度厨子正用胳膊把蔬菜扫进锅子里，然后又是打又是挤地把菜弄成一锅烂泥，我不由得想重新考虑一下饮食取向了。

天黑以后，我们在马图拉中转站停了一会儿。我出去转了转，车站的月台上，是如今已经熟悉了的"乡村"景象（但令人惊恐的程度未减）。他们不是当地人，肤色很黑，挺瘦，长着小而尖的牙齿，鼻梁细窄，头发厚密而有光泽；他们穿着纱笼，在站台上安营扎寨，感觉像是要在此永远定居似的。站台上挂着成排的吊床，在月台没有遮挡的那一头，他们用泥泞的油布搭成了帐篷。这些人在啐口水、吃东西、撒尿、闲逛，他们是如此泰然自若，就好像这里是马德拉斯丛林最深处的遥远村庄（我猜他们是泰米尔人），而不是暴露在孟买快车上乘客的注视之下。有个女人把孩子举高，让孩子给她篦头逮虱子；还有个女人，我本以为她绝望地蹲在地上，过了一会儿才看明白，她是在跟一个半藏在橙色板条箱里的幼儿玩藏猫猫。

有太多次我经过这些帐篷，却不曾近看。这回我在火车上找了个人，问他愿不愿替我做翻译。他同意了，我们找到了一个愿意聊聊的人。这个男人长得像狐狸，白色的眼睛亮晶晶的，一口龅牙，身穿白色的纱笼。他双臂抱胸地站着，用细长的手指轻抚着自己的臂肌。

"他说他们是从喀拉拉邦过来的。"

"可他们大老远的到这儿来做什么？找工作吗？"

"不是找工作。是'雅特拉'。"

原来也是为了朝圣。

"目的地是哪儿？"

"就在此地，马图拉。"翻译把这个地名念作"马托拉"。狐狸脸男子开口说了句什么。翻译说："他问你知不知道这里是个圣地？"

"这个火车站吗？"

"这个镇子。克利须那①就是在这里诞生的。"

还不仅如此。我后来查了书，正是在马图拉，有人把这位神圣牧牛童跟雅首达的女婴调换了身份，免得他遭到坎斯巨人的杀害。这很像希律王的故事。这个城镇也是克利须那年少时待的地方，他在这里与牧场少女嬉戏，吹奏笛子。传说故事很优美，可这地方本身像个无情的反驳。

"'雅特拉'要持续多长时间？"

"有一段日子。"

"他们为什么要待在车站里，不到镇上去呢？"

"这里有水也有灯，而且安全。镇上有人抢劫，还有流氓欺负人。"

"吃的从哪儿弄呢？"

"他说他们自己带了一些，从镇上弄了一些。火车上的人也会给点。"翻译加上一句，"他问你是从哪儿来的？"

我告诉了他。站台的角落里，我看到一个孩子的剪影，那孩子裸着身子，鼓着肚皮，腿脚纤弱，抓着一根排水管。他的身影那么孤单，不知道在等待什么，这份徒劳的耐心看了令人心碎。

"他想要点钱。"

---

① 即至尊人格首神，中国佛教旧译为黑天，Krishna 这个名字梵文的意思是黑色，因为黑色能吸收光谱中的七种颜色，代表他具有一切的吸引力。

"如果他肯在马图拉的庙里替我祈祷一声，我就给他一个卢比。"

翻译把这句话转述过去。那个喀拉拉邦来的男子笑了，说了句什么。

"就算你什么都不给，他也愿意为你祈祷。"

汽笛声响了，我上了车。拉迪亚先生已经不唱歌了。他正坐在包间里看《布利兹报》。这份聒噪而又不负责任的英国周报报道的都是丑闻轶事，文笔半通不通，口气却自高自大。下面这篇摘自电影版的文章就是个好例子：

> 影片《珠琥》的影星、制作人兼导演搞砸了自己的生日会，就像事不关己似的。

> 限制宾客数量，实在是过分！先是豪饮，然后主人自己挑起事端，大打出手！他喝高了，人又任性，在聚会上作威作福。先是骂人，后来又打了客人一拳头。就在这个时候，有人离席了。这就是他的待客之道？他以为自己是哪根葱？教父大人吗？

拉迪亚先生继续皱着眉头津津有味地看报纸。我们的晚餐送来了，我发现他不是素食主义者。他的汉堡在餐刀下裂散开了，他厌恶地戳着，但还是吃了下去。"我第一次吃肉的时候，病得一塌糊涂，"他说，"可第一回总是难免的，你说是不？"

说完这句费解的箴言之后，他讲起了他的工作。他已经在壳牌公司工作了二十年，由于实在讨厌英国人，最终还是辞了职。他的不满非常强烈，屈辱的记忆统统涌上了心头。他说，英国人盛气凌人，而且排外。但他很快就补上一句："提醒你，我们印度人也有可能会这样。但英国人有这么做的机会。要是，"他戳戳汉堡，"要是英国人能变成印度人就好了。"

"有这个可能吗？"

"有可能，他们可以的。一点问题也没有。有次我去大吉岭参加一个会议，辩论啊、讨论啊什么的，很有意思。会议主席的夫人刚从美国过来，结果第二天她就穿上了纱丽。"

我很怀疑这到底能证明什么，于是问他这位夫人肯穿多久。

"说到点子上了。"拉迪亚先生说。

现在他是一家日本与印度的合资企业的副总经理，公司在古吉拉特邦生产干电池。他已经跟日本人吵了好几次："当面吵，没办法！"我问他对日本人印象如何。他说："忠心耿耿，没错！爱干净，工作努力，没错，可要说他们的脑瓜灵，那是一点不沾边！"原来，尽管他对日本人的印象比对英国人好些，可他们还是惹得他挺恼火。公司是按照日本规矩办事的：上班穿工作服，没有清洁工或仆从，早上要开晨会，职员和工人共用餐厅，卫生间是普通样式的（"真令人惊讶"）。让拉迪亚先生受不了的是日本人非要跟女工约会不可。

"要叫人堕落学坏，没有比这更好的法子了。"他说，"但是我跟他们提意见的时候，他们说，要是老板们跟工人姑娘们约会，工人们就会变得友善一点。他们还冲我笑。你见过日本人笑吗？我可不吃这一套。'办不到！'我说，'你们想评理？行，那就评理。咱们到经理那儿去！'实话告诉你吧，我觉得这些日本人三三两两的，打算好几个人一起乱搞。"

"尤其是两人一起。"我说。可拉迪亚先生正在气头上，听不见我的话。

"我告诉他们，就是不行！找妓女，好吧，全世界都这样！城里的姑娘们，行！健康，干净，可以！野餐，算我一个！我把老婆孩子全带去，大家乐呵乐呵。可工人们？绝对不行！"

拉迪亚先生越来越义愤填膺。我推说头疼，睡觉去了。

六点半，列车员端来了茶，说到古吉拉特邦了。小牛和母牛在铁轨旁吃草，站台上，一只山羊跳上了月台。古吉拉特邦是甘地的出生地，炎热而平坦，但显然十分富饶。番石榴果园，还有栽种着扁豆、棉花、木瓜、烟叶的田野一直延伸到天际，棕榈树斜斜地立在天边。水渠像刻在大地上的 V 形臂章。偶尔看到一处浓荫，村庄到了。满身尘土的人在黄色的溪流里洗刷，泥岸上印着脚印，仿佛迷路鸟儿的踪迹。

"这里是巴罗达。"拉迪亚先生看着窗外。

眼前出现了一群衣衫褴褛的人，头上顶着包袱，跟在一辆堆满旧家具的牛车后走着。孩子们头上的白色秃斑意味着过度拥挤、营养不良和疾病，他们都在阳光中咧嘴微笑着。

"我敢肯定，那边就是新的石化工厂。已经投产了。"拉迪亚先生说。

我们正经过一片棚户区，它整个用纸板和捶平的锡片搭成。女人们蹲在地上，把牛粪扣成饼，在破旧得骇人的陋屋中，我能看见有人正躺着，胳膊交叉着盖在脸上。一个男人冲跑过的孩子大吼，另外一些冲着火车大叫。

"蒸蒸日上啊。帕特尔公司的工厂，乔迪工业，这儿彻底工业化啦。价值上千万卢比啊，跟你说，上千万！"

拉迪亚先生的目光越过了这一切，他看不见泥泞的沟渠，骨瘦如柴的牛的头颅，拖着鼻涕的孩子，戴着破烂头巾的老太，一脸困惑、正蹲在地上大便的人，还有斜靠在破损雨伞旁皮包骨头的老人。

"又是一家新工厂，已经很出名了——巴罗达家具厂。我认识他们厂长。一起喝过酒。"

然后，反英分子拉迪亚先生用地道的英式说法发自内心地说了一句："再会哟！"

在离巴罗达五十英里远的布罗驰，我们穿过宽阔的讷尔默达河。我正站在门边，有个人拍了拍我的肩膀。

"不好意思，借过。"这是个黑皮肤的印度男子，身穿一件花衬衫，抱着两个椰子和一串花环。他走到门边，靠在扶手上，先把花环抛进河中，然后是椰子。

"敬神的，"他解释道，"我住在新加坡。回到老家来真是太高兴了。"

下午晚些时候，我们进入了马哈拉施特拉邦的低洼地带，沼泽闪着微光，坎布雷海湾的入口郁郁葱葱，天边就是阿拉伯海。上午在巴罗达时，天气一直清爽宜人，但下午从布罗驰到孟买的时候，天气窒闷起来，空气的湿度很大，高挑的棕榈树羽毛般的复叶在热气中低垂着。每一条侧轨旁都有印度人在躺着午睡，有人身上盖着包装盒，有人躺在临时搭起的棚子里，我能看见他们伸出的脚。接着，孟买到了。此时我们离市中心大概还有二十多英里，但窗外的景象已经有了变化：屋脊下陷的单个窝棚突然变成了棚户区，然后是一片连绵不断的低矮平房，房顶上乱丢着塑料板、木块、纸片、橡胶轮胎，屋瓦用石头和藤蔓捆的茅草压着，好像这些垃圾真能压住房顶，不被风吹跑似的。然后，茅舍变成了平房，颜色好像腐坏的奶酪，接着是晒满衣服的三层房舍，装有生锈逃生梯的八层公寓楼。离孟买越近，房子变得越大。

到了郊区，这趟首都快车紧急停车好几回。车子停得如此突然，有一次我的水壶都滚到了地上，接着，一个玻璃杯摔得粉碎。本来不应该在这些地方停车的，但有人下车。我看见这些人把行李扔到外头的轨道上，然后以逃兵的速度跳下车去，捡起行李跑过线外。后来我明白了，他们这是拉下了列车的紧急制动把手（禁止随意使用，违者罚款二百五十卢比），因为路边就是他们的家。这本来是一趟快车，可印度人频频拉闸，把它变成了慢车。

车上有个胖乎乎的男孩子，刚从台拉登工程学校毕业。他正准备去浦那参加工作面试。他告诉我为什么火车停得这么猛，还把紧急把手的原理解释给我听。

他说："要下车的人拉下把手，里头的设备就会放出压缩空气，于是就紧急停车了。列车员能看出是哪个把手被拉下来了，可旁边人太多，没法搞清楚具体是谁拉的。为了能重新开车，工作人员必须把设备重新接上，把压缩空气弄好。"

他说得如此慢，又如此有条有理，以至于等他说完的时候，我们已经抵达孟买。

正是在孟买的一个火车站里，V. S. 奈保尔惊恐起来，落荒而逃，因为他怕"湮没在印度的人海中，再无踪迹可寻"。这个故事出自他的《幽暗国度》。可我没觉得孟买中心车站特别吓人，我近距离地观察了它一番，发觉这是个属于避难者和财富猎手的地方，散发着尘土和金钱的气息，邻近的区域看起来就像芝加哥无人过问的那一半城区。大群大群的人在匆忙赶路，如果他们是在游手好闲地乱逛，那我肯定会更惊恐些，可他们绝不是在毫无目的地游荡。穿着白衬衫、步履匆匆的行人大概有好几千个，他们有明确的行进方向，这会让你觉得，他们是在举行某种庄严的游行仪式，职员带着妻子，牵着牛，穿行在大英帝国修建的高贵气派的建筑群中，准备根据某种古老的习俗来场狂欢（闭上你视力较好的那只眼睛，眯起眼睛瞟一眼孟买的维多利亚火车站，你会以为自己瞧见了圣保罗大教堂那庄严的灰色身影）。孟买符合大城市的要求：有历史，有深度，喧嚣混乱；它激发出居民的自大情绪，那种穷酸大都市的傲慢，唯有加尔各答能与之相比。在"寂静塔"前，我有点失望，这里是祆教举行天葬的地方，人的遗体会被秃鹫吃掉。漫不经心的观光客可能会被吓一大跳，认为这是带着宗教色彩的野蛮习俗，但它实际上是源自生态平衡的思想。大门口的教徒不许我进去看。走的时候，我对带我来的司机穆斯塔克说，没准这不是真的，我一只秃鹫也没看见。穆斯塔克说它们都落在塔上吃遗体。他看看手表："该吃午饭了。"不过他指的是我。

那天晚上我做完演讲之后，见到了不少作家。其中一位名叫 V. G. 德什穆克，是个性格开朗的小说家。他说单靠一支笔是没法活下去的。他已经写了三十部小说。写作是印度唯一没收入的活计，而且他写的是穷人题材：没人对穷人感兴趣。他对此很清楚，因为扶贫就是他的正职。

"粮食救济，灾民安置，干旱预防，扶助弱势群体，我们什么都做。有时候真头疼，可书没销路，所以我也只能继续干这个。你可以把我看成一个'组织者'。"

"你们是怎么预防干旱的？"

"我们做些项目。"

我仿佛看见了委员会、报告书、各种会议——还有覆满尘土的田野。

"最近有成功案例吗？"

"我们正在取得稳步进展，"他说，"但是我更愿意写小说。"

"如果你都写了三十本，那也是时候搁笔了。"

"不行，不行！我必须写满一百零八本！"

"为什么要凑够这个数？"

"这是印度的神数。毗湿奴有一百零八个名字。我必须写满一百零八本小说！这不容易，特别是在眼下这种时候，该死的纸张短缺。"

纸张短缺也影响着库什望特·辛格的《印度每周画报》。这份新闻杂志的发行量有三十万，可他得削减发行量，以便节省纸张。这是典型的印度故事：印度的企业看来是运营得太好了，以至于产生了灾难；成功令企业规模暴增，数量空前的订单接续补上，导致了短缺，最后以失败而告终。印度，这个世界上最大的稻米种植国，需要从国外进口大米。"饥饿是天才的侍女。"傻瓜威尔逊[①]在马克·吐温的《赤道环游记》关于孟买那一章里说过这句箴言。的

---

① 马克·吐温的讽刺小说中的一个人物。

确如此，印度那些被饥饿激发了灵感的天才人士威胁要倾覆她。我听到的每一项印度的成功都让我坚信，这个被发明淹没的国度毫无希望、必定会失败，除非那天晚些时候我看到的景象不再出现。那一幕是个再简单不过的事实：印度的人口太多了。

由于睡不着，我出门走走。我出酒店往左转，经过妓院，走了一百码，到达海堤边，一路上数着路边睡觉的人。这些人四仰八叉地睡在人行道上，一个挨着一个。有些人躺在纸板上，但绝大多数都直接睡在水泥地上，没有褥垫，也没几件衣物。他们的胳膊垫在脖颈下。孩子们侧身睡，其余的人仰面。到处都没有财产的迹象。我数到了七十三，转过街角，在海堤边的路上，还有上百人睡在那边，没有包袱，没有马车，没有任何能区分身份的东西，没有生命的迹象。有些人认为，孟买露宿街头的人群只是最近才有的现象，可马克·吐温当年已经看到过。当时他正在路上，准备去参加一个午夜举行的订婚仪式：

> 我们好像是在一座鬼城中穿行。寂静而又空荡的街道上，没有生命的迹象。就连乌鸦都悄然无声。可地上到处睡着当地人，成百上千。他们伸直了躯体躺在那儿，紧裹着毯子。那种神态和僵硬劲儿，就像死了一样。

那是在 1896 年。如今地上睡着的人更多，而且还有一点不同。我看见的人身上没裹毯子。借用傻瓜威尔逊的句式说一句：饥饿，也是死亡的侍女。

第十一章
德里邮车：从斋普尔回到德里

"这是什么？"我指着一幢堡垒模样的建筑，问使馆联络员高帕先生。

"堡垒之类的。"

他嘲笑我一直把导览手册带在身边："瞧您这本大厚书，可我告诉您，把它合上留在酒店吧，因为我就是斋普尔的活字典。"结果我很不明智地听了他。现在我们待在离斋普尔六英里远的地方，蹚着到脚踝的流沙，费劲地朝着残破的加尔塔走去。早些时候，我们闯入了一场兴高采烈的狒狒聚会，大约有两百只之多："保持镇定，举止要正常。"高帕先生说。狒狒们上蹿下跳，唧唧哇哇，龇牙咧嘴，带着一种近似威胁的好奇心聚集在路上。这地方岩石嶙峋，非常干燥，每个崎岖的小山头上都耸立着一座衰败的堡垒。

"堡垒是谁的？"

"王公家的。"

"我是说谁造的？"

"你肯定不知道他的名字。"

"你知道吗？"

高帕先生往前走去。已是薄暮时分，加尔塔山峡里的建筑物变得越来越暗淡了。有只猴子吱吱喳喳地跳到了高帕先生头顶的菩提树上，口中发出风扇般的呼哧呼哧的声音，压得枝条猛地一沉。我们走进大门，穿过庭院，来到几幢损毁的建筑物前。建筑的正面画着树和人的彩色壁画。有些画上涂覆了难以辨认的涂鸦，而整块的嵌板都被凿掉了。

"这是什么？"他不让我带导游手册，我着实生他的气。

"这个嘛。"高帕先生答道。这里是个寺庙禁地。一些男子在拱廊里打盹，还有些蹲在地上。禁地之外有些卖茶水和蔬菜的小摊子，摊主斜靠在绘着壁画的墙上，画都被他的脊背蹭掉了。这派寂寞荒僻的景象打动了我——夕阳下零星的人影，没人说话，四周静默无声，我都能听见山羊在鹅卵石上走动的嘚嘚声，还有远处的猿啼。

"这是个寺庙？"

高帕先生沉吟了一会儿。"嗯，"他终于开口了，"寺庙之类的。"

寺庙华美的院墙上贴着海报，留着凿痕和尿迹，而且到处都有巨大的梵文广告，宣传着斋普尔的商业。墙上还有个蓝色的珐琅标牌，上头用印地语和英语写着警示游客的内容："严禁玷污、损毁、刻画及一切破坏院墙的行为。"这个标牌本身已经被损毁了——珐琅已经剥落，看上去像被谁咬了几口似的。

再往前走，鹅卵石路变成了狭窄的过道，随后转成陡峭的台阶，插入峡谷的岩壁。登到顶头，一座寺庙面朝着一池寂静的黑水。虫儿在水面上漂游打转，荡起轻微的涟漪；蚊蚋活跃地在水面上盘旋着。寺庙像岩壁上的质朴壁龛般，坐落在一个浅浅的山洞里，里面点着油灯和蜡烛。两边门口都矗立着七英尺高的大理石碑，形状犹如西奈山上携下的法版，但看那重量，估计最强健的先知也得累得腿酸脚软。石板上用两种语言刻着编了号的规定，借着微光，我记下了上头的英文：

1. 严禁在寺庙内使用肥皂，严禁洗衣；

2. 请勿携带鞋履靠近水池；

3. 妇女不宜与男子共浴；

4. 游泳时吐痰实属恶习；

5. 游泳时切勿劈水，以免弄湿他人衣物；

6. 切勿身着湿衣进入寺庙；

7. 切勿随地吐痰、破坏环境卫生。

"劈水？"我问高帕先生，"劈水是什么意思？"

"没写劈水吧。"

"你看第五条。"

"上面写的是'溅水'。"

"上面写的是'劈水'。"

"上面……"

我们走近石板。两英寸高的字母深深镌刻在大理石上。

"……劈水，"高帕先生说，"以前我从没注意到，大概是溅水的意思吧。"

高帕先生尽力了，可他很乏味，叫人直想逃。到目前为止，我一直带着我的导游手册和西方列车时刻表，独自旅行。我最爱一个人游逛，不需要什么联络人员陪同。我意图留在火车上，不去操心要去哪儿的问题，观光只是一种打发时间的方式。但是，正如我在伊斯坦布尔总结的那样，这是个非常依赖想象力的活动，就好比在一个所有演员都已经溜走的舞台上排演你自己的戏剧。

斋普尔是个粉红色的、充满奇迹的尊贵城市，可对文物的破坏以及人们的无知减损了它的魅力。那些人任由山羊进入脆弱的废墟，在壁画上涂鸦，还把宫殿当作拍电影的背景。有支聒噪的摄制组占据了城市皇宫，把这个地方变成了怪异的虚假布景。我做完演讲，急着想去搭火车，可时刻表上说次日凌晨零点三十四分才有开往德里的火车。这个时间相当尴尬，我还有一个白天和一整个晚上，而且我可不想大半夜地站在斋普尔的火车站里。

"今天咱们去博物馆。"去过加尔塔的第二天，高帕先生说。

"博物馆就算了吧。"

"那地方可有意思了。您不是说想去看看莫卧儿的绘画吗？那里可是莫卧儿绘画的发源地！"

在博物馆外，我问："这是什么时候建造的？"

"1550 年前后吧。"

他回答得一点都没犹豫，可今天我带了导游手册。这幢被他安插到十六世纪中期的建筑叫作阿尔伯特堡，始建于 1878 年，于 1887 年完工。1550 年的时候斋普尔还不存在呢。可我没打算把这告诉他。前一天我们的争执惹得他颇为不悦。不管怎么说，爱夸大其词似乎是某些印度人的习惯。在博物馆里，有个导游正在向观光客展示一件帐篷似的红斗篷："这件衣服是著名的玛德霍·辛格王公的，他是个大胖子。有七英尺高，四英尺宽，五百磅重。"

杰伊·辛格的天文台是个花园，里头放置着天文学家的大理石仪器，乍一看像是孩子的游戏场，里头架着滑梯和梯子，五十英尺长的斜槽冲着太阳，对称地呈喇叭状张开。高帕先生说他来参观过好多次了。他给我看一个精美的铜盘，上面刻绘的好像是夜空上的星图。我问他是不是这个用途，他说不是，这是看时间用的。他还带我看了一座灯塔，一个放置在水下、削了顶的半球，一座有八十个梯级的塔，一系列呈辐射状放置的长凳——这些也都是看时间的。所有这些杰伊·辛格王公使用的精密装置（我从导游手册里读到）都是为了测绘高度、方位角和天空中的经线，可高帕先生认为这些全是超大型的钟表。

高帕先生吃午饭的时候，我偷偷溜了出去，买到了去德里的火车票。斋普尔火车站是参照着内城那些美丽的建筑样式修造的。材料用的是粉红砂石，有宫殿般宏伟的圆顶、高拱和粗大的柱子。内庭里装饰着壁画，那是从传统绘画中放大的，描绘着瓜子脸的女人和缠着头巾的男人，四周描画着小花束。

"我以为必须等到半夜才能上车呢。"我说。

"不用，不用，"工作人员说，"可不用等那么长时间。"

他给我解释了一番。头等卧铺车已然停靠在旁边的轨道上了，相关人员正在清洁打扫，准备挂到德里邮车上去。晚上挺早我就能上车，午夜过后，邮车从艾哈迈达巴德开过来之后，就会把卧铺车厢给挂上。他叫我别担心，我完全可以提早进入这节单独的车厢，因为列车肯定会准时进站。

"晚上你过来吧，"他说，"问一下头等空调车厢在哪儿，我们会指给你看的。"

当天晚些时候，我跟高帕先生在斋普尔的一家饭馆里吃了顿漫长的饭，随后我宣布要去车站了。高帕先生说现在没火车："要等好几个小时呢。"我说没关系。我到了车站，卧铺车厢就停在月台的那一头，舒适而又明亮。我爬上车，包厢的面积很大。列车员把桌子、淋浴和灯指给我看。我去冲了个澡，然后穿着睡袍给妻子写了封信，又把加尔塔那个寺庙的训诫抄在了笔记本上。时间仍早。我请列车员帮我拿点啤酒，跟隔壁包厢的印度人聊了一会儿。

　　他是拉贾斯坦大学的教授，听说我刚给学校英语系的学生做了演讲，他十分感兴趣。他说，其实他不大喜欢那些大学生，他们把大选海报乱扔一地，过后掏钱雇人来打扫。他们愚蠢、短视、无法无天，还经常装腔作势。"有时候，"他说，"真把我气得七窍生烟。"

　　我给他讲了高帕先生的事。

　　"你瞧？"他说，"我跟你说，一般的印度人对自己的宗教懂得很少，对印度本身和其他一切事情都是如此。有些人对最简单的事情，比如印度的概念或历史都不了解。我百分百同意奈保尔的观点。他们不愿在西方人面前显露出无知，但说起印度的寺庙和文学等，他们不比游客多懂多少，不少人懂得还不如游客多。"

　　"这么说是不是有点夸张？"

　　"我清楚得很。当然了，人上年纪之后，对这些事情就会感兴趣，所以有些老人很了解印度教。他们对身后事会有点担忧。"

　　我请教授喝啤酒，可他说还有东西要写。他道了晚安，回包厢去了，我也回到铺位上。车子仍然停靠在斋普尔火车站。我给自己倒了杯啤酒，躺下看福斯特的《最漫长的旅程》。但我被书名误导了，这本书讲的并不是旅行，而是一个糟糕的短篇小说家和年轻妻子、爱诽谤人的朋友们的故事。我把它扔到一边，看了几页《一位瑜伽行者的自传》，然后睡着了。十二点半，我被巨大的碰撞声吵醒：卧铺车挂到了德里邮车上。这一整夜，火车哐当哐当地朝着德里进发，我在凉爽的房间里好好睡了一觉。到达之后，我精神百倍，以至于我做了个决定，当晚就出发去马德拉斯，看我的地图说得对不对（尽管每个人都说这是不可能的），搭上火车去锡兰。

第十二章
主干线快车：德里到马德拉斯

　　这趟缓慢的列车因它的行驶线路而得名，从德里一直往南，直到马德拉斯，全程一千四百英里，把印度一分为二。从搬运工扛上车的行李数目，你也很容易明白为什么它会叫这个名字[①]。整个月台上都堆着大件大件的行李。我这辈子还从没见过这么大堆的随身物件，也没见过这么多身负重担的人。他们就像是事先得到通知、有时间打包整理的疏散人群，懒洋洋地躲避着一个不知是否会到来的大灾难。一般印度人上火车带的行李已经不算少了，可主干线快车的乘客就像是要把家安在车上似的——气氛如是，行李的规模也如是。没过几分钟，包厢都被占领了，行李包已经腾空，食篮、餐盒、水瓶、铺盖卷、行李箱统统归了位。火车还没开动，风格就全变了。我们还停在德里站呢，可男人们已经脱掉了宽松长裤和斜纹上衣，换上了印度南部的传统服装：无袖的贴身汗衫，还有被他们称作"笼基"的纱笼。衣服上还留着褶痕。感觉上就像是趁着等汽笛鸣响的当儿，他们立即褪下了为德里准备的伪装，开往马德拉斯的快车令他们回归了真实的自我。火车上都是泰米尔人，他们如此

---

　　① 原文中火车的名字是 the grand trunk express，trunk 也有行李的意思。

彻底地占据了这个地方，以至于我觉得自己像是个陌生人。这感觉很怪异，因为我比谁都到得早。

泰米尔人肤色黑，很瘦，留着浓密的直发，牙齿都白得耀眼——那是因为他们不断地用一种去了皮的绿色嫩枝擦牙。看着泰米尔人拿着一根八英寸长的小树枝在牙齿上蹭来蹭去，你不禁怀疑，他是不是要从肚子里拽出一根枝条来。主干线快车的魅力之一，就是其路线会穿越中央邦的森林，最好的牙刷树枝就生长在里头；邦里的站台上就有人出售，像雪茄一样扎成一束一束的。泰米尔人也很害羞，换衣服之前，他们先用床单罩在身上，然后换掉上衣，踢掉鞋子，换下长裤，与此同时口中念念有词，听起来就像在冲凉时哼歌。他们好像总是在说话，唯有刷牙才能让他们安静下来。泰米尔人的乐趣就是在吃大餐（湿答答的蔬菜，点缀着辣椒和青红椒，配上潮乎乎的炸面饼和两堆黏米饭）的时候讨论宏大的问题（人生、真理、美、价值观）。泰米尔人在主干线快车上过得很愉快，说的是本族的话，吃的是本族的饭，行李物品匆促地堆在一旁，这一切给火车添上了一种泰米尔寻常人家的气氛。

车子开动时，我的包厢里有三个泰米尔人。他们换完衣服、掏出行李、铺好床、吃完饭之后（其中一个委婉地说我不该用勺子："用手吃饭和用勺子吃饭，滋味是不一样的，勺子有种金属味道"），花了好长时间相互自我介绍。从他们的交谈中能听到些这样的英文词：重新任命、事假、年度审计。我一加入谈话，他们就开始换用英语了，我觉得此举相当世故得体，但也需要极大的勇气。他们在这个问题上达成了共识：德里是个野蛮地方。

"我住在洛迪酒店。我好几个月之前就预订好了。在蒂鲁，人人都说这是个好酒店。结果呢！电话没法用。你那边电话能用吗？"

"根本不能用。"

"不是洛迪酒店的问题，"第三个泰米尔人说，"是德里的问题。"

"没错，我的朋友，你说得对。"第二个人说。

"我对前台说：'请你别再用印地语跟我说话了。这地方就没人会说英语吗？如果你会的话，跟我说英语吧！'"

"骇人听闻呐。"

"印地语，印地语，总是印地语。喊！"

我说我也碰到过类似的情况。他们摇摇头，添加了更多苦恼故事。我们四个坐在那边，就像从蛮荒之地里逃出来似的，哀叹着人们对英语的普遍忽视。是泰米尔人中的一个（而不是我）指出，说印地语的人在伦敦会迷路。

我说："那他在马德拉斯会迷路吗？"

"马德拉斯有很多人说英语，我们也说泰米尔语，但极少说印地语。那不是我们的语言。"

"在南部，人人都有大学录书。"他们喜欢说缩略词，心照不宣，自然从容。"录书"指的是"录取通知书"，而"蒂鲁"指的是南部城市蒂鲁吉拉伯利。

列车员探头进包厢来看了看。他神色疲惫，戴着徽章，拿着一个青铜的打孔器、一支尖利的铅笔、一块写字板，写字板上夹着潮乎乎的旅客名单，他身上还别着列车员的铜标牌，头戴一顶卡其色的有檐帽。他拍拍我的肩膀。

"带上行李。"

早些时候，我跟他提出我买的是双人包间的票，他说都订满了。我要求退款，他说我得去买票的地方填申请表。我为这低下的效率训了他一顿，他服软了，现在他给我在隔壁车厢里找到了一个双人包间。

"需要额外收费吗？"我把行李箱推进包间。我不喜欢"好处费"这个词里敲诈的味道。

"随你的便。"他说。

"那就不需要了。"

"我没说需不需要。我又没主动要。"

我喜欢这对话。我说："那我该怎么办？"

"给不给都行，"他皱眉看着乘客名单，"全看你。"

我给了他五个卢比。

包间里有层沙土。里头没有水槽，翻盖的小桌铰链坏了。另一列火车经过时，窗边的咔嗒声变成了刺耳的尖叫。有时候，一辆老旧的机车头在夜里加速驶过，锅炉沸腾着，汽笛鸣叫着，活塞传出嘶嘶声，宛如快要爆炸的漏气阀门。大约清晨六点，在博帕尔附近，有人敲我的门——不是送茶水的，而是上铺的乘客。他迈步进来："打扰了。"

中央邦的森林，也就是生长"牙刷树枝"的地方，看起来就像美国新罕布什尔州的森林，只是没有淡蓝色的远山。这里浓荫密布，未经人工开垦，随处可见树木翁郁的山崖，还有绿影覆盖下的小溪。但是到了第二天，外头的尘土多了起来，新罕布什尔的景色被印度的炎热空气取代了。尘土聚集在窗边，飘进车厢，落在我的地图、烟斗、眼镜、笔记本和新买的平装书上（有乔伊斯的《流亡者》，勃朗宁的诗集，毛姆的《狭窄的角落》）。我脸上也落了一层土，镜子上蒙了尘，塑料座椅上全是沙，地板踩上去会吱吱响。因为天气太热，窗户必须开一条缝，但微风拂面的代价是，印度中部平原呛人的尘土一股股地飘进来。

下午到了那格浦尔的时候，我的旅伴（他是个工程师，胸口有个极其显眼的伤疤）说："这个地方有一支名叫'冈德'的原住民，他们的习俗相当奇怪。女人可以有四五个丈夫，反之亦然。"

我在月台上买了四个橙子，抄了一则宣传占星术的广告，上面写着"仅花十二点五卢比，把你的女儿们嫁出去"，还冲一个正在欺负乞丐的小个子男人吼了一嗓子，然后开始看导游手册上关于那格浦尔的介绍（它位于那格河上，因此而得名）：

> 当地居民中，有一支名叫冈德的土著人。这些山地部落的居民长着黑皮肤、扁平的鼻子、薄嘴唇。主要装束是在腰间缠一块布，宗教信仰因村庄而异。几乎所有人都崇拜霍乱神和天花神，亦有大蛇崇拜的迹象。

幸而汽笛拉响了，火车再度上路。工程师在看那格浦尔的当地报纸，我吃掉橙子，午睡了一会儿。醒来后我看到了奇异的景象，自打离开英格兰，我第一次见到了雨云。黄昏，在印度南部安得拉邦的边界上，厚沉的青灰色乌云悬在天边。列车直奔乌云而去，这个地方不久前肯定刚下过雨，小站上泼溅了泥水，平交道口处积起了棕黄色的水洼，季风把土壤变成了深红。但是，一直到钱德拉布尔，我们才算进入雨云的势力范围。这个覆盖着煤灰的小站实在太小了，地图上都没标出来。大雨倾盆而下，信号员跳到轨道旁，挥舞着湿透的小旗。月台上的人撑着大黑伞，朝这边看过来，伞面上闪着水光。几个小贩冲进瓢泼大雨中，把香蕉卖给火车上的乘客。

一个女人从站台的棚子下爬进雨里，她好像受了伤。只见她手脚并用，朝着火车——朝着我缓慢地挪过来。她肯定得过脑膜炎，脊柱都扭曲了，膝盖上缠着破布，手掌下垫着木板。她艰难地穿过铁轨，痛苦而缓慢，靠近车门边时她仰脸往上看。那笑容很可爱，残破的躯体上是一张灿若明霞的少女的脸。她撑起身体，冲我举起一只手，等待着。她的脸颊在大雨中微微冒着热气，衣服全部湿透了。正当我在口袋里到处摸钱的时候，火车开动了，我徒劳地朝汪着水的铁轨上扔出了一把卢比。

在下一站，我被另一个乞丐缠住了。这是个大约十岁的男孩，穿着干净的衬衫和短裤。他眼巴巴地看着我，迅速说道："求求你，先生，给我钱。我爸爸妈妈在站台上两天了。他们无依无靠。他们没吃的。我爸爸没工作，我妈妈衣服破了。我们必须赶快回德里去，如果你给我一两个卢比，我们就能回去了。"

"火车要开了，你得下去了。"

他说："求求你，先生，给我钱。我爸爸妈妈……"

他继续机械地背诵着词句。我催他快下去，显然除了这套说辞之外他不懂英语。我转脸走开了。

天色已黑，雨渐渐停了，我坐在一边看工程师的报纸。全都是关于开会的报道，会议的数量惊人，我几乎能听见油印表格的簌簌声、折叠椅的吱嘎声，还有那永恒不变的印度式开场白："有一个问题，我们每个人都应该问问自己……"有个那格浦尔的会议花了一星期的时间来讨论"袄教的未来是否濒临险境"。在同一版上，有两百个印度人参加了一场"和平热爱国代表大会"，另一群人参加的会议讨论的是"印度教：我们是否处于十字路口"。报纸最后印着"雷氏西服"的广告，广告词是"穿着雷氏西服的你，有话要说……"穿着雷氏西服的男人正在对着会议听众做演讲。他的眼光瞥向一旁，做出挥手的姿态，他有话要说。他的台词是："沟通就是理解。沟通就是期待。沟通就是参与。"

乞丐瘦骨嶙峋的手出现在我的包厢门口，带着青紫伤痕的手臂，破烂的衣袖。那穷苦的人开口叫道："阁下！"

刚过钱德拉布尔的边界，火车在锡尔布尔突然停下了。二十分钟后依然没有开动。锡尔布尔是个默默无闻的小地方，月台上无遮无挡，车站只有两个房间，牛群待在走廊上。售票窗口旁长出了草。空气里飘着雨水、柴火和牛粪的气味。小站比茅屋大不了多少，惯常的铁道标语牌让它显得正式了一点，其中一个牌子上写了一句让人最有盼头的话："晚点的火车很可能会把时间补回来。"主干线快车上的乘客开始下车溜达。他们三三两两地漫步着，庆幸能下来活动活动腿脚。

"引擎坏了，"有个人告诉我，"他们正派人送新的过来。要晚点两小时。"

另一个说："要是有个部长在这趟车上，他们十分钟就把引擎送过来了。"

泰米尔人在月台上大声嚷嚷着。一个锡尔布尔当地人从黑暗中走出来，拿着一袋烤过的鹰嘴豆。泰米尔人冲上去包围了他，买光了所有的豆子，还让他再拿点来。一小群泰米尔人凑在站长室的窗口，冲着一个正用小按钮发莫尔斯电码的男子大声咆哮。

我决定去看看哪儿有啤酒卖，可一出车站，我就陷入了全然的黑暗。我犹豫起来。雨后的植物散发出湿润而清新的气息，几乎带着甜香。路上躺着几头白色的牛，我可以清清楚楚地看见它们。我把牛只当作路标，继续往前走，五十码外出现了一盏小小的桔黄灯光。我径直走过去，发现那是个简陋的小屋，低矮狭小，泥巴墙，屋顶上盖着帆布。门口挂着一盏煤油灯，另一盏挂在屋里，映照出六七个茶客的惊讶面孔，有两个火车上的乘客认出了我。

"你想要点什么？"一个说，"我帮你点。"

"这儿有啤酒卖吗？"

这话被翻译过去，笑声响了起来。我知道答案了。

"沿路下去，大约两公里外，"那个男子往暗夜里指了指，"有个酒吧，那边有啤酒。"

"怎么才能找到那里？"

"坐车，"他说，又对卖茶的人说了句什么，"可现在没车。喝点茶吧。"

我们站在小屋里，用有缺口的玻璃杯子喝着奶茶。那边点着一炷香，没人说话。火车上的乘客看看村民，村民把视线转开。帆布顶棚低垂下来，桌子旧得泛着光，由于点着香，空气中充满窒闷的香气。火车乘客有些不自在，怀着巨大的兴趣研究起日历来。日历上湿婆和象头神的画像褪了色，油灯在死一般的沉寂中闪了几闪，我们的影子在墙壁上跳跃起来。

那位帮我翻译的印度人压低了声音："这就是真正的印度！"

那天晚上我们没走出多远去。替换的引擎迟到了，火车晚点得更久，泰米尔人咒骂着：妈的，该死，见鬼，混账。夜里火车一直在出故障，减速，停下，引擎熄火。咒骂的间歇中，我听见蟋蟀的响亮叫声。在阴沉落雨的黎明，我们到达维杰亚瓦达，火车晚点了五个小时。我在小摊子上买了个苹果，可还没来得及咬上一口，一个男孩就一跛一跛地走到我跟前，伸出手哭了起来。我把苹果给了他，又买了一个。这回我把它藏了起来，上车才拿出来。

南部的天气出人意料的凉爽，而且极为苍翠，乡村的绿野跟地图上那片海洋般辽阔的绿色完全对应。由于时间尚早，也由于印度村民似乎把铁轨看作他们世界的边缘，一路上都有人蹲在铁道旁——拉屎。

旅程的最后一段，列车转向海岸，沿着孟加拉湾，循着低洼的海岸线向前开去。田地被水淹了，可有人在水里犁地——成队的黑色水牛拉着犁走在人前，在稻田里来来回回地走。红色的激流涨满了河道，溢出了岸。安得拉邦的东南部是我在印度见到的最肥沃的地方，从另一个角度看，也让人印象极为深刻：这里的人肤色如此黧黑，土壤如此深红，草如此苍翠。雨还在下着，接近马德拉斯的时候，雨势更猛了。

我问旅伴，他的伤疤是怎么回事。他说在阿萨姆邦的时候被暴徒捅了，他们以为他是孟加拉人。当时他已经走到门口，可三个男人跳将过来，用匕首刺向他的胸膛。他倒了下去，那几个人逃走了。"血涌了出来，我仰面躺着，可血从心脏里直喷出来，喷到我眼前，溅了我一身。"他叫五岁的儿子拿衣服来堵住伤口。孩子照做了，可他的手太小，又太着急，结果手都捅进了伤口里。这位父亲被送到了西里古里的医院，可一年后伤口才痊愈，待到出院时他已经没了钱，也没了工作。他称自己是个"相当典型的印度工程师"。

我们聊了聊他的工作。他做的是水力学方面的东西，谈话没持续多久。我遇到的绝大多数印度人，他们的工作都很难细说，甚至都无从评论。他们是销售代表，公司是做无缝钢管、塑料垫片或漂白剂的；他们推销水准标志和纸质文件夹上的搭扣。有次我遇见一个做橡胶制品的锡克人，可他卖的不是轮胎或安全套这种简单的产品，而是橡胶衬套和护套。我说我不明白这是什么东西，他解释说："护套——橡胶做的——扣链齿轮上用的。"

正是由于我丝毫不懂这些职业，我们在印度火车上的谈话主题就变成了最怪异的奇闻逸事。工程师发觉我对水力学知之甚少，就给我讲了个故事。有个瑜伽修行者，不吃不喝活了一辈子。"那他靠什么活着呢？"我问。这听起来是个很合理的问题。"空气，"他说，"因为他不想让食物和饮水污染了身体。"这位瑜伽修行者活得相当长，有七十多岁。我的联络人高帕先生（我对"联络人"的无视态度让他颇有点为难）给我讲过一个猴子和老虎结伴旅行的故事。没人知道老虎为什么不把猴子吞了，可有个人躲在树后头近距离观察了一番，结果发现老虎是瞎的，猴子在给老虎指路。我听说过孟买有个男子可以在水上行走，还有个故事说，有个男子用棕榈树叶做成翅膀，自行学会了飞翔。推销无缝钢管的销售员给我讲过，锡兰到特努什戈迪之间有一座猴子连成的桥，横跨保克海峡。我觉得这些夸张的故事是对现实的抽离，印度人的想象力需要多点发挥空间，不愿只拘泥在乏味的账本细节中。因此，审计员巴德瓦杰先生相信占星术，做干电池的拉迪亚先生喜欢即兴创作哲学歌曲（他自己说的），我在孟买认识的一个绝对理性的男子宣称，不少印度人痴迷于被眼镜蛇咬上一口："你把舌头伸出去，让眼镜蛇咬上你的舌头，那毒液能让你飘飘欲仙。"

在离马德拉斯几英里远的地方，一位英国传教士发现我正抓着窗框，在刚刚降临的热浪中喘气。他无视我的状况，对我说他气坏了，听说我是个记者（我告诉他的），他很高兴——他有素材提供给我。

"有些美国人，"他说，"自称是基督徒，可他们许诺给每人四个卢比吸引人们前来受洗。四个卢比，在马德拉斯可不是个小数目。为什么这么干？我讲给你听。这是为了积攒受洗人数，从国内教区里拿到更多的钱。他们作的恶比行的善多。我希望你回美国之后跟人提提这事。"

"很乐意。"我说。堕落的传教士掏钱让人来受洗，可那些为这批传教士负责的人，愿不愿劝告他们，这种行为作恶比行善多呢？

随后我们抵达马德拉斯中央车站，人力车像蝙蝠般蜂拥而上，不断问着："去哪儿？去哪儿？"

听见我说锡兰，他们大笑起来。

我脑海中的场景是这样的：绕过马德拉斯那些砖头和石膏墙的大厦（它们沿着蒙特路一字排开，像一连串泛黄的结婚蛋糕）来到孟加拉湾；在那里我会找到一间开在海边的餐馆，旁边立着棕榈树，微风拂面，桌布轻轻飘动。我要面朝大海，点一道鱼当晚餐，再喝上五瓶啤酒，看着泰米尔人小渔船上的灯火上上下下地轻轻跳动。然后我就回到酒店睡上一觉，第二天早早起来，搭上火车去拉梅斯沃勒姆，位于印度"鼻尖"上的那个小村庄①。

"去海边。"我对出租车司机说。他是个头发蓬乱的泰米尔人，胡子没刮，胸口的衬衫敞开着。他长得像心理学教科书里描绘的野性未驯的小孩，比如吉卜林笔下狂野的森林王子，据说这些南印度常见的野孩子是被狼群养大的。

"海滩大道？"

"应该是吧。"我跟他说我想去吃鱼。

"二十卢比。"

"五卢比。"

"那十五卢比。上车吧。"

开出二百码后，我发现自己非常饥饿。成为素食主义者后，这些真正食物的不完美替代品糊弄了我的肠胃，蔬菜抑制了我的食欲，可那种渴望——肉食的渴望仍在。

"喜欢英国姐吗？"司机用腰力扭着方向盘，要是让狼来开出租车，八成就是这样。

"很喜欢。"我说。

"我给你找个英国姐吧。"

"真的？"在马德拉斯这种并不繁荣的地方，应该很难找到英国妓女。要是在孟买，那我信。衣着光鲜的印度商人浑身散发着金钱的气息，成天出入泰姬陵酒店，飙着车，飞速掠过人行道上露宿

---

① 拉梅斯沃勒姆位于印度和斯里兰卡之间，刚好在印度半岛伸入海中的小尖上，为铁路终端和轮渡起点。

的人——这些人绝对是妓女的对象。还有德里，满是参会代表的地方，有人跟我说，有很多欧洲妓女在豪华酒店大堂里寻找目标，轻扭美臀，许诺着春宵风流。可在马德拉斯？

司机扭过身来，用长指甲在胸口划了两道。"英国姐。"

"好好看路！"

"二十五卢比。"

三点二五美元。

"漂亮姑娘？"

"英国姐，"他说，"想要不？"

我想了想。吸引我的不是姑娘，而是背景故事。一个身在马德拉斯的英国姑娘，为了微薄报酬而卖身。我很想知道她住在哪儿，生活境况怎样，已经来了多久。她为什么要来到这个荒僻地方？我觉得她是落了难，就像康拉德的小说《胜利》里的莱娜，在印尼的泗水逃离了一支糟糕的旅行乐团。我在新加坡遇见过一个英国妓女，她说自己赚了大钱。但不仅仅是钱的问题：比起英国男人来，她更喜欢中国人和印度人。英国人没那么快，而且更糟的是，他们总想打她的屁股。

司机注意到我的沉默，放慢了车速。拥挤的车流中，他再度扭转身来看着我。他崩裂的牙齿上染着槟榔的红汁，在后面一辆车的车灯中闪着光。"海边还是姑娘？"

"海边。"我说。

他往前开了几分钟。她肯定是个英印混血儿，英国只不过是个委婉说法罢了。

"姑娘。"我说。

"海边还是姑娘？"

"姑娘，姑娘，老天啊。"感觉就像他在竭力敦促我忏悔这份极其堕落的冲动。

他危险地抖抖车身，加速朝着相反的方向开去，嘴里还嘟囔着："太好啦……好妞……你会喜欢的……小房子……两英里……五个姑娘……"

"英国的？"

"英国的。"

他声音里那斩钉截铁的味道不见了，但他仍然点着头，或许是想让我镇定下来。

我们往前开了二十分钟。街道旁，畜栏上亮着煤油灯，布店里灯火通明，穿着竖条袍子的店员正抖开艳黄的布料和钉着亮片的纱丽。我靠在座位上，看着马德拉斯从眼前闪过，看着暗巷中闪烁的牙齿和眼睛，晚上出来买东西的人拎着满满的篮子，还有无穷无尽的钉着铭牌的大门：三嘎达餐厅，维施努鞋店，以及黑黢黢、阴森森的"千灯饭馆"。

他转过街角，专挑最狭窄、没有灯的巷子走，随后我们就来到了土路上。我怀疑他要打劫我，当我们来到一条颠簸小路最黑暗的地段时（这里已经是乡下了），他把车停在路边，关上车灯，此时我已经确信他是个骗子，下一步他肯定会掏出刀子抵上我的肋骨。我怎么会这么蠢，相信他瞎编出来的二十五卢比的英国妞儿！我们已经离马德拉斯很远了，脚下是一条沙土路，旁边的沼泽微弱地闪着光，青蛙在里面咯咯叫。出租车司机猛地一甩头，我跳了起来。他用手擤擤鼻涕，甩到车窗外。

我想拉门下车。

"你坐下。"

我坐下了。

他用拳头捶捶胸口:"我就来。"他下了车,砰的一声关上车门。我看着他沿着路左拐,消失了。

我等着他走远,直到听不见腿脚在高高草丛中蹚过的唰唰声,然后我慢慢地打开车门。外头的空气很清爽,混合着沼泽地和茉莉花的气息。我能听见路上有人说话,有男人在聊天。他们跟我一样都身处黑暗之中。我能看见身旁的路,但几英尺外路就不见了。我估摸着,此地离大路有一英里远。我可以走过去,找找公车。

路上有水坑。我踩进了一个,正想拔腿出来,反而陷进了最深的地方。我本来在跑,可水坑害得我步履蹒跚。

"先生!阁下!"

我没停步,可他看见了我,过来了。他抓住我。"坐下,先生!"他说。我看清了,他是一个人。"你去哪儿啊?"

"你去哪儿了?"

"去落实一下。"

"英国姑娘?"

"没英国姑娘。"

"你什么意思,没英国姑娘?"我吓坏了,如今这明摆着是个陷阱。

他以为我生气了。他说:"英国妞,四十,五十,就像这样……"他朝我踏近几步,让我在黑暗中能看清他鼓起的腮帮子。他握紧拳头,往上耸着肩膀。我明白了,他比画的是个肥胖英国妞。"印度姑娘，小，好。坐下，咱们去。"

我没有别的选择。发疯逃跑是没用的，他肯定逮得到我。我们走回出租车旁。他气呼呼地发动引擎，我们沿着他刚才徒步走过的草路一颠一颠地开过去。车轮碾过坑坑洼洼的地面，车身猛晃。现在彻底到了乡下。在全然的黑暗中，远处有间小屋亮着灯。门口有个小男孩蹲在那儿，旁边点着一盏灯，这是在迎接即将到来的"排灯节"①，也就是庆祝光明的节日。灯光照亮了他的脸和瘦削的胳臂，映得他的眼睛亮晶晶的。我们前面还有间小屋，比刚才那间稍大，平屋顶，两扇方正的窗。小屋孤零零地站在那儿，就像丛林中的店铺。窗户上闪过几个黑色身影。

"你过来。"司机把车停在门口。我听见有人在吃吃笑，窗户里出现了几张黝黑的圆面孔，还有闪着微光的头发。一个缠着白头巾的男子斜倚在墙上，刚好隐在阴影中。

我们走进肮脏的房间。我找了把椅子坐下。低矮的天花板正中吊着一根电线，暗淡的灯泡亮着。我坐的是把好椅子，其他的要么坏了，要么椅垫裂了口。几个姑娘坐在一张木头长凳上。她们看着我，其余几个围到我身边，笑着捏捏我的胳膊。她们非常娇小，神情忸怩，还有点滑稽——她们太年轻了，跟脸上的唇膏、鼻环、耳坠和腕上滑落的手镯完全不相配。她们的发辫里插着白色的茉莉花，流露出跟年龄相称的少女气质，可晕开的口红和硕大的配饰更凸显出她们的稚嫩。一个面色阴郁的胖姑娘把一个嗡嗡响的晶体管

---

① 又称屠妖节、万灯节或印度灯节，是印度教、锡克教和耆那教"以光明驱走黑暗，以善良战胜邪恶"的节日，于每年10月或11月中举行，为了迎接排灯节，印度的家家户户都会点亮蜡烛或油灯。

收音机贴在耳边，看着我。她们看上去就像是穿了妈妈衣服的小女孩。估计没一个超过十五岁。

"你看中哪个？"缠着头巾的男子开口了。他身材矮壮，看上去十分强悍，却又带点悲苦的味道。他的头巾原来是条毛巾，在额上打了个结。

"抱歉。"我说。

一个瘦瘦的男人从门口进来了。他长着一张狡诈而瘦削的脸，手插在腰布上头。他冲一个女孩点点头："挑她吧，她好。"

"过夜一百卢比，"头巾男子说，"不过夜五十。"

"他说二十五卢比。"

出租车司机绞着手。

"五十。"面色悲苦的男子不松口。

"随你，反正我不要，"我说，"我只是过来喝酒的。"

"没酒。"瘦子说。

"他说有英国姑娘。"

"什么英国姑娘？"瘦子捻着腰布上的结，"这些喀拉拉邦的姐儿，年轻，小，是从马拉巴尔海岸来的。"

头巾男子抓住一个姑娘的胳膊，把她推到我面前。她尖声大笑起来，跳开了。

"你去看看房间。"头巾男子说。

房间正对着大门。他扭开灯。这是个卧室，跟外面那间一样大，但更加脏乱，而且气味极其难闻。房间正中摆着一张木头床，上头铺着脏污的竹席，墙上钉着六个架子，每个架子上放着一个小小的、上了锁的锡制衣箱。屋角有张旧桌子，上头搁着几个大小不一的药瓶，还有一盆水。纤维板的天花板上有烧焦的痕迹，地上扔着报纸，床头的墙上有炭笔勾出的画：残缺的身体、胸部、生殖器。

"瞧啊！"

男子粗野地笑了，他冲到房间那头，打开开关。

"有风扇！"

风扇在肮脏的床上方慢吞吞地转起来，吱嘎作响。残破的扇叶搅动了空气，房间里愈发闷臭起来。

两个姑娘进门来，坐在床上，一边笑一边解开纱丽。我匆忙冲回前厅，找到出租车司机。"快点，咱们走。"

"你不喜欢印度姑娘？好印度姑娘？"瘦子嚷嚷起来。他用泰米尔语向出租车司机吼了几句，司机跟我一样，恨不得快点脱身——他招来了一桩空头生意。错误在他，不在我。我们开着车摇摇晃晃地离开小屋，穿过高草丛回到颠簸的路上时，姑娘们还在吃吃笑着，喊着，瘦子也还在高声嚷着。

天很晚了，我在酒店旁一个脏兮兮的餐馆里吃了晚饭，饭是盛在香蕉叶里的。酒店房间的窗敞开着，闻得到清甜的花香。我读着《流亡者》，花香一阵阵漾上来："我敢肯定，在欲望的冲动面前，没有哪条人制定的戒律称得上圣洁……在冲动面前，没有戒律。"那花香很熟悉，是茉莉。我想起那些女孩子，她们在小屋里嬉笑着，发辫间点缀着白色的花朵，那花瓣是如此细窄而娇柔。

第十三章
当地火车：马德拉斯到拉梅斯沃勒姆

在印度我有两个心愿：一个是找到开往锡兰的火车，另一个是独占整节车厢。在马德拉斯的艾格默尔车站，我这两个心愿都实现了。小小的纸板车票上写着"马德拉斯——科伦坡要塞"，火车开动后，列车员告诉我说，在这趟去往拉梅斯沃勒姆的二十二个小时的旅程中，我将是这节车厢里唯一的乘客。他说，如果我愿意的话，可以搬到2号包厢里去，那边的风扇能用。这是趟慢车，因为没人去特别远的地方，所以大家都买三等车票。他说，极少有人去拉梅斯沃勒姆，而且这些日子没人去锡兰：那是个麻烦重重的国家，市场里没有食品，而且总理班达拉奈克夫人不喜欢印度人。他想知道我为什么要去那儿。

"坐火车转转。"我说。

"这趟车最慢了。"他把时刻表拿给我看。我借过来回包厢细细研读。我以前也坐过慢车，可这趟车简直没天理，几乎每隔五分钟或十分钟就要停一下。我把时刻表拿到窗边，在日光底下细看。

马德拉斯艾格默尔站	11：00
曼巴拉姆站	11：11

坦巴拉站	11：33
派伦格拉特站	11：41
万达洛尔站	11：47
古杜万恰里站	11：57
卡塔古拉特站	12：06
辛加珀如茅考伊尔站	12：15
京格尔布德站	12：35

　　我数了数，全程要停车九十四次。我的心愿倒是实现了，可我很怀疑受这份罪究竟值不值得。

　　火车加速了，刹车吱吱响，车身摇摇晃晃，停下，随后又启动了，可一旦车轮开始顺畅地滚动，刹车就发出金属的哀鸣。我在包厢里打盹，每次停车，都能听见门口经过一阵笑声，还有啪嗒啪嗒的脚步声。脚步声在走廊里渐弱下去，门砰地开了，然后是金属碰撞的声音。待列车启动，声音平息，到了下一站一切再度开始，门口再度传来骚动、尖叫，还有哐啷啷的撞击声。我往窗外看去，瞧见了最奇异的景象：一群七岁到十二岁的小孩子，男女都有，年纪最小的什么也没穿，年长些的腰上缠着布，他们手里都抱着装了水的锡罐子，正在从车上往下跳。他们都是当地孩子，长而软的头发被阳光晒成了棕色，肩膀黧黑，脸上脏乎乎的，鼻子扁而上翘，像澳大利亚的土著人。那天早上每到一站，就有孩子们冲到卧铺车厢里，从洗手间的水槽里接水。他们抱着水罐，争先恐后地跑回铁轨旁的简陋棚屋，身材瘦削的大人们在棚屋旁等着：年长的男人们长着泛黄的鬈发，女人们跪在棚子前的煮锅旁做饭。他们不是泰米尔人。我猜他们像冈德人一样，是当地的土著。他们的财物很少，居住的地区很干旱，季风尚未光顾。整个上午，孩子们在卧铺车厢里进进出出，跳上跳下，笑嚷着，把打水的活儿变成了喧闹的游戏。我把车厢的内门给锁上了，免得他们冲到走廊来，但外头的洗手间仍然开着，可以打水。

我没有准备吃饭的事，身边没带吃的。下午早些时候，我逛遍了整个列车，没发现有餐车。大约两点，我正打盹，有人敲我的窗。是列车员，他什么都没说，递过来一盘吃的。我按泰米尔人的方法吃了饭：用右手把饭捏成小团，蘸蘸软烂的蔬菜，然后塞进嘴里。到下一站列车员又出现了，他把空盘子取走，懒洋洋地冲我行了个礼。

列车沿着与海岸线平行的路线行进，离海边大约有几英里。包厢里的电扇几乎没什么作用，空气里的湿度依然很大。密布的云层让天气显得更加闷热，而车速慢得连窗外的微风都感觉不到。为了摆脱惰性的感觉，我向列车员借来扫帚和抹布，清扫了包厢，把所有的窗户和木头家具全部擦了一遍。然后我把衣服洗了，挂在走廊的钩子上。我把水槽堵上，简单洗了洗，然后刮掉胡子，换上拖鞋和睡袍。毕竟这是我的专属车厢嘛。在维卢布勒姆，电力的车头换成了蒸汽的，也是在这个站，我买到了三大瓶温热的啤酒。我把铺位上的枕头拍松，等衣服晾干的当儿，我喝着啤酒，看着泰米尔纳德邦的景色变得越来越简约：每个车站都比上一个更小一点，人也比上一站的穿得更少——京格尔布德过后，衬衫没了；到了维卢布勒姆，背心也没了；再往前走，缠腰布几乎不见了，人们腰里松松地围着一块布到处走。外头地势平坦，也没什么可看的，只是偶尔能见到一个泰米尔人如鹳鸟般立在远处的稻田里。这里的小屋盖得像非洲的临时房屋一样潦草——非洲人认为，接连两年住在同一间屋不吉利。这些房屋是用泥巴垒的，棕榈叶当屋顶；泥巴在热气里已经龟裂了，第一阵季风就能把叶子屋顶掀走。与这些随意搭建的房屋形成对比，稻田被精心灌溉，有复杂的泵水系统和长长的水渠。

那天下午最惹人烦的就是蒸汽机车的烟。烟从窗户里灌进来，煤灰落得到处都是，煤炭燃烧的味道（印度的每个火车站都是这种味道）盘桓在包厢里不肯散去。引擎加速需要更长时间，杵锤声和有节奏的噗噗声直传到车厢里。但是，蒸汽动力中有一种柔和感，轮轴运转推进的声音赋予了蒸汽机车一种特别的气质，不仅和电力机车那种"大型割草机"的调调大相径庭，而且让它在动动停停间有种肌肉强健的感觉，好似有了生命。

天黑以后，包厢里的灯灭了，风扇也不转了。我上床睡觉；一小时后，晚上九点半，电又来了。我找到书上刚才看到的地方，可没等看完一段，电又没了。我咒骂着，把所有开关都关掉，浑身抹上驱蚊水（蚊子十分猖獗，带着疟疾轻捷地乱飞），把床单蒙住头睡了。中间只在蒂鲁吉拉伯利醒来过一次，买了一盒雪茄。

次日早晨，有个和尚过来找我。他的光头上汗津津的，身穿橙黄色的袍子，打着赤脚。他的模样正是虔诚僧人的生动写照，一路化缘，搭乘支线火车的三等车厢去往极乐世界。当然，他有点太像模像样了，以至于我立马猜到他是个美国人。原来他是巴尔的摩人，正准备去锡兰中部的康提。他不喜欢我提的问题。

"你当了和尚，家乡的人怎么看？"

"我想找点水。"他很倔强。

"你是在庙里还是别的什么地方修行？"

"我说，要是这边没水，告诉我一声，我马上走。"

"我在巴尔的摩有几个很好的朋友，"我说，"你回去过吗？"

"你很烦。"和尚说。

"有什么办法能让和尚开口？"

他真的动了气。他说："这些问题我每天要听上百遍！"

"我只是好奇嘛。"

"没有答案。"可他又带着令人费解的油滑腔调说道，"我想找水。"

"那继续找吧。"

"我身上脏！我一整夜没睡觉了，我想洗洗脸！"

"如果你再多回答一个问题，我就告诉你水在哪儿。"

"你真是个爱管闲事的混蛋，跟别人一样。"和尚说。

"右边第二扇门，"我说，"别淹死了。"

接下来的十英里，是我自打坐过火车以来见到过的最激动人心的风景。火车在海岸上沿着狭长的陆地飞驰，汽笛鸣叫着，烟囱里喷出烟雾。车身两侧全是洁白的沙滩，沙子堆成了硕大无比的沙丘，沙丘之外是一小块一小块的碧海。车头扬起的沙子轻轻拍打在后面的车厢上。海浪规律地拍打着堤岸，把车轮的轧轧声衬托得越发清晰。浪花飞溅起来，落在车窗上，变成一个个水晶般的小水珠。火车加快速度，在劲风中朝着拉梅斯沃勒姆堤道一路驶去，四周尽是阳光、海水和沙滩。云朵在天空中疾行，底下的棕榈树弯着腰，羽扇般的叶片上闪着光。时不时地，沙滩中能看见佛塔和寺庙，歪斜的旗杆上翻飞着红色的旗子。有几处铁轨被沙子覆盖了，沙堆移到了寺庙门口，挤毁了脆弱的棕榈叶屋顶的小屋。风势强劲，拍打着窗户，卷起沙子、浪花，挟带着汽笛的呼啸，几乎要把海湾里挂着满帆的三角帆船掀倒。波光粼粼的海面那边就是锡兰。

"再过五分钟，"列车员说，"我觉得你就该后悔搭这趟车了。"

"不会的，"我说，"但我总以为车要停在特努什戈迪，我的地图上是这么说的。"

"印度到锡兰的快车以前是停在那一站的。"

"那为什么现在不停了？"

"印度到锡兰的快车没了，"他说，"而且特努什戈迪也没了。"

他告诉我，这地方飓风肆虐，1965 年的一场大风掀翻了一列火车，四十个乘客罹难，特努什戈迪也被沙堆掩埋了。他把遗迹指给我看，半岛尖儿上堆着沙丘，黑色屋顶的残片隐约可见。镇子完全消失了，现在就连渔民也不住在这儿了。

"拉梅斯沃勒姆更有意思，"列车员说，"寺庙不错，有圣地，还有该隐和亚伯的坟墓。"

我以为自己听错了，于是请他把名字再重复一遍。可我没有听错。

故事是这样的：亚当和夏娃被逐出伊甸园后，来到锡兰（保克海峡中有一串七个岛屿，人称"亚当的桥"，特努什戈迪就是头一个）。基督去过那里，佛陀和罗摩 ① 也去过，所以，八成"神圣之

---

① 印度史诗《罗摩衍那》的主人公，后成为印度教崇奉的神。

父"、约瑟夫·史密斯和玛丽·贝克·埃迪也都去过 [①]。该隐和亚伯最终到了拉梅斯沃勒姆，这里可能就是真正的"挪得"，伊甸之东。他们的坟墓没有标牌，由当地的穆斯林看守维护。在这个印度城镇里，大多数人都是高等种姓的婆罗门，穆斯林很难找。马车夫（拉梅斯沃勒姆没有汽车）说，渡口或许有一个。我说那太远了，坟墓就在火车站附近。车夫说，印度教的寺庙才是印度最神圣的地方。我说我想去看看该隐和亚伯的坟墓。我们在旁街的一间满是灰尘的店铺里找到了一个带着沉思神情的穆斯林，他说，如果我保证不会用相机玷污坟墓，他就带我去看。我答应了。

两座坟墓一模一样：并列的两个碎石堆，蜥蜴在上头乱窜，绿色的热带野草纠结成一团。我想表现出虔诚的样子，可看见这种情景，真是难掩失望。眼前这一切，就好像是某个华而不实的建筑的不完整地基，被当地清真寺公共工程部门的某个黑心办事员拼凑而成。而且这两个坟墓也分不出谁是谁。

"该隐？"我指指右边那座。又指指左边那座："亚伯？"

那个穆斯林也不知道。

罗摩（他正在去锡兰的兰卡的路上，去救妻子悉达）修建的印度教寺庙是个令人难忘的迷宫，长约一英里的地下走廊里灯火通明，描绘着华丽的图画。旅行家 J. J. 奥伯廷参观过这座拉梅斯沃勒姆的寺庙（但他没参观过该隐和亚伯的坟墓，莫非 1890 年的时候这两座坟墓还不在那儿？），在他 1892 年出版的《漫步与奇迹》中，他提到了印度舞娘"亵渎神明"又"丑陋难看"的舞蹈。我四

---

① "神圣之父"是国际和平使命运动的创始人；约瑟夫·史密斯是摩门教创始人；玛丽·贝克·埃迪是基督教科学派创始人。

处看，却没看见一个舞娘。五个老妪在寺庙中央的圣池中面色凝重地洗濯衣物。我发现，在印度这个地方，你可以凭池水的停滞程度来断定它的神圣程度。最神圣的池水颜色最绿，就像眼前这个。

搭乘老旧的苏格兰蒸汽船拉玛努阿号（以前是欧文号）穿越保克海峡，从拉梅斯沃勒姆到达锡兰那一端的塔莱曼纳尔需要三个小时。就像我遇到的每一个印度人一样，船上的二副说去锡兰是傻瓜干的事。但他的理由比我之前听到的都好：贾夫纳在闹霍乱，已经蔓延到了科伦坡。"你这是去找死啊。"他兴高采烈地说。他一点也瞧不起锡兰人，对印度人也不怎么看得上。我说，既然你自己就是个印度人，这种心态肯定挺别扭的吧。

"是的，可我是个天主教徒。"他说。他名叫莱维林，老家在马拉巴尔海岸的门格洛尔。我们在甲板上抽着我在蒂鲁吉拉伯利买的雪茄，直到远远地望见了塔莱曼纳尔。一串灯光在雾气中隐约闪现着，犹如朦胧细碎的亮片。莱维林说，那是季风带来的第一场雨。

第十四章
塔莱曼纳尔邮车：塔莱曼纳尔到科伦坡要塞

大雨倾盆而下，浇在塔莱曼纳尔车站售票处的屋顶上，工作人员只得像唱歌剧般大声喊着说话，索要额外的费用。这么大声可不像锡兰人的作风。在这个国家里，人们的音量都不大。他们争吵时也如同在低语，灾难令他们沉睡。这不是个容易激动的民族，原因之一就是饥饿。眼前的景象并不常见，活像先锋纪录片里的场景，棕色的雨幕倾泻在火车站台上，发出震耳欲聋的声响。塔莱曼纳尔邮车的车厢是薄木板做的，显得雨声愈发响亮，伴随着风的呼啸，车厢顶棚发出敲鼓般的声音，淹没了瘦弱流浪狗的哀鸣。狗儿们被赶进了暴雨中。车站锈蚀了，标牌已经剥蚀得看不清字迹，火车油腻腻的，黑黢黢的廊柱上吊着暗淡的灯，昏黄的光晕映入雨幕，像半透明的、融化了的塑料。在这个锡兰北部的热带小站，空气中弥漫着湿透的丛林和喷涌而出的污水的味道，人很容易把这种腐朽气氛错认为赤道前哨的魅力。

我问订票处的职员，火车什么时候开。

"可能在半夜！"雨仍然冲刷着他昏暗肮脏的小屋，令他眯起眼睛。

"可能是什么意思？"

"可能会再晚点！"

流浪狗在啃我的脚跟，我连忙冲下月台，进到车厢。在车厢的侧面，褪色的金字整齐地写着"卧铺"。我的包厢里有两个铺位，是殖民时期木工活的典范，木板以最复杂的方式拼接镶嵌，做出一整套用具设施：带铰链的架子、固定的小橱，还有一张可以从墙上放下来的折叠椅子。雨敲打着木质百叶窗，薄雾从窗叶间钻了进来。我去睡了，凌晨一点醒来，因为一个锡兰人拽着三个沉重的板条箱进来了，把箱子搁在我铺位旁边。

"这是我的。"他指指我躺着的下铺。

我冲他笑笑，这种沉着而又温和的微笑意思是"我听不懂"，这一招是我在喀布尔跟阿富汗小摊主们学来的。

"英国人？"

我摇摇头，继续微笑。

锡兰人放下上铺的梯子，但他没爬上去。他打开风扇，坐在一个板条箱上吃起东西来。他的食物裹在一张报纸里，散发出臭烘烘的味道，余下的路程中，那种臭洋葱和发霉米饭的味道始终盘桓在包厢里。三点一刻，列车驶离了塔莱曼纳尔。我之所以知道确切的钟点，是因为车开的时候我被晃得从铺位上滚到了板条箱子旁。

木质的卧铺车厢很轻，在不平的路基上颠簸晃动，一整夜都在吱吱扭扭地响，就像暴风雨中的老旧木船，那种木头挤紧扭绞的声音让乘客的夜变得紧张不安。我做了个骇人的噩梦，梦见车厢着火了，火舌疯狂地跳动，而车子行进带动的气流让火势愈发凶猛。我被困在包厢里，门被雨水泡得变了形，打不开。包厢门的确变形了，我从噩梦中醒来，闻到锡兰人雪茄的呛人气味。包厢的灯开着，风扇在转，锡兰人（我能从镜子里看见他）躺在铺位上，抽着烟，正在读着香喷喷的晚饭的包装纸。

熹微的晨光中，西北部的锡兰像个无人照料的花园：稻田干涸了，野草在里头疯长；小屋摇摇欲坠，院子里倒是草木繁盛；地里看得出耕种过的迹象。目光所及之处弥漫着懒散的气氛，人全都懒洋洋的。我是从南印度一路过来的，那边都是积极活跃的泰米尔人。在这里，人们就像想找个地方躺倒的梦游患者一样，举止缓慢笨拙，漫不经心。粮食短缺显然很严重，证据就是地里散乱种着的木薯。这种地球上最原始的蔬菜很容易栽种，可它的根能在一年之内耗光土壤的全部养分。在锡兰，这种作物是个新品种，绝望的人们开始种植它。

在二等车厢里，锡兰人在搂着孩子睡觉。孩子们眼睛圆睁着，却被打呼噜的父母按在长凳上动弹不得。我在走廊里遇见一个男人，他一脸厌恶。他是锡兰人，英语教师，他说他不常坐这趟车，是因为"不喜欢那些旅伴"。

"锡兰人？"

"蟑螂。"他说火车上到处是蟑螂，可我只在钉着"自助餐"标牌的车厢里看见过，它们在花生、不新鲜的面包和茶杯间爬来爬去——那是售卖的早餐。

我问这位教师，英语在锡兰是否有前途（我应该加上一句，尽管这个岛国的官方名称已经改名为斯里兰卡，可我遇见的每一个人都还叫它锡兰：名字改了还没多久，人们还改不掉称呼旧名的习惯）。

"这个问题有意思，"他说，"实际上，我们正在接受调查呢。"

我问他为什么。

"我们的课是反动的。"他吸口烟，不好意思地笑笑。显然他在等着我鼓动他往下说。

"举个例子。"

"哦，我们有些练习句型，五千个。政府说这些句子是反动的。"

"英语课上学的练习句？"

"对，我们抄写这些句子。有一句是'班达拉奈克夫人有三个孩子'。"

"那实际上她有几个呢？"

"三个。"

"那问题出在哪儿？"

"再给你举个例子，"他说，"还有个句型是，'班达拉奈克夫人是女性'。"

"她是女的，不是吗？"

"是的，但他们不允许这么说。或许这损害了对她的人格崇拜。"

"我明白了。"

"还有，'班达拉奈克夫人在1961年9月19日做了个手术'。"

"他们也不喜欢这句？"

"不喜欢！他们正开展调查呢。至于我，我觉得这一切很滑稽。"

我说他多半会丢了工作。他说丢了工作没关系，只要不进监狱就行。身为大学教师，他的周薪是二十五美元，税前。

在科伦坡以北五十英里的库鲁内格勒，我买了一个木瓜和一份锡兰的《每日镜报》。饥饿让印度人做起了极易制作的扣链齿轮橡胶护套，把他们变成了卖鱼板和炖菜的小贩，却让锡兰人盲目地信起宗教来。根据镜报的报道，锡兰重新掀起了一场崇拜圣达太的热潮——人们认为，他是"救人于绝望的守护神"。他在科伦坡的圣祠已经被信众围起来了，其中甚至包括佛教徒和印度教徒。"这真是非比寻常，"文章说，"不同信仰和不同社群的人们纷纷拥到这个圣祠来。"在圣达太的节日，10 月 28 日，成千上万的锡兰人会到圣祠来祈祷。

> 信徒人数正在成倍增长。信件如雪片般飞至教区神父处，证实向圣人的祈祷的确能出现神迹。其中有不少人曾深陷于繁文缛节的官僚之网中，几至无望，因此向圣达太祈求帮助。教区神父定期收到从海外汇来的钱款，这些人在出国进行商务访问或学术交流之前，曾被有关法规和毫无同情心的官僚限制得动弹不得，向圣达太祈祷之后，这些束缚都解除了。

在同一版面上，报道指出，大米配额遭削减之后（教师说，这是第三次了；如今的配额只有五个月前的四分之一），数个城镇爆发了骚乱。当前的收成很差，指望不上，辣椒都买不到，从火车上我能看见领救济的人群——上百个萎靡不振的人排成歪歪扭扭的队，拿着空篮子在等。车站上，孩子们拿着生木薯站着啃，流浪狗争抢着扔下的薯皮，撕咬着，瘦突的下颚上全是森森的牙齿。教师说，科伦坡爆发了抗议缺粮的游行，有人传说军队就要过来镇压了。政府坚决否认镇压的传言。农业部长说，实际上不存在粮食短缺的问题，有很多人都在园地里成功种出了甜薯和木薯。锡兰有大量的粮食，他说道，可有些人不愿意吃。这些人只要改改饮食习惯就行了，别再想着吃面包。这种美式的面包是当初打仗时引进的紧急手段，现已变成锡兰人的主食。可问题在于，锡兰不种小麦，因此在这个美丽的岛屿上，拿面包当主食的困难程度，就好比让内华达人吃荸荠。部长嗤笑了新加坡报纸《海峡时报》的报道，那篇文章说锡兰的军队已经饿得开始吃草了。但这些义愤填膺的否认反而像是确认——粮食问题已经陷入绝境。在科伦坡要塞，分别有三个海盗般的锡兰人上来跟我说话。"有东西要卖吗？"第一个说。"中国姑娘要吗？"这是第二个。"给我件衬衫。"第三个开门见山地说——尽管他提出帮我提行李来换衬衫。圣达太似乎要有得忙了，在这个已经不再叫作塞伦迪培①的岛屿上，对他的祭拜绝对是可以理解的。

---

① 塞伦迪培，即 Serendip，是锡兰旧称。神话故事说，三个波斯王子去塞伦迪培岛发财致富，一路上意外发现了很多他们并没有去寻求但很珍贵的东西。后来英国作家霍勒斯·沃波尔还根据 Serendip 创造了 serendipity 一词，意思是有意外发现珍宝的运气。

第十五章
当地火车：从加勒回到科伦坡

　　在一个就快要饿死的国家，竟有三十个人愿意来参加一场三天的美国文学研讨会，这简直是疯了——而我正是主讲人。美国文学固然不错，但我觉得在灾区它简直离题万里。我原没指望美国大使馆的组织能力有多出众，可研讨会开始后，我发现自己的担忧根本就是多余的。组织这场会议的聪明家伙跟我保证，大家肯定百分百参加。他的方法跟印度的计划生育部门差不了多少：谁同意结扎，谁就能领一个全新的晶体管收音机。在锡兰这个饥饿的岛屿上，这场美国文学研讨会将会供应三顿大餐和茶点，参会人员可免费入住加勒新东方酒店，威士忌想喝多少就喝多少。难怪到场率这么高。吃过了有四道菜的丰盛早餐，饱饱的听众来到楼上的房间，在我不算惹人厌的演讲中假寐一会儿，然后在中午时分醒来，冲到楼下去享用令人叹为观止的午餐。下午由于有茶歇，会议的时间很短，而一天中的重头戏是晚餐——闲适、惬意、幽默的聚会，接着是一场让每个人都昏昏欲睡的电影。第一天开饭时，大家群情激昂，狼吞虎咽，但吃过饭之后，一切都安定下来了；参会听众在餐厅和会场之间往返。其间，他们用饼干把肚子塞得满满的，偶尔会因为消化不良而必须出去一下。由于总是吃得饱滞，他们看上去就像得了某种浮肿病，主要的症状就是长时间的昏睡，中间被一阵猛烈的饱嗝打断。有些参会人员把自己写的书送给我。书皮上的肉汁痕迹不断提醒我不要忘了那个周末，我也永远记得，美方的会议组织者问大家"咱们是十点钟结束，还是吃过午饭再走"后那齐刷刷的高喊。

有天晚上，我离开那些打着饱嗝的参会人员，出去找地方打台球。我找到了吉姆哈那俱乐部，但斯诺克球室里，有不少人锁着门正在偷偷收听嘶嘶作响的短波节目。那是 BBC 海外台在播最新的赛马消息，那些人都是来赌马的。浑厚的声音响起，人们抓起计分的纸头潦草地记着："今天，在英国唐克斯特，慢速赛道、赛程七弗隆的比赛中，伯莎的皮尔赔率是二十比一，勇敢猎鹰、赛福马奇、萨博罗莎……"锡兰是不允许赛马的，所以锡兰人就赌埃普色姆、唐克斯特和肯普顿公园的比赛。赌马的人说，广播一结束我就可以用球桌了。

街对面就是公共俱乐部。斯诺克球桌正空着，会员们说我要玩没问题，但又补充说可能有点麻烦，因为计分小弟得去搭巴士。我没太明白这句解释，但过了一会儿之后，我从计分小弟身上看到了一丝线索——锡兰人那种难以说清的懒惰和懈怠。

我跟一个正跟人吹牛的锡兰人玩了起来，刚打了几个球，旁边就有人嘟哝起来。

"计分小弟搭下一班车也没关系。"

计分员名叫费尔南多，是个快活的佛教徒。他器宇轩昂地拿着球杆架，如同主教拿着权杖。比赛全靠他。他要计分；我们需要球杆架的时候他就递过来；他给球定位；他给杆头上巧粉；他提醒我们注意规则；我一犹豫，不知该打哪个球的时候，他就给我支招，我没打中的时候他就咂咂嘴巴。他的任务里没有一个是特别费劲的，可那些动作让我没法集中精力。斯诺克和撞球最大的优点就是全然的安静。费尔南多这些气喘吁吁的举止打破了静默。过了大约四十分钟后，我很高兴听见对手说："计分小弟得走了。"

"好啊，"我说，"让他走吧。"

费尔南多把球杆架放好，冲出了房间。

"我赢你一分。"

"没有，你没赢，"我说，"这局还没打完呢。"

"打完了。"

我指指球桌，台面上还有四个球。

"可计分小弟走了，"锡兰人说，"所以这局打完了，我赢了。"

在这个土地如此肥沃的国家，人们竟会因饥饿而羸弱不堪，这难道不算奇事吗？这里的土壤如此肥沃，以至于篱笆和电话线杆都生根发芽，长出了枝条（它们不结果子，多可惜啊）。他们已经把泰米尔人赶走了，可农活都是泰米尔人干的；锡兰人已经忘了如何播种——这个抛洒的动作会带给他们收成。加勒是个美丽的地方，秾艳的红色木槿花在枝头盛放，空气中弥漫着棕榈树和海洋的气息，这里有凉爽的荷兰式建筑，四周还环绕着竹林。每天黄昏，晚霞都把天空染上绛红和金色，缤纷的色彩会持续一个半小时之久，海浪整夜轻轻拍打着要塞的堤岸。但是，露宿街头的人的饥馑面色，还有这个田园港口的贫困，让它的美变得不堪忍受。

从加勒开出的火车沿着海岸线蜿蜒北上，向科伦坡开去。火车离海岸如此之近，以至于从非洲来的巨浪溅起的水花，落上了老旧木质车厢的窗玻璃。我坐的是三等车厢，旅程刚开始的时候，我坐在黑暗拥挤的隔间里，我的态度刚刚变得友好起来，身旁的人就开始跟我要钱。他们并不是因为遇上了急事而乞讨，事实上他们看上去完全不像需要钱的样子，他们好像认为，不管从我这儿哄骗到了什么，将来都肯定用得着。这种情况经常出现。聊着聊着，对方就会温和地问我有没有"用具"可以给他。"什么类型的用具？""剃须刀片。"我答说没有，然后谈话就继续下去。

这样聊了一小时左右，我费劲地挤出隔间，到车门边眺望。就在海岸边不远处，空中高悬着乌云，雨倾泻而下——远处的雨宛如庄严的花岗岩石柱。右边，太阳要落山了，离火车较近的地方，孩子们正在沙滩上蹦蹦跳跳，夕阳的余晖把他们染上了紫色。这是临海的一面。在丛林的那一面，大雨已经倾盆浇下。每一个车站上，信号员都用旗子盖住自己，红旗子做成了头巾，绿旗子像裙子似的裹在身上。火车进站时他们挥舞着绿旗子，车一过去就赶紧用它挡住雨。

一个中国人带着锡兰太太和胖乎乎的黑皮肤婴儿，从加勒上了车。这对王氏夫妇要去科伦坡度个小假。王先生说他是个牙医，手艺是跟父亲学的，他父亲1937年离开上海来了锡兰。王先生不喜欢火车，经常开着摩托车去科伦坡，但季风季节就算了。他还有个头盔和护目镜。要是我还回加勒，他就拿给我看。他告诉我这些东西花了多少钱。

"你会说中文吗？"

"Qu 是去，Lai 是来。就这么多了。我会说僧伽罗语和英语。中文太难。"他用指头敲敲太阳穴。

西姆拉城里到处都是中国牙医，招牌上画着可怕的口腔图片，橱窗里展示着一托盘一托盘的白色牙冠。我问他，为何这么多中国人都是牙医。

"中国人是非常好的牙医！"他的呼吸中有椰子味，"我的技术就很好！"

"你能帮我补牙吗？"

"没法补，没有填充材料。"

"你洗牙吗？"

"不洗。"

"你拔牙吗？"

"你想拔牙？我给你介绍个很好的拔牙医生。"

"王先生，那你是哪种牙医呢？"

"牙齿技师，"他说，"中国人是最好的牙齿技师。"

牙齿技师的活儿是这样的：你的店里有一架子英国产的假牙胶，就是那种粉色半流体的东西；你还有好几个抽屉，里头装着各种尺寸的假牙齿。一个缺了两颗门牙的人上门来，或许是在粮食骚乱中打掉的，或许是在椰子上磕掉的。你把粉色的牙胶填在他嘴里，做出牙床的模子。凭这个你做出个假牙托，修整之后在上面装上两颗日本产的假牙。不幸的是，这些塑料的假牙嚼不动东西，吃饭的时候必须摘下来。王先生说生意好极了，他一个月能赚一千到一千四卢比，这比科伦坡大学教授的薪水还高。

车厢里，乘客纷纷把窗户关上，免得雨水打进来。夕阳的光如火焰般在铅灰色的云层上纠结燃烧，雨柱支撑着快要倾覆的云团，离我们已经很近。渔民跟巨浪搏斗着，把连体渔船停泊到岸。车厢里的气味变得很难闻，王先生为此而致歉。隔间里非常挤，人都站到了走道上。我站在门边，能看见有些身手敏捷的人拉着钢梯，平衡着身体。雨势变猛时（现在真的下起大雨了），他们奋力挤进车厢里来，砰地关上车门，站在黑洞洞的车里。外面的雨像冰雹一样砸着金属车门。

我这边的车门仍然开着，我背靠墙站着，雨水一阵阵袭过我身旁。

"在这儿起码还能呼吸。"

说话的男子把一块手帕打了结，罩在头上，站到我身边。他拿着个公文包。他悄声说他是个珠宝商，从加尔各答过来，利用市场差价赚钱。前一阵子，印度人把珠宝从锡兰走私到印度，可锡兰最近的宝石价格是几个月前的五倍，所以印度人再把宝石走私回锡兰，趁高价脱手。

"这形势很有意思。"他说。

"这是个相当绝望的国家。"

"锡兰有多少人口，你知道吗？"

我说，应该是一千两百万吧。

"没错，"他说，"差不多一千两百万。而且他们喂不饱这些人。你知道在我们加尔各答有多少人吗？单单一个加尔各答？八百万！"

"你们喂得饱吗？"

"当然不行。可他们说的那些废话我们是不说的。你听到过那些废话吗？什么多种粮食运动啦，种甜薯啦，革命废话，政治废话，这个那个的。"

"排队领救济粮的景象太惨了，我从没见过这么惨的。"

"你管这个叫救济粮队伍？在加尔各答，我们领救济的队伍是这个的两倍长。领面包的，领大米的，甚至还有领牛奶的。你随便说一种吃的好了，我们都有排队领救济的。这都不算什么。"

雨小了。村庄里都是安着陡峭斜屋顶的草棚，石灰窑正在把一团团的烟排放到棕榈园中。这又是个锡兰浅见举措的例子。他们从礁石上把珊瑚炸下来，烧制成石灰。但是破碎的礁石会侵蚀海岸。政府遂启动了一个项目，用水泥去修补礁石，可矛盾之处在于，水泥是用石灰做的。由于不能从国外进口水泥，所以礁石得被炸开了去做石灰，拿这个石灰去补另一块礁石，可这块刚炸开的礁石也得修补。他们管这个叫水泥工业，可这个工业完全是自耗的，最后什么也得不到。

一般来说，在这样的火车上（比如说在印度），乘客会吃吃东西，或是看看报纸什么的消磨时间。可是这里吃的东西很少，新闻纸的短缺极大幅度地影响了报纸印量。因此，在这趟十六点二十五分从加勒开往科伦坡的火车上，人们只是干坐着。旅程刚开始的时候，他们坐在灿烂的落日余晖中，而现在他们坐在暴风雨的黑暗里。火车吱吱咯咯地响，海浪拍打着堤岸。科伦坡越来越近了，最后一节车厢里（门上的标牌写着"僧侣专用"），和尚们安详地看着夕阳西沉下去。二等车厢中是出去郊游的学生，穿着上了浆的制服，打着哈欠。在三等车厢，也就是我所在的车厢里，几乎人人都安静地坐在关了窗的黑隔间里。六点，外头的天色亮了起来，风雨渐停，阳光穿透薄雾，但人人都懒得打开百叶窗。到了芒特拉维尼亚，有人终于打开了窗子，可太阳已经下山了。

第十六章
豪拉邮车：马德拉斯到加尔各答

在马德拉斯中心车站的豪拉邮车边，我看见了他。他犹豫不决地站在那儿，像是在积攒上车的勇气。他的长头发耷拉着，宛如热天里的破布头；他的衣服洗的次数太多，都褪色发了白；他的箱子是帆布的，跟他的疲沓外貌一个模样，而且崩开了线头。他三十岁出头，可能是个英国人，我猜旅行对他来说已经成了家常便饭，而且让他精疲力竭。旅行这东西就像吸毒，叫人上瘾，而且把人弄得面黄肌瘦。一个乞丐在他旁边弓着腰咳嗽。年轻人没理会那只伸过来的手，继续瞪着火车看。我避开了他，没打招呼。去加尔各答的路还长着呢，没必要急着交朋友。我注意到，他拎起行李上车的时候给了那乞丐一个硬币。给钱的时候他没看咳嗽的乞丐，神色中还带着些尴尬的顺从，就像是递过一笔微薄的入场费。

我的出租车司机帮了大忙。他把我的包扛上车，给我拿来卧具，找到我的铺位，还嘱咐人待会送饭的时候带一把汤匙来。他打算走，我给了他五个卢比——太多了。他决定留下来，像个没东西可挑的焦虑挑夫。

"您有钱？"

我说有。

"当心点，"他说，"印度人不好。他们会从你兜里掏钱。"

他告诉我如何锁上包厢门。他四处打量，凶巴巴地看着走廊上经过的印度人。

他一再告诉我要当心，他强调了这么多遍，以至于我都开始确信，这趟取道安得拉邦、经由奥里萨邦去往孟加拉邦的旅途充满凶险。或许这些罗圈腿、往车窗外啐着槟榔汁的马德拉斯人正等着这位出租车司机下车，朝我猛扑上来。等到司机真走了，我感到自己彻底暴露了，纯粹是个脆弱无助的攻击对象。旅途的绝大多数时间里，我都惬意地独自待在角落的座位上，唯有在这种时候（一个偶然遇见的人帮了我的忙，然后离开去做自己的事）我才会感觉到人家对我的关注也不在了。印度这位出手相助的陌生人只起到了一个作用：他让我觉得自己很没用。他的出现把我变成了叉着手什么也不干的大爷，也把我变成了脆弱无助的孩子。

可我很高兴能再次上路。这是搭乘东方快车、边境邮车和主干线快车的感受：宽敞的大型火车叫人安心。火车越大，旅程越长，我就越高兴——当地火车总是走走停停，免不了要去看时间，烦人得很。可现在踏实了，在长途旅程中，我极少看着窗外的站台闪过——我对火车前进没多大兴趣。我已经学会了在车上安顿下来，当个住客，我喜欢两到三天的路途，看看书，去餐厅吃个饭，午饭后小睡一会儿，晚上早些时候写好旅行日记，然后倒上当天第一杯酒，再拿出地图看看现在走到哪儿了。火车旅行活跃了我的想象力，往往也能给我独处的机会，让我把想法一一记下。坐火车是游目骋怀的双重旅行，车窗外闪过的是不停变换的亚洲风景，而内心里，我在记忆和文字的私密世界里漫游。我再也想不出比这更幸运的结合了。

去餐车的路上，我看见那年轻人待在包厢外的过道上，伏在车窗边，呼吸着夜晚的炎热空气。"那边没什么可吃的。"我挤过去的时候，他说。我点点头，彼此对视了一眼，那是长途火车上两个单身旅人之间常见的尊重致意。我吃了晚饭（吃的是素菜，我已经强迫自己习惯吃素了），回去的路上我在同一个地方又看见了他。这回他好像是故意在等我。他没有动窝的意思，问我："怎样？"

"就那样。我无所谓，我吃素。"

"不是荤素的问题，是他们吃饭的样子。菜汤沿着胳膊往下流。看了让人没食欲。你见过他们做菜吗？又是踢又是踩的，还冲着菜咳嗽。不过没准你运气好点。"

我们聊了会儿饭食，他自己带了吃的。随后他说："我在马德拉斯看见你了，跟那个挑夫在一起。多脏乱的地方啊，加尔各答更糟。以前去过加尔各答吗？"

我说没有。

"没准你喜欢那种调调。我觉得那儿很恐怖。"他吸进最后一口烟，把烟蒂弹出窗外，火星在暗夜里四溅开去，"目光所及之处，样样都糟糕透顶。"

一个印度姑娘过来了。我本可以借此机会告退，但我没有。我俩都站到一边，让她过去。她垂下眼皮，轻盈地走过去了。那姑娘有副纤秀的肩膀，面施薄粉，长头发闪着光，她身上散发出微微的甜香，仿佛刚揉碎的一朵花儿。

"美女。"

"我挺反感她们的，"他说，"你肯定不相信。"

"愿闻其详。"

"我有个印度女朋友，比她还漂亮。就是因为这个我才去加尔各答。"

"她在加尔各答？"

"她在班加罗尔。去过没有？不算太坏，但我很高兴离开那儿——我是说离开她。我耽误你事没有？"

"还早呢。"这么说，他是在逃避那女孩子了。我想知道为什么，但希望答案能短一点。他请我进包厢里坐坐。绝大多数男人都是独自半夜睡不着觉，哀叹着命里没有女人。他给我倒了杯印度的杜松子酒，沾唇时辣得蜇人，可品起来全无味道。

他说："当时，我必须去那边见一个人，她是那家的女儿。不知道你怎样，反正我第一次去印度的时候，对印度女孩子多少有点视而不见。没错，我觉得她们是挺漂亮的，可说起女人的美貌啊，有件事挺有意思：要是你心里很清楚绝不能跟她上床，你就会从她的美貌中故意挑刺。我的意思是，她的美貌完全不起作用了。这样一来，她的相貌显得平庸，变得越来越无趣，最后就像不存在似的。要是她身材很好，你就把她看成是阴险的蛇蝎女子，不仅是相貌平平，她正等着你干出足以下大狱的坏事呢。对于这些印度女人的好相貌和毫无用处的美德，你还真能培养出憎恶情绪来。正因为这个，我更喜欢穆斯林国家。他们把女人从头到脚盖起来，而且对这种用意毫不掩饰。

"这就是我对印度女孩子的印象。她们是那么难以接近，不如也蒙上床单算了。越是漂亮的，我就躲得越远。我对她们不感兴趣，是因为我知道她们不感兴趣。你明白我的意思吗？我不再注意她们了。我去见那个印度人的时候，基本上都不正眼看他家女儿。她在屋里来回地走，端茶倒水，拿吃的，拿家庭照片之类的。这家人姓巴珀纳，老爸离开房间之后，姑娘第一次开口说话了，问我住在哪儿。我告诉她了。

"那时候大约是下午三点半。她父亲回来了，看上去有点紧张，但终于把意思跟我说清楚了。他说，要是我回酒店的话，能不能顺路捎带一下普瑞蜜拉和她朋友？她们要去看电影，可搭公车要很长时间，八成会赶不上。

"我说我很高兴带她们过去。男仆叫来一辆出租车。我们往市区开的时候，普瑞蜜拉和她的朋友就跟司机说话，给他指路，还跟他争论走哪条路最好。我说：'你们俩是同学吧？'她们一听就咯咯笑了起来，把纱丽拉到下颌底下。她俩都满二十二岁了，我以为她们还是女学生，把她俩弄得很尴尬。

"然后出租车停了，她的朋友下了车，普瑞蜜拉和我继续坐车往前走。'电影院在哪儿？'我说。她说就在我住的酒店附近。我问她几点开演，'全天都有'。

"我没话找话说，几分钟后，我发现自己在说前一天买的一幅画，那画相当不错，画的是吉祥天女和毗湿奴相拥坐在莲花宝座上。普瑞蜜拉那么安静，我呱啦呱啦说个没完。有时候是这样的，别人什么都不说的时候，我的话就多得吓人，大概是想补偿一下吧。

"到了酒店，我说：'希望你用不着走太远。'她说电影院就在街角。我问她以前来过这家酒店没有，她说没有，我替她感到难过，就好像她没有钱，所以没权利进来似的。我说：'想进来看看吗？'她说好。我们就进去了。我带她去看餐厅和酒吧，卖报纸的地方，还有我前一天买画的精品店。她很感兴趣，在我旁边跟着，好像进了博物馆似的。

"我应该先告诉你这件事。大概半年前我在马德拉斯。那阵子很闲，所以有天下午我去看手相。看手相的人名叫桑德拉姆大师，是个精瘦的老头。他家在迈拉坡，里头没挂常见的地图和神像画之类的，连靠垫也不多。他坐在一间书房模样的屋子里，里头堆满了霉旧的书。他坐在一张翻盖桌子后头，拿着一支笔，对着一张纸。他看了我的掌纹，一条条地仔细瞧，然后在纸上画下来，还做笔记，圈圈画画的。大概有十分钟，他一句话也没说，但他写的时候经常停下来，手扶着额头，好像是在努力回想什么。

"终于他开口了：'你曾经病得很重，肚子痛，肌肉痛，还便秘。'我几乎笑了出来，我的意思是，这话就算不会看手相也能说得准啊，到了印度谁没犯过肠胃病？他说了一两件事情，但我说：'听着，我知道自己以前都遇到过什么事，我想知道的是以后会怎么样。'

"他说：'我看到了一个印度姑娘。长得很古典，或许是个跳舞的。你单独跟她待在一起。'"

"'仅此而已？'"我说。

"'还有，'他说，'我看见她为你跳舞。'"

"所以，我跟普瑞蜜拉待在酒店里的时候，自然就想起了桑德拉姆大师的话。我问她是不是舞蹈演员，她说不是。我们走到外头的凉台时，她说：'小时候我跳过传统舞蹈，如果你是这个意思的话。可所有的印度女孩都会跳。'我请她喝点茶，她说好。我说那喝点酒吧，她说'随你'。我点了杜松子酒和汤力水。她说她想要朗姆酒。我不敢相信。'真正的朗姆酒？'我说。她咯咯笑起来，就像在出租车里一样，可她也没改主意。酒到了，我们碰了杯，然后她又不说话了。

"我不是故意要说那幅画的，可实在没太多话题可说，而且我发现画这东西很难说得清楚。有好几次，我都说：'你应该看看。'她说：'好啊'。这弄得我很烦，因为这意味着我得上楼去，把画掏出来再拿下来。为了防尘，我已经把画包在密封袋里了。我真后悔，不该提这画的，我只是为了找个话题而已。我本可以自己一个人好好喝上一杯，放松放松。见过人之后我需要自己待会儿，理理头绪。跟老巴珀纳吃顿午饭已经弄得我很累了。后来我就没再说话了。

"'画在你那儿吗？'她说。我告诉她在楼上放着，我觉得自己已经进了条死胡同，因为我没法说不给她看。'你想看吗？''很想看。'她说。我说好啊，但如果她上楼去看的话就省事多了。她说行。'等你喝完。'我说。可她已经喝完了。我大口喝掉杯里的酒，一块上楼去了。进了房间她说：'我不喜欢空调。'我踢了空调一下，它停了。

"我们坐在床上看画，这是屋里唯一能坐的地方。她指点着画哪里画得好，为什么画得好，同时她伸手过来，把画从我腿上拿起来。你有没有过这种经历？女孩子把某个东西从你大腿上拿起来？我颤了一下——她手里传来轻轻的压力，我的腹股沟那儿涌起一股电流，把自己吓了一跳。

"她让我看画上的一处细节，当我凑近去看的时候，我握住了她的手。她任我握着，从她的反应来看，我知道我可以吻她。印度电影里是没有接吻镜头的，我知道为什么。因为在印度，但凡出现了接吻这么亲密的场景，后头没有不上床的。在印度，一丁点的喜爱之情都代表着激情，可让我惊讶的是，这一切都是她的意思，不是我的。我跟她一起进了房间，可这不是我的本意！

"我吻了她，她的热切劲儿让我太惊讶了，我几乎激动得昏了过去。我真的很高兴，那种快乐跟性的冲动是抵触的，可它比性的吸引短暂多了。一分钟以后我已经压在她身上了。她待了大概有两个小时。

"这件事对我的影响大得难以置信，我就像换了个人似的。自那以后，我觉得看见的每个女人都很迷人，而且我觉得每个人都是潜在的对象。她们真的挑起了我的兴趣，我都没法把视线从她们身上移开。我觉得她们腼腆羞怯、聪明伶俐，是性爱的天才，却成功地用印度女性的忙碌把这天才给彻底掩盖了起来。我对这些看法是如此确定，都懒得费劲跟她们去调情献殷勤。但最重要的是，我觉得桑德拉姆大师说的话是有道理的：'她会为你跳舞。'显然，他说的就是普瑞蜜拉。我又见了她几回，我真的爱上了她。我猜就连老巴珀纳都觉察出来了，因为他问了我一大堆我家里的情况，我是做什么的，我将来有什么打算。普瑞蜜拉说了好多关于离开印度的事，有天她还换上了衬衫和休闲裤。西式服装显得她不够端庄，可就像我说的，我开始爱上她了，而且想象着举行个奇妙的印度婚礼。普瑞蜜拉说她一向想去英国，她读了那么多跟英国相关的书，等等。我能预料到以后会发生什么。

"我觉得桑德拉姆大师说中了这一切，所以我又找了个机会去了趟马德拉斯。为了让他绝对认不出我，我刮掉了胡子，换了衣服。这次我先在他屋外等了一会儿，等上一个客人走掉，然后我进屋去，他把相同的程序又走了一遍，画图啊，记笔记什么的。我没说我以前来过。然后他说：'头痛。我看到了很多头部的疼痛。'我请他继续往下说。'你在等一封重要的信，'他说，按着太阳穴，'你很快就会收到这封信了。'我问他是不是只有这些。'还有，'他说，'你的老二上有颗大痣。''没，我没有痣。'我说。但他不肯改口。他说：'你肯定有。'搞笑的是，我已经在否认了，甚至能证明给他看，可他坚持说我老二上有颗痣。我反驳了他，他看上去很生气。我给了钱，走了。

"这是昨天的事。我没回班加罗尔。我买了去加尔各答的票。我要离开——飞到曼谷去。要是我没去见这个大师，没准我已经结婚了，起码也订婚了，反正都是一回事。她是个好姑娘，可我跟她肯定没缘分，而且我老二上没有痣。我瞧过了。"

"把酒瓶给我。"他说。"手相看一次就够，"他喝了一大口，"千万别再回去看第二次。"

我们经由贝汉布尔和库尔达，到了克塔克，宽阔的默哈讷迪河里，水牛的鼻子露在水面上，孩子们泼着水玩耍，在水牛身旁潜来潜去。这里是奥里萨邦的东北角，是世上的"天花之都"——巴拉索尔，这名字听起来就像某种痒兮兮的病症。车站的站牌像是窗外景象的简短解说词：在土尔斯沃，一个女人头顶一个红色土罐，把传染病菌带回遥远的村庄；在蹲坦，一个正在大便的孟加拉人摆出的姿势有如罗丹的雕塑"思想者";在卡拉格坡,一个男子正拧拉着水牛的尾巴,催它走得快一点;在盘食库拉,一群穿着校服的孩子沿着铁轨跑回简陋的家去吃午饭;然后,在人口稠密的"挪挪"站,我一开始以为看到了一个老人家领着一个小男孩穿过车场碎石地的辛酸画面,定睛细看,才发觉是个一脸凶相的盲人紧紧掐着领路小孩的胳膊,孩子都吓坏了。

豪拉邮车上的旅客有种疲惫的庄严感。离加尔各答越近,上来的小商贩就越多,他们从郊区车站上来,在车厢里转上一圈兜售货品。可乘客完全不理会他们。一个男子带着茶水罐上来了,摇摇晃晃地抱着几摞陶土杯子。他高声叫卖,向乘客推销茶水,拿着茶壶在每个乘客面前晃,然后下车去了——没卖出去。随后上来了一个拿着糖罐和勺子的人。卖糖的人用勺子敲着罐子,喋喋不休地讲着一套单调说辞。他把罐子给每个人看了一遍,一路敲着罐子走向门口。又一个上来了,拿着一托盘钢笔。男子口中念念有词,同时演示着如何拧下笔帽,如何摆好笔尖,如何使用笔帽上的夹子。他在手里来回耍弄着那支笔,秀给每个人看。全套功夫他都演示了,就是没拿它在纸上写写。转完一圈下去的时候,他一支也没卖出去。又有更多人上来推销:小面包、烤鹰嘴豆、塑料梳子、缎带、脏兮兮的小册子,仍然什么都没卖出去。

有几个车站,印度人从车窗钻进来占位子,但位子都满了之后,他们都挤在门口,跟火车只维持最少的接触。他们揪住天花板上的绳子,像堆放木材般靠墙站着,并着膝盖蹲在板凳上,在车厢外头,他们抓住车厢的身手是如此敏捷,就像身上长着磁铁似的。

靠近豪拉车站的地方，成群结队的比哈尔人①从神圣的河畔石阶上走入浑浊的胡格利河。他们的假日节（Chhat）让整个加尔各答都欢腾起来了，这也是比哈尔人向孟加拉人展示实力的机会。孟加拉人在过迦梨女神节，好几条道路都因"恐怖神殿"而被封锁了，这是迦梨女神的神龛，里面供奉着两人高的女神像，女神双眼凸出，脖子上挂着人头做成的项链，伸出来的舌头像覆盆子冰棒一样鲜红，脚下还踩踏着重伤致死的丈夫的尸身。迦梨女神背后的灰浆墙上画着四个悲惨的男子，第一个被钉在血淋淋的长矛上，第二个人的脖子被一具骷髅拧着，第三个人被一名巫婆打倒在地，巫婆同时切掉了第四个人的头。这些就像跟比哈尔人唱对台戏，比哈尔人的列队游行中有高高的活动神龛，上头披覆着黄色的布，马车上载着女子，坐在成堆成堆的香蕉供品之中，样子非常虔诚，还有小群的异装癖者伴着号角和鼓声跳舞。

"这些比哈尔人要把香蕉扔到胡格利河里去。"查特吉先生说。他是坐席车厢里的，是个孟加拉人，所以他不太清楚假日节的目的何在，但他觉得大概跟收成有关。我说，我觉得加尔各答的收成应该不会太多。他表示同意，但他说比哈尔人很喜欢这个每年一次堵塞孟加拉人交通的机会。每一队游行队伍开头，都有个黑皮肤、面带微笑的男孩子，穿着女孩子的衣装，像舞蹈演员一样，手腕上下翻飞，还在空中跳起，他的生殖器在深红色纱丽里晃来晃去。时不时地，他身后的年轻女孩（没准也是男孩）跳到地上，在扔满垃圾的街道上跪拜下去。

---

① 比哈尔邦是印度东北部的一个邦，传说是佛教起源地。

前来朝圣的人群、圣物的臭气、理所应当的喧嚷，印度人生活中的一切似乎都鼓励夸张和过度，就连政治也带着法会的味道。人们在庆祝宗教节日的同时，印度的政党"社会主义联合中心"在组织全面罢工。他们的预演在练兵场上进行，插着旗，贴着海报，还有那些游行和演讲，都和乔林基街人行道边、泥泞的河畔石阶上的虔诚民众并无二致。游客最先见到的就是加尔各答的这一面，而且这种景象在记忆里存留得也最为长久。这是一种有序的混乱，人人都在忙着做这做那，而且人数那么多，以至于他们像是动作统一地躺或坐在人行道边（动作统一是因为空间太挤）。看他们脸上的神情，就像是非暴力的抗议者刚刚专注地进行了一场长达一下午的不合作运动（信念是"坚持真理"）。当我在加尔各答的一份报纸上读到这篇文章的时候，脑海里闪过了另一群姿态模糊不清的人："左派领导者也做出了决定，准备诉诸大规模静坐……"

从外头看上去，豪拉车站像是个办公大楼，厚实的砖墙、几座不太方正的塔，还有很多钟表，每个钟显示的时间都不一样。印度的英式建筑好像是为了预防围攻而设计的，在最没可能的结构上建造了角堡、加农炮位和瞭望塔。因此，豪拉车站看着就像个防御工事版的庞大办公楼，去那儿买车票只会加深这种印象。但车站里顶很高，住在里头的人生了火，弄得空气中烟雾缭绕。天花板是黑色的，地板又湿又脏，而且整个车站非常暗——从高处窗户里射下来的阳光还没来得及照到地面，就在灰尘中暗淡了下去。

"现在比以前好多了，"查特吉先生见我在探头张望，"你应该看看清洁以前的样子。"

这话我没法接茬。然而每一根柱子下都有人蹲着，挤在他们制造出来的垃圾里：碎玻璃、小块的木头和纸片，稻草和锡罐。有些婴儿在父母身旁睡觉，还有些像被掉了包的弃婴般蜷缩在落满尘土的角落里。人们拉家带口地在柱子旁、柜台下、行李推车旁寻找栖身之地。车站的巨大空间令他们畏惧，逼得他们退到墙边。孩子们在开放的空间里跑来跑去，一边玩耍，一边翻找吃的。矮小的父母，矮小的孩子。在印度，有种景象真的让人很诧异，你能看见两种截然不同的人站在一起，他们的进化程度好像不一样似的：第一种人身材高挑，反应迅速而敏捷；第二种人仿佛是在倒退，他们矮小、病弱、畏缩。这两种人的共同点就是车站，尽管他们离得很近（一个小淘气仰面躺在售票窗口附近的地上，看着排队人的腿），却不会相识。

我走出车站，正午时分，豪拉桥的西头一阵喧闹。在西姆拉，坐人力车是为了好玩，人们在车上摆出种种姿态。在加尔各答，瘦骨嶙峋、衣衫褴褛的车夫拉着的人力车是必不可少的交通工具，它价格便宜，而且适合在狭窄的街巷中穿梭。他们是印度社会粗糙而原始的象征，可在印度，所有象征符号都是粗糙而原始的：无家可归的人睡在大厦门口，跑着赶火车的上班族不小心踩到了车站里的流浪汉，精瘦的人力车夫用力拉着圆胖的乘客。拉着公共马车的马吃力地走过鹅卵石路；男子推着堆满了干草捆和木柴的自行车。我从没见过这么多种类的交通工具：四轮的运货马车、轻便摩托、旧汽车、两轮马车和雪橇，还有样子怪异的老式马车，没准是四轮大马车改装的。一辆两轮马车里堆着死海龟，白色的鳍足耷拉着；另一辆马车载着一头死水牛；第三辆上拉的是一家子人和日常用品——孩子、鹦鹉笼子、锅碗瓢盆。行人在所有这些车辆中穿行。

忽然人群慌乱起来，四散开来，原来一辆车身上印着"蜡烛油"①的有轨电车摇摇晃晃地开下了桥。查特吉先生叹道："人太多了！"

查特吉先生跟我一起过桥去。他是孟加拉人，而孟加拉人是我在印度见过的人中警惕性最高的。可他们也暴躁、唠叨、武断、傲慢，没有幽默感，能就任何话题滔滔不绝地说上一大套，就是不谈加尔各答的未来。只要一提这个，他们肯定就打住不说了。但查特吉先生在这个问题上有自己的看法。加尔各答太不幸运了：芝加哥遭遇过大火，旧金山发生过地震，伦敦既爆发过瘟疫，又遭遇过大火。可加尔各答什么灾祸也没发生过，规划方没机会重新设计。他说，你必须承认，这地方有活力。露宿街头的问题"多多少少被过分夸大了"（他说露宿的人数大约有二十五万），这些睡在人行道上的人几乎全是捡垃圾的，如果你这么想的话，就会发现加尔各答垃圾的"回收利用率极高"。他这番话里用的词简直非比寻常，几近哗众取宠。路人倒毙在阴沟旁，可他说这地方有"活力"（"人总要死的"，查特吉先生说）；二十五万的人数是"过分夸大"；捡垃圾属于"回收利用"。我们经过一个人身旁，那个人朝我们探过身子，伸出一只手。他就像个怪物，半边脸没有了，就像是被笨拙地切掉了似的，没有鼻子，没有嘴唇，没有下巴，那夹在牙齿之间、永远暴露在外的是青紫的舌头。查特吉先生看到了我的震惊。"哦，他啊，他总是待在这儿！"

在巴拉市场，我们要分头走了，临走前查特吉先生说："我热爱这个城市。"我们交换了地址，各自走开。我去酒店，他去斯特

---

① 此处指的应该是加尔各答南部"蜡烛油"地区的高尔夫俱乐部。

兰德大街，那边的胡格利河段淤塞得非常严重，要不了多少时日，孟加拉人火葬后的骨灰就要漂浮在大街上了。

我在加尔各答待了四天，做做演讲，看看景致。在决定离开的那个星期六，我在加尔各答赛马俱乐部里输掉了演讲费。第一天，这座城市看上去就像具尸体，印度人如同蝇群般叮附其上。随后我更清楚地看了看这座城：派克街公墓里的方尖碑和金字塔；带有雕带和大柱的颓败大宅，以及宅院里的庭院喷泉——少女和精灵站在干涸的贝壳上吹气，这些雕像跟裹着麻袋住在它们脚下的人一样肢体残缺；夜里，有轨电车哐当哐当地驶过；灯光映照下，野牛把鼻子伸进垃圾堆，跟旁边正在扒拉翻找的印度人争抢着食物。仿莫卧儿样式的高房子——

跟它挨肩擦膀，碰头磕脑，把砖骨泥筋的胳膊肘插进来，让它见不着空气，还永远隔离天日……

你找不着道儿，摸索了一个钟头，穿胡同，过小巷，出大院，进夹道，可是没一回能够出羊肠，离险境，来到一个配叫大街的地方。这么九曲十八弯，走两步就认不出方向，没来过的人就得又精神错乱，又好歹认命，死心塌地，再也不抱万一的希望。出出进进，摸东就西，遇见了一堵死墙，或是被一个铁栏杆横住去路，就又悄悄地折回头，心里感觉到，到了时候，脱身之法就会不召自来，没到时候，却万万不可强求……

在附近那些窄狭的街道之间，东一处西一处，古老的雕花橡木门道倒至今犹存；当年醉舞狂歌，欢声四溢，如今这些府邸却都只是当栈房使用，又黑又暗，毫无动静，里面装满了羊毛棉花之类的东西（都是那种很重的货物，能把声音憋回去，把回响的咽喉给堵上），让人感觉到那么死气沉沉……还有些幽暗的场院……做食品杂货的批发商自行设立了很理想的小市镇；深在那些建筑物的基址之间，还从里往外挖了些地洞当作马房，赶上清净的礼拜天，就可以听见拉二轮货车的马，因为受了耗子的搅扰，把身上的缰绳弄得稀嘟哗嘟直响，就像故事里讲的凶宅里，被人惊动了的鬼魂身上的锁链叮当乱响那样……

其次还有尖塔、阁楼、钟楼、发光放亮的风信旗、船舶的桅杆——简直如同密林一般。无数三角墙、房顶与楼顶阁的窗户之外，又是无数这一类的东西，重重叠叠，一眼望不到边儿。还有那么些烟与隔不断的喧嚣，把它匀给全世界也都绰绰有余呢。[①]

可引用的段落还有很多，而且段段精彩，但我觉得这些已经足以证明，对于加尔各答最形象的描述，就是狄更斯在《马丁·翟述伟》的第九章中对伦敦托节斯公寓周围景象的描写。我断定，加尔各答这地方相当"狄更斯"（没准连伦敦都从来没这么"狄更斯"过）。我也知道，我既无法分享孟加拉人的欢欣雀跃（他们很同意印度国家银行挂出的巨型招牌"加尔各答，魅力永在"），也没法认同此地某些美国人对它的亲密情感（这种情感更加怪异，我总觉

---

① 上述译文引自《马丁·翟述伟》，叶维之译，上海译文出版社 1983 年 6 月第 1 版。特此感谢原译者。

得，这个巨大却不完善的城市总有一天会吞噬了他们），于是我决定离开这里，也就此离开印度。

我正在乔林基街走着，忽然看见了一个跳着走路的男子。他非常怪异——在一个满是残疾身躯的城市里，唯有那种真正骇人的才会显得怪异。这个人只有一条腿，另一条在大腿处截断了，可他没拄拐杖，一只手里拎着一个油腻的包裹。他张着嘴，肩膀一耸一耸地从我身旁跳过去了。我跟上前去，他转进了米德尔顿街。单凭着一条筋肉强健的腿，他跳得很快，就像踩着弹跳跷似的，他的头倏地冒出人群，又随即隐没下去。周围都是人，我没法跑：肤色黝黑、往前猛冲的办事员，拿着雨伞的印度教大师，没有胳膊的乞丐冲我摇晃着残肢，女人捧送出被下了药的婴儿，四处闲逛的家庭，男人似乎要用肥大的裤子和摇摆的臂膀堵住人行道。跳跃的人已经很远了。我加紧步子追上他——我清楚地看见了他的头，可随即他又不见了。就凭着一条腿，他比我还快，我永无机会上去弄清楚他到底是怎么做到的。可这以后，只要一想起印度我就能看见他，一跳，一跳，一跳，那敏捷的身影隐没在千百万人中。

第十七章
曼德勒快车：仰光到曼德勒

仰光的黄昏，遮蔽了天空一整天的乌鸦群高高飞起，准备归巢。刺耳尖鸣的蝙蝠醒来了，拍打着双翼，绕着火车站前的宝塔狂乱地飞舞。我正是这个时间到达的，蝙蝠群上下翻飞着，赶超了鸦群，黑色的身影掠过淡黄的天空，把暮色染成了缅甸的丝绸。我于星期六晚上坐飞机抵达仰光，因为印度没有火车过来。前些年我来过仰光，当时就发现缅甸人酷爱看电影，看来他们的兴趣至今尚未消减。开了五家电影院的苏雷宝塔路上挤满了人，大家的服饰都是衬衫、纱笼、塑胶拖鞋，男人和女人都抽着绿色的粗雪茄，当他们用修长的手指挥开面前烟雾的时候，那姿态宛若被逐入民间的皇族，在这个破败的城市里显得格外潇洒倜傥。

我来缅甸只有一个目的：搭乘北上的列车，从仰光出发，经过曼德勒和眉谬，到达掸邦的谷特峡谷，而峡谷的那一边就是中国的国土。这条峡谷上飞架着一座壮观的钢铁高架桥，名叫谷特大桥，是 1899 年美国宾夕法尼亚钢铁公司为英国统治者修建的。我读过关于这座桥的书，但那些书都有些年头了，没有近期的。这个世纪初，火车旅行的狂热催生了一大批兴冲冲的铁路旅行书。法国人建造了通往河内的越南纵贯线，俄国人几乎让西伯利亚横贯线一路通到了符拉迪沃斯托克，英国人把铁轨铺到了开伯尔山口，据说缅甸的铁路要一边接上阿萨姆孟加拉铁路线，另一边要通向中国。那些书的书名带着启示录般的味道，比如弗雷德里克·塔尔伯特于1911年出版的《铁路征服世界》，他一个国家接着一个国家地描述着铁路是如何把地球"缝合"起来的。作者们的判断极少相左。欧内斯特·普罗瑟罗在《全世界的铁路》中写道："数个世纪以来，固执、精壮的中国人把'洋鬼子'拒之门外……但是，无论中国人多么讨厌白人，他们逐渐认识到了铁路的价值……"这些书对谷特大桥都称赞有加，在规划中，一条铁路将穿过北方边境城镇腊戍，通到中国，而谷特大桥正是这条线上的重要一环。但这条线到了腊戍就止步了（缅甸的铁路也从未跟印度的连通过），我听到了很多关于这座美国人修建的大桥的传言：有人说它在'二战'中被炸毁了，有人说这条路线被吴努领导的缅甸叛军占领了，还有人说这条线禁止外国人通行。

为了不把仰光火车站售票处的工作人员吓一跳，我先问了问去曼德勒的火车情况。窗口有两个人。第一个说，没有印刷出来的时刻表，我买不了；另一个说，"没错，我们没有时刻表"。看起来这似乎是缅甸的做事方式：一个岗位上要有两个人，第二个是为了印证第一个人说出的一切。这里跟锡兰一样，没有时刻表，而是每个车站挂块黑板，上面用粉笔写着火车的出发和到达时间。但这两个人对去曼德勒的火车都十分确定。

"出发时间，七点，早上。"

他们说这趟车只有一个等级。后来我发现，这相当于印度的三等车厢：木头座椅，破损的窗户，没有卧铺，没有寝具，没有餐车，印度火车上那些让人安心的复杂设施一样都没有，比如休息室、餐券、卧具收条、高等车厢的行李寄存票、购票收据，还有早茶。

"请拿一张到曼德勒的车票。"

"不好意思，售票窗口现在关了。"

可窗口明明是开着的。我跟他们指出这一点。

"是的，但问询可以，票是不卖的。"

"你六点来吧，明天早上。"第二个人说。

"你肯定我能买到票？"

"或许吧。五点半来更好。"

"去曼德勒要多长时间？"

"十二个小时。但车经常出毛病。或许八点能到曼德勒。"

"或许九点？"

他俩都笑了。

"或许九点，但不会再晚了！"

我上桥，往城里走去。当我走进一大群缅甸人里的时候，一只手突然伸出来抓住了我的手腕，力气大得甩都甩不掉。那是个和尚，抓着我，对我哇啦哇啦地说话。他身材很矮，大约只有我一半高，头剃得光光的，长得像猴子，他看上去一副很生气的样子，不断重复着一句"Blum chyap...Blum chyap"。我压下心头的惊骇，停止挣扎，他应该是来要钱的。终于我弄明白了，他是在乞讨，说的是"一缅元"（约合二十美分）。这种抓着人不放的乞讨法子简直是强取豪夺，因此我给了他半缅元，趁他松手接钱的时候我迅速走进人群。人群中也还有别的和尚，他们化缘的样子看上去很和蔼。

再往前走，有个缅甸人一个劲儿催我往他的望远镜里看看。我付了二十五缅分（五美分），可从他那仪器里看到的星星比肉眼看到的还要小一点、暗一点。我毫无目的地走着，一个男人悄悄走到我身边，说有中国姑娘（"来呀！"），我加快了脚步。寺庙前，孩子们（晚上十一点了还没睡觉）在佛像前挥舞着花环，欢笑着，我慢慢走过他们身边。年长些的人虔诚地跪着，或摆放水果供品——寺庙的架子上摆着一串香蕉，有人正把一个瓜往香蕉串上放，还往瓜上贴了一个纸做的小红旗。老妇人靠在鲜花档旁，指间冒着烟的雪茄给她们添上了一抹傲慢和泰然。

那天晚上，我梦见自己错过了去曼德勒的火车。早上五点半，我上气不接下气地醒来，吃过早饭，一路跑到了火车站。上回，差不多也是这样的清晨，我去仰光火车站，一个女人忽地从她睡觉的灌木丛里跳出来，企图诱惑我。她解开纱笼，露出黄色的大腿给我看。那时天还没亮，我没看见她的脸，可她的尖锐叫声在路上回荡。她一路追我到了火车站，脚板啪嗒啪嗒地拍着人行道。那是1970年的事了，车站让我印象特别深的就是老鼠，在铁轨间窜来窜去，啃着废纸；卖水果和平装书的小贩们把它们轰走，脚下踩到了老鼠屎；还有黎明时的暑热和苍蝇；缅甸小伙子们跟等着出发的朋友们开着玩笑。

但仰光车站已经变了样。老鼠和小贩都没有了，铁轨上很干净。站台上装了两道铁丝网，四条轨道旁也都各自装上了，一直延伸远去。站台上卖的食品只有午餐盒饭，湿濡的凉米饭和几块精瘦的鸡肉放在纸盒子里。车站上秩序井然，就像戒备森严的监狱，铁丝网也把送行的亲友和乘客隔开了。

我问列车员那些铁丝网是怎么回事。

"防走私的，"他说，"也防止人乱穿乱走。还防事故。"

"什么事故？"

"炸弹。去年有几个家伙扔炸弹，他们冲着火车就扔过来了。那天的车是 45 号上行线，人可多了。炸弹把火车弄停了，死伤了三个人。所以才修了这些铁丝网。我觉得这挺好，现在没麻烦了。"

一个和尚咧嘴微笑着走了过来。他很胖，拿着雨伞，像身披橘色宽袍的古罗马参议员握着权杖似的。我很庆幸前一天晚上不是他抓住我的胳膊不放。我买了一盒饭和两瓶苏打水，上了车。坐火车离开仰光让人心旷神怡：火车沿着城边走，刚离站五分钟就到了乡村，那是帕赞荡溪旁的一大片低洼水稻田，寺庙院子里和尚在诵经，田野那边是成群的路人（上学的孩子背着小书包，上班族穿着白衬衫，农夫扛着鹤嘴锄），人们和着寺庙的钟声，在热带的清晨里赶路。

火车里也有音乐。这是新鲜事。乐声从扩音器里传出来，十三个小时里没断过一次。伴着音乐厅里演奏的东方旋律（锣和萨克斯在跟呼哧呼哧的小风琴一决高下），一把哀怨的声音用缅甸语诠释着"深紫"和"星星坠落在阿拉巴马"。音乐吵得我没法看书，凳子窄得没法写作，其余的乘客都在睡觉。我走到车门边，看着缅甸人在乡间道路上骑着自行车，经过巨大的菩提树。覆盖着柚子林的远山呈现出一派淡青色，但我们正沿着人称"干旱地带"的平原笔直往北开去。炎热的天气弄得乘客昏昏沉沉，觉得自己就快要沉入缅甸的嗓子眼里去了。一个印度兵营旁边，一个缅甸姑娘正在水井边梳头。她往前弯着身子，一头秀发全部散了下来，那么长，几乎垂到了地面，她拿着梳子在发间篦过去，轻轻甩着发丝。在这阳光明媚的早晨，这是一幅多么优美的画面啊——黑发如瀑布般在梳齿间流动，姑娘两脚分开、双臂轻抚着秀发的姿态是那么优雅。她直起腰，把头发甩到脑后，看着火车经过。

列车驶入东吁车站，汽笛声仿佛是开饭铃。到了东吁，行程刚好过半，在这之前全车厢的人没有一个动过吃的。但汽笛一响，午餐篮子纷纷打开，饭盒都摆在了座位上。有人从窗口递进食物来，包在棕榈叶里的米饭，小龙虾和明虾身上撒了辣椒面，红彤彤的，还有苹果、木瓜、橘子、烤过的香蕉。卖茶水的出现了，乘客吃吃喝喝，直到汽笛再度响起。然后，食篮再度捆上，垃圾扔到地板上，皮壳扔出车窗。流浪狗不知从哪里钻了出来，冲着零碎吃食狂吠。

"为什么没人处死这些狗？"在东吁我问一个人。

"缅甸人认为不该捕杀动物。"

"那为什么没人喂它们呢？"

他不说话了。我质疑的是佛教教义的一个基本律条——视而不见。由于没有一只动物会遭到捕杀，所以它们看上去全都饿得奄奄一息。老鼠（缅甸的老鼠多得吓人）跟狗群生活在一起，因为狗把猫全赶走了。缅甸人看不见其中的冲突。踏入神圣的寺庙之前，他们要脱鞋除袜，但在庙里他们会往地上吐痰，掸雪茄灰。怎么会这样？缅甸的官僚体制臭名昭著。但这个官僚体制的天性是佛教的，这不仅因为，为了忍受它你得成为佛教徒，也因为缅甸官僚体系的拖沓是对某种传统虔诚心态的鼓励。委员会与和尚有个共同点：不作为，并且微笑着表示无能为力。在缅甸没有任何变化发生，可也没人期待发生什么变化。

自从火车离开仰光，已经过去八个小时了，可列车员仍旧在他靠近恶臭厕所的小隔间里坐着，把录音带放进录音机。要是在其他任何一列火车上，工作人员早就开始查票，或打扫满是垃圾的车厢了。火车上没有水；车门松松垮垮，乒乓作响；电扇不会转；过道上满是鸡骨头、虾壳和黏黏的棕榈树叶。可广播像是带着复仇的恨意般，一路往外泼着沙哑的音乐，一直响到曼德勒。

快天黑的时候，引擎不断出毛病。我身旁的男子是个警察，他的耐心堪称典范："油很热，他们在等它凉下来。"他显然是被我的问题折磨得心烦了，跟我保证这趟车七点钟会到的："就算七点不到，八点也肯定到了。"

"这是趟慢车。"到达西的时候，他这么说。火车第四次坏掉了。"又脏又旧。旧车厢，旧引擎。我们没有外汇。"

"可买把扫帚用不了多少外汇啊。"

"可能吧。"

我在车站上随便逛逛，结果听到一阵乐声：笛子、铜锣，还有咚咚的小军鼓。紧挨着铁轨的路上，出现了一小群人，映衬着绯红的晚霞，显得非常奇异。这一小队人走到铁轨旁的铁丝网外，围成半圆，中间站着一个小姑娘，年纪不会超过十岁。她把纱笼卷起来，方便活动，头上戴着一顶精致的串珠小帽。音乐停止了，随即再度开始，钟鼓齐鸣，小姑娘钩着手掌跳起舞来。她屈膝，抬起一条腿，然后抬起另一条，动作迅捷轻盈，十分优雅。

乘客观看起来，有人从停着的车厢里抽着雪茄往窗外看，有人沿着月台走到更近的地方。这舞是为他们跳的，没人说话，只有叮咚的乐声和空地上跳舞的孩子。舞蹈持续了大约十分钟,然后突然停止了,表演的人三三两两地离去,笛子还在悠悠地吹,鼓声也仍在咚咚响着。这就是缅甸式的顺序——火车抛锚和延误带来的焦躁心情被这些东西缓和了:先是甜美悦耳的音乐、美丽的天空、跳舞的孩子,随后是毫无先兆的启动出发。

到曼德勒的余下路程中,我们在黑暗中行进,八点半火车进了站。车站人声鼎沸,热闹非常,原来是人们在庆祝卡新节,来接站的人拥上前拥抱亲友,激昂的鼓手和美艳的舞者跟这一大群人挤在一块。我艰难地挤到站长室去,一个带着大檐帽的老先生像是专门在等我似的,热情地接待了我。他让我出示护照,费劲地抄下我的名字,然后问我要去哪儿。

"明天早上七点,有一班去眉谬的火车。"他说。在一个所有火车都在七点出发的国家,印刷出来的时刻表实属多余。

"我想买一张票。"

"售票处已经关门了。你明早六点过来吧。你最终的目的地是哪儿?"

"去过眉谬之后我想去谷特,去看看铁桥。"

"外国游客禁止看铁桥。"

他本可以告诫我,不要亵渎圣殿。

"那我去腊戌。"

"那里禁止进入。腊戌是警戒区。那里有叛军。"

"那你是说,我必须留在眉谬?"

"眉谬是个好地方,所有外国人都喜欢眉谬。"

"我想去谷特。"

"太糟了，你为什么不去蒲甘呢？"

"蒲甘我去过了。"

"那就去因莱湖。那里有宾馆。"

"我想搭火车。"

"那为什么不搭火车回仰光？"站长说。

他握握我的手，把我送到门边。外面就是曼德勒。这是个面积广大、地势低洼的城市，晚上尘土飞扬，以至于马车上的灯笼和木头巴士的车灯看上去就像是从浓雾里照出来似的。这座城很大，可无甚趣味。要塞禁止参观，寺院已经烧毁了，曼德勒山顶的庙宇是新修的，并不吸引人。曼德勒是个充满魔力的名字，可除此之外也没什么别的魅力了。那吉卜林的诗歌又该作何解释呢？事实上，吉卜林从未亲自来过这里，他在缅甸不过逗留了几天，1889年他乘坐的船停在了仰光。

曼德勒有两间旅馆，一间便宜，一间贵。两间都不舒服，所以我选了便宜的。经理说没房间了。他神色疲乏，皱着眉头，巴不得我赶快走。我说："那我睡哪儿呢？"他想想也是，遂把我带到一个房间里，同时抱怨着有个天杀的会议在他的旅馆里开（"他们要这个要那个……"）。我问有没有吃的，他说没有，还带我去看空荡荡的厨房，证明他所言非虚。我吃了根在达西买的香蕉，谢谢他给我找到房间。他是个很不错的缅甸人。尽管他不希望我留下，可他也不忍心赶我走。他给了我一个小小的栖身之地，却没能给我食物，就像对待流浪汉一样，他有点不大情愿，但依然照顾了我的尊严。

第十八章
缅甸当地火车：曼德勒到眉谬

亚洲人总是在清晨精神百倍、充满暴力地洗濯衣物。坐在早班的火车上，你能看见窗外人们洗衣服的样子，他们似乎觉得洗衣是某种严重罪行的预演。巴基斯坦人用大棒使劲捶打湿漉漉的衣服；印度人把浸了水的缠腰布往石头上狠命摔去，好像要把岩石打崩（这是马克·吐温笔下的印度人）；锡兰人咬牙皱眉地拧着"笼基"。在上缅甸①，妇人们像是在密谋什么事情，三两成群地蹲在汩汩的小溪边，用宽木板子把湿衣服拍平；孩子们在及膝深的水潭里摇摇晃晃地蹚水，长着娇小胸部的姑娘们端庄矜持，把纱笼往上拉到腋窝，遮住身体，用桶打了清水往头上倒。我们离开曼德勒时，天气阴暗多云，雾升起来了，我身旁的老人腿上放着个干净的布包袱，看着其中一个沐浴的女孩。

> 在水池中把长发洗濯
>
> 马鬃般浓密，黑蓝色，闪耀着光泽
>
> 难道我看不见他呆滞的眼睛里光彩闪现

---

① 英国人将缅甸的中部和北部称为"上缅甸"。

明亮得就像看到了北非的海盗船?

（当然，若是他肯真情流露不遮掩！）①

有那么一刹那，我真想纵身跳下车去，向这些溪畔仙子中的一个求婚，后半生就此陪伴在她身边。可我终究没有动。

小溪水位高涨，泛满洁白的泡沫，这意味着前方有豪雨。我们已经离开了曼德勒的恼人炎热和满是尘土的棕榈树，正沿着松林往高地爬去。形状恰似松树、顶着金色塔尖的宝塔从苍翠的树林中露出头来。一团白云笼罩了车站，我们从中驶出，看到人们把桶挂在牛轭上，他们的活儿更加辛劳，身上溅的泥也更多了。天上下起了小雨，火车开得如此之慢，我都能听见雨滴落在铁轨旁树叶上的声响。

清晨，倾斜的月台上，妇人们擎着托盘向乘客兜售早餐：桔子、切开的木瓜、炸面饼，还有花生和香蕉。有个妇人的盘子里码着黑乎乎、亮晶晶的小东西，我把她叫过来，看看那是什么。原来是用小棍串起的肥胖昆虫——炸蝗虫。我问身旁的老人想不想来点，他礼貌地说已经吃过早餐了，而且他从来不吃虫。"可当地人相当爱吃这种东西。"

蝗虫弄得我胃口尽失，可一小时后外头下起了大雷雨，饥饿感再度归来。我站在车门旁跟一个缅甸人聊天，他要去腊戍看望家人。他肚子也饿了。他说我们很快就会进站，在那儿能买到吃的。

"我想喝茶。"我说。

---

① 上述诗句出自勃朗宁诗作《西班牙修道院里的独白》。

"停车时间很短，大概只有几分钟。"

"那咱们干脆分头行动，你去买吃的，我去买喝的，这样可以省点时间。"

他同意了，接过我给他的三个缅甸元。车一停我们就跳了下去——他冲到小食摊，我跑到了茶水档。小贩带着歉意笑道，茶杯不能拿走，所以我就地喝了一杯，又买了两瓶苏打水。上了车，我找不到那个缅甸人，直到火车开动他才出现，上气不接下气地捧着两个藤蔓捆着的棕榈叶小包。我们在门的铰链上撬开瓶盖，在车厢后头并排站着，解开了棕榈叶。里头包的东西比较常见，一根木扦上串了三块烤过的肉。奇怪的倒不是这几块肉的模样不规则，而是它们那不规则的形状一模一样。几根这样的肉串半埋在米饭里。

"在缅甸，我们管这个叫……"他说了一个词。

我盯着那几块肉："这是翅膀吗？"

"对，这是鸟。"

随即我看见了小小的头、喙、烧煳的眼睛，还有小细腿上烧焦的爪子。

"你们大概管这东西叫麻雀。"

大概是的，我想。可没了毛，它们看起来那么小。他从扦子上拽下一只，囫囵放进嘴里，咯吱咯吱嚼起来，头、脚爪、翅膀，整只鸟都吃了进去；他面带微笑咀嚼着。我撕下一点肉，尝了尝。味道倒是不坏，可我怕吃完了麻雀，待会儿有成群结队的鸟儿猛冲过来啄我。我冒险吃掉了米饭，然后回到自己的座位，这样那个人就不会看见我把剩下的鸟肉扔掉了。

我身边的老人说："你看我多大岁数了？猜猜看。"

我说六十，但我看他大概有七十岁了。

他挺起腰来。"错啦！我八十了。也就是说，我已经过了七十九岁生日，现在是第八十个年头啦。"

火车来来回回地沿着之字形前进，路陡得就像西姆拉和兰迪科塔尔。偶尔车会停下，然后也不鸣笛提醒就再度启动，先前下车去小便的缅甸人在车后狂追，一边沿着铁轨跑，一边重新系纱笼，他们的朋友在车上大喊。雾、雨，再加上又低又冷的云，火车里就像拂晓般寒意彻骨，混沌晦暗。这种感觉一直持续到中午。我在汗衫外穿上了衬衣，然后又套了件毛衣，还罩了件塑料雨衣，可我还是冷，那种湿寒一直沁到了骨头里。自打离开英国，我还从来没遇上过这么冷的天。

"我是1894年在仰光出生的，"老人突然说，"家父是印度人，但他是天主教徒。所以我叫伯纳德。家父在印度军队里当兵。他一辈子都在军队里——我想他大概是十九世纪七十年代在马德拉斯参军的。他在马德拉斯第二十六步兵团，1888年随队伍到了仰光。我以前有他的照片，可日本人侵占缅甸的时候——你肯定听说过，家里的东西全都没了，我们失去了好多东西。"

他很想说话，很高兴有人当听众，而且他不需要你提问就能往下说。他认真地说着，不知话该怎么说的时候就扯扯腿上的布包袱。我在寒冷中缩成一团，同时庆幸只需偶尔点点头，以示兴趣。

"仰光的事情我记不得多少了，我很小的时候家就搬到了曼德勒。但1900年以后的事我全都记得。麦克道尔先生、欧文先生、斯图尔特先生、泰勒上尉——我在他们手底下都干过。我是皇家炮兵团军官餐厅的主厨，可我不光是做饭，我什么都干。缅甸所有地方我都去过，他们上前线的时候我就待在营地里。我觉得自己记性不错。比如说，我记得维多利亚女王去世的那一天。我在曼德勒的圣泽维尔小学上二年级。老师对我们说：'女王逝世了，所以今天不上学'。那年我多大来着？七岁。我是个好学生，我很用功，可毕业之后我没事可做。1910 年，我十六岁了，心想我该去铁路上找个事做。我想当火车司机。我想坐着火车到上缅甸去。可我失望了。他们让我们用头顶煤筐。那活儿辛苦得很，你都想象不出来呀，天气那么热，工头姓万德尔，是个英印混血儿。他冲我们大吼大叫，那是当然喽，他从来就没好好说过话。我们吃午饭的时间只有十五分钟，可他还是吼。他是个胖子，对我们很坏。那时候铁路上有很多英印混血儿。应该说，绝大部分都是英印混血儿。我梦想着开火车，结果却在那儿搬煤！活儿太辛苦，所以我就跑了。

"接下来的工作我很喜欢，在皇家炮兵因军官食堂的后厨里干活。我现在还留着几张证书呢，上头写着皇家学院什么的。我先是给大厨当帮手，后来我也当上了厨师。大厨名叫斯图尔特，他教我把蔬菜切成各种样子，还教我拌沙拉、做果盘、做松糕，还有各种各样的肉菜。那是 1912 年，是缅甸光景最好的时候。那种日子以后再也不会有啦。食品充足，东西都很便宜，就算是'一战'开始以后，情况也都还不错。我们在缅甸压根不晓得什么第一次世界大战，什么也没听说，一点感觉也没有。但因为我哥哥，我知道一点。他在巴士拉打仗，你知道那地方吧，巴士拉，在美索不达米亚。

"那时候，我一个月挣二十五个卢比。听起来没多少，是不是？可是你知道吗，生活费只要十卢比就够了，我把剩下的存起来，后来买了块地。领工资的时候，我能拿到一个金镑和一张十卢比的纸币。一个金镑值十五卢比。但我告诉你那时候东西有多便宜：一件衬衫才四个安那①，食品也很充裕，生活好极了。我结了婚，有了四个孩子。我在食堂里从 1912 年干到了 1941 年，直到日本人来。我爱这份工作。军官们都认识我，我相信他们是尊重我的。只有开饭晚了，他们才会发脾气。样样事情都要准时，当然喽，如果没有准时，拖延了，他们就会很生气。可没有一个人待我很坏。毕竟他们是军官——英国军官，你知道的，人家一举一动都有规矩。那时候，不管几点吃饭，他们都穿着整整齐齐的全套军装，有时候还请客人或夫人一起吃饭，都穿着晚礼服和正装，女士们都穿着礼服裙子。漂亮得像蝴蝶。我也有一套制服，白西装，黑领带，还有软底鞋——你知道那种软底鞋吧。那种鞋穿着走路没声音。我可以悄没声地进屋，没人听见。现在没人做这种鞋啦，这种走路没声的鞋。

"就这样，过了好些年。我记得有天晚上，在食堂里，斯利姆将军来了。你肯定知道他。还有他太太。他们进厨房来了。斯利姆将军和夫人，还有其他几个军官和太太。

"我立正站好。

"'你就是伯纳德？'斯利姆夫人问我。

"我说：'是的，夫人。'

"她说晚饭很丰盛，很好吃。那天晚上的菜是肉冻镶鸡、蔬菜，还有松糕。

"我说：'很高兴您喜欢。'

---

① 旧时缅甸的货币单位，等于 1/16 卢比。

"'那是伯纳德。'斯利姆将军说，然后他们就出去了。

"总督也来过，对，寇松勋爵。还有很多人：肯特公爵，印度来的人，还有个将军……叫什么来着，回头我再想想。

"然后日本人就来了。哦，我记得清楚着呢！是这么回事，我正在家旁边的小树丛边站着——我家在眉谬城外头，路口那地方。我穿着汗衫和笼基，缅甸人打扮。他们的车真大，引擎盖上有一面旗，日本太阳旗，红的和白的。车在路口停了。我以为他们看不见我。一个人叫我过去，用缅甸话跟我说话。

"我说：'我是说英语的。'

"'你是印度人？'日本绅士说。我说对。他把手掌放到一起，就像这样，跟我说：'印度和日本，朋友！'我冲他笑笑。我这辈子从没去过印度。

"车子里头坐着个很大的官。他什么也没说，但另一个人说：'这条路是去眉谬的吗？'

"我说是。他们就往前开过去，上了山。日本人就这样进了眉谬。

"后来我太太去世了。1941 年我再婚，又生了三个儿子。约翰·亨利、安德鲁·保罗，1945 年生了维克多。维克多，你晓得这意思，因为战争结束了①。我想退休了，年纪大了，可只要有晚宴，缅甸政府就叫我回曼德勒去。自打 1924 年或 1925 年，我就没去过仰光了，可曼德勒我去过好多次。今天我就是从那儿来。两天前那儿有个宴会，菜单是一大份肉，两种蔬菜。可没胜利晚宴那么

————————

① 维克多意即胜利。

丰盛。1945 年那次胜利晚宴，我是总管，两百个人吃饭。第一道是奶油蔬菜汤，然后是三文鱼美乃滋，烤鸡，蔬菜，烤马铃薯和煮马铃薯，还有酱汁。最后上了圣代冰淇淋松糕和小吃。唔，小吃的花样多得很，什么都能当小吃，可那天晚上做的是‘马背上的魔鬼’。培根上头放上奶酪和一片吐司，卷起来用牙签扎住。胜利晚宴上他们都很尽兴。我干得很辛苦，大家都很爱吃。啊，眉谬到了。"

外头出现了架在高柱上的房屋，旁边绽放着艳红的花朵，就像枝条上迸发出了节日的红丝带——这些是一品红的灌木丛，有些长到了八英尺高。列车经过一个寺庙，上面的木头饱经风箱，都泛出了铜锈色。随后更多的房屋出现了，宽阔泥泞的大街上有成排的商店，一家剧院和一家清真寺。车站有个开阔的月台，却没有铺上石头，由于天上还飘着毛毛雨，地面上有些地方积起了水洼，其余的地方被人踩成了泥坑。

伯纳德先生说："你打算住哪儿？"

我说我完全没有计划。

"那你到坎达克雷格旅馆来吧，"他说，"我是经理——我给你订间房？"

"好的，"我说，"我要晚一点过去，得先去买到谷特的车票。"

我去找售票处，结果误打误撞走进了无线电收发室。一个留着胡子的欧亚混血儿坐在里面，他的头发光滑柔顺，脖子上系着黄色的领带。他正在接收摩尔斯电码，在本子上飞速记录着。他看见我，跳起来握住我的手。"有什么需要帮忙的吗？"

摩尔斯电码还在滴滴响，我说或许你最好继续听着。

"那个不太重要。"他说。

我瞄一眼那本子，上头用铅笔写着缅文。

"他们给你发的是缅文的摩尔斯电码？"

"为什么不呢？"他解释说，缅甸文字里有三十六个字母，但偶尔也会发英文的电码过来。

"你怎么知道他们发来的是缅文还是英文？"

"比如说，你一直在收缅文，然后收到十二个点，这就是说下头就是英文词了。然后你收到的就是英文。再来十二个点，就又换回缅文了。喏，缅文里没有'活塞杆'和'曲轴'这两个词，很有意思。"

他说得很快，神经质地打着手势。他的肤色像缅甸人一样黑，但他嘴巴有点尖，脸上有皱纹，像个意大利农夫。

"你的英语很好。"

"这是我的母语！"他说他名叫托尼，"其实我在这地方都快疯了。我原本是在昔卜的，可眉谬这里的家伙撂挑子不干了，他们又没人顶班，我就来了，要待到十九号。我全家都在昔卜，几个星期前我就该回去了——我有六个孩子，他们都盼着我回去呢。你这是要去哪儿？"

我说我想搭火车去谷特，但听说那儿不让去。

"没问题的。你想什么时候去？明天？七点钟有一班车。当然了，我想办法帮你上车。我猜你是想去看看铁桥吧，那桥不错。有意思，来这儿的人不多。大概一年前，有个家伙——是个英国人，要去腊戍。当兵的把他给拦了，让他在昔卜下车。他抓瞎啦，完全不知道该如何是好。我跟他说别担心。警察来了，折腾了一会儿，可第二天我把他送上了去腊戍的火车，警察九点钟到的时候，我说：'他已经在腊戌啦。'所以他们也没办法。"

"去谷特算不算违法？"

"可能算，也可能不算。没人知道——但我会把你弄上车的，不用担心。"

他把我送到车站前院，雨中泥泞的场院里大约有三十辆马车停着，木质车厢上的画褪了色，百叶窗裂开了口，车夫戴着宽檐帽，披着塑料披风，狠狠抽着蒙了眼罩的马匹。马儿踏着蹄子，很多匹马竭力把沉重的车厢拉出泥坑——车体太重了，厢顶上用绳子绑着盒子和大行李箱，窗户上露出六个人的面孔。蒸汽机车正在马车背后转轨，马车、雨、泥泞，还有裹着围巾抗寒的缅甸人，构成一幅完整的边陲小镇景象。一个车夫朝我囊囊地走过来，靴子上溅满了泥点（其他人都穿着塑胶拖鞋，有些人还光着脚，但所有人都穿着厚厚的外套），托尼让他把我送到坎达克雷格旅馆去。

老人把我的行李扛到车厢顶上，用一块硬邦邦的帆布盖上，绑好。我钻进木头车厢，我们摇摇晃晃地上路了。我直挺挺地坐着，透过雨幕看着眉谬的宽阔街道，路两旁种着桉树，弯弯曲曲的树干和砖房在雨中看起来古老而又脆弱。主干道的拐角处有一间两层木屋，走廊上覆盖着天棚，一辆马车正在调头，车夫一边引着马往斜里踏上破碎的道路，一边抽打着它。视野里一辆汽车也没有，夜雨笼罩的小镇里，湿漉漉的街道上闪烁着微光，马在嘶鸣，身后是个中国人开的店铺，"上海平氏饭庄"。眼前这一切宛如克朗代克地区的老照片，棕黄色调，没有声响，仿佛已有百年的历史，一切都矗立不动，唯有前景中黑马的模糊身影在打转。

坎达克雷格旅馆在镇外的东山上，离车站大概有三英里。此地的房舍都巨大无比，建有塔楼，雨水把砖润成了红色，房顶上铺着石板瓦。从前，夏天的时候首都会迁到眉谬，英国的政务人员就跟过来，住在这些房子里。我们经过"松园""山居""林景苑"，坎达克雷格旅馆建在小山顶上，风格像英国纽波特或伊斯特本的大宅，有山形墙和门廊，进得门来，是一棚架修剪得整整齐齐的常春藤。

我付了车费，走进跟房子一般高的中央大厅。房间都分布在大厅高处的走廊里，两条竖琴状的楼梯升起来，把走廊分成两半。柚木壁炉那一头有个光秃秃的柜台，墙壁上也是光秃秃的。地板上了蜡，亮晶晶的，栏杆也闪着光。这个阔朗的木质大厅里没有任何装饰品，它空荡荡的，散发着一股蜡味。我敲了敲柜台。

有个人出来了。我本以为会是伯纳德先生，可这个人戴着厚厚的眼镜，龅牙，一双长了茧子的大手。他不是缅甸人，也不是印度人（后来我得知他是锡兰人，但多多少少算是"流落"到了上缅甸，住了三十年）。他说伯纳德已经跟他说过我要来，住到坎达克雷格旅馆是个明智的选择，因为眉谬的其他旅馆没有"设施"。

"什么样的设施？"

"肥皂，先生。"

"没肥皂？"

"没有。也没有毛毯、床单、毛巾，有时候也没吃的。那些地方什么都没有。有地方能躺下睡觉，可别的就没有了。先生，"他对刚进门的伯纳德先生说，"我把这位绅士安顿在十号房。"

伯纳德先生把我带到房间里，往屋内的壁炉里加了满满一铲子木炭，生起火来。其间他一直在跟我聊着坎达克雷格旅馆。这是个苏格兰名字，原先是个宿舍，供孟买缅甸贸易公司的单身员工住宿。在遥远的木材产区过了好几个月之后，小伙子们在热天里可以回到这儿来休养。在这里他们可以冲凉水澡，打打英式橄榄球、板球和马球。大英帝国相信，在高纬度地区居住有利于提升士气。伯纳德先生继续说下去。雨打在窗上，我能听见雨水从屋顶流下的声音。可火在壁炉里熊熊燃烧着，我坐在安乐椅里，烘着脚丫，吸着烟斗，打开勃朗宁的诗集。

"想不想洗个热水澡？"和善的伯纳德先生说，"那好，我叫我儿子拎几桶水上来。你想几点吃晚饭？八点。谢谢你。想喝点什么吗？我去给你拿点啤酒。瞧见没有，屋里多暖和？屋子大，可是火很旺。真遗憾，碰上了下雨天，外头又冷。但明天你就可以搭火车去谷特啦。我们以前在那儿驻扎过，我是说皇家步兵团。谷特没什么吃的，但我会给你好好做顿早饭，再给你泡好茶，回来就有得喝。这里很舒服，可那里除了丛林什么都没有。"

那天晚上我伴着烛光，坐在硕大的桌子旁独自吃了晚饭。伯纳德先也把我的位子放在了壁炉旁。他默默站在一边，时不时地轻轻走过来给我添酒端菜。我想，我必定像后来者一样勇敢无畏，但我有一点跟别人不一样（就像我比别人更偏爱火车），我会只因途中一段愉快的耽搁而享受旅程，我这个粗俗的、耽于逸乐的懒人走遍亚洲，寻找舒适和惬意，想想自己跋涉过的距离，就觉得自己的愉悦很有道理。因此，我走了两万五千英里，来到此地，在眉谬懒洋洋地歇着，在壁炉前暖暖和和地烤着火，每次被人服侍的时候，我都会沉浸在勃朗宁的长诗《布罗格兰姆主教的辩护》的意境中：在这幢有二十个房间的缅甸大宅里，我是唯一的客人。

第十九章
腊戌邮车：眉谬到瑙朋

清晨的眉谬街角，一小片松林外的空地上有座圣母无染原罪教堂，三十个人站在散发着清香的柚木氏凳旁，唱着天使弥撒曲中的"垂怜经"。我循着这甜美恳切的赞美诗，悄悄沿路走来，从滴着雨水的树下经过。二十年前一个闲散而虔诚的夏日，我学会了这些大弥撒中唱的格里高利圣歌①。我听见的是我自己的稚嫩歌声，那时的我年方十二，无知无畏，为了救赎某些笨拙的罪孽，祈求神的宽恕。出于对当年那个孩子的尊敬，我留了下来。我前面是一个穷苦的缅甸信徒，他裤子上夹着骑自行车时用的裤腿夹，跪在坚硬的瓷砖地上。我离开教堂往大路上走的时候，牧师吟唱"天主经"的颤抖声音一直在我耳畔萦绕。路上，新剃度的和尚（穿着黄色袍子、光头光脚的孩子们）怀里抱着黑漆碗，匆匆跑向他们的僧院。

去腊戌的乘客渐渐汇集到了车站：种了桉树的大街上，几辆吱嘎作响的马车驶过来了；妇女们拿着购物袋往这边跑，嘴里叼着雪茄；男人们穿得像拓荒者一样，脚踩靴子、头戴黑帽，闪避着对面

---

① 在罗马天主教会的正式礼拜仪式中所唱的圣歌，起源于中世纪的罗马天主教会。当时有位教皇叫格里高利一世，他曾将这些圣歌编辑成册，因此后世称其为"格里高利圣歌"。

过来的牛车，那头牛步履缓慢地拉着一车木柴（劈开的柴火色泽鲜亮，像撕开的肉）。我没带相机和护照，因为我觉得这趟谷特之旅是否合法都难说，我想尽量表现得像个普通游客。

那个名叫托尼的欧亚混血儿正在等我。他收了我三缅元，帮我买了张到瑠朋的车票。这是谷特后面的一站。他说，谷特除了大桥之外什么都没有，但瑠朋有个不错的小吃店。我们穿过泥泞的站台，走到最后一节车厢。车厢外头站着三个士兵，身上穿的军装都不成套，仿佛在夜里被几个敌人给洗劫了，只得混乱拼凑几件。他们的步枪松松地挎在肩头，几个人隔着枪管递着槟榔。托尼用缅甸语跟个子最高的士兵说了几句，那人意味深长地冲我点点头。我猛然意识到，他们带着凹痕的头盔和仿佛是上一辈传下来的旧军服赋予他们一种苍老而勇敢的神情，就像你在严阵以待的退伍军人脸上看到的那样——那种马虎的神色似乎与身经百战的从容难以区分。

"在这节车厢里，你会很安全的。"托尼说。

上缅甸边远地区打了十年游击战争，再加上当地土匪的不停劫掠（他们拿自己做的土枪拦截火车），导致火车的最后一节车厢总会预留给武装卫兵。他们坐在这节车厢里，头上的羊毛耳罩晃来晃去，老式的恩菲尔德步枪胡乱扔在木头长凳上。他们懒洋洋地靠在凳子上，吃香蕉，切槟榔，啐出来的唾沫把地板都染红了。他们还希望能向叛乱分子或毛贼放上一枪。我听人说，他们极少有这个运气。叛乱分子士气低落得很，从不露面，而盗贼很聪明，他们早就学会迅速抢掉前头的车厢，闹嚷嚷地用匕首威吓乘客，士兵还没跑过来呢，他们就已经安全地回到丛林里了。

火车出发的汽笛声惊起了乌鸦群，列车沿着单线轨道慢慢向前开去。清晨的浓雾转薄了，天下起了毛毛雨，可是，就算是雨水从窗户里泼洒进来，士兵里也没人会去关上百叶窗（他们在吃东西，看书看报，推搡打闹）。在内陆的火车上，你想有光线照亮，就得忍着雨水，要么就选择干爽的黑暗。我坐在板凳沿上，后悔不曾带本书来看，又琢磨着我这回去谷特大桥究竟算不算犯法，看到孩子们穿着湿衣服，光着脚站在水洼里泼水，心里又替他们难过。

然后，火车开到侧轨上，停下了。前头有个车站，是个木屋，像个能停两辆车的车库。窗户上的花箱里开着橙色和红色的花朵，缅甸人把它叫作"眉谬之花"。前头车厢里有些男子下车来小便。两个小姑娘头上顶着装了香蕉的搪瓷脸盆，从铁轨旁的丛林里跑出来叫卖。十分钟过去了，有个男人出现在车窗口，挥舞着一张纸，像是托尼用来记摩尔斯电码的那种。这张纸传到带着斯特恩轻机枪的高个子士兵手里，他用宣读的腔调把上头的内容大声念了出来。其余士兵都专心听着，其中一个转过脸来飞快地瞟了我一眼，从那眼光中我看出了一丝尴尬。我站起身来，向车厢尾部走去，可我还没走到门口，念消息的士兵（早些时候，我问他会不会说英语，他只是带着歉意对我笑笑）用英语说了句："请坐下。"

我坐下了。一个士兵嘟囔了一句。雨下大了，飞瀑般砸在车厢顶上。

士兵放下轻机枪，向我走来。他给我看了那张纸。字迹是用铅笔写的缅甸文，宛如福尔摩斯小说《跳舞的小人》里的密码。可在那些跳舞小人一样的字母（弯弯曲曲的头和胳膊，踢动的腿）中间是大写的英文：通行证。

"你有通行证吗？"

"没有。"我说。

"你要去哪儿？"

"谷特，瑙朋，"我说，"只是想坐坐火车。是谁想知道这些？"

他想了想，然后把纸折过来，用铅笔头非常认真地画了个歪歪斜斜的表格：姓名、电话、国家、通行证。他把纸递给我。我填好表，与此同时，其余几个士兵（总共六个）围了过来。有一个越过我的肩膀看着，咂咂嘴，念道："美国。"其他几个人想看看他说得对不对，都把头凑过来，鼻息喷到了我手上。

纸条被人拿到那个木屋去了。我站起身来，一个士兵说："坐下。"

两小时过去了，车厢滴着水，大雨浇得顶棚哗哗作响，士兵说话都压低了声音，大概是怕我听得懂缅甸话。他们继续吃东西，嗑花生，剥香蕉皮，切槟榔。火车停在雨中的上缅甸，铁轨旁是低矮的丛林墙壁，时间不可能比现在过得更慢了。这儿甚至没有小贩来打岔，也没有流浪狗绝望滑稽的模样；没有房屋；丛林没有层次，也没有光；没有任何景致。寒气刺骨，我坐在那儿，看着雨滴落在铁轨旁的水洼里，溅起一圈圈涟漪，我想知道究竟是哪里出了毛病。毫无疑问，我就是停车的原因，肯定有人反对我坐这趟车。有人看见我在眉谬上车了。我可能会被送回去，或是因为违反安全规定而被逮起来，关进监狱。我一路走了这么远，看起来全白费了。真的吗，我大老远赶过来就为了进监狱？就像有些人，一路克服艰难险阻，忍受种种不便，日复一日地穿越丛林，风吹日晒，来到地球的最远端，结果就是为了登上一架注定失事的飞机，或是挨上一枪子儿。赶了大老远的路，结果却是送死，这实在是个耻辱。

让我心烦的倒不是死，他们不会傻到把我给杀了。可他们能让我浑身难受——现在已经达到这效果了。已经过了十点，我想放弃了。如果是晴天，我还可以自愿走回眉谬，把这次惨败当作远足算了。可雨下得这么大，我什么也干不了，只能坐着干等。

终于，带着轻机枪的高个子士兵回来了。他身旁跟着一个矮个子，那人年纪颇轻，夹克衫湿了，帽子也湿了，踏进车厢的时候，他用手绢擦了把脸。他说："你是保罗先生？"

"对，你是谁？"

"安全官吴西艾。"他接着问我何时到的缅甸，为什么来，准备待多久。然后他问："你是游客？"

"对。"

他想了想，眯缝起被帽檐遮住的眼睛，歪头说道："那你的相机呢？"

"留在住的地方了，"我说，"胶卷用完了。"

"那倒是，我们缅甸没胶卷。"他叹口气，"没外汇啊。"

他说话时，另一列火车开过来，停在我们旁边。

"咱们上那列车。"

第二列火车的最后一节车厢里也坐着一队人。吴西艾说，他负责这条铁路的保安工作；他有三个孩子；他讨厌下雨。除此之外他没再说什么了。我猜他算是我的陪同，尽管我不知道我们为什么要换车，但我们毕竟是朝着谷特的方向往前走了。

一个面色憔悴、头戴毛线帽的男子走过来坐在我们对面。他掏出一支过滤嘴香烟，把里头的烟丝磕在一小块纸上。阿富汗的旅馆里，外国人整天干的就是这个。这是个前奏，接下来就该把印度大麻和烟丝混起来，装回烟卷里了。可这个人拿的不是印度大麻，而是装在小玻璃瓶里的白色粉末，他把粉末和烟丝交替倒进空烟卷里。他十分小心地往里填，把烟卷弄紧，捋顺，又轻轻掸一掸。

"他在干什么？"

"不知道。"吴西艾说。

男子瞧瞧烟卷，快满了，他拿根火柴往里头戳戳。

"他在往里头放东西。"

"我看见了。"吴西艾说。

"可那不是大麻。"

"嗯。"

现在男子弄完了。他把最后一点药粉装进去，把瓶子扔出窗外。

我说："我看那是鸦片。"

男子抬眼笑道："一点不错！"

这句英文清楚响亮，把我吓了一跳。吴西艾什么都没说，由于他穿着便衣，对面的男子无论如何也想不到，自己正在一个安全官鼻子底下卷鸦片烟。

"来抽一口。"男子说。他把烟的顶头捻紧，又把整支烟舔湿，让它着得慢一点。他把烟冲我递过来。

"不了，谢谢。"

他诧异地看着我："为什么不抽？"

"我抽鸦片会头疼。"

"才不会！好得很！我喜欢这东西——"他冲吴西艾挤挤眼，

"这东西能让人白日做美梦！"他把烟一直抽到了过滤嘴，然后卷起外套，垫在脑后。他在椅子上四仰八叉地躺下来，带着微笑睡着了。他的气度泰然自若，在这列湿冷又嘎吱作响的火车上，他可谓是最幸福的人了。

吴西艾说："我们不会逮捕他们的，除非他们身上带了很多。太麻烦了。先得把这家伙关进监狱，然后送一份样品到仰光去检测，两三个星期之后他们把报告发回来。可他的是三号鸦片，我能从颜色上看出来。要做检测得有很多鸦片样品才行，化验项目可多了。"

快到中午的时候，我们到了谷特的地界。雾非常浓重，瀑布从翠竹林中哗哗流下。火车沿着山脊往上爬，在每个转弯处都大声鸣笛，可窗外只有白茫茫的雾，强风把雾掀起来，露出的却是更加浓重的云团。这就像是开着窗户坐在速度很慢的飞机上，我真嫉妒那位抽鸦片老兄的甜梦。

"景致都被云遮住了。"吴西艾说。

列车爬升到接近四千英尺的高度，然后低头往峡谷中慢慢驶去。峡谷低处，船形的云飞速地在山丘间穿行，其他形状的薄云却悬在谷中，几乎一动不动，宛若磨破了的丝质面纱。谷特大桥——那钢筋铁骨、泛着银光、飞架在嶙峋岩石和丛林间的庞然大物，突然出现在视野里，随即又隐没在岩石身后。稍过一会儿它又出现了，这次它显得更加巨大，银光变弱了，却更加宏伟壮观。这真是个奇异的场景，这么个人工修造的东西出现在如此遥远偏僻的地方，欲与壮丽的峡谷争个高下。然而，它似乎比周边的环境更加雄伟。你很难无视周围的景致：水流从钢梁上倾泻而下，落在树顶；

鸟儿飞过打着漩涡的云团；大桥身后露出黑洞洞的隧道口。我们慢慢地靠近了铁桥，在谷特站稍作停留。在此地，山地居民，也就是文着刺青的掸族人和少数中国人，已经在废弃不用的货车车厢里安了家。他们走出门来，观看腊戌邮车经过。

大桥进口处站着瑟缩的哨兵，他们肩膀上挎着步枪，风钻过这个没有墙壁的哨所，细雨仍在飘着。我问吴西艾能不能探身往窗外瞧瞧，他说看看没问题，"可别掉下去了"。车轮碰撞着钢轨，飞流而下的雨水咆吼着，吓得鸟儿飞离了巢穴——它们的窝在一千英尺下的地方。寒冷中停了那么长时间的车，弄得我心灰意懒，而且这一路上乏善可陈，没有任何出彩的地方，但现在这一切让我来了精神。列车在雨中穿越长长的铁桥，从一个陡峭的山头开到另一个，底下是一望无际的丛林深渊，雨季把河水变成了咆哮的激流，汽笛一声声地响起，回声越过山谷，直传到中国。

进隧道了，巨大的洞穴里充斥着蝙蝠粪便和浸透了水的植物味道，借着仅有的微光，只能看清顺着墙壁流下的水，还有开放在黑暗中的奇异花朵，这些花儿长在崎岖的岩石上，四周攀爬着藤蔓。从最后一个隧道里钻出来时，我们已经离谷特铁桥很远了；经过一小时平稳车程，璐朋是我此行的终点。这里建有一些简陋的木头小房，还有茅草覆顶的窝棚。托尼说的"小吃店"就开在这种茅屋里。一张长条桌上摆着大菜盘，里面盛着黄色或绿色的炖菜。煮着米饭的大锅架在火盆上，咕嘟嘟地冒着泡。这么冷的天，那些缅甸人穿着单薄的衣衫，围在大锅旁取暖。这幅场景宛如蒙古人刚刚打过一场惨烈的仗，从战场上退下来埋锅造饭。做饭的是长着一口黑牙的中国老妪，食客是中缅混血儿，是何种族只能从衣着上判断：

纱笼还是长裤，斗笠还是毛线帽（湿漉漉的，样子松垮，好像手套）。厨子舀起一勺炖菜，放在大张棕榈叶上，然后盛上一捧米饭；乘客就着寡淡的热茶吃着。雨敲打着屋顶，落在外头的泥坑里，缅甸人抓着鸡匆匆来赶火车。鸡的羽毛都给捆得紧紧的，像是某种当地的手工艺术品。我花两分钱买了支雪茄，在大锅旁找了个小凳子坐下，抽着烟等下一班火车到来。

一直等到从腊戍"下来"的火车到了，我刚才搭的到瑞朋的火车才继续往腊戍开去。然后，从眉谬来的卫兵，以及从腊戍下来、武器更为重型的卫兵都换了火车，各自回到早晨出发的地方。我留意到，每列火车的车头后都紧跟着一节装甲般的车厢。那是个钢盒子，上头开着打枪的眼，它简单得几近粗糙，就像小孩子画的坦克。可这节车厢是空的，因为所有的卫兵都待在最后一节车厢里，也就是九节车厢以后。若是遇上抢劫，他们该如何冒着枪林弹雨走过八十码远呢？我不知道，吴西艾也没跟我解释。士兵不愿待在那个铁车厢里，原因显而易见：那里头实在太难受了，而且非常黑——因为枪眼很小。

回眉谬的旅程很快，一路上基本都是下坡，小站上不断有人卖吃的。吴西艾说，士兵提前发了电报叫吃的。这是真的，因为就算到了再小不过的车站，火车一进站，就会有个小男孩跑过来，鞠上一躬之后，脸上带着雨水的孩子就会把一包吃食递到卫兵车厢的门口。快到眉谬的时候，他们提前发电报叫了鲜花，因此当我们到站的时候，每个迈步出来的士兵衣襟上都沾着咖喱迹子，嘴里嚼着槟榔，手里小心翼翼地握着一把鲜花，比对待他的步枪还要当心。

"我现在能走了吗？"我问吴西艾。我仍然不知道自己会不会因为闯入禁区而被逮起来。

"你可以走了，"他微笑着说，"可你别再搭火车去谷特了，不然会惹麻烦的。"

第二十章
泰国的夜班快车：从廊开回到曼谷

　　曼谷开出的快车把我送到了泰国北部的廊开。廊开是个寻常地方，五条街，街上都是整洁的房屋，但坐船渡过湄公河，就到了老挝的万象。万象是个不寻常的地方，但并不便利。妓馆比旅馆干净，大麻比香烟便宜，鸦片比冰啤酒更容易买到。鸦片是个镇静药剂，极其适合老年病患者，可它会诱发斑斓多彩的浅寐，抹去你的疲倦。抽过一晚上之后，你最不想做的就是再睡一觉。你在午夜找到了卖啤酒的地方，正安安静静地坐着，琢磨着这里究竟是个什么地方，女侍走过来，提出为你吹箫，此时你依然还没搞清楚状况。你的眼睛适应了黑暗，终于看见女侍一丝不挂。一声招呼也没打，她就跳上了椅子，把一支雪茄插在私处，点着了，然后利用子宫的缩放吞云吐雾。性事的花招多得数不胜数！这些人什么都能学会。万象有很多酒吧，装潢和啤酒全都一模一样，可那些怪异反常的招数却家家不同。

　　我在万象能找到的唯一一部英文电影是色情片，日本游客看这电影的劲头，就像是手术室里的实习生，那种阴郁的崇敬态度弄得我十分绝望。我想去买点礼物，心里想象着充满老挝风情的珍宝，结果发现这里的传统手工艺品尽是围裙、便笺、锅垫，还有领带。

领带！我想搭船在湄公河上惬意地游览一番，可人家告诉我，只有走私贩子才坐船。这里的食物也非比寻常。我点了一碗汤，结果里头有胡须状的东西、羽毛、软骨，还有切得像通心粉一样的肠子段。我把这些讲给一位王子听——有人强烈建议我去拜访他。王子带我去了一家餐厅，我们在那儿吃到了羊腿、薄荷酱汁和烤土豆。我猜这是他表达歉意的方式。我问他，在老挝当王子是什么感觉，他说这个问题他没法回答，因为他在老挝待的时间不多。他感兴趣的主要是跳伞和摩托车赛。他对政治生活的描述让我感到，老挝真是个鲁里坦尼亚式的浪漫国度 [①]，一个无忧无虑又不负责任的王国，上演着同父异母兄弟相争的戏码，而且在很大程度上算是抵押给了美国。可老挝这里有敌人，那天晚上他说。敌人在哪儿？我问道。当时我们待在他家里。他指指窗外，街对面有个三层高的楼房，顶层的窗户上映出一个身影，那是一个拿着机关枪的男人。王子说："他。他是个巴特寮 [②]。"

"你是要坐火车喽，"我谈起这次旅行的时候，王子说，"你知道曼谷的火车有多快吗？"

我说不知道。

"每小时五十公里！"他做了个鬼脸。

他夫人没在听我们聊天。她从杂志里抬起头来："别忘了，二十六号咱们应该在巴黎了……"

[①] 安东尼·霍普在小说作品中杜撰出来的浪漫国，那里发生的故事充满悬疑、抗争以及浪漫的气氛。

[②] 即老挝爱国战线党。

老挝是个河畔国家，泛滥的河水把此地洗劫一空。它是美国代价昂贵的政治笑柄，这个缺乏动机的地方不生产任何物资，样样东西都要靠进口，莫名其妙地标榜法式情调。让人惊讶的是，它仍然存在着。我越是琢磨，就越觉得它像个低等生物，比如对眼的涡虫或软黏的变形虫，这种生物就算被切成几块也不会死。

坐上从廊开出发的火车，我向南去往新加坡。泰国孩子在铁轨上放风筝。从这个泰国北端的车站到新加坡之间，铁路线一路贯穿下去，途经曼谷和吉隆坡，绵延大约一千四百英里，穿过丛林、稻田和橡胶园。泰国国家铁路局运营得很专业，车子很舒适。现在我已经很熟悉南亚铁路的状况了。我不坐空调卧铺，因为那里头冻死人，而且木质卧铺车厢里有的好处它一样都没有：没有宽大的铺位，也没有淋浴间。除了这趟车之外，世上再也找不到第二列这样的火车了：淋浴间里摆着高大的石头罐子，吃晚饭之前，你可以把衣服脱光，站着从罐子里舀水冲凉。每个国家的火车上都有反映其文化的必备用品。泰国火车上有沐浴水罐，罐子一侧还雕着上了釉的龙；锡兰火车有专为和尚预留出的车厢；印度火车有素食厨房，车厢分成六个等级；伊朗火车上备有祈祷用的垫子；马来西亚火车上有面条摊档；越南的火车头上装的是防弹玻璃；而苏联火车的每节车厢里都摆着俄式茶壶。这个火车上的市集，包括乘客和车上的各种小物件，能把当地的社会状况反映得如此彻底，以至于每每登上火车，就像是受到其国家性格的挑战。有时，这感觉像是参加了一个悠闲惬意的研讨会，但有些情况下，我也会觉得仿佛进了监牢，随即受到极其鲜明的文化特色的攻击。

从廊开出发的夜班快车上有很多中国和菲律宾的机修师，他们在美国的机场工作，皮肤晒得鳖黑，棒球帽压得低低的，盖住了眼睛。泰国人在二等卧铺车厢里赌博，美国大兵羞怯地坐在泰国姑娘身边，流露出思乡的神情，但跟姑娘拉着手的时候，他们显得非常正派。我的同屋是个美国人，他说自己是销售员，可看起来一点也不像。他的头发那么短，我都能看见头皮上的疤——从脑后一直蜿蜒到前额，好像要把脑袋分成两半似的。他的脖子上挂了一个泰国的护身符，指甲折断了，右手背上文着一只老虎，他不断谈论着他的"大家伙"：一辆哈雷机车。他已经在泰国待了五年，没打算回美国去。他说，他的宏伟目标是每年挣到三万美元，用他的话说是"三百张"。

"离这个数还有多远？"

"快啦，"他说，"可我八成得去香港混了。"

他刚刚在万象待了几天。我说，我觉得那地方不太对我胃口。他说："你应该去白玫瑰转转。"

"白玫瑰我去过。"我答。

"在那边有一个高个子妞儿，你见到没有？"

"里头太黑了，高矮根本看不清楚。"

"这个妞儿是穿衣服的。其他人基本上都光着屁股，对吧？可这一个是长头发，穿着裤子。别人都把香烟插在那个地方吸来吸去的，可这个只是走过来挨着我坐下。她没穿奶罩，那对奶头可真妙，只有模特才有哇。我请她喝啤酒，可她要了瓶百事可乐。有趣的是，他们没多收我钱。我喜欢这个！

"我们坐在那儿胡扯，我把手伸到她上衣里头，摸了她一把。她笑了。'想按摩吗？'我说别跟我提这茬。她们说的可不是按摩。

然后她又说：'上楼来吧，你给妈妈桑四美元，她就不管我了。'

"'上楼会怎么样？'

"她凑过来说：'怎么样都行。你想对我怎么样，就怎么样。你想让我怎么样，我就怎么样。我什么都会。'这话说的，多勾人呐？

"要是一个漂亮马子，我是说，货真价实的辣妞，跟你'你想对我怎么样，就怎么样'，这就像弄了个奴隶啊。我想到了两三个花招，疯狂得很。具体可不能告诉你。她说：'想到什么了呀？什么呀？'我不好意思告诉她，可我琢磨着，既然她已经开了价，总不能反悔吧。我不断想着那些坏念头，问她：'怎么样都行？'她说：'当然了，你想怎么样呀？'可我不想说。

"然后她说：'告诉我嘛。'我说：'上楼我告诉你。'我去找妈妈桑，那娘们绷着个脸，我给了她四美元。然后我们就上楼去啦。她的名字叫奥依。她脱掉上衣，那对奶子啊，没话说；棕色的背可真顺溜。她说：'你想怎么弄？'我说：'干什么都行？'她说：'五美元，你想怎样就怎样。'

"我给她五美元，她把我衣服脱掉，给我洗老二，问我有没有性病。这洗来洗去的，弄得我心里痒痒，我叫她快点。所以她关掉灯，把我推倒在床上，老天爷啊，我这辈子从来没享受过那么爽的滋味。她的舌头绕着我打转，我都快懵啦。可我在没射之前拔了出来。你猜怎么着？我心里一大堆坏念头，结果张嘴就把第一个想到的说出来了。'转过去，'我说，'我想往你身上撒尿。'

"'好。'她说。好！她趴在床上，我跪在她身上。可我没法那么干，我其实不是真想那么干，所以我开始猛劲×她。我射了，把她翻过来，就在那时候，我的手伸到了她大腿那儿，结果碰到了一个我这辈子从来没……我说，我可不想让你倒胃口。"

"这种事我以前听说过。"往餐车走的路上，我说。

"不是，不是，""老虎"说，"你没明白我的意思。"

我俩一人要了瓶胜狮啤酒。我点了鲜虾蔬菜炒饭，车窗外是平坦得几近完美的呵叻高原。刚才在包厢里，"老虎"一直在喝威士忌，等到菜上来，他已经有点醉了。他的脸红彤彤的，就连头上那道疤都染上了淡淡的玫瑰色。

"你以前听过这种事，是吧？那妞儿原来是个爷们，是吧？"他吃起来，"我这回事不一样。我当然吓了一大跳，她笑了起来——应该说，是他笑了起来。他说：'难道你不喜欢女孩子？'黑灯瞎火的，他还冲我笑笑，真瘆得慌。我套上衣服，恨不得马上离开那儿。可下楼到了酒吧，我决定再喝杯啤酒。我坐下，奥依又过来了。他说：'你不喜欢我。'我给他又买了瓶百事，那时候我已经冷静点了。'我喜欢你。'我说。不管你信不信，我在他脸上亲了一下。我是说，你可别误会。这人不是个爷们，是个长了老二的姑娘！不可思议。你大概觉得我发神经，我知道这事听起来特别怪异，可是，如果我再去万象，我八成会再去白玫瑰，如果奥依在，我八成……嗯，我八成愿意！"

晚上不知什么时候，"老虎"下车了。早上六点钟我醒来时，包厢里已经没人了。我拉开窗帘，发现列车飞快地驶过黑压压的运河，来到一个满是寺庙和方正建筑的城市。清晨的阳光给房屋抹上了一层粉色。但阳光很短暂。天色暗淡下来，转成了铅灰，没过多久，我们在大雨中抵达曼谷车站。

第二十一章
国际快车：曼谷到北海

　　美军撤离越南，所有的休养项目都随之终止后，人们都觉得曼谷会垮掉。曼谷是个极度荒谬的城市，寺院多，妓院也多，它需要游客。这是个疲弱而又拥挤的地方，天气炎热，交通拥堵，喧闹，昂贵，让人没法长期住下去。曼谷的种种不舒适似乎是刻意让居民为难，但对过客来说它是个好去处。曼谷在士兵离去的情况下，成功地维持住了按摩产业。它自我宣传说，就算是最为羞怯拘谨的外国人，在此地也能尝到风流滋味。因此它蓬勃发展起来了。经过大清早的水上市场之旅和下午的寺庙之旅，晚上就是寻欢之旅。耐心的夫妻（其中不少人年纪都很大了）身上佩戴着写了"浪荡在东方"的黄颜色徽章，被带去看性表演、黄片或"真人秀"，挑起他们的兴头，当晚晚些时候（如果他们够胆的话）去花街柳巷或按摩院流连一番。如果说加尔各答弥漫着死亡的气息，孟买弥漫着金钱的气息，那么在曼谷弥漫的就是性的气息，但这性的气息里掺杂着死亡和金钱凌厉的呼吸。

　　曼谷有种打破规矩的倾向。这从暗黑淤塞的运河、拥堵得没法通行的街道，还有寺庙中都能看出来。每一个修补寺庙的笨拙尝试似乎都是游客发起的，而不是信众。从泰国内地偷窃来的雕刻和艺术品的交易相当活跃，这种贪婪（对一度淡泊的泰国人来说是新鲜事）得到了绝大多数外国居留者的鼓励。就好像这些流落他国的异乡人想要点补偿似的——他们不得不住在这么个难以忍受的地方，好歹得落点回报。泰国人得过且过，当按摩女郎，当强盗，但就在我到泰国的一个月前，数千名泰国学生（他们的自称颇为奇怪，叫作"革命的君主主义者"）冲进了警察局总部，推翻了政府，在一下午的时间内成功地摧毁了城里七座相当大的建筑。就像卧佛身上斑驳的重新镀金一样，这种违规很受欢迎。现在，那条断壁残垣的街道已经被列入了"寺庙之旅"的行程："在这里，您会看到，我们的学生烧毁了……"

火车站没被列入任何行程，着实是个耻辱。这是曼谷维护得最精心的建筑之一。它的结构整齐又清爽，其形状和爱奥尼亚式的柱子就像某个经费充足的美国大学修建的纪念体育馆，这是崇尚西方风格的泰皇拉玛五世在 1916 年修造的。车站跟火车一样整洁有序，穿着卡其制服的工作人员效率很高，就像准备争取"品行超卓"奖章的童子军团长一样严苛、挑剔。

南下的国际快车（之所以叫国际快车，是因为它要经过马来西亚，到达北海①）出站时，天已经黑了。运河里，泰国孩子放走香蕉叶做的小船，茉莉花串当缆索，摇曳闪烁的蜡烛作桅杆。这是在庆祝水灯节。这个节日正逢满月，列车在一轮圆月下前进，皎洁的月色为曼谷蒙上了一层柔光，令湄南河散发出若有似无的甜香，这气息一直萦绕在空中，直到风转了向才散去。离开吞武里十五分钟

---

① 马来西亚槟城州的城市。

后，对岸的乡村是昔日都城，蟋蟀敏捷轻倩地纷纷跳进火车，弄得我们身上沾满了哀叹着的断草梗。

跟我同住一个包厢的是位上年纪的乘客，姓萨努，正坐在那边读金斯利·艾米斯的《孙上校》。他说他一直留着这本书在车上看，我不想打断他的阅读，就去了过道。一个大约四十岁的泰国人跟我打招呼，他的头发稀薄，嘴角带着迷人的微笑。他自我介绍道："叫我彭萨克拉吧。这不是我的真名，我的名字对你来说太难发音啦。你是个老师？"

"算是吧，"我说，"你呢？"

"就当我是个旅行者吧。"他说。车窗外，与铁轨并行的小河里，泰国人在划着小船，他们头戴的帽子就像是翻转过来的篮子。狭窄小舟上挂着的提灯照亮了潺潺的流水，也映出了成团的蚊蚋。"我这里走走，那里逛逛。"

"哪儿来的钱呢？"

"这儿挣点，那儿挣点。天上掉的，地里长的。"他开着玩笑，嗓子眼里蕴着笑意，成心不说明白。

"地里长？那你是个农民喽？"

"才不是！农民多傻啊。"

"八成你根本没钱吧。"我说。

"我钱可多着呢。"

他大笑着，转过身来，现在我看见他胳膊底下夹着个小包。像个挤扁的鞋盒那么大，他夹得颇紧，有点藏匿的意味。

"你的钱打哪儿来，彭萨克拉先生？"

"从来处来！"

"是秘密？"

"我不知道，但我总能拿着钱。我去过你们国家三次。你是从哪个州来的？"

"马萨诸塞。"

"波士顿，"他说，"我去过。我觉得那儿太闷了。波士顿是个非常悲哀的地方。那儿的夜总会！我把波士顿的夜总会都去了个遍。糟透啦。我只能走。我连黑人的夜总会都去啦。我无所谓，我准备好了打一架，可他们以为我是波多黎各人之类的。黑人应该是乐呵呵的，可就连黑人的夜总会都闷得慌。所以我去了纽约、华盛顿、芝加哥，让我想想，得克萨斯，还有……"

"你都跑遍了。"

"他们带我到处跑。我一毛钱也没花过，就是玩乐啊，四处看看啊，这个那个的。"

"谁带你去的？"

"有些人呗。我认识很多人。或许我很出名。有天在曼谷，美国国际开发署的头儿给我打电话。肯定是有人跟他提到过我。他对我说：'过来吃午饭，一切花费包在我身上。'我说：'行啊，我无所谓。'所以我们就去了。肯定花了他一大笔。我无所谓。我就天南地北侃一通。午饭末了，他对我说：'彭萨克拉，你可真有意思！'"

"他为什么这么说？"

"我不知道，没准他喜欢我。"他咧嘴一乐。他的头发是如此稀疏，以至于嘴角牵动、带着邪气的眼睛眯缝起来的时候，整个头皮上都爬满了皱纹。每说一句"我不知道"，他就咂咂嘴唇，就像是对下一个问题发出邀请。他说："有天我坐火车去曼谷。我包厢里的座位上搁着一个行李箱。我把它丢到地上去了。"

"为什么？"

"我不知道。没准是因为它搁在我的位子上了。我无所谓。可我要说的是，那个箱子是个警官的。"

"他看见你把箱子扔地上了？"

"怎么会看不见？我们泰国人眼神好着呢。"

"我敢肯定他不大高兴。"

"他气死了！'你谁呀？'他问我。'旅客。'我说。'你是干什么的？''旅行。'他火冒三丈，管我要身份证。'没身份证！'后来他上床去了——我让他睡上铺。可他睡不着。整个晚上他都翻来覆去，手支着头。"

"我猜你把他惹火啦。"

"我不知道。大概是吧。他在拼命琢磨我算哪路的。"

"我也在琢磨这个问题。"

"继续琢磨吧，"彭萨克拉说，"我不介意。我喜欢美国人。他们救过我的命。以前我在北边待过，就是他们种罂粟、弄鸦片和海洛因的地方。所谓'金三角'嘛。当时我被困在那儿了，所有人都向我开枪。他们派了架飞机来接我，可枪战太猛，飞机落不了地。所以他们又派了直升机来。我往天上看看，三架直升机在上头转。我正要打一个躲在树后头的家伙——我单枪匹马，就我一个。当时很不好打。一架直升机想降落，可那帮人冲着它开枪。所以我就横穿过去，崩了其中一个，那两架直升机就落在悬崖上了。机上的人冲我喊：'彭萨克拉，过来！'可我不想过去。不知道为什么。没准我想多打死几个。所以我没出声，挪近了点，然后我打死了——几个来着？好像不止两个。中国人。我还在开枪，爬上了直升机……"

离奇的故事在他带着嘲弄的单调语气中继续下去。他拖住了那帮鸦片走私犯，他又射死了两个人，进了直升机之后他重新装满弹药，从半空中把余下的几个全部打死。讲完之后，我说："故事颇为惊险呐。"

"或许吧。如果你这么认为的话。"

"我的意思是，你的枪法肯定很好。"

"一流的。"他耸耸肩。

可这扯得有点太离谱了。我说："你没指望我全信吧？"

"我不知道。或许吧。"

"我觉得你是从书里看来的，而且还不是什么好书。"

"你们这些老美啊。"彭萨克拉说。他叫我进他的包厢里去，站着把原先夹在胳膊底下的小包拿给我看。他掸掸那小包："便宜货色，是不是？"

"或许吧，"我说，"我不知道。"

"塑料的，"打开之前，他说道，"别怕啊，往里瞅一眼。"

我凑过去，瞧见两把手枪。那把黑色的很大，小一点的裹着皮套，放在一堆黄铜子弹上。彭萨克拉阴险地笑笑，啪的一声合上小包的搭扣。"一把点三八，一把点二二。谁也别说，知道吗？"

"你带枪干吗？"我悄声说。

"我不知道。"他挤挤眼。他把小包夹到腋下，往餐车去了。后来我晚上看见他的时候，他正喝着湄公河威士忌，跟两个红脸膛的中国人聊得正欢。

车上有传言说，我们要在华欣停上很久。那地方在暹罗湾旁边，曼谷往南大约一百二十英里。他们说，由于下大雨，河流涨水了，路线上有座桥很危险。可火车完全没有减速的意思，而且天还没下雨。月光照耀在漫了水的稻田上，深不见底，水面一直延伸到了天际，火车就像是在平静的海面上穿行一样。

萨努先生说："你为什么要看那么悲伤的书？"

他看见了书皮：《死魂灵》。我说："一点也不悲伤，在我看过的书里头，这本最滑稽了。"

他递过来一支烟，点着。"不好意思，这烟质量次得很。你们是这么说吗？'质量次'？我的英语不太好。我身边都是泰国人，他们总爱说泰语。我说：'我今天遇上一件事，很吃惊。'他们就说：'不许说英语！'我需要练习，我出错太多啦，可我以前说得非常好。那时候我在槟城。但我不是马来人。我是百分之百的泰国人，彻头彻尾的。

"你觉得我多大年纪？六十五啦。不算太老，但应该比你年纪大。我们家是书香门第，比如说，我父亲就很有学问。他在英国上的学，伦敦，伦敦呐。他是槟城的首席治安官，跟总督一个意思。所以我是在那边上的学。那时候叫'英中学校'，现在叫'卫理公会学校'了。那学校对学生要求很高。"

在去眉谬的火车上跟伯纳德先生聊天的时候，我有个遗憾：我没有细问他世纪初在曼德勒的圣泽维尔小学里念书时，都学些什么科目。这次我问了萨努先生。

"英文是我最喜欢的课，"萨努先生说道，"我还学地理——巴西、厄瓜多尔、加拿大。还有历史——英国历史。詹姆斯一世，黑斯廷斯之战。还有化学。锡是 Sn，银是 Ag，铜是 Cu。金的元素符号我以前知道，现在忘啦。这里头我最喜欢英国文学。我的老师有亨德森先生、B. L. 汉弗瑞先生、比奇先生、R. F. 麦克唐纳先生，还有别人。我最喜欢的书？《金银岛》。还有《麦卡·克拉格》，柯南·道尔写的，就是写福尔摩斯的那个。《双城记》很有意思，还有丁尼生的《毒岛》——像个梦啊。还有华兹华斯，直到现在我还喜欢他。还有莎士比亚，他最棒的戏剧是《管你喜不喜欢》①。希望你读过。《大卫·科波菲尔》，讲一个可怜的男孩，周围的人都虐待他，伤心呐。他工作很卖力，最后谈了恋爱。我记不住那姑娘的名字了。《双城记》讲的是法国和英国。书里头的西德尼·卡尔顿，那是个天才，他可真遭罪。还有谁来着？让我想想。我喜欢埃德加·华莱士，但最好的是卢克·肖特，牛仔作家。

"我住在普吉岛，那地方很小。那边的人看见我读英文书，就笑话我。那老头唬谁呀？他为啥要装作看英文书呀？可我喜欢。看到这本书了吗，《孙上校》？我觉得写得不错，可这没用……"

萨努先生正说着，火车突然停下了，我们差点滚到了地上。一般来说，这种突然停车都意味着长时间的延误，可我往车窗外一看，发现这里是华欣车站，本来就该停车的。微风带着海洋的气息吹进了包厢，屋里变得潮湿起来，飘荡着鱼腥和咸味。华欣车站是个高高的木结构房屋，上翘的屋顶，还有泰式风味的木制装饰品，这些东西在曼谷都过时了，但对于这个在雨季里空空荡荡的度假小镇来说倒是正合适。国际快车的到达是件大事。站长和信号员面

---

① 这位老先生大概是记错了，莎士比亚没写过 *Like it or Not*，可能是 *As You Like It*，即《皆大欢喜》。

色阴沉地走过来，人力车夫把车子停在棕榈纷披的站前广场上，像鹤般单腿站着，瞧着乘客打听危桥的消息。各方对延误时间的估计都不一样，凑个整数的话，从两小时到八小时不等。若是那桥被冲毁了，我们八成要在华欣待上一两天，那大家就都可以去海湾里游泳了。

这列国际快车上有一队从中国台湾来的女孩，应该是体操运动员和杂技演员。她们穿着质地轻薄的宽松衫裤，衣袂飘飘，把乘客撩拨得浮想联翩。在华欣，她们跳上站台，拉着手欢笑。她们都化着很浓的妆，涂着睫毛膏，搽了口红，还穿着睡衣。这种组合相当有效果。有些乘客在瞄她们，姑娘们从身边翩然走过的时候，他们停止了嘟哝。我买了四分之一磅腰果（十美分），看着一个老太太在火车旁架起火炉烤鱿鱼。乘客一边聊着晚点的事，一边买这些吃食，面色阴沉地嚼着。就像是在学习生存技巧似的，他们把烤焦的鱿鱼须扯下来，扔在铁轨上。

有个吃鱿鱼的客人姓刘，是从吉隆坡来的。他不饿，但他说他吃鱿鱼是因为在吉隆坡鱿鱼特别贵。火车晚点弄得他很烦躁。他买的不是卧铺票。他问我花了多少钱，看起来他觉得我的票钱太便宜了，弄得他很生气。他的样子就好像是我用了旁门左道的功夫，把他的铺位占了似的。他讨厌坐席。硬座车厢太冷，乘客都很粗鲁，体操姑娘们不跟他说话。他说："在马来西亚我是二等公民，在泰国我是二等乘客。哈！"

刘先生是卖日光灯管的，兼做公务员（"可以说日光灯是我的副业"）。是岳父介绍他入行的。他岳父是个聪明人，从上海去了香港，在那边学会了做霓虹灯管。刘先生说："在香港做霓虹灯能赚大钱。"

我说肯定是。

"可竞争很激烈。所以老爷子去了吉隆坡。"起初那边没有对手，后来他带的上海徒弟学会了手艺，就单飞出去自己开店了。他们几乎把他挤垮了，直到老爷子开始教马来人干活，情况才开始好转。之所以选马来人，而不是更能吃苦的印度人和中国人，是因为他知道马来人不会辞职不干或出去单干。

"你为什么到曼谷来？"我问。

"日光灯生意。"

"去采购还是去卖？"

"去采购啦，那边便宜。"

"有多便宜？"

"我不知道，我得算算成本。都在我的公文包里。"

"毛估一下。"

"一百五十个模型啦！我还没算上包装、运输等费用。有太多成本要素。"

我喜欢这些行话，可刘先生转换了话题，一边嚼着鱿鱼，一边告诉我，在马来西亚华人的日子有多难过。好机会总是轮不到他，前前后后十好几次了，没有升职，没有加工资，因为"政府希望提拔马来人。真糟糕。我不喜欢灯管生意，可他们逼得我在这一行越陷越深了"。

我去睡了，火车依然停在车站的灯光下。次日凌晨三点十分（汽笛吵醒了我），车子动了。瓢泼大雨冲刷着窗户，一小时后再次把我吵醒。当我关上百叶窗之后，包厢里变得室闷起来。我们摸黑穿过危桥，拂晓时雨仍然在下。第二天，路轨上的洪水太大了，火车一直在缓慢爬行，有时候还停在前不着村后不着店的地方，四周一片茫茫大水，列车就像是海上无风的船只，动弹不得。我坐会儿，写会儿东西，看会儿书，睡一会儿，喝点酒。我经常抬起头来，却想不起自己在哪儿，聚精会神的书写和阅读让人进入一种恍惚的状态。长途旅行让人有种封闭的感觉。刚开始的时候，旅行让人神思驰骋，可到了后来就会束缚心智。我这种状态在其他列车上也出现过，可在这趟车上一直持续了一整天——或许是因为窗外的风景一成不变，也或许是因为持续而均匀的雨声。我想不起来是几月几日，也不知道身处哪个国家。待在火车上，时间好像暂停了。湿热的天气让我的记忆变得不大灵光。究竟是几号了？我们在哪儿？外头只有稻田，与印度的马哈拉施特拉邦惊人地相似。站牌也没有任何提示作用，"春蓬府"和"廊双"从车窗外闪过，我一头雾水。这是漫长的一天，湿热的火车，冒着汗的泰国人，炎热让他们加快了说话的速度。彭萨克拉不见了，萨努先生也是。列车员说我们晚点了十个小时，可这事不算太烦，真正让我烦心的是我这不中用的记忆，还有隐隐的恐惧，我觉得这是妄想症的前兆。过了合艾，丛林变得十分茂盛，简直是伏击的完美地点（一个月后，12月10日，五个带着M16步枪的土匪从藏身的二等车厢洗手间里跳出来，抢了七十个乘客，然后消失无踪）。在巴丹勿刹验过护照之后，我锁上了包厢的门，尽管才九点，我还是上床睡觉了。

门把手在咔嗒咔嗒响，我醒了。火车没有动，包厢里很热。我打开门，一个马来人拿着个湿拖布站在门口。他说："到北海了。"

"我想在这儿继续睡，等着早班火车来。"

"不行，"他说，"要洗车了。"

"你尽管洗。我继续睡。"

"不是在这里洗的。车要拉到棚里去。"

"那现在我干吗去？"

"先生，"小个子马来人说，"我希望您快点下车。"

我一直睡到了站。现在是凌晨两点，火车已经空了，车站上一个人影也没有。我找到了候车室，里头有两个德国男子和两个澳洲人（一个小伙子，一个姑娘），都在椅子上睡着。我坐下，翻开《死魂灵》。澳洲男孩醒了，蜷起腿又伸开，叹着气。他说了句"老天爷啊"，然后脱掉了衬衫。他把衬衫团成一团，躺到水泥地上，拿衬衫当枕头，像个树袋熊似的蜷起身子，打起呼噜来。澳洲姑娘看着我，耸耸肩，好像在说："他总是这副德行！"她把拳头放在腿弯处，蹲蜷在椅子上——穷人在家徒四壁的屋子里死去时，大概就是这个姿势。德国人醒了，立即对着标了路线的地图争论起来。大约凌晨四点了。我再也无法忍受，搭上一艘鸣笛的渡轮去了槟城，在破晓时分回到了北海。此时，一切都染上了色彩，渡口是橙色，水面是粉色，岛屿碧绿，天空蔚蓝。几分钟后阳光驱散了雾蒙蒙的颜色。我在一家泰米尔咖啡店里吃了早餐：一杯奶茶，一份混合了半熟烤饼的炒蛋。溜达回车站的路上，我看见一对男女从一个肮脏的旅馆里出来。没刮脸的男子是欧洲人，衣衫凌乱、边走边往鼻子上扑粉的女子是中国人。他们匆匆钻进一辆很旧的汽车，扬长而去。热带的偷情，忧郁的俗套故事，马来西亚清晨里匆忙逃离的鸳侣，这一切都带着几分喜剧色彩，让我的心情明快起来。

第二十二章
金箭号：北海到吉隆坡

马来西亚火车的两个等级分成了八种车厢，从木板凳的最简陋坐席到柚木嵌板的卧铺，后者有宽大的铺位、扶手椅、黄铜痰盂，还有装饰着铁路公司标志的绿色窗帘（那标志是个猛虎，叼着一根占卜杖）。但在前往吉隆坡的十小时旅途中，最舒服的地方是车辆连接处的木质"凉台"。两节车厢的走廊在这里彼此连通，很是风凉。这块地方大约有七英尺长，上头有凉棚，每边都有扶手和栏杆。旁边一块铜牌上用三种语言写着警告，说这个快速前进的凉台很危险（事实上，人禁止在此地站立），可这儿其实挺安全的。那天，凉台上肯定比休闲车厢里安全。五个马来士兵喝力加啤酒喝醉了，在休闲车厢里欺负从他们身边经过的中国人。我本来是坐在那里看书的，可是当大兵喝得忘记了天生的羞怯，高唱起《十个绿瓶子》的时候，我决定挪到凉台上去。车厢里面，一个中国男子窝到了行李架上，生着闷气。在我脚边的过道阶梯上，马来小男孩们抓着栏杆，晃悠着脚丫。

橡胶、锡和棕榈油的高价让马来西亚繁荣发展起来，而且这里看上去跟我1969年第一次来时一样悠闲恬淡。可马来人的微笑是有误导性的。我刚刚认定这里是世上最安宁的国家，没过多久，头上缠着白布条的马来人高喊着冲出清真寺。他们经过后，数名华人失去了生命，数以百计的店铺被焚烧个精光。刘先生在泰国的时候还在车厢里走来走去，大声抱怨着晚点十个小时的事情，如今他局促不安地坐在金箭号上，抱着公文包，装着易碎样品的盒子放在两膝之间。台湾的体操姑娘也不再去过道上做热身活动了。中国人都陷入了沉默。这是马来西亚的火车，若是一群中国人待在休闲车厢里，高声唱着歌（就像那几个马来士兵那样），那简直是不可想象的。三等车厢里的马来人也比头等车厢里的中国人尊贵。

午饭我仍然要了最爱吃的汤米粉，里头有中国卷心菜、肉末、虾段、豆芽、米粉，打了蛋花，还有很多让整碗汤变得浓稠、能用筷子捞着吃的原料。餐车里没有桌子，里头是个面条摊档，有油腻腻的柜台和小凳子，华人一个挨一个地坐着，晃着酱油瓶，往面条上倒，同时喊着服务生——那些小男孩穿着红木屐，手里托着锡制托盘，上头放着啤酒瓶。

去吉隆坡的路上，怡保是第一个大站。这里有个车站旅馆，建筑风格就像维多利亚晚期的"歌门鬼城"①，高高的窗上覆盖着颜色阴郁的窗帘。棕色的幔帐重重叠叠地悬垂下来，挡住了微风，封住了热气；热气被十个缓慢的风扇搅动着，在餐厅里慢慢逡巡。桌子上的餐具都摆好了，服务生半死不活地靠在房间那头的墙上。我敢说，楼上八成有人自杀了，尚无人发现，在高高天花板的酒吧里来回盘旋的苍蝇，正是为这个绝望的庄园主或颜面尽失的老板准备的。它正是这种旅馆：每个壁橱里都藏着一具骸骨，登记簿子里满

---

① 英国诗人、剧作家兼小说家默文·皮克创作的小说三部曲，故事的背景是戒律森严的古城。

是偷情人写下的假名。我曾经带着年幼的儿子进过这幢怡保的车站旅馆，我们刚进门，他就哭了起来。他那纯洁的小鼻子必定是闻到了我闻不到的东西，我忙带着他冲到外面，如释重负。

我继续待在金箭号的凉台上，听着乘客兴奋地聊天。马来西亚人说起英语来，鼻音很重，而且不断地省去元音，短语都说得飞快，而且每个词的尾巴都被吞掉了。这算是精简版的英语，每个单词听上去都像中国话，直到铁轨外丛林的喧嚣让你的耳朵适应了那种韵律，你才能听明白。蝗虫和金刚鹦鹉在刺耳地聒噪，猴子蹲在摇曳的竹枝上剔牙。这种腔调的英语摒除了一切感情，只留下轻声低语的歇斯底里，它的嗡嗡声跟马来语形成了鲜明的对比。马来语中说到复数词语时，会顺畅地把词语重复说一遍，而且单词中常有 gong 的发音，比如 pisang、kachang、sarong，几乎一听就懂了。出现在谈话和车站告示牌中的马来味道的英语很容易掌握：feri-bot 是 ferryboat，渡船；jadual 是 schedule，时刻表；setesyen 是 citizen，市民；tiket 是 ticket，票；terafik 是 terrific，真棒；nombor 是 number，数字。

两个印度人悄悄走到阳台上。他们的矮小身形和怯怯的神态立即显示出，他们不是马来人。他们有那么一丁点蜥蜴似的特征，像我在加尔各答看到的那些极度饥饿的人。凉台上的其他乘客（绝大多数是马来人）给他们让道，这两个印度人站在那边，用母语轻柔地交谈，微风慰平了他们西装上的皱纹。站牌一个个闪过，美罗、罗叻、打巴、巴生（这些地名宛若科幻小说里的星球名字），越来越多的橡胶园侵入了丛林。橡胶树的树干上打着标记，长得整整齐齐，地上还有被人踩出来的小路。它们陷入原始密林的包围，四周还长着悬垂的藤蔓，叶子犹如喷泉般的棕榈树，长得密不透风的矮灌木在雨中噼里啪啦地滴着水。"我们在泰国和马来亚开采锡矿，就像英国的康沃尔一样。"国际快车上，萨努先生曾这样对我说。我看到了破败的棚屋，松松垮垮的传送带看上去就像是废弃的滑雪道，旁边还有烟囱和一小堆一小堆被冲洗过的土壤。

"工业。"其中一个印度人说。

"但停产了。"另一个说。

"但停产了。"一个马来男孩冲朋友们模仿着印度人的口音。他们都笑起来，印度人陷入了沉默。

日暮时分，凉台空了。灰黄色的灯光只够穿透薄雾，空气变得滞腐，四周潮湿而闷热。火车停下时，空气压上了肩膀。马来人都进去睡觉了，或是去找女孩子搭讪。此时正逢榴梿成熟的季节，马来人说这种水果有催情作用："榴梿落地时，纱笼就掀起来了。"

凉台上只剩下我和两个印度人。他们在度假，上周在新加坡开会，现在假期快结束了。他们来自孟加拉国，一个叫高什，一个叫拉曼。那个会议的主题是计划生育。

"你们是管计划生育的？"

"我们是官员。"拉曼先生说。

"我们当然还有其他工作，"高什先生说，"但我们是作为计划生育官员去参加会议的。"

"你们要宣读论文吗？"

"我们是观察员，"高什先生说，"其他人宣读论文了。"

"会议有意思吗？"

他们左右摇头，这意味着肯定。

"讲了很多论文，"拉曼先生说，"'两个孩子是标准家庭''避孕的方法'，还有绝育手术、输精管切除术、各种仪器设备、宫内节育器……"

"有些讨论很不错，"高什先生说，"研讨会涉及了计划生育的各个方面。很实用，当然信息也很丰富。但问题也有很多。"

"你们认为计划生育中最大的问题是什么？"

"毫无疑问，是沟通问题。"高什先生说。

"哪方面的沟通问题？"

"跟乡村地区的沟通。"拉曼先生说。我以为他要继续往下说，可他将将范戴克绘画风格的小胡子，凝视着凉台之外，说："这个国家有这么多女孩子骑摩托车啊。"

我说："现在你们参加过会议了，对吧？我猜你们要回孟加拉国……"

"回新加坡，然后坐飞机去曼谷，然后回达卡。"高什先生说。

"对。但是你们回去之后——我是说，你们已经听过了这些计划生育方面的论文，那你们准备怎么做呢？"

"高什？"拉曼先生请同事回答。

高什先生清清嗓子："这里头有不少问题。要我说，首先我们应该直接从课程入手。课程是最重要的。我们必须建立一个模型，遵照一个有目标的模型开展工作。我们要做些什么？我们的目标是什么？为什么？同时必须考虑成本。所有这些问题都必须得到解答。你明白我的意思吗？"他再次清清嗓子。"然后，第二重要的问题是信息的宣传问题。"他摊开双手，以示需要宣传的领域有多大，"也就是说，我们必须把信息宣传出去，让普通人也能够理解我们工作的重要性。"

"你们打算在哪里做这些事情呢？"

"在大学里。"高什先生说。

"在大学里？"

"我们孟加拉国有很多大学。"拉曼先生说。

"你是说，你们准备在大学里开展计划生育？"

"不是，是让他们研究这个问题。"高什先生说。

"这个问题以前没有研究过吗？"

"这些新方法没有用过，"拉曼先生说，"我们没有把信息宣传出去，就像高什说的。而且我们没有受过培训的工作人员。会议上，孟加拉国的代表只有高什和我两个人。现在我们必须把这些知识带回去。"

"可为什么要带到大学里去呢？"

"你给他解释一下。"拉曼先生对高什先生说。

"他没听明白，"高什说，"首先，把问题带到大学去，然后，等有了培训过的人员，再到乡村去。"

"孟加拉国的人口有多少？"

"这个问题很难回答，"高什先生说，"有很多不同的答案。"

"大略估计一下。"

"大约有七千五百万。"高什先生说。

"那人口增长率是多少？"

"有人说百分之三，也有人说百分之四，"高什先生说，"喏，必须进行一次全面的人口普查，其余工作才能开始。你知道我们国家上一次普查人口是在什么时候吗？猜猜看。"

"猜不出来。"

"好多年前的事了。"

"多少年前？"

"好多年前，我自己也不知道。很多、很多年前，英国人在的那会儿。从那时候起，我们经历了飓风、战争、洪水，这么多事情会造成人口变化。只有做过了普查，我们才能开始工作。"

"可那就是好几年之后了！"

"唔，问题就在这里。"拉曼先生说。

"与此同时，人口会越来越多……不可思议。"

"你明白我的意思了吧？"高什先生说，"我们的国民不懂这些。我敢说，现在他们缺乏'乐情'。"

"你是说'热情'？"

"对，也看不到计划生育的意义。"

"高什先生，我能再问你一个问题吗？"

"请问吧。你已经问了这么多了！"

"你有几个孩子？"

"四个。"

"拉曼先生呢？"

"我有五个。"

"对孟加拉来说，这样的家庭规模好不好？"

"大概不好吧，很难说，"拉曼先生说，"我们没统计过。"

"孟加拉国里还有没有像你们这样从事计划生育的人？"

"很多！我们有个项目，已经持续了——多少年来着，高什先生？三年，还是四年？"

"那些从事计划生育的人，他们家里人是多是少？"

"有些人家里人多，有些人少。"

"几个人算多？"

"五个以上吧。"拉曼先生说。

"呃，这个很难说。"高什先生说。

"你是说家里五口人以上吗？"

"五个孩子以上。"拉曼先生说。

"那好吧，但是如果一个计划生育官员下乡去，结果消息传出来说，他自己就有五个孩子，那他该怎么说服人家——"

"天太热了，"拉曼先生说，"我看我得进去了。"

"跟你聊天很有意思，"高什先生说，"我看你是个老师吧。请问尊姓大名？"

火车驶入吉隆坡车站时天色已经黑了。这是东南亚最宏伟的车站，有着洋葱般的圆屋顶和尖塔，总体样貌很像布赖顿的英皇阁，但要比它大上二十倍。作为伊斯兰教影响的纪念物，这座车站远比街道尽头那座耗费了百万美元的国家清真寺（所有的游客都聚集在那里）更有说服力。我冲下火车，跑到售票处去买下一班开往新加坡的火车票。那趟车当晚十一点出发，所以我还有时间跟老友静静喝上一杯啤酒，找条后巷吃一盘鸡肉沙爹。那种后巷使得让·谷克多①把这座城市称为"Kuala L'impure"②。

---

① 让·谷克多（1889—1963），法国才子，是诗人、小说家、剧作家、设计师、编剧、艺术家和导演。

② 吉隆坡的英文是 Kuala Lumpur，谷克多把 Lumpur 改成了 L'impure，在字中嵌入了一个 impure，即不纯洁的。

第二十三章
北方之星夜班快车：吉隆坡到新加坡

"就算白给我钱，我也不去新加坡。"在休闲车厢的酒吧顶头，一个男人说。他名叫塞德里克，是马来西亚警局的巡查官，泰米尔基督徒。他懒散自在地喝着酒，就快醉了。当人坐在火车上，前头还有漫漫长途的时候，就会这么喝酒。这是开往新加坡的夜班车，休闲车厢里的乘客神情悠闲，就像马来西亚酒吧里的酒客。中国人在打麻将，印度人在打牌，几个英国种植园主和工头在扯闲天。塞德里克说新加坡已经没什么吸引力了，东西很贵，人也不爱搭理你。"那边生活节奏太快，我真同情你。"

"你这是要去哪儿？"我问。

"居銮，"他说，"工作调动。"

"说说居銮的情况吧！"其中一个种植园主说，"快说，快说！"

他的朋友们没理他。旁边一个男子说："休的指头在瑞天咸港给烧伤啦，查普对他说……"他两腿叉开，就像后甲板上的大副，这是火车上酒客的典型姿态。

我坐到塞德里克身边说："居銮的迷人之处在哪儿？"居銮在柔佛州，是典型的马来西亚边陲小镇，有俱乐部、客栈、橡胶园，也自有些在他们的风凉平房中精神崩溃的种植园主。

"那边麻烦事很多，"塞德里克说，"可就是因为这个我才喜欢那儿。咱是个粗人。"那边有些泰米尔割胶工的劳力纠纷，我猜塞德里克之所以被派过去，是因为他的肤色，也因为他的块头和嗓门。

"你怎么处理那些惹麻烦的人？"

"用这个，"他伸出毛茸茸的拳头给我看，"要是能定罪，那帮小子就得挨鞭刑了。"

鞭刑用的是藤条，四英尺长，大约半指粗。塞德里克说，绝大多数刑罚都包括鞭刑。一般是打六下，最近新加坡有个男子挨了二十下。

"会不会留疤？"

"不会。"塞德里克旁边的一个印度人说。

"会。"塞德里克说。他想了想，抿了口威士忌："呃，这个要看你的肤色。有些家伙长得黑，鞭刑的疤就不显。但要是你的话，比方说啊，那疤可就清楚得很了。"

"那你也抽过人喽。"我说。

"我可没有，"他说，"不管怎么说，新加坡用得更普遍，按理说他们应该很文明。面对现实吧，每个国家都有这种刑罚。"

"美国没有。"我说。

"英国也没有。"一个种植园主说，他一直在偷听我们的对话。"好多年前就废除了。"

"或许他们应该留着。"塞德里克说。一句和蔼的挑衅。

那位园主有点窘，就好像他认可体罚，却又不想承认自己同意塞德里克的看法——他不大瞧得起人家。他说："这是违反英国法律的。"

我问塞德里克，既然鞭刑这个解决方法这么有效，而且居銮那边显然已经实行了很多年，那为什么还要派他过去呢？

"你压根不明白，"他说，"这对他们是个深刻的教训。嗖！嗖！那帮人就老实啦。"

夜深了，几个酒客离开了休闲车厢，塞德里克（高喊着'伙计'）叫泰米尔酒保把窗子打开。酒保依言打开窗，黑暗中，就在隆隆直响的车轮上方传来持续不断的啵啵声，就像气泡迅速爆裂的声音被放大了似的；还有咯咯的声音，很像马来西亚长途电话的铃音：这是蝗虫、青蛙和蟋蟀在鸣叫，它们藏匿在无所不在的潮湿中，那潮湿也蒙住了它们的喧哗与骚动。

塞德里克喝完杯中的酒，说："要是你去居銮，打个电话给我。我看看有什么能帮你安排的。"然后他摇摇晃晃地出去了。

"皮拉斯瓦米，"一个园主对酒保说，"给这几位绅士每人来瓶力加啤酒，给我搞杯威士忌来。"

"有人今天不在，"另一个环顾着休闲车厢，"告诉我是谁——没奖品。"

"汉奇！"另一个说，"他爱站在那根柱子边上。'妙哇。'他喜欢说。老天，那家伙可真能喝！"

"汉奇不在就没意思了。"

"你有他的音讯吗？"

"拉菲跟他有联系。"

"没，没有，"拉菲说，"我只是听到些消息。那些你都知道的。"

"有人说他瞎了，"说话的人正把啤酒往玻璃杯里倒，"祝你健康，博伊斯。"他仰头喝酒。

"一切顺利。"博伊斯说。

"我从来都不信那个说法。"拉菲说。

"后来我们听说他死了。"第三个人说。

"你不是说他去澳大利亚了吗，弗兰克？"

"那比死了还糟。"博伊斯说。

"祝你健康，博伊斯，"弗兰克说，"没有，我从来没那么说过。事实上，我觉得他在联邦的什么地方待着呢。"

"这倒提醒我了，"拉菲说，"是园子里一个家伙认为自己要瞎了。那哥们是个爱尔兰人，绝对有忧郁症，总是扯着下眼皮，叫你看他那瘆人的眼球。真他娘的恶心，可人人都纵容他。后来他去新加坡看医生了，回来的时候气得要死。'怎么啦，帕迪？'我们问。那家伙说：'那个庸医，一点都不懂青光眼！'"

"这话听着怎么像弗兰克。"博伊斯说。

"多谢抬举。"弗兰克说。

"跟拉菲讲讲你的糖尿病。"博伊斯说。

"我从没说过我有糖尿病。"弗兰克抱怨道。然后他转向拉菲："我只是说有这个可能。糖尿病的一个症状就是——忘了是哪儿看到的，如果你尿在鞋上，尿渍变成白的，你就有问题了。"

"我看我有问题了。"博伊斯把脚跷到吧台上。

"你真幽默。"弗兰克说。

"这是到哪儿了？"拉菲说。他俯身到车窗去看，"什么都看不见。皮拉斯瓦米，下一站是哪儿？再给我拿两瓶啤酒和一杯威士忌。"

"这杯喝完我就不喝了，"博伊斯说，"我掏钱买了卧铺，我得去睡了。"

"快到芙蓉了。"皮拉斯瓦米打开两瓶啤酒，又滑过来一杯威士忌。

"老天爷啊，我想念汉奇，"拉菲说，"他一直在等走的机会。我一直都不知道。我希望他没死。"

"行了，我撤了，"弗兰克抓起他那瓶啤酒，又加了一句，"我把这瓶带走了。真希望有个妞儿。"

他走了之后，博伊斯说："我有点担心弗兰克。"

"糖尿病那事？"

"那只是一部分。他变得有点像汉奇消失之前的样子。偷偷摸摸的。有时候会提起澳大利亚——听见他说的了吧。他变得好奇怪。"

汽笛响了，到芙蓉了，虫儿们安静下来。拉菲转向我："我看见你跟那个印度小子说话了。别理他。事实上，如果我是你，我就把他说的都打个一折。晚安。"

随后，北方之星夜班快车的酒吧里只剩我一个人了。车厢的那一头，麻将牌局仍然没散场，离开芙蓉的时候，窗帘飘动起来。几只虫子顺风飞进来，聚在灯泡周围，相互追逐着，绕得人眼花缭乱。

"去新加坡？"皮拉斯瓦米说。

我说是，我是准备去那儿。

"去年我在新加坡。"他说，他是去庆祝大宝森节的。他背了针座（kavadi）。大宝森节是泰米尔人的节日，在印度是被禁止的。为了吸引游客，新加坡很欢迎这个节日，游客拿着相机对准狂热的泰米尔人。他们用金属长针刺穿面颊和胳臂，游行至登路。早晨，泰米尔人在一个特定的寺庙前汇合，把长针刺入皮肉，身上到处是鱼钩，还在鱼钩上挂上酸橙，这之后，他们用头顶起硕大的木质神龛，步行约两英里，去往另一座寺庙。听闻皮拉斯瓦米参加过，我很感兴趣，问他是什么样子。

"我身上穿了十六把，一十六把啊，你们管那叫什么？刀子？这里，这里，还有这里。有一把是从舌头里穿过去的。膝盖上扎了钩子，还有这儿，肩膀上。

"我这么做是因为老婆怀孕的时候我很担心，就向神灵祈祷来着，然后儿子顺利生出来了。所以我向穆卢干神去还愿，他是苏巴马廉的兄弟。我做了更多祈祷。我们不能在床上睡，不能用枕头。一直到节日的两周前，我们只能睡在地板上。到了节日前一周，我们不能吃肉，只能喝牛奶，吃香蕉和水果。我到了庙里。那儿还有大约一两百个人。我做完祈祷，然后洗澡。法师进来了，我们就唱歌。"他做给我看，扣住双手，放在下巴底下，鼓出眼睛，然后前后猛晃头。"唱完歌、祈祷完之后，神灵降临了！我们急着走，不能等。法师抓住我的舌头，噗！刀子扎进去了，钩子也扎进去了，刀上没有血，也不疼，有可能要命的！我不在乎！歌来了，神来了，我们什么都不知道了。我们想出去，不想停。他们把刀子、钩子什么的扎到身上，我们就往外走。

"人群跟着我们，好多人。车子都停下来了，所有的车都停下让我们过去。我老婆和妹子祈祷，神灵也降到她们身上，她们晕倒了。我什么都看不见。我走得很快，几乎是跑过去的——实龙岗路、乌节路、登路，然后绕着寺庙绕了三圈。法师在那儿。他祈祷，把粉打在脸上，然后把刀子拔出来。我们什么都不知道，只是在寺庙里晕倒了。"

皮拉斯瓦米说得上气不接下气。他微笑着。我请他喝了瓶酒，然后回包厢，疾驰的火车中我在走廊里摸索着回去的路，撞到了肩膀。

我早早起了床，到"凉台"上等着看火车通过新山堤道。可走廊里两个男子堵住了我的去路，要求我出示护照。其中一个自报家门："新加坡移民局。"

"你的头发'翔荡'长嘛。"另一个说。

"你的相当短嘛。"我觉得无礼的人就该被无礼对待。但是根据新加坡的法律，如果移民局的官员认为我的头发不够整洁，可以拒绝我入境。新加坡警察局在抓捕华人帮会里的勒索犯和杀人犯方面无甚成果，却经常把长头发的小年轻押送到乌节路上的警察局剃掉头发。

"你带了多少钱？"

"足够用。"我说。现在火车已经行驶在堤道上了，我急着想看一眼柔佛海峡。

"准确数字。"

"六百块。"

"新币？"

"美元。"

"拿出来看看。"

他们把钱清点完毕后，给我发了入境签证。那时我已经错过了堤道。北方之星正在穿过岛屿北部树林繁茂的沼泽地带，朝着裕廊路进发。我跟这条路有缘分。五年前，每天清早我沿着这条路开车送妻子去上班。我们从家里出发的时候天气总是很清凉，但随着太阳升起，岛屿也迅速灼热起来，等我带着年幼的儿子回家的时候，气温已经接近二十七摄氏度了。小家伙在柳条编的座位上坐得直晕车，我把他交给保姆，继续去写尚未完成的非洲小说。说来有趣，穿越这座岛的时候，我的记忆被某些气息和树影唤醒——那是武吉知马环道近旁市场的浓烈气味，还有我非常喜欢的热带植物。铁轨旁的棕榈树叫作"皮楠拉加"，那羽状的复叶都聚集在树顶，宛如庆典上使用的礼伞；还有种植物能从岩缝和新加坡每一株老树的树干中钻出，绽开羽毛般的叶片，这种叫作"鬼叶"的青翠装饰能让枯萎凋零的树木焕发生机。我对新加坡很有好感。在这里，我的一个孩子降生了，也是在这里我完成了三本书，并且摆脱了单调的教师工作，我怎能对它没有好感呢？我的人生是从这里开始的。现在火车经过了皇后镇，安妮在这里的夜校教过《麦克白》；欧南路总医院，我在这里治疗过登革热；港口中的岛屿——就在那儿，透过树林就能看见，有好几次我们周日去郊游，被骇人的豪雨困在那里，见过粗大的毒海蛇，还见过一具浮尸漂过附近（"别让孩子们看见！"），微风里，那躯体在水面打转，像个沙滩玩具。

新加坡火车站准备拆掉了，因为有人认为花岗岩雕带上那些肌肉鼓绽的盎格鲁-撒克逊男子过时了（他们分别代表着"农业""商业""工业""交通"），墙上的石头标牌也一样——那上头写的是"马来亚联邦火车站"。新加坡认为自己是落后亚洲中的现代岛国，而来过这里的人也证实了这一点，他们拍的照片里是崭新的酒店和公寓楼房，模样就像自动点唱机和档案柜。从政治上来说，新加坡就像非洲的布隆迪一样原始：强制性的法律、领赏的告密者、专制的政府，监狱里满是政治犯。从社会角度来看，它像印度的乡村，家务事要仰赖洗衣妇、保姆、花匠、厨子和仆从。工厂的工人工资很低，跟新加坡的所有人一样，他们是禁止罢工的。由于严格的审查制度，媒体沉闷得不可想象。新加坡是个小岛，退潮时面积有二百二十七平方英里。尽管政府给它起了个宏伟的名字，叫作"共和国"，但以亚洲的规模来看，它只比沙坝大一点。但是，这是一个因外资（新加坡极擅长装配加工）和越战而富裕起来的沙坝。由于它面积小，所以很好管理：移民数量被严格控制；计划生育相当普遍；人唯有通过安全审查，证明确属良民之后，才能上大学；政府鼓励华人（来自美国、中国香港和台湾地区）在此安家，鼓励其他人离开。新加坡警察的职责最古怪；法庭里满是最不像罪犯的罪犯。除了这儿，世上还有哪个国家里能看见下面这种话？

十一名承包商、三名房主，以及一名加油站老板，由于听任蚊虫滋生，昨日被处以共计 6,035 新元的罚款；

谭太森，20 岁，无业，因昨日在考克匹酒店大堂大声喧哗，被罚款 20 新元；

昨日，四名人士在"消灭带菌昆虫行动"中，由于任由害虫滋生，被处以 750 新元的罚款；

素莱门·默罕默德由于在兀兰路 15.5 英里处的下水道口丢弃废纸一张，昨日被罚 30 新元。

七到八年的徒刑对于政治犯来说不算罕见，刑事罪犯一般会受到鞭刑处罚。外国人可能会因头发长而被驱逐出境，任何一个人若是往地上吐痰或乱扔纸屑，都有可能被处以最高五百新元的罚款。从本质上说，通过这些法律是为了吸引外国游客，如果人们都说新加坡又干净又有秩序，那么美国人就愿意到这边来建厂，雇用不会罢工的工人。政府强调控制，而在这么一个小地方，控制并不是太难的事情。

在这个社会，报纸要受到审查，对政府的批评是绝不容许的；电视节目都是温和的，包括智力竞赛节目、美国和英国的情景喜剧，还有展现爱国精神的节目；邮件可能会被篡改，银行被迫公开客户的私人账户信息。这是一个没有隐私、政府有绝对控制权的社会。以下是新加坡人对于技术进步的创想：

如果在未来的新加坡，信件和报纸可以通过传真机发送到你家里，你觉得怎么样？这听起来像是科幻小说，但在新加坡电话局的执行总经理弗兰克·罗先生看来，这在不久之后就可以实现了。

他说："电信领域的发展已经改变了我们的生活方式。诸如'通讯联网型城市'的概念，也就是家庭或办公室只需接上一根电缆，就可以解决所有的沟通需要，这种想法很快就可以付诸实践了。

罗先生在新马工程协会上做了名为"电话通讯"的演讲，关于这些激动人心的发展前景，他在演讲中给出了更多细节。

"想想看，"他说，"在你家里的沟通中心，邮件和报纸都可以通过电子形式传播，发送到你的传真机上，然后打印出来。"

——《海峡时报》1973 年 11 月 20 日

这种限制自由的技术令我惊讶，这个国家基本上就是西方企业的装配工厂，依靠的是洗衣女工的良好愿望和学生的顺从，在这样一个社会里，这种技术对任何种类的运动都是有效的。在这么一个"通讯联网"型城市里，若是你想宣布"新加坡需要小型家庭""全心投入体育运动吧""上报任何可疑行为"，你根本用不着找布告栏，只需把这些消息塞进电缆，就可以发送到家家户户。

可这并不是新加坡的全貌。还存在一个边缘地带（比起以前，这个地带近来变得更狭窄了），在这里，生活依然是散漫的，不受警察或信息部门的约束。这个边缘地带酒吧云集，人们享受着星期六的悠闲时光，吃吃咖喱午餐，啤酒一喝就是一下午，跟别人聊着"新加坡这地方不稳定，我要去澳大利亚"，或是"你要是走得了，那真是运气"。在这里，几乎人人都说要走，可没人动真格的，就好像如果真的走了，他就得为这些荒废蹉跎的年月负起责任来——在游泳俱乐部里玩老虎机，在员工宿舍里签单消费，惬意地喝着咖啡，等着邮递员送信来。在这个边缘地带，依然能找到几家妓馆、按摩院、咖啡店，熟客有折扣；这里装的是电扇而不是空调，有些酒吧还有凉廊，到了晚上，酒友们没准还能盯着肥大的壁虎，看它响亮地吞吃苍蝇，消磨上半个小时。

正是墙上的一只壁虎让我好好地思索了一番，由于这通思索，我离开了新加坡。当时我正待在梅思山庄，碧绿小山上的这座高而风凉的房屋里，我发现自己盯着墙上的一只壁虎已有十五分钟之久，没准还要更长。这是个老习惯了，皆因无聊。这感觉就像是很久以前，年少无知的我在新加坡待了很长时间，暌隔两年后，我重游故地，重新打量着当年的我。当你待在异地的时候，隔着一段距离往回看，尚能留住"当年何其快乐"的错觉，比如童年有多美好，学生时期有多快乐。可是，当你真的回到了昔日的地点，隔在当中的岁月瞬间流散，你看到了从前的你是多么闷闷不乐。那个时期，我觉得自己就像是被困在了新加坡，噪声就快把我给弄崩溃了——敲打声、车流声、广播声、咆哮声；我发现绝大多数新加坡人都很粗鲁，他们争强好胜，又懦弱胆小，不好客，心里满是模模糊糊的种族恐惧，对任何一个恃强凌弱的权威都容易听从。当年我认为这里是个让人没法忍受的地方，我的不少学生也这样想，他们想不通为何有人自愿留在此地。我最后还是走了，这次回来，盯着壁虎，我无法理解自己为什么在这里待了三年。或许是因为我自欺欺人的犹豫（那时我称之为"耐心"），或许是因为我囊中羞涩。但我很确定，我不会再犯当年的错误，因此看望过几个朋友之后（每个人都告诉我，他正在准备马上离开）我搭飞机走了。此前一天，我待在一个俱乐部里，当年我是那儿的会员。那时俱乐部里有个盛气凌人的秘书，笑起来跟疯子似的，他自从三十年代起就待在新加坡了。人们都说他是个货真价实的老派人。那天我问起他的近况。"你是他朋友？"吧台服务生说。我说是旧相识。"我要是你啊，就不提这茬。上个月他卷了俱乐部十八万美元，逃啦。"跟我一样，也跟新加坡我认识的每个人一样，他也一直在伺机远走高飞。

第二十四章
越南当地火车：西贡到边和

　　我到越南是为了坐火车，在这个国家，人们还做过更奇怪的事呢。被法国人称作"印度支那纵贯线"的越南纵贯线，花了三十三年修建，可就在 1942 年，也就是完工后短短六年，就被炸成了碎片，再也没有修复。这种殖民地的精细工程就像法国菜，做起来费工而又耗时，却被人转瞬间吃个精光，空留记忆。这条铁路沿着美丽的海岸线修建（在我们那些不情不愿的士兵里头，极少有人称赞过它的美），从西贡一直通到河内，如今却碎成了段，就像被人切了准备做鱼饵的虫子，这里一截那里一截地蠕动着，死而未僵。越共在铁路旁布下地雷——停火协议通过以来，他们反而更加凶猛；当地的货车司机和一心只想要现金的亡命之徒也在旁边布雷，他们认为，若是这些通往大叻、顺化、宣化的铁路残段继续存在下去，就会妨碍他们过上美国人教会了他们期盼的好日子。就像越南的其他东西一样，铁路已成废墟，在平定省北边，铁路已经变成了稻田，可令人惊异的是部分线路还在运行。越南铁路局的副局长陈蒙周是个戴着厚眼镜的矮个子，他告诉我："我们不能关闭铁路。我们让它运行，还亏钱。或许我们做点修补。如果我们关闭了铁路，人人都会知道我们输掉了战争。"

陈蒙周警告我，切勿从芽庄去宣化，但他说我可能会喜欢从西贡去往边和，一天有十四班车。他警告我说，那车跟美国火车可不一样。（他是怎么知道的？）但这个提醒听起来很像是推荐。

戴尔是我的美国翻译，他以前当过海军陆战队员，现在转行当了文化事务方面的保镖。在办公室外我问他："你觉得搭火车去边和安全吗？"

"大概一个月前，越共袭击过那趟车，"戴尔说，"他们打了个伏击，打死了六七名乘客。他们用一根盐柱挡住火车，然后就开枪了。"

"要不咱们不去了吧。"

"没关系，现在安全了。再说了，我还有枪呢。"

第二天早餐时，眼镜蛇一号（这是我在西贡的美国接待人的代号）告诉我，我搭火车去边和之前，越南旅游局的人想见见我。我说我很高兴去拜访他们一下。我们坐在眼镜蛇一号家大宅的屋顶平台上吃早餐，享受着凉爽宜人的天气和花树的芬芳。时不时有架低飞的直升机轰鸣经过，在屋顶之间穿梭。眼镜蛇一号说，相关方面准备开展一场声势浩大的宣传活动，吸引游客来越南观光。我觉得这是个颇为不成熟的想法，毕竟战争还没有结束。

"这边的事啊，你永远搞不懂。"眼镜蛇一号的夫人眼镜蛇二号说。她把视线从报纸上移开。在我们脚下的院子中央有个游泳池，四周围绕着花圃和一排排的棕榈树。远处围墙上装着铁丝网，显得这里更像是新加坡。车道边上种着一篱木槿，院里还有枝叶巨大的蕨类植物，一个穿着黄衬衫的男人在金链花树下把着碎石小路。眼镜蛇二号穿着丝袍，脚上晃荡着毛皮拖鞋，把《星条旗报》抖得哗哗作响，她说："有些最好的——哎，这地方是哪个半球来着？"

"东边。"眼镜蛇一号说。

"哦，对。东半球有些最好的东西，就在这个院子里。"

在越南旅游局计划委员会主任的办公室里，从地面到天花板都装饰着红色丝绒，墙壁的空白处挂着丝带，我们仿佛坐在一个装过昂贵巧克力的空盒子里。我说我时间不太多，还要赶火车去边和。主任和副局长交换了个惴惴不安的眼神。主任吴段周说那火车的车况很糟，我应该坐汽车到头顿去游泳。"越南以海滩而闻名。"他说。

以海滩而闻名！"还有别的吧。"我刚想说，可在美国留过学的副局长陈隆玉开始向我解释他们的宣传活动。他说，他们要全力以赴吸引游客，而且他们已经设计出了一个必胜无疑的公关活动，名叫"跟我来吧"。海报上印着越南美女，背景是岘港、顺化、富国岛，海报上的口号是"跟我来吧"。这些写着"波来古——跟我来吧！大叻——跟我来吧！"的海报将会分发到世界各地去，但绝大部分宣传预算会用到美国和日本。陈先生递给我一摞小册子，标题是"美丽的顺化"和"来越南观光吧"，他问我有没有问题要问。

"那边的海滩。"我说。

"非常漂亮的海滩，"陈先生说，"还有森林和绿草。"

"越南什么都有。"吴先生说。

"可游客大概会担心挨枪子的问题。"我说。

"那边没在打仗！"陈先生说，"有什么可担心的？你打算在越南转一圈，是不是？"

"是啊，而且我担心。"

"我给你的建议，"陈先生说，"就是别担心。我们希望有更多游客来越南。应该是美国人，或许还有一些日本人。日本人喜欢旅游。"

"他们可能更愿意去泰国或马来西亚，"我说，"那边也有漂亮海滩。"

"那边太商业化了，"周先生说，"大宾馆，大路，大群人。没啥意思，我去过。在越南，游客可以回归自然！"

"我们也有宾馆，"陈先生说，"不是五星级的，但有些装了空调或电扇。条件一般。我们还有那个平房，约翰逊总统来访的时候为他修建的。那地方可以改了拿来用。眼下我们的资源不多，可我们的眼光放得很长远。"

"对，眼光长远，"吴先生说，"我们打算挑起美国人的好奇心。那么多美国人在越南有朋友或亲戚。他们已经听说了那么多关于这个国家的事情。"他的语气显然很不吉利，"现在他们可以来亲眼看看，这里到底是什么样子。"

陈先生说："曼谷和新加坡那种地方只有商业味道。没意思。我们有自然风光，越南人也殷勤好客，而且，既然我们的旅馆不太好，我们可以吸引更喜欢冒险的人。有好多人喜欢探索未知的东西。然后这些人就可以回到美国去告诉朋友，他们看见了某次战争的战场……"

"他们可以说：'我睡在波来古的掩体里！'"吴先生说。

卖点的确有两个：海滩和战争。可战争还在继续，尽管在这本四十四页的名为"来越南观光吧"的小册子里一句也没有提到打仗这回事，除了这一句拐弯抹角的话："在当前事件的压力下，英语的发展十分迅速。"这话可能是对美国占领的微妙暗示，也有可能指的是战争。当时，也就是1973年12月，自从停火以来有七万人被杀，可越南旅游局在推广顺化（一个被摧毁的城市，街道泥泞，偶尔还有炮击）的时候，说它"风景优美……有历史意义的纪念碑、庭院和柱廊标志着它辉煌的过往"，还力荐去岘港观光的游客往城南走六英里，去看看"美妙的钟乳石和石笋"，却只字不提那个地区的战事依旧猛烈，握着枪的人就躲在大理石山附近的岩洞里。

离开他们的办公室之前，吴先生把我拉到一边。"别坐火车去边和。"他说。

我问他为什么。

"那是世上最糟糕的火车。"他说。我的火车计划弄得他十分尴尬。

可我坚持要坐火车。我祝他吸引游客到战区观光的计划一切顺利，然后就去了火车站。西贡火车站根本没有标志，我离那儿只有五十英尺了，可附近没有一个人知道车站在哪儿。纯粹靠运气，我才找到了车站，中间还抄近道穿过了越南航空的售票处。可就算我人已经站在月台上了，我仍然无法确定这到底是不是火车站：月台上没有乘客也没有火车。原来，火车停在稍远的地方，二十分钟之内不会发车。车厢像破旧的绿箱子，有几节是木头的（上头嵌着什么东西的碎片），有几节是金属的（上头有凹坑）。座位是狭窄的长条凳，沿着车厢墙壁摆放着，既不舒服也不方便，绝大多数乘客都站着。他们微笑着，抓着垂头丧气的鸡鸭，抱着皮肤晒得通红的美越混血婴儿。

场院的那一头停着一列更加破旧的火车。车厢入口处的熟铁栏杆吸引了我，那是法国车的特征，于是我走了过去。钻进这列半被遗弃的火车，我听见了一声惊呼。两节车厢以外，一个姑娘惊跳起来（隔着碎裂的门，我瞥见了她的身影），匆匆套上牛仔裤。随后我看见一个男孩在慌慌张张地穿衣服。我朝相反的方向走去，碰见了两个正在睡觉的瘾君子，都是一脸痘的女孩，身上文着刺青，胳膊上留着针眼。其中一个醒了过来，冲我大嚷大叫。我连忙走了，火车上还有其他情侣和小孩，面相凶恶的年轻人在捅车厢的墙。可这列火车没有车头，它哪儿也去不了。

车站站长头戴一顶塑料帽舌的帽子，穿过铁轨向我走来，向我挥手。我跳下这列被遗弃的火车，过去跟他握手。他腼腆地笑着向我解释，去边和的不是这一列，而是那一列——他指指那列箱子样的火车。我朝其中一节车厢走去，刚要上车，却听得站长大喊道："不对，不对！"

他招手让我跟着他，依然面带着微笑，把我领到了火车最末尾的车厢。这节木质车厢颇为不同，里头有个厨房，还有三个卧铺包间和一个大休息室。它显然是"印度支那纵贯线"时期留下来的，虽说就算以印度的标准来衡量，它也算不上奢华，但里面很舒适，很宽敞。站长说，这是主任的专用车厢，他特地叮嘱要我坐这一节。我们进去了，站长冲信号员点点头，火车启动了。

坐在主任的专用车厢里免费旅行，这让此地的不真实感又增多了几分。这不是我所期待的——不应该是在越南。可这种对特权的强调跟美国式的铺张浪费其实是一回事。这是战争的结果，为了让观光客好好调整自己的同情心，弄出这些亲切而又体贴的安排；观光客认为自己是冒着风险来此地的，考虑到这个因素，人人都想得到 VIP 的待遇。每个游客都是潜在的宣传员，可讽刺之处在于，就算是最刺儿头的人也得到了无限的优待和舒适，就凭这个，他敏感的心里就能滋生出狂怒。这种殷勤好客的表现因越南人的慷慨天性而变得愈发明显，而且它还将持续下去。接受这种好意几乎是可耻的，这就好比一家公司为了推广一个不甚成功的产品，制定出了一个宣传计划。这是对事实的扭曲。但是，我保留了我的嘲讽态度：越南人有种遗传而来的浪费习惯，笨重而且昂贵。

我们围坐在休息室的桌旁，这间休息室占据了主任专用车厢的三分之一。站长把帽子摘下来，把头发捋顺。他说"二战"之后，他得到不少薪水优厚的工作机会，可他还是选择了回来，回到铁路这个老岗位上。他喜欢火车，而且相信越南的铁路必定有个辉煌的未来。"重新开通到禄宁的路线之后，"他说，"我们就修到土耳其去。"

我问他这该如何实现。

"我们往上走到禄宁，然后就修到金边去。从那儿能去曼谷，对吧？然后再修得远点，远点，远点，没准修到印度？然后就是土耳其。土耳其有铁路。"

他确信土耳其就在咫尺之遥，在他的设想中，唯一有难度的就是把禄宁从越共手里夺回来，以及如何在柬埔寨的沼泽地里铺下铁轨。这的确是越南南部的人对于政治地理的理解。这条想象中的洲际铁路一跨就是八个辽阔国度，而这个宏伟的愿望有个小小的障碍：把敌人从这个边陲小镇里赶出去。在越南人看来，世界的其他地方都是简单而又宁静的；他的心态就像病人一样，认为自己是健康世界里唯一一个倒霉的、要忍受折磨的人。

站长说："有时候在这里会遇上埋伏。几个星期之前，有四个人被步枪打死了。"

我说："那或许我们该关上窗户。"

"哈，妙哇！"他把这个笑话翻译给副手听，那人正在给我们倒可口可乐。

这是一条单轨铁路，可一些非法占用土地的人把茅屋修得如此靠近铁轨，以至于我都能透过窗户看进他们的屋子里去。孩子们在屋地上坐着玩耍，我闻得到做饭的味道（有鱼和肉），能看见人们起床穿衣；有一扇窗户跟前，一个男人就在我眼皮底下躺在吊床上。窗台上放着水果，火车快速驶过的时候，果子都被风掀得滚动起来，有个橘子已经在骨碌碌乱动了。坐火车旅行这一路上，我从未有过如此强烈的"登堂入室"的感觉，总觉得自己这张脸妨碍了人家的日常生活。我以为自己像个入侵者，但这些简陋房屋里的人好像没看见窗外的陌生人一样。

从车尾望出去，能看见市场里的妇女和孩子重新占据了铁轨。有那么一次，我觉得我看见了一个美国人，他留着胡子，个子很高，肤色白皙，背有点驼，光着的脚板很大，风拍打着他宽松的睡裤。他大步流星地走着，消失在两幢摇摇欲坠的木屋之间，成行的褐色衣物挡住了他的身影。这里是西贡郊外最拥挤的一个贫民窟，而这个人的身形似乎根本不该出现在这里——他的丑陋模样显得他愈发比周围的人高挑。过了一会儿之后我问起他。戴尔说，这人可能是个逃兵，大约有两百个这样的人留在了越南，主要集中在西贡地区。其中有些是瘾君子，有些有正当的工作，娶了越南太太，有些人则是暴徒——西贡有不少闯空门的抢劫事件要归咎于这些"多才多艺"的逃兵罪犯：他们知道进了美国陆军消费合作社里该拿什么，偷车的技术也比越南人更高一筹。他们都没有身份证明，而越南是个很难离开的国家。他们唯一的希望就是搭船顺着湄公河往上走，进入泰国，或是去自首。这些没有名字的逃亡者是个奇异的群体，想起他们，想起那个穿着睡裤、留着胡子的人（他在晴明的天空下穿过铁轨，几乎暴露了身份），我的心中涌起了好奇，也泛起怜悯。我觉得他们身上满是小说的素材，有谜题，也有解谜的线索。如果谁想用连贯的笔触来写越南的故事，那一定要从这些局外人写起。

我离开那节私人车厢，往前走去。其他车厢里挤满了样子可怕的伤残人，截了肢的人露着包扎的断肢，士兵穿着皱巴巴的军服，长胡子老人拄着拐棍。一个戴着草编牛仔帽的盲人拿着把吉他给一群士兵唱着走调的歌。但是，车上不全是老弱病残和被遗弃的人。在这辆开往边和的火车上，我看到了越南人超强的适应能力，这种印象一直伴随我走完整个越南。看上去真的令人难以置信，但这里有背着书包的小女生，妇人抱着大捆的蔬菜，男子抓着捆绑起来的家禽，还有些其他的人站在车厢门口（那显然是货车的车厢），准备到边和去上班。过了这么多年，你以为他们肯定被打败了，可令人吃惊的是，他们远不止是生存下来了。战争残酷地打断了一切，可他们依然固执地拾起了日常生活：上学，赶集，去工厂做工。起码一个月一次，这趟火车会遭受伏击。人们提起这种"进攻"的时候，那种不可避免的语气就像是在谈起季风。可这些乘客依然在日常出行。这是一趟危险的旅程，而他们对危险已经听天由命。对他们来说，生活永远不会变，敌人的威胁就像天气一样，可以预测，而且永无变化。

抱着一个美越混血婴儿的女子一路跟着我走过车厢，当我在车厢连接处停下，准备小心地跳过去的时候，她拽了拽我的袖子。她想把那个孩子送给我。孩子大约有两岁，光洁的皮肤，胖胖的小脸上长着圆溜溜的眼睛。我冲她笑笑，耸耸肩。女子让我看孩子的脸，还捏捏他的面颊，把他递到我眼前。孩子哭了起来，女子开始大声说话，一小群人围过来听。她举着孩子，指着我，似乎在谴责。

"咱们最好往前走。"戴尔说。

他解释说，这个孩子是个弃婴。那个女人发现了他，在照顾他。可那不是她的孩子，那是个美国种。她想把孩子给我，而且无法理解我为什么不想要。她还在叫嚷，我们挤进下一节拥挤的车厢时，我依然能清楚地听到她的声音。

我们一直走到崭新的柴油车头里，沿着外头的过道，走到车头前面的平台上临风远望，每次拉响汽笛的时候我们都眯上眼睛。可景色并不动人，戴尔指着右手边的小山说道："几周以前，越共在那儿发动了一次火箭炮袭击。但是别担心，他们现在不在了。那次他们冲过来发射了几枚火箭炮，把那边炸平了。"

我站在火车前部，抓着过道上的栏杆向四周望去，铁轨在眼前伸展开去，远处是已成废墟的黄土地，光秃秃的，几乎没有树木，地平线上就是边和，烟囱和灰色的屋顶混作一团。风中飘来粪便的恶臭。沿着铁轨，一路都是令人恶心的粪便洪流，几乎涌到了铁轨边，这比我在印度看到的景象还要糟糕。敞开的下水道那头连着居民的小屋，这头在不断地涌着粪水。那些房屋不是非法侵占土地的人草草搭起的窝棚，而是承包商盖的小型住宅，是得到某些官方批准的。在这样一个国家里，大路不知通向何方，飞机不知飞往何处，政府不过又是一个自私自利的暴政，这些没有下水道的房屋倒是十分相称。人们的传统观点是美国奉行帝国主义政策，但这个嘲笑是不准确的。美国的任务纯粹集中在说教和军事方面；到处都找不到殖民政权专心修建市政设施的常见证据，比如修路、铺设排水设施，修建屹立不倒的永恒建筑物。在西贡，九年里美国只派驻了一个建筑师，大使馆和林肯图书馆已经耗尽了他的灵感。这两幢建筑的确扛得住进攻，因为这位建筑师已经学会了把防火箭的功能跟外墙的装饰融合起来，可要是跟法国人修造的东西相比，它俩算不上伟大的成就。法国人建造了邮局、教堂、好几个学校、结结实实的俱乐部（比如西贡运动中心），还有所有的豪华大宅，眼镜蛇一号住的那一幢只能算是相当朴素的样板。在这里，边和的郊区，迫于美军占领的压力，道路已经被炸成了碎片，霍乱菌流到了住家的后院。就算是持续时间最短暂、最粗暴的帝国，也会做计划、做维护，除了建立起法律体系之外，帝国就不剩下什么优点了。可美国并没有做出什么维护的承诺。边和倒是有个火车站，是五十年前修建的。它正在坍塌，可这不是重点。这里丝毫没有被美国人修补过的迹象。但是，这个戴着铁丝网冠冕的建筑就算是正在衰败当中，也比边和空军基地的飞机库看上去牢固得多。

"要是越共袭击了这列火车，"在边和火车站，戴尔从车头上跃下，"咱们肯定是第一拨被灭的。"

那天下午我在西贡梵行大学做了场演讲，说的还是我惯常关于小说的那一套。演讲引发了不少关于黑人在美国地位的尖锐问题，我都尽可能诚实地回答了。学校校长是位佛教僧人，名叫玄微禅师，会后他给了我一本签了名的博士论文，"舍利弗生平与事迹研究"，随后我去了运动中心。

"咱们这是在被围困的西贡。"眼镜蛇一号说道。他带我在这片方圆十英亩的地方里转了转，中国人、越南人，或许还有十几个无精打采的法国人在点了灯的树下做运动（打羽毛球、网球、击剑、柔道、打乒乓、打保龄球），我们玩了一局台球，然后去了餐馆。有些桌旁，情侣在喁喁私语，一群大老爷喊着"再开瓶酒"。眼镜蛇一号说："咱们这是在被围困的西贡。"我们去了西贡的主干道图多路上的一家夜总会。里面非常黑。我们叫的啤酒里放了冰块。随后一盏红灯亮起，一个穿着迷你裙的越南姑娘上台来，唱了一首快节奏版本的《花落何处》。幽暗的空间里，有人影攒动，那是有人和着歌曲活泼地跳舞。我看见眼镜蛇一号冲着桌子那头招手，他的声音恰好浮在歌手的鼻音之上："……被围困的西贡。"

第二天，我坐飞机去了位于三角洲上的城镇芹苴，因为西贡到这里没有火车。飞机的机身皱巴巴的，活像旧香烟盒里的锡箔。芹苴一度是成千上万美国大兵的家。妓院和酒吧都关闭了，那种破败的、被遗弃的景象宛如繁忙夏日结束后再无人光顾的游乐场。一派衰败中流露出一种任性妄为的味道。我们没想留在越南，所以除了抽象的政令和军事命令之外，从没构思过它的前景。芹苴的机场几乎损毁殆尽，主干道上满是坑洼。每一幢近期修建的房屋都很俗丽，那种设计压根就没为了持久——预制板房、临时房屋、夹板搭建的庇护所。它们很快就会坍塌，其中有些已经被人推倒了，为了用里头的木材。用不了几年，这里不会剩下多少美国人存在过的证据。湄公河三角洲纵横交错的河网之间，留下了被投过毒的稻田。这个国家里还留下了成百上千长着金色鬈发的孩子，可一代人之后，就连这些不寻常的特征也会消失不见。

第二十五章
越南当地火车：顺化到岘港

从空中看下去，中国南海那灰色的、没有反光的水面显得冰冷彻骨，沼泽地带上遍布着佛教僧人的圆形坟墓，皇城顺化半掩在雪堆中。但那不是雪，而是湿沙，那些圆形的坟墓是炸弹坑。顺化的样子很奇怪。西贡的街上有路障，上头满足铁丝网，但战争的破坏痕迹很鲜见；边和有被炸毁的房屋；在芹苴人们谈论着伏击，还有满是伤亡人员的医院。可在顺化，我能看见战争也能嗅到战争。泥泞的道路上满是军用卡车的车辙，人们抓着包袱在雨里跑，身上绑着绷带的士兵踏着季风带来的泥水，拖着步伐走过断壁残垣，或是从超载的卡车车斗里、从步枪枪管后瞥着四周。人们的动作都相当一致，悲苦而焦虑。几乎所有街道上都堵着铁丝网，一卷一卷对称地摆在路上。房屋前凌乱地堆着沙袋。次日，在火车上，眼镜蛇一号（同行的还有眼镜蛇二号和戴尔）说："瞧，每幢房子上都有弹孔！"这话没错：极少有房子没有那种暴力留下的圆洞，绝大多数房舍的墙壁上都杂乱地嵌着子弹。整个城镇都充斥着一种乌压压的、无法无天的气氛，泥坑之间留下抢劫的污迹。这里尚能看见一些帝国时期的设计（越南、法国），但那种精雅相当脆弱，比破碎的诺言好不了多少。

而且这里非常冷，寒意突降，天空是阴沉的，微雨飘进了潮湿的房间。在顺化大学做演讲的时候，我来来回回踱着步子，抱紧双臂让自己暖和一点。顺华大学是殖民时期的建筑，事实上，它原先根本不是学术机构，而是一个名叫"莫林兄弟"的时髦店铺，边远地方的种植园主把这里当作宾馆和吃饭的地方。我做演讲的地方是昔日的卧室，从刮着风的阳台上望过去，能看见荒废的庭院、碎裂的金鱼池，还有其他房间窗上剥落的百叶窗。

　　之后，我们开车去香江边的一处断崖，崖下就是皇陵。"那边是越共的地盘。"麦克塔加先生说。他是美国新闻处驻当地的官员，一头白发，是个和蔼亲切的人。他自己开火做饭，有时候骑着自行车到这边来，跟崖上的哨兵练习越南话。河对岸，越共的地盘是一串光溜溜的山头：被施过了落叶剂。可时不时仍有人放枪。南越共和国军队（ARVN）的船会驶向敌军所在的对岸，花上一下午时间向那些山头开炮。他们没有特定的目标，更像是康拉德在《黑暗之心》里写到的法国军舰，毫无目标地（拿康拉德的话来说，是疯狂地）朝着非洲丛林开炮。一个越南人建议我说，一定要在热天的时候再来，雇上一艘船，再找个姑娘，带点吃的，我就可以整夜在河上泛舟，找个凉快的地方吃吃东西，风流一场。

　　我答应说我会来的。接下来我们去了皇陵。在顺化，房子越老，保护得就越好。去年建的活动房屋已经成了碎片；麦克塔加先生住的四十年前的房子破旧了，但很舒适；而几百年前的皇陵保存得相当好，尽管这些建筑是用二手材料修建起来的，这是越南人的风俗（他们很看重谦卑）——比如旧木材和石材、破了的陶器、碎裂的瓦。院里有荒草纠结的花园，雕刻的大门，拱门上盘踞着龙。进到内室，也就是落满尘土的墓穴中，步履蹒跚的老妪捻亮烛芯，一个个地带我们看工艺品：法国钟表（指针已经没了）、水晶的枝形吊灯、镀金祭坛、嵌着珍珠母的橱柜、羽毛脱落的孔雀羽扇（"她说这是法国国王传下来的"）。当老妇人们把烛火举近那些干燥易燃的珍宝的时候，她们的手在颤抖，我担心这地方会着火。我们离开之后，她们吹熄了蜡烛，留在黑暗的陵墓里。这是一个人们不断逃离的城市，可这些老妪从未离开过这几座陵墓。她们都是二三十年代国王的侍女，现今仍吃住在皇家陵园里。

那天晚上很冷，泥泞的小巷里传来狗吠，尽管寒意逼人，可我的房间里仍然满是烦人的蚊子。

第二天早晨在顺化车站，一个身穿灰色华达呢西装、头戴窄边圆帽的矮个子越南男人冲上前来，拉住了我的胳膊。"欢迎来到顺化，"他说，"您的车厢准备好了。"这是站长。他事先接到了通知，知道我要来，已经把主任的另一节私人车厢挂到了开往岘港的火车上。由于越南的铁路已经断成了数截，所以主任在每一段都有专用车厢。若是在其他铁路上，只要有一节就够了，可越南的铁路分成了六段，每段都在费劲地独立运行。在西贡我就带着惴惴不安的心情登上了主任的私人车厢，心想，要是我写了什么对不住这些人的话，我的手肯定会发抖的。坐在空荡荡的车厢和包厢里，看着越南人排队买票，方能在拥挤的车厢里找到一席之地，我实在于心不忍。站长把我从售票窗口拉走了（"您可用不着！"），可我已经看见了票价：到岘港是一百四十三皮阿斯特（二十五美分）。这段路有七十五英里长，这大概是世界上最便宜的火车票了。

翻译戴尔和眼镜蛇一号、二号跟我一起上了车。我们默默地坐着，望向窗外。车站房屋的外墙刷了石灰水，颜色斑驳不匀，很像阿拉莫①，墙上满是弹痕，灰泥成块成块地掉下来，露出里头的红砖。但这个车站，还有类似那些有历史的建筑，比如麦克塔加先生那幢带飘窗的别墅和莫林兄弟的店铺，人们修造这些房屋就是为了要它们长久流传的——远不像顺化城外那些碎裂的荒地和水泥地基，在那里，美国海军陆战队第一师的兵营已经倒塌，障碍训练场已经开裂，浸在泥水里。仿佛战争的一切设施都被定了时，在美军撤出的那一天，它们就自我毁灭，让这场残忍的冒险不留一丝痕迹。训练场上，不少装甲车的钢制车身都露出了裂缝，那都是地雷炸的。现在，这些车子成了面容悲戚的孩子们的家。在绝大多数热带国家里，大人都会站在飘荡着回声的树林边上，看着孩子玩，姿势有如画家威廉·布莱克笔下的画中人。但在越南，孩子是自己玩的，大人好像都不见了；你的眼光越过大群的孩子，想找到个大人的身影，可他们不在（眼前的情景也变了味）。那个背上背着孩子、穿着溅了泥巴的长衬衫、头发被雨水浸得透湿的"老妇"，实际上也是个孩子。

"你看见厕所里的水槽没有？"戴尔问。

"没有。"

"扭开水龙头，你猜流出的是什么？"

"铁锈。"我说。

"什么也没有。"眼镜蛇二号说。

---

① 美国得克萨斯州的要塞，在 1836 年得克萨斯独立战争中曾起到重要作用。

戴尔说："水！"

"对，"眼镜蛇一号说，"保罗，把这记下来。水龙头是可以用的。有自来水。你觉得怎么样？"

可这是整列火车上唯一的水槽。

站长说，这条开往岘港的路线之前关闭了五年，四个月前重新开放了。到目前为止还没受到干扰。没人能解释，为什么它重新开放的时间跟美军撤离的时间如此一致。我自己的猜想是，由于顺化到岘港之间只有一条名叫"一号高速"的公路（人们辛酸地把它叫作"忧郁之路"），所以美军撤离之后，路上就没有美国人的大卡车来回穿梭了，昂贵的公路交通萎缩后，越南人就不得不考虑这个更实用的办法：开通铁路。战争的势头并未减弱，但机械化的程度变低了，也不像原先那样精密。金钱和外国部队把事情复杂化了，但现在越南人放弃了美国人"公司化"的战争行动，转向了殖民式的上层建筑和较慢的沟通模式，回归农耕，住进老旧的房屋，用起了以铁路为主的交通设施。美国人的战争设计已被抛弃，空荡荡的炮兵阵地、空留骨架的兵营、撕裂的公路，无一不在证明这个事实。开往岘港的旅客列车上装载着顺化产的蔬菜，从这一点上也能看得出来。

这一路上的桥梁都在诉说着战争，它们都是新修的，大梁上泛出崭新的铁锈。还有些损毁了的旧桥一动不动地躺着，炸药扭曲了它们的骨架，碎片跌入深谷。有些河流上架着好几座断桥，黑色的钢条奇诡地打成了结，凌空架在河面。这些不全都是新修的。在峡谷里我看见了两三座旧桥，其中最老的一座我认为是日本轰炸时期遗留下来的，其他则是五六十年代恐怖主义的结果。每场战争都留下了独特的残垣。桥梁的毁坏程度触目惊心，宛如极度扭曲的金属雕塑。越南人把洗干净的衣物晾在上头。

正是在河上，在桥的两端，士兵的身影最为明显。这些都是战略要地，桥梁若是被炸毁，整条路线就要中断一年。因此，在桥两端的岩石上，沙袋堆成了小丘，旁边还有碉堡和掩体，哨兵向火车挥动着卡宾枪，他们绝大多数人都非常年轻。窝棚上空飘动着红色和黄色的条幅，上面写着标语。戴尔翻译给我听。典型的一条是："开心地迎接和平，但不要睡着，也不要忘记了战争。"士兵穿着汗衫站在那边，有人躺在吊床上，有人在河里游泳、洗澡。有人看着火车经过，步枪挎在肩头，身上是宽大的军服。这种不相称的模样就像是个隐喻，每每提醒着我，这些男人（或者说这些孩子）身上的衣服和手里的武器，都是身材更为壮硕的美国士兵给的。美国人走后，战争就显得"太大"了，尺寸毫不相称，就像这些男孩身上的衬衫，袖口耷拉到了指关节，钢盔滑下来盖住了眼睛。

"越共在那边，"眼镜蛇一号指指远处的山脊，"可以说越共控制了越南百分之八十的土地，但这没有任何意义，因为那些区域的人口只占百分之十。"

"以前我在那边待过。"戴尔说。我总是忘记戴尔以前是海军陆战队的。"我们出去巡逻了三周，天啊，真冷！但时不时，我们能交上好运，碰见个村子什么的。村里人见我们来就逃走了，我们就进到他们的小屋，睡在他们的床上。我记得有那么几次——真让我难受得要命，我们只能把他们的家具烧了取暖。一点柴火也找不到。"

地势升高了，圆形剧场般俯瞰着中国海。山的样子神秘而阴森，光秃秃的，峰顶隐没在雾气中，有人在山上砍烧木头，烟冒出来，拖着尾巴。我们沿着狭窄而斑驳的海岸线往南行进，这块地方夹在山海之间，仍然属于西贡政府。天气已经变了，或许我们终于摆脱了顺化的蒙蒙细雨。现在的天气晴朗而又暖和，越南人爬到车厢顶坐着，腿垂到窗檐上。我们离海岸非常近了，澎湃的涛声清晰可闻，入海口是弯弯曲曲的弧线，行进的火车好似对折了过来，捕鱼的小船和独木舟乘着满是泡沫的浪花回到岸边，头戴遮阳帽的渔夫甩着渔网，里头是捕来的小龙虾。

"上帝啊，这个国家可真美。"眼镜蛇二号说。她拿着相机拍摄着窗外的景色，但没有一张照片能记录下眼前这片复杂的美景：远处的森林中有一块轰炸过的伤痕，阳光照耀着它，一旁的山谷中烟岚萦绕；天边悬着一片飘忽不定的雨云，雨柱落在斜坡上；青灰变成苍翠，继而又转成轻绿，那是稻田里抽出的嫩苗；再隔一长条沙地，是一望无际的碧海。眼前的景色是如此广阔辽远，必须分成几块来观看，就像小孩子看大壁画一样。

"出乎意料。"我说。从伦敦出发以来，在这一路所有的景致中，这里是最美的。

"没人知道，"眼镜蛇二号说，"美国没有一个人知道这里有多美，一丁点都不了解。瞧那边，上帝啊，快瞧那边！"

我们正在海湾边上，明媚的阳光下，一泓碧水泛起粼粼波光。在这片翡翠玉盘般的海面之上悬着绝壁，那片山谷是如此宏伟，以至于阳光、烟岚、雨、云全部被它容纳在内，各有各的色彩。面对这样的美景，我丝毫没有心理准备。它带给我的惊喜和谦卑之感，跟空旷的印度乡村带给我的感觉同样浓烈。是谁说过来着？越南高原的壮美景象是无法想象的。尽管我们很难去责备吓坏了的逃兵，说他没注意到如此美景，但我们应该明白，若不是这般的丰饶与秀美，法国人是不会把它变成自己的殖民地的，美国也不会为之战斗这么长时间。

"那是阿少谷。"眼镜蛇一号说。在此之前，他一直在滑稽地模仿演员沃尔特·布伦南。山脊伸入云雾当中，在下方的烟岚和阳光中，幽暗的山谷里瀑布飞流直下。眼镜蛇一号摇头说道："一大批好人死在那边了。"

窗外的美景让我目眩神迷，我沿着车厢往前走走，看到一个盲人正摸索着往车门走，他的肺像风箱一样在呼呼响。一脸皱纹的老妇人满口黑牙，穿着黑色的宽衣衫，抓着装了葱的柳条筐。还有士兵，一个面色灰白地坐在轮椅上，另一个挂着双拐，其余几个头上和手上缠着新绷带，他们所有人都穿着美军的军装，模样滑稽透顶。一个军官沿着车厢走过来，检查男乘客的身份证，这是在查逃兵。一个盲人手里抓着绳子，另一头系在给他领路的孩子腰上。军官绊到了这根绳子。车上有不少荷枪实弹的士兵，但都不像护卫队。这趟车是由桥头那些士兵护卫的，或许正因为这个，用指令引爆的地雷炸毁铁路才那么容易。晚上，地雷被滑到铁轨底下，等到火车经过的时候，预先埋伏好的人（可能是越共，也可能是岘港卡车司机雇来安放炸弹的人）就引爆地雷。

这趟旅程中，在小站的侧轨旁，我两次遇上带着孩子的老妪，她们想把孩子给我。这些孩子很像我在芹苴与边和看到的肤色苍白、头发颜色很淡的孩子，但这些孩子的岁数更大些，大约已有四五岁，听这些美国人模样的孩子说着越南话，感觉非常奇怪。但是，当你看到越南农夫的小身影出现在广袤大地上的时候，那感觉更加奇怪。那些美丽的树木、山涧、苍翠的峭壁从云层中显露出来，可就在这些优美的景致里头隐藏着他们的敌人。在火车上，我可以凝视着群山，几乎忘记了这个国家的名字，可真相离我越来越近，变得越来越残酷：越南的人民遭到了伤害，随即又被遗弃，这就好比他们穿了我们的衣服，却被错认成我们，遭到枪击；正当他们渐渐开始认同我们的时候，我们却一走了之。事实并没那么简单，但是，比起某些极度痛苦的美国人仓促之间得出的结论，刚才的说法恐怕更贴近这段哀伤的历史。那些美国人霍霍地磨着奥卡姆的剃刀，把这场战争简单地归结为"一系列暴行""一连串纯粹的政治错误"，或是"一场中断的英雄主义"。悲剧之处就在于，我们来是来了，可打一开始我们就没准备留下：岘港就是证据。

列车行驶在巨大的海云岭（意思是"云之山口"）下，这是岘港北部的一座天然屏障，看上去像罗马城墙一样。若是越共攻克了这座山口，到岘港就畅通无阻了。他们已经在远处的山坡上扎下了营寨，准备伺机而动。跟顺化到岘港之间的那些地区一样，风景最秀丽奇伟的山脉与壑谷，往往也是最惨烈的战场。以前如是，现在仍如是。过了海云岭，我们进入了长隧道。此时，我已经走过整列火车，站在柴油机车头前端的廊台上，头顶上就是耀眼的火车大灯。前方有只大蝙蝠从隧道顶掉了下来，笨拙地扑打着翅膀，在墙壁之间乱撞，想要飞到咆哮的火车头前。它俯冲下来，掠过铁轨，又飞到空中，但现在它的速度已经慢多了，此时我看见了隧道尽头的光亮，而它离车头越来越近。那蝙蝠就像是用木棍和纸扎成的玩具，里头的弹簧失了效。最终它离我只存十英尺了，那棕色的生物恐慌地拍打着瘦骨嶙峋的翅膀。它累了，往下跌落了几英尺，然后，迎着隧道尽头的光亮（那是它看不见的光亮），它的翅膀折了起来，往前俯冲了一下子，瞬间滚落在车头的轮子下。

我们穿过一片没有树木的海岬，往南和桥驶去，此时"忧郁之路"就在我们上方。这座桥有五个黑乎乎的桥洞，生锈的带刺铁丝编成了硕大无朋的环，防止水下工兵破坏。这里是岘港外部的废弃区域，这片阴森的供应基地已被南越共和国军队和非法占用土地的人接管了。陋屋和窝棚无一例外都是用战争留下的残余物资修造的，比如沙袋、塑料布、刻着"美军"字样的瓦楞铁，还有印着慈善机构名字的食品包装袋。岘港的地盘被挤到了海边，周围的一圈陆地上一棵树都没有。要说哪片土地就像被毒死了一样，那就是岘港。

战争逼得越南人学会了抢劫和掠夺。我们到了岘港火车站，午饭后在一个美国官员的陪同下，开车到城南区，美军曾在那里建了好几个大型军营。以前成千上万的美国大兵驻扎在那里，现在一个都没有了。如今兵营里挤满了难民，由于无人维护，营房的状况非常糟糕，看起来就像被轰炸过似的。洗好的衣物在旗杆上飘着；窗玻璃碎了，或是已被人用木板钉上；路中间飘起炊烟。没那么幸运的难民在缺了轮子的卡车里安了家，污水臭气熏天，两百码之外就能闻得到。

"美军收拾打包的时候，那些人就在门口和防护栏外头等着，"那位美国官员说，"就像蝗虫或别的什么似的。最后一个士兵刚走，他们就拥进来把店里洗劫一空，然后在房子里住下了。"

难民凭着敏捷的身手洗劫了军营，而越南政府的官员凭着权势洗劫了医院。在岘港（还有芽庄南部的港口），我不断听到这样的事：美军撤离的那一天，医院整个儿被抢空了，药品、氧气瓶、毛毯、床、医疗器械，一切能拿的东西都没了。中国船停在岸边，接收这些物资，带到香港再重新卖出去。但这其中还另有玄机。一个瑞士商人告诉我，在这些偷来的医药物资中，有一部分通过香港又转售回了河内。没人知道中饱私囊的政府官员捞了多少油水。有些抢劫的事情听起来太过夸张，可我相信医院这回事是真的，因为没有一个美国官员说得出来，有哪家医院还在接收病人。美国人对这种事最清楚，如果有的话，他们肯定会知道。

沿路往南，接连好几英里，破败的兵营里都挤满了越南人。有的营房墙壁上被临时挖出了新门洞，有的索性被全部拆掉，又粗粗搭出十间窝棚，从这些线索中可以看出，他们的栖身是何等仓促。营房本身就是临时的，全是胶合板，在潮湿的天气中分崩离析，还有剥落的铁皮、中间沉弯了的栅栏，这些粗糙的栖身之处没有一间能长久存在下去。如果你为那些不得不住在这种可怕营房里、士气低迷的美国大兵感到遗憾，那你更该为继承了这些垃圾的人感到遗憾。

写着"冰啤酒、音乐、美女"的酒吧招牌上沾满了苍蝇卵，酒吧空空荡荡，而且大多数都像是倒闭了。就在这天下午的晚些时候，我看见了什么是真正的玩忽职守。我们开车去海岸，就在离海边五十英尺的地方立着一座相当新的平房。这座舒适的海滨小屋是为一位美国将军修建的，他不久前已经撤离。这个将军叫什么名字？没人知道。这小屋现在属于谁？也没人知道。眼镜蛇一号大胆猜道："或许是南越共和国军队里哪个大人物的。"门廊上一个越南士兵提着卡宾枪在闲晃，他身后的桌子上摆着一堆瓶子：伏特加、威士忌、姜汁汽水、苏打水、一大罐橙汁，还有一个冰桶。有笑声从屋里传出来，带着些微醉意和沉郁。

"大概有人搬进去了，"眼镜蛇一号说，"咱们去看看。"

我们走过哨兵身旁，上了楼。前门开着，客厅里的沙发上，两个美国人正在跟两个大胸脯的越南姑娘呵痒嬉闹。那情景有种荒谬的对称感——两个男人都很胖，两个姑娘都在笑，两个沙发也是并排放着。如果康拉德那关于殖民主义的短篇小说《进步前哨》被改编成喜剧，八成就是这个样子。

"哟，有客来！"其中一个男子说。他用拳头敲了一下脑后的墙，坐直了，点上雪茄。

我们自报家门的时候，在雪茄男刚敲过的那堵墙上，一扇门开了，一个筋肉鼓绽的黑人提着裤子匆匆出来，身后跟着一个非常娇小、蝙蝠模样的女子。黑人跟我们打了声招呼，走到前门去了。

"我们不是存心来搅和好事的。"眼镜蛇一号说，可他一点没有离去的意思。他把胳膊交叠在胸前，盯着他们。他是个身量很高的人，眼神凌厉。

"你们没搅和什么。"拿着雪茄的男子从沙发上站起来。

"这位就是安全事务的负责人。"开车带我们来的美国官员说。他说的是那个拿着雪茄的胖男人。

仿佛是为了确认刚才的介绍，胖男人又点了一次雪茄。然后他说："嗯，我是这边的头儿。你们刚到？"他醉得尚不算厉害，还能清清楚楚地知道自己喝高了，而且努力想掩饰醉意。他走到外头，离开沙发上满满当当的坐垫、满了的烟灰缸，还有慵懒的女人。

"你们搭什么来的？"我们告诉这位中情局官员，我们是从顺化搭火车到的岘港，听闻此言他大惊失色，"能平安过来真算你们运气好。两个星期之前越共把它炸飞啦。"

"顺化车站的站长不是这么说的。"眼镜蛇一号说。

"顺化的站长屁也不懂，"中情局官员说，"我告诉你们，他们把铁路给炸了。死了十二个人，不知道受伤的还有多少。"

"用地雷炸的？"

"对。那种用指令引爆的地雷。恐怖得很。"

这个负责全省安全的中情局官员在说谎。可那时候我没有事实证据去反驳他。顺化的站长说几个月以来已经没有地雷袭击事件了，而且岘港的铁路工作人员也证实了这一点。可这个中情局的人急于想给我们留下"我对这个国家了如指掌"的印象，自打他的女朋友走到我们这边，伸手勾住了他的脖子之后，他就更是如此了。另一个胖子留在平房里，压低了声音在跟其中一个姑娘无比激动地说话，那个黑人离门廊有段距离，在架在两棵棕榈树间的杆子上做引体向上。中情局官员说："有一件事你们得记住。越共在村民那儿得不到一点支持，政府军队也是。所以这边才这么安静。"

越南女子捏捏他的脸，冲着海滩边的朋友大声喊着什么，她的朋友正看着黑人操起一根沉重的链子，在头顶上抡。平房里的男子出来了，给自己倒了杯威士忌。他忧心忡忡地喝了下去，看着中情局那家伙发表宏论。

"现在的情况挺有意思，"中情局官员说，"有人说，这个村子清理干净啦，那个村里都是越共，可有件事你们得明白，绝大多数人没在打仗。我才不管你们在报纸上看到什么屁话，那帮记者，肚里的屎比圣诞节火鸡肚里的料还多。我告诉你们，这里风平浪静。"

"那地雷呢？"

"啊，地雷。你们应该离火车远点，我只能说这么多。"

"晚上就不一样了。"拿着威士忌的男人说。

"呃，天黑以后，这个国家就归别人管啦。"中情局官员说。

"我看咱们该走了。"眼镜蛇一号说。

"急什么？附近再转转。"中情局官员说，"你是个作家，"他冲我说，"我也是个作家，我是说，我也能写点东西。我时不时地攒点文章出来。《男孩生活》①，我给《男孩生活》写过不少东西，还有……"

那些用越南话叫嚷着、咯咯笑着的姑娘分散了他的注意力。

"不管那些了，你们刚才说要去哪儿来着？大理石山？现在这个钟点还是离那儿远点吧。"他看看表。五点半了。"那儿可能有越共。我不知道。我可不想承担这责任。"

我们走了。走到汽车旁，我回头看看那平房。中情局官员朝我们挥着雪茄，他好像没意识到一个越南姑娘还黏在他身上。他的朋友跟他一道站在门廊上，手里摇晃着满满一纸杯威士忌加姜汁汽水。黑人回到单杠旁边，做引体向上，姑娘们在旁边数数。卫兵抱着步枪坐着。他们身后就是海。中情局官员喊了句什么，但潮水涨上来了，海浪声吞没了他的话。岘港的难民占据了兵营，而这三个人占据了将军的海滩平房。从某种意义来讲，他们所代表的，正是美国人的战争赌注余留下来的全部：颓废的感伤、酩酊中的惧意，还有过于简单的看法。对他们来说战争已经结束了，他们只是在自

---

① 美国童子军出版的月刊杂志，面向六到十八岁的美国男孩子。

娱自乐，捣点小乱。

我们向南开出四英里，靠近大理石山的地方，车子被一辆缓慢的牛车挡住了去路。我们等着的时候，一个大约十岁的越南男孩冲过来，对着车窗尖声大嚷。

"他说什么？"眼镜蛇一号问。

"骂咱们混蛋。"戴尔说。

"咱们快走吧。"

那天晚上我见到了段上校，他用"维岚"的笔名写小说。他告诉我阮文绍[①]政府的审查制度有多么苛刻（大约有十个越南作家都这么说），审查不光是政治方面的，因为《欲望号街车》也在被禁之列。由于担心自己的作品遭到审查，所以越南的小说家选择了安全的方式：翻译不会有问题的外国小说。西贡的书店里摆满了越南语的《简·爱》《海鸥乔纳森》，还有华盛顿·欧文和多萝西·帕克的作品。段上校说，尽管他可以同样熟练地使用法语和英语，但他还是喜欢用越南语写作。

"越南语是非常优美的语言，"他说，"但那种韵味很难翻译出来。比如说，男人称呼妻子就有好多种方式。他可以直接说'你'，但这是相当粗鲁的。他可以叫她'小妹'，妻子则回应'阿哥'。最美的就是男人称呼妻子为'我自己'——'我自己今天怎么样啊？'他可以这样说。还有很多其他的，比如他可以叫她'妈妈'，她则叫他'爸爸'……"

"'妈妈，爸爸，'"眼镜蛇一号说，"怪了，典型的美国夫妇也

[①]　南越的将军和前总统。

是这样叫！"

段上校离去之前，我问他，经过这么多战争、破坏、死亡、经过这么多年的占领，越南对美国人的普遍看法是什么。

段上校沉吟了半晌才开口，他谨慎地斟酌着词句。"我们认为，美国人，"他停顿了一下，"我们认为他们很守纪律……他们在战争中犯了很多错误。当然，我们认为他们慷慨大方。但我们也认为，他们没有文化——完全没有，我们完全没发现。我说的不是我的个人看法，我读过福克纳和很多美国作家的作品。我想的是一般民众的看法，越南的绝大多数人。他们就是这么想的。"

我从岘港飞到了芽庄，为的是搭火车到塔占去，可我到的那天，一堆工兵袭击了西贡城外位于芽陂的油库。一个上午，越南燃油存量的一半就被抽光了。当局施行了燃油配给，因此我取消了行程。由于我还得驱车一百英里赶回来，这一趟就纯属多余了。我找了辆自行车，在镇子里转转，看看那些废弃的别墅，然后去海边餐馆吃了顿鳗鱼。第二天，我在芽庄机场等了好几个钟头，等待飞往西贡的飞机。终于来了一架 C-123，机上载满了舒洁面纸、高洁丝卫生巾、豌豆、厕纸、葡萄汁、一大箱美国加州产的精米（真怪，芽庄就是个稻米产区），还有一辆 1967 年的道奇车，这是当地一个美国人的。

飞回西贡的路上，我们遇到了大雷雨，吓得我魂飞魄散。俯仰晃荡的飞机宛如鲸鱼，而我被安全带捆在它的胃壁上，那三位中国飞行员也没让我宽慰多少。我"充分"地恢复过来，做了两场演讲，估计我的模样跟诗人奥登在"巡回路上"中描写的差不了多少：

一场蠢到家的发言

一张失魂落魄的脸

之后我去了新山一机场，准备飞往日本。若是时局好，我会搭火车去河内，然后换车去北京，取道沈阳和汉城，到釜山去，再坐船去搭日本的九州快车。或者，我也可以从北京出发，经由蒙古的乌兰巴托，直接去往莫斯科，然后回家。铁路的路线清清楚楚——从河内火车站到伦敦的利物浦街火车站。或许将来哪一天吧……①

---

① 现在（1975年4月），我坐火车经过的绝大多数越南城镇都被炸毁了，它们全部被占领，很多人被杀。对于幸存下来的人而言，未来是哀伤黯淡的，顺化和岘港之间的小火车也不再运行了。——原注

第二十六章
日本的早班特快：东京到青森

在日本，我准备采购些去西伯利亚能穿的衣服。当然了，我还有火车要坐，还要做演讲来赚车费，但余下旅程里穿什么是我首要的问题。到东京的时候，我身上穿的是这三个月来在热带地区的行头，都是快干型布料。衣服上沾着咖喱汤汁，有些地方脱了线，由于路途上坐着的时间太长，裤子后头都磨得发亮了。在寒冷的日本，这些衣服已经不够御寒，到了伯力肯定会冻出病来（苏联的列车时刻表上会写出平均气温，伯力那边大概有零下三十度）。当时已是十二月。寒风卷起沙砾，街车排出尾气，高楼大厦之间排出上升的通风气流，那是大都市冬天来临的标志。这一切都让东京的冬天显得更加寒冷。我花了两天时间寻找暖和的衣物，可日本的服装不是为西伯利亚的严冬设计的，而且号码都很小，价格又贵得吓死人。

日本人说起本国的昂贵物价时，总是带着一种不正常的骄傲态度。但这只是衡量财富和通货膨胀的手段罢了，我怀疑事实是不是真的有他们说的那么严重。我问起这里的消费水平，可这种怯怯的提问纯属老外的最初级问题，那些住在此地、了解情况的人早把答案预备好了，用天文数字把你吓一大跳。一件和服多少钱？"一千美金能买一件不错的。"吃顿饭多少钱？"绝大多数餐馆里，二十美元够了——一个人。"一瓶杜松子酒呢？"进口货要二十美元以上吧。"我难以相信，大笑起来，一个美国人带着没来由的野蛮态度对我说："听着，在这地方想买杯不到一美元的咖啡，门都没有！"后来我得知，东京郊外有个地方，据说一杯咖啡（包括奶和糖）要卖到四十美元。这种漫不经心的回答，就像学校里高年级生对新入学孩子脱口而出的话，吓唬他们只是为了让他们离得远点。住在泰国的美国人会教你："绝对不要拍泰国人的头顶，在这个国家，脑袋是神圣的地方。你要是拍了，可能会丢了小命。"他们给你讲泰国神秘的宗教礼仪，以及日本神秘的消费水准，是为了让你仔细想清楚，到底要不要留在此地。没人会告诉你，花小钱也能住在日本。但这也是有可能的，比如说住在日本的小客栈里，习惯那种叫作"拉面"的大碗汤面的味道（茶水不要钱），然后搭火车出行。这边的水果也不贵，因为日本向南非购买便宜的橙子、苹果和橘子，而南非能开心地换回收音机。他们是如此感激，以至于正式宣称日本人属于白种人。银座还有家麦当劳。但冬衣就是另外一回事了。我看到的绝大多数外套都开价一百美元以上，我最终买的一件修身兔毛领外套花了我一百五十美元。手套、围巾、羊毛帽子等花光了我第一场的演讲费。可我不单是为了西伯利亚准备的，我在十二月落雪的北海道还有一场演讲，那个地方在北边，要换两趟火车。

入夜后的东京街头挤满了兴高采烈、大呼小叫的日本人。还有些没那么兴奋的人，直挺挺地醉倒在"森拉面"或格拉斯哥酒馆门前，有的人瘫倒在歪斜后巷的人行道上——酒劲上来了，管他在哪儿。这些人是在庆贺奖金到手。日本员工一年能领两次红包，十二月就是其中一次，而我到的那天正巧赶上发钱。午夜时分，我看见了日本人醉酒的各个阶段，从最早的"提高音量"，到最末的"瘫倒在地"——倒在酒馆的地板上，或是寒风刺骨的街头。在这两个阶段之间，他们就呕吐、高歌。看见这番醉酒景象，也算是我来日本拿到的"红包"吧。他们被朋友拽着搀着，其中不少处在高歌阶段的酒客，借着酒胆朝我这个方向狂喊。十二点过后，醉酒的人少了，街上安静下来，穿着和服、裹着围巾、脚踩厚底拖鞋的女士们出来遛狗，手中牵的都是皮毛光滑的健壮猎犬，无一例外。两位女士轻柔地说着话，朝我走来。狗儿停下脚步，弯下后腿大便，其中一位女士拿出早已准备好的纸，一边继续跟友人说话，一边娴熟地铲起狗屎，扔到旁边的桶里。

直到她扔东西，我才看见那个桶：唯有近距离观察，才能发现东京的秩序。从远处看它像一团乱麻，但唯有认真研究之后，种种精心的设计才会浮现在眼前。你看到了滑动门；隐蔽而整齐地装在墙上和桌下的灯，灯的开关装在你几乎注意不到的地方，上面标着"明亮"和"柔光"；桌子、侍者、从墙壁里伸出来的水龙头；地铁里的机器卖票给你，还在上头打个洞；会消失不见的椅子；无声无息的列车，上车时，不知从哪里伸出一只胳膊，把等车的人推上车去（此人专门就是干这个的）。晚上七点，店铺打烊的时候，两个姑娘穿着制服出现在大门边，她们向每个客人鞠躬，说着"谢谢光临"和"欢迎再来"，次日清晨她们还会出现在同样的位置。在新宿庞大的伊势丹商场，职员们列队站在柜台旁，对第一批客人说着"早晨好"，让顾客觉得自己就像个股东。样样都在井井有条地运转，洋溢着彬彬有礼的气氛。

一家商场的墙上一口气挂了四十八个彩色电视机，真是令人叹为观止的电器展览。尽管那位小个子日本政客出现在四十八个色彩鲜艳的屏幕中，他也不会因此变成温斯顿·丘吉尔，但这种陈列方式反映了日本人在小玩意儿上的审美趣味。美国也有类似的消费之痛，但日本人的性格中必定有些什么因素，能让他们免于承受那种绝望。拼命消费的美国人有种内疚的自省，如果说日本人也有这些疑惑的话，那他们并未表现出来。或许犹豫不是他们的国民性格，或许犹豫的那个人已被购物人潮踩在了脚下——这是一种自然选择，是资本社会对抗自省的做法。让我印象深刻的是，这个民族的行动整齐划一，就像是被编了程序般，遵循着某种预先制定的计划。看到他们在地铁里自动自发地排队，在售票柜台和自动售票机前站成一列，你很难不去想这些人脑子里都装了印刷电路板。可我的结论渐渐发生了变化，因为我发现地铁站里的人在和秩序对抗：列车到站，车门刚打开，不少之前安静排队等待了很长时间的人就打破队列，推挤着，甩着背包和随身物品，拼命挤进车里。

到目前为止，在这趟路程中我都设法避开了所谓的"文化之夜"（这就是卧铺车厢的又一项附加好处）。在那种场合下，你被关在一间热烘烘的屋子里，给身上挂着羽毛和珠串的舞者和歌手鼓掌，他们的演出差劲得很，却借着"传统"的名义为自己开脱。可是，坐早班车去青森的前一天晚上，我有那么点空闲时间，现在我也记不起来是出于什么具体的理由，我竟决定到日剧音乐厅去看一场两个小时、名为《绯瓣雪肌》的演出。节目广告做得颇有几分学究气，是为了纪念日本剧作家近松门左卫门①的两百五十周年诞辰纪念。后来我发现，就连日本的虐待狂都很有历史感。观众席上只有两三个老外，余下的都是日本人。要是换了其他任何地方，这种文化之夜肯定是游客的天下。我有种感觉，从这个大型演出中我肯定能领悟到某些心得，看看日本人是如何度过闲暇时光的。

灯一灭，两个中年妇人就冲出过道，咯咯笑着坐到了第一排。开场第一个节目是大腿舞，十个日本女孩子戴着金色的泰式头饰，上身穿了一丁点，下身穿着小小的、缀着金色亮片的比基尼短裤。在敏捷地高踢着大腿的队伍面前，领舞演员站在一个旋转的基座和一堆狂舞的金蛇中央，从舞台底下升上来。我哀叹一声。音乐刺耳地响着。我翻了一圈报纸，否决了能剧和歌舞伎表演，居然来看这场真空上阵的舞蹈。我想走了，第二个节目之后我几乎就要站起身来——一个脸上敷了厚粉、幽灵模样的中性人唱了一支日本歌，宛如彻底走调的钢琴。我坚持看下去，在裸露中找到微弱的吸引，从"好呀！查尔斯顿！"和"黑色的哭喊"两支舞蹈中发现某种怪异的欢畅（后者是一支生气勃勃的舞，讲的是爵士歌后比莉·霍利迪的死；日本演员涂着黑脸扮成黑人，与其说它是对种族问题的评论，不如说是那种白人扮黑人的歌舞表演）。到目前为止，绝大多数都在模仿美国无线电城音乐厅里的演出，但接下来的节目就跟西方完全没有关系了。

节目名字叫作"Aburagoroshi"，邻座的日本人开心地译成"油杀"。开头是一段影片，两个女人跑进一个房间，地上有个装了油

---

① 近松门左卫门（1653—1724），日本江户时代净琉璃和歌舞伎剧作家。原名杉森信盛，别号巢林子，近松门左卫门是他的笔名。

的宽池子。这种电影本该在大学电影社团里上映的，就是那种每年放一次安东尼奥尼的《奇遇》、印度电影《大地之歌》和冗长的东欧动画的地方。影片里充斥着做作的追逐、怪异的镜头角度，还有正儿八经的歇斯底里——总让我想起电影社团里放的那些东西。一个女人滑跌进了油池，另一个朝她猛扑过去，两人厮打起来。她们尖叫着，撕拽着对方的头发，咬牙切齿地咒骂着，每次那个被追的女子尽力想逃跑的时候，就会滑倒在油里，被对方摁得死死的。镜头拍摄了滴油的指甲、油腻腻的头发、臀部、胸部、膝盖，还有令人发指的电影特效，就好像一张大嘴要吞噬掉整个屏幕。

电影的虐待意味越来越浓了，正当这段电影在舞台背后的银幕上播放的时候，两个裸体的日本女子从舞台正中的"井"里现身，照搬银幕上的情节，现场表演起来——也就是说，她们模仿着片中的虐待情节，装作相互厮打。银幕上的两个女人已经浑身闪着油光，一个张嘴朝另一个的臀上咬去，被咬的那个猛烈地踢腾着腿，你能预见到这会有什么结果。咬人的分开腿跨坐在被咬的身上。这两组表演同时进行着，两个在舞台上翻滚扭打，两个在银幕里又踢又踹。镜头拉近了，给观众展示伤痕，血和油混在一起，从四肢着地的女人胸部滴流下来。这出娱乐节目的结尾是两名女杀手得意洋洋地骑在猎物沮丧的躯体上，剧场里响起了更热烈的掌声。

下一出戏叫作"Ten No Amishima"，开头相当纯情，一个男子在爱抚一个女人。我问正在咧嘴微笑的邻座，这名字是什么意思，他说这只是日本海里一个岛屿的名字，是这段激情戏发生的地方。随着剧情的展开，我衷心希望这地方没在我的行程表里。现在男子贴在女人身后了，用不着多少想象力就能明白，他正在强硬地鸡奸她，揉着她的胸部，就像在挤捏柠檬——是柠檬，而不是葡萄柚。跟刚才一样，两个姑娘上台来了，用象征性的方式演示着影片里的画面。整整十分钟的情色镜头过后，结局来了。正当舞台上的两个女子做出性爱姿态的时候，银幕中的男人跳到了女人身上，高潮来临的一刻（唯一的提示是脸上抽搐了一下），他从床垫下抽出一把泛着寒光的剑，切断了情人的喉咙。镜头给致命伤口来了个特写，鲜血沿着已死女子的胸部流下（看来这是流行的高潮桥段）。我走到大堂里，去呼吸两口新鲜空气。

我没多少动力回去看"血染的玉体"，但我看了"日本沉没"。这是一出闹腾而又搞笑的演出，十个裸体女子和十个兼具两性特征的男舞者演绎日本最终如何沉没。最后一个节目是个单人表演，名叫"奥娜切腹"，一旦你明白了奥娜就是台上女子的名字，而她正在脱去和服、拔出一把剑刺入自己的肚腹，那这个标题的意思就相当清楚了。台下有个男人朗诵着什么，听上去像是一首仿写的日本诗，格律像是爱伦·坡的《乌鸦》。痛苦的奥娜全裸着，把剑刀刺入肚子，横向一拉。鲜血从她的腹部喷涌而出，洒在舞台上，她滚倒在地。可她还活着。她起身跪在地上，诗歌还在吟诵，她把剑刺向自己的左腿、右腿、两只胳膊，大量的血流了出来。日本人真是聪明，直到她刺到第六次，我才看出她每次都在刺一个小小的血袋。现在她已经满身是血了，身下的榻榻米也满是黏稠的血，前排的观众拿手帕擦拭着脸。最终她成功了。她向虔诚的观众展示血染的身躯，然后把滴着血的刀刺入喉咙，钉住了脑袋，就像棍上的棒棒糖。血涌到她的下巴上，她软倒在地，摊开了四肢。地板旋转起来，让每个人都能看到这场自残的景象，之后它沉入舞台，隐没之前还短暂地停留了一下，灯光打在奥娜抬起的一只血手上：灯灭了，观众一片欢呼喝彩。

在日剧音乐厅外，日本男人们深深鞠躬，相互道别。他们刚才带着挑剔的淡漠态度观看演出，随即又如此热烈地为野蛮的情色演出鼓掌，笑咧了嘴，尽管没有返场也甘之如饴。他们向朋友彬彬有礼地低声道着再见，以旧式情侣的温柔，挽起妻子的手臂，在刺目的街灯下，他们微笑着，如天使般纯洁无瑕。

开往青森的早班子弹头列车每天下午四点从上野站出发。这趟车叫作"早班"，指的是到达青森站时间很早，而不是从东京出发的时间早。上野站里挤满了头戴毛皮帽子的人，拿着滑雪板和厚厚的冬衣。他们是去度假的，目标就是青森的冰天雪地。但车站里也有返乡的人，他们身材更矮，肤色更黑，长得像因纽特人，他们是要回北海道去。日本人管他们叫作"nobori-san"（乡巴佬），这个词的字面意思是"扫兴的人"；这些上东京去观光的乡下人被人看作是土包子。火车上，他们老老实实待在位子上，踢掉沉重的鞋子，闭眼睡觉。要回家了，他们看上去如释重负。身边的行李是从东京买的纪念品：用玻璃纸包着的点心、报纸裹着的花儿、丝带扎着的果脯蜜饯、身披薄绢的娃娃、装在盒子里的毛绒玩具。日本人在包装方面可真是好手。这些日本旅人的主要行李就是装着这些纪念品的塑料购物袋。不过"乡巴佬"也有其他行李，他信不过日本国家铁路局售卖的食品，于是自己带了午餐。睡醒一觉之后，他从脚边摸索出一个带盖的锡罐，里头盛的是米饭和鱼。他也不从扶手椅上站起来舒展舒展身子骨，就吃了起来，有时吹吹，有时啷巴啷巴嘴。火车本身很安静，我记得的日本火车声音就是咀嚼声，还有宛如吹气球般的声音。

喇叭里响起十声叮叮当当的音符，然后是预先录好的广播，提醒乘客到站了。这种预先提醒是必不可少的，因为停车的时间特别短：南浦和站停十五秒，宇都宫站一分钟，两个小时后，福岛站再度停车一分钟。要是事先没有准备好，八成会被车门夹住，或是彻底下不去车。有经验的日本人早在音乐和广播响起之前就提着行李站到了车门边，车一停，门刚开条缝儿，他们就疯狂地挤下车去。站台是专为提着重行李的拥挤人群设计的，边缘与车厢地板齐平。火车车厢里的灯永远不关，弄得人无法入睡，但半夜两点，火车到站仅停十五秒的时候，乘客可以早早收拾好行李准备下车。

这份效率！这种速度！但我渴望的是印度火车的懒散腔调，木质包厢里萦绕着咖喱和雪茄的味道，宽宽的床铺；洗衣单据上标着"女士背心"和"衣领"；水槽上方摆着一罐水；外头的过道上，列车员的托盘上放着啤酒。这种火车会一路咔嚓咔嚓地响，应和着老歌的旋律，充分体现出火车市集里最精彩的神韵。在这么慢的火车上，几乎不可能被"达菲尔"。

没有任何气味的日本火车弄得我十分焦躁，让我有种汗流浃背的紧张感，这种感觉总让我想起飞机。我重新出现了那种幽闭的恐惧，就像在泰国南部坐国际快车时的症状：经过数月的旅行，铅一般沉重的焦虑感悄悄向我逼近。我的出行条件够理想的了，可旅行依然让我陷入焦虑。在很多地方，我已经感觉到，持续不断的前行把我和周围的环境如此彻底地分离开来，以至于我有可能身处任何一个奇异的地方，不断地被内疚困扰着，就像是屡屡失败的失业人士。去青森的路上，这种带着挫败感的恍惚状态攫住了我，我觉得这跟这趟子弹头火车很有关系：车速快，空气干燥，乘客都静默无声，就算他们说话我也听不懂。我被双层玻璃困住，那窗户甚至没法开！入夜了，火车呼啸着经过空荡明亮的乡间车站，长时间沉浸在强烈疏离感中的我（这种感觉我之前也体验过），刹那间忘记了自己身在何处，又是为何而来。

车上看的书让我更提不起劲来。那是江户川乱步的《日本怪谈故事集》。他的真名是平井太郎，笔名其实是日语的爱伦·坡，就像这个名字一样，他擅长写恐怖故事。他的小说写作手法有些笨拙，那宣扬佛教的真宗理念、散文式的写作风格看得人心烦。尽管如此，我还是被这些技巧生涩的故事吸引住了，因为就像观看日剧音乐厅里上演的毛骨悚然的"双人舞"一样（日本观众认为那是娱乐），你很难忽视作品中的恐怖色彩。从这些小说中，你能再次瞥见日本人的苦闷心灵。可是，这该与眼前的一切如何调和呢？过分明亮的列车宛若是在晶体管的指挥下前行，车中的乘客均静默无声。某些地方不对劲，我读到的东西和这些乘客的形象是冲突的。有一篇题为《镜子地狱》的小说中，主人公是个"对光学和镜子有怪癖喜好"的少年，他把自己关进一个内部做成镜子的大玻璃球中，对着自己畸形怪异的映像自渎，最终在窥视癖中发了疯。我的座位对面就是个差不多年纪的男孩子，正平静地盯着前排人的脑瓜。在另一篇小说《人椅》中，一个"丑得难以描述"、好色的椅子工匠，藏进了自己做好的一把椅子中，还在里面储藏了食物和水，"出于另一种需要，我还往里塞了一个大塑胶袋"。他藏身的这把椅子被卖给了一位漂亮女士，每次她坐下时，都带给他一种战栗，她却全然不知自己正坐在一个男子的大腿上。那男子对自己的描述是"一条虫……一个令人生厌的怪物"。人椅会自慰，还给这位可爱女士写了一封信（也不知是怎么写的）。在这列早班车上，离我几个位子远的地方坐着一个矮胖的丑陋男子，拳头紧握着搁在膝头上，可他在微笑。江户川乱步的书弄得我心烦意乱，我终于抛下了它。我很遗憾自己对日本的了解是如此之少，可让我更加遗憾的是，这列飞速行驶的列车上连个躲一躲的地方都没有。

我身边坐着一个年轻女孩。旅程刚开始没多久，我就确认过她不会说英语。自打我们离开上野站，她几乎一直在看一本厚厚的漫画书。到达本州岛的最北端之后，在陆奥湾的野边地车站（停车十五秒），我向窗外望去，结果看到了雪——雪落在铁轨间，覆盖着月光照耀下微蓝色的大地。女孩站起身来，往车厢那头的洗手间走去。一盏"有人"的绿灯亮了，趁这工夫我看了看那本漫画书。这一看之下，真是大开眼界，瞠目结舌。漫画里画着斩首、吃人肉、有人像圣塞巴斯蒂安 ① 一样被乱箭穿身，还有人身上燃起烈焰，呼啸而来的掠夺大军在砍杀村民，人的断肢上滴着血。总之，这漫画极端暴力。画得不算好，但非常清楚。血腥的故事中穿插了简短的搞笑情节，有三幅都是关于放屁的：一个被抓的男子（或女子）弯下腰，露出肥满的臀，朝着俘获者的脸放出一团臭气（用弯弯曲曲的线条和云朵状的图来表示）。绿灯灭了，我放下漫画。女孩回到座位上，哦，老天啊，她继续娴静地看起难受的漫画来。

喇叭里说，列车已到青森渡口，还指示乘客如何转船。广播

---

① 圣塞巴斯蒂安在三世纪基督教迫害时期被罗马皇帝杀害。在文艺作品上，他被描绘成捆住后用乱箭射穿的形象。

的第一个音刚响，乘客已然站在了车厢过道，列车刚进站，他们就冲出门去，拥到月台。鸡农提着纪念品，老妇人踩着木屐，年轻人扛着滑雪板，女孩拿着漫画书。他们走过车站大厅，上楼梯，下斜坡，越走越快，相互挤撞，脚上踩着拖鞋——脚丫好像分成了两个宽宽的脚趾。女人们拖着小碎步，男人们迈开腿跑。到了十字转门的渡船检票口，六个检票员招手指挥大家走过跳板，找到自己的座位：头等绿票舱、普通舱、卧铺、二等无毯舱、二等有毯舱（在这里乘客可以盘腿坐在地上）。十分钟之内，一千两百名乘客已经从火车挪到了渡船上，早班火车抵达青森站十五分钟后，十和田号渡轮大声鸣响了汽笛，离开岸边，开始横穿津轻海峡。在印度的拉梅斯沃勒姆港，类似的车船调度花了大约有七小时。

我坐在绿票舱里，里头还有大约一百五十个人，都像我一样在摸索着调整靠背椅。这种椅子是往后倾斜的，灯光还没调暗，不少人已经打起了呼噜。四个小时的航程中，气候相当恶劣，青森的雪已然很深了，而我们此刻就在暴风雪中航行。船身剧烈地晃动着，装备发出低沉的不祥呻吟，水沫飞溅到甲板上，雪花搓绵扯絮般在舷窗外纷纷飘落。我走到刮着大风的甲板上，却受不住寒冷和眼前那一大片黑暗的海水和落雪。我窝进椅子，想睡一觉。由于暴风雪的缘故，每隔四十五秒，渡船的汽笛就要拉响，那悲鸣一直传入海峡深处。

清晨四点，耳边响起了鸟叫声。吱吱啾啾的鸣啭原来是喇叭里发出的，又有广播了。可外头还非常黑。喇叭里说了几个词，人人都站起身来，挤到舱门口。渡船靠岸了，跳板放了下来，舱门打开，大家踏上函馆车站前斜坡上的干雪，冲向正在等待的列车。如今我也在小跑了，跟上了日本人的速度。在青森，我得知只有不到十五分钟的时间登上向北开往札幌的火车，我可不想被"达菲尔"在这么个与世隔绝的地方。

第二十七章
大空特快：函馆到札幌

"穿过县界长长的隧道，便是雪国。夜空下一片白茫茫。"川端康成的《雪国》开篇两句就像是在说大空（Ozora），离开函馆一小时车程的地方（但作品中的雪国被作者设置在了本州岛的西边）。现在是十二月的清晨五点半，我从未见过如此茫茫大雪，六点之后，太阳出来了，金光照在雪堆上，雪地像沙漠般闪着耀目刺眼的光。觉是睡不成了。我在车厢里来来回回地走着，把看到的一切都拍下来，没有一个日本人会反对我这么做。

餐车里，一个日本人告诉我："这趟车之所以叫作'大空'，是因为北海道是一块头顶辽阔天空的土地。"我想请他多给我讲讲，可他叫道"饶了我吧！"，匆匆走开了。看起来车上是没有能说英语的人了，可我吃早餐的时候，一个美国人走过来自我介绍，说他叫切斯特，问我能否同坐。我说好。看见他我很高兴，这下我可以放心了——我依然有跟陌生人搭话的本事，也依然喜欢旅行。前一天我的"晕旅行症"弄得我心烦意乱，我觉得那是一种恐惧心态，在日本带着这种心理状态可不好。切斯特是从洛杉矶来的。他留着八字胡，穿着伐木工人式的衣服：方格子羊毛衬衫、斜纹布裤子，还有系带靴。他在函馆教英语，刚才就是在那儿上车的。函馆的人都很好，但天气实在糟糕，他的房租很贵，生活成本也实在高。他这是要去札幌过周末，看望一个姑娘。我是去做什么呢？

我觉得撒谎不大吉利，心里那点臆想症让我迷信起来了。于是我一五一十地把这趟旅程讲给他听，还说了沿途国家的名字。我说我已经记下了笔记，等回到英国，我会把这次旅行写成书，名字就叫作《火车大巴扎》。我又继续说下去：我说等他一走，我就会把他刚才说的话都记下来，说这里的人真的都很好，但天气实在糟糕，我还会描写一下他的胡子。

我这一番直抒胸臆却造成了个奇怪的效果：切斯特以为我在扯谎。我跟他保证我所言句句属实的时候，他开始用一种开玩笑的、颇带着安抚意味的口气跟我说话，就好像我是个疯子，而且很可能马上就会变得狂躁起来。原来他对游记一向反感，他说他不想伤害我的感情，可他觉得游记这玩意儿一点用也没有。我问他为什么。

"因为人人都旅行呀，"切斯特说，"所以谁会看游记？"

"人人都做爱，可这不会影响作家拿性当主题——我是说，人们还是会描写它。"

"那是，可你说的是旅游，"他说，"在美国，一般人都不爱去近的地方。我认识好多人，都是普普通通的中产阶级，他们去的地方都挺远的，比如伊斯坦布尔、安卡拉、塔希提，什么地方都有。眼下，我那帮哥们指不定在哪儿待着呢。所以他们去过了，谁还会看书啊？"

"我不知道，可他们喜欢出门旅游，或许意味着他们会对游记更感兴趣。"

"可他们已经去过了啊。"他顽固地说。

"他们是坐飞机去的，那就跟坐潜艇去差不多，"我说，"火车不一样。你看现在，要是咱们坐的是飞机，肯定就不会像这样聊天了。不管怎么说，人们在国外看到的东西不一定都一样。我认为，耳闻会影响目睹，没准还会完全改变你对某个地方的印象。听到一声尖叫，原本普普通通的街道可能就变样了。一阵香气或许能让一个恐怖的地方变得很有魅力。你正看着一个莫卧儿时期的宏伟陵墓的时候，听见旁边有人说'蓝芝士鸡肉意面'或'老鼠洞'，结果整个陵墓看上去就像是面团做的了……"

　　我为切斯特瞎编的这套胡说八道算是怎么回事？我必须向他证明自己是个神志清醒的人，我没法摆脱这个念头。我急着证明自己很清醒，结果唧啵唧啵说个不停，可这份啰嗦恰恰推翻了我想证明的东西。切斯特斜眼瞟了我一眼，颇带怜悯地把我归了类，这下我觉得自己比以往任何时候都更像伊夫林·沃笔下的平弗尔德了[①]。

　　"或许你是对的，"他说，"哎，很高兴和你聊天，可我还有一大堆事情要做。"他匆匆离去了，余下的整个旅程中他都躲着我。

　　火车穿过了钝角形的半岛，从函馆到了森町。我们沿着内浦海湾绕了整整一圈，初升的朝阳映在水面，映在海岸的雪上，光线愈发明亮了。我们继续沿着海岸的主干线走，路线直而平坦。内陆的方向立着悬崖峭壁，偶尔还有几座火山。当火车猛然转向，朝着内陆驶去的时候，樽前山出现在左边。火车现在转入了千岁线，朝着札幌驶去。戴着折耳帽、身穿厚厚冬衣的人在铁轨旁干活，把木杆捆在一起，扎成防雪篱笆的骨架。我们离开了太平洋最西边的海

---

　　① 即伊夫林小说《吉尔伯特·平弗尔德的苦难》中的主人公，他是个精神处于崩溃边缘的小说家。

岸，一小时后已经接近札幌，在那里的山上可以看到蔚蓝的日本海。挟带冰雪的西伯利亚寒风在这片海面上不间断地呼啸，十二月的北海道覆着厚厚的积雪。

可火车上的滑雪客不超过三个。后来我问明了原因。现在不是滑雪的季节，滑雪的人晚些时候才会大批拥来，挤满山坡。日本人喜欢扎堆，娱乐休闲时非常遵守季节规律，从不抢跑。他们在滑雪季节到来时滑雪，在风筝季放风筝，其他节令划船、去公园里散步。札幌的雪极其适合滑雪，可我在山坡上看到的人影从没超过两个。尽管九十米高的滑雪跳台已经盖上了硬邦邦的雪，表面还覆盖了雪粉，如今却空空如也，直到滑雪季到来才会开放。

领事馆的司机渡边先生在车站接到了我，带我到札幌市内逛了一圈。札幌看起来像是冬天的威斯康星州的城市：它像是用丁字尺画出来的一样，街区是方格状的，堆着脏雪，街上林立着二手车商店、购物中心、霓虹灯、汉堡店、夜总会和酒吧。十分钟之后我叫停了这趟城里观光，可说了跟没说差不多——我们堵在车流中动弹不得。开始下雪了，几片大的雪花先作了提醒，之后雪片变小了，纷纷扬扬飘洒起来。

渡边先生说："雪！"

"你喜欢滑雪吗？"我问道。

"我喜欢威士忌。"

"威士忌？"①

"对。"他一脸严肃。前头的车子往前挪了几英尺，渡边先生跟

---

① 滑雪 ski 和威士忌 whisky 在英文中押韵。

上去，然后停下。

我说："渡边先生，您跟我开玩笑吧？"

"对。"

"你不喜欢滑雪，你喜欢威士忌。"

"对，"他仍然蹙着眉头，"你喜欢滑雪？"

"有时候吧。"

"咱们去九十米高的滑雪跳台。"

"今天就算了吧。"我说。天色暗了下来，上午的风雪给整个城市染上了一层暮色。

"这边都是住宅。"他指了指一排方方正正的房子，在商场、酒店和许多酒吧的对比之下，房屋显得很矮，也很拥挤。店铺和酒馆的霓虹灯亮起来了。北海道是日本发展最晚的地方，札幌的商业中心是簇新的，有着美国式的比例和冷清，不是一个欢迎陌生人流连的地方。渡边先生看我有点无聊。他说："想去看看动物园吗？"

"哪种动物园？"

"野生动物。"

"关在笼子里的？"

"对。很大的动物园。"

"还是不去了，谢谢。"车流又向前挪了五英尺，停下。雪越来越密了，在人行道上的购物人群中，我看见三个女人身穿和服，裹着披肩，头发梳成圆髻，还插着宽宽的梳子。她们顶着风雪举着阳伞，穿着三英寸高的木屐迈着小碎步。渡边先生说她们是艺伎。

"这个钟点，艺伎出去做什么？"

"或许是去吃螃蟹吧。"

我想了想他是什么意思。

他说："你喜欢螃蟹吧？"

我说："很喜欢。"

"去吗？"

我只能说不。我想去看的是温泉胜地定山溪，在离开札幌二十英里外的群山里。这是受了川端康成的影响，在我看来，他那篇小说越来越像契诃夫的《带小狗的女人》。去温泉度假的岛村跟一名艺伎定下漫不经心的约定，后来他迷上了她，痴情违逆了理智，他再度回到温泉去。他说："不然谁会在十二月里到这么个地方来？"

渡边先生同意载我过去，他问道："泡澡？"

"可能去泡澡，也可能去看看。"我说。

他明白了，次日我们到了定山溪。

就日式沐浴来说，"泡澡"是个很形象的词，因为它不只是冲洗身体，而是裸身躺在热气蒸腾的公共浴池里，沉浸在幸福感之中。可泡一次澡要五千日元，将近二十美元了，我没有那么多日元可用。无论如何，定山溪的雪几近暴风雪的程度。大团大团的乌云悬在难看的小村上空，村里的房屋密密麻麻地挤在一起，看起来就像是从秀美的山壁上滑下来的。这里整个冬季都在下雪，积雪太深了，村民在雪堆下挖出了通道。房屋顶着瑞士式的宽屋檐，消防栓的标记有十五英尺高。

落雪掩住了所有的声响，汽车寸步难行，人们闭门不出。雪花还在飘着，落在雪堆上，积在山谷中，抹去了物体的形状，低矮的房屋在白茫茫一片中变成了零星的剪影：一片突出的屋檐，一块墙面，一根冒着烟的烟囱。招牌只露出上半截，在模糊的飞雪中，厚雪掩盖下的松林显出简单的轮廓。一群乌鸦让我大吃一惊，唯有它们飞起的时候，才能看出刚才它们原来栖身在树上。一家小客栈的后院里，还有更多乌鸦在啄食。它们飞起来，栖息在一片空茫中，躁动的黑羽指出枝条的所在。我想拍一张乌鸦在雪地里飞的照片。我冲鸦群拍拍手，想轰它们起来，可它们动也不动。我又试了一次，结果绊倒在雪堆里。我站起身来的时候，一个挽着篮子的日本妇人从旁边经过，她用日语大声说了句什么，重重地踩着雪走开了。渡边先生笑得掩住了脸。

"她说什么？"

他犹豫着不肯说。

"说吧，没关系。"

"她说你发神经。"

我转向那个妇人，冲她呱呱地大声学乌鸦叫。她转过身来高喊了一句（据渡边先生的翻译）："我说得没错吧！"

我们走到小村边上去，斜坡上有几个滑雪的人困在那里。暴风雪中的三个小点向我们挥着手，仿佛受困的鸟儿。听不见声音，只能看见他们模糊的身影。随后我们沿原路返回，找了家餐馆。吃饭的时候，我们的鞋子捂在被炉里烤着。这种炭火盆是绝大多数日本家庭的取暖器具。除了它，还能列出一长串类似用品清单，证明日本人工作在二十世纪，却生活在十九世纪。下午快过半的时候，我们离开了。离开定山溪还不到半英里，雪停了，天色转晴，阳光下的山势显得十分宏伟。我回头看看晦暗的定山溪，暴风雪像个诅咒般，依然笼罩着那里。

渡边先生问："想不想去看看克拉克博士？"

来自美国马萨诸塞州的威廉·S. 克拉克是札幌历史上最受尊敬的人之一。我以前从没听说过他，但后来得知他当过马萨诸塞阿默斯特农学院的校长。他是个神情严肃的人，饱满的前额显得很有智慧，还留着酒馆老板式的胡子。1876 年，克拉克博士参与创建了札幌农学校。如今他的铜像成了这个城市的圣物之一。事情是这样的：在札幌当了八个月大学校长之后，他上马准备回美国去。学生们送他到札幌郊外的岛松，他调转马头，对学生们发表了一番讲话。他的离别赠言是："年轻人，要胸怀大志！不是为了金钱，不是为了权势，也不是为了云烟般易逝的所谓名望。胸怀大志，是为了追求人理当达到的境界。"

这篇告别演说令日本人振奋不已（"从那时起，'年轻人，要胸怀大志！'这句话成了我们年轻人的人生目标。"——《札幌旅行手册》），可是，一个从美国马萨诸塞州来的男人被人铭记，是因为他告诉日本人要胸怀大志，我觉得这太搞笑了。克拉克博士！

我做了演讲。三个多月前，在伊斯坦布尔我谈到了美国小说的传统，我暗示说，它是独特的、本土的。在印度，我推翻了这个观点的绝大部分，等我到了日本，我绕了一大圈又回到了原点，我认为，美国文学的真正传统全部继承自欧洲。美国小说与西方小说一脉相承，就算是我们认为最有美国特色的作家，比如马克·吐温和福克纳，英国小说对他们的影响跟他们从本土汲取的灵感一样多。定义美国的小说传统，就像博尔赫斯定义阿根廷的一样简单：全都属于西方文化。这个看法（或许是真实正确的）听得日本人十分不安。演讲结束时，他们站起来鞠躬道："我们没读过博尔赫斯先生的作品，但我们读过莱斯利·费德勒[1]。他说过……"

"为什么不留下来喝一杯？"演讲结束后，我对走廊里的一个漂亮日本姑娘说。这是我心底的岛村在说话。她把脸埋进毛领子，拂拂黑色的头发。

"不行。"她说。

"为什么不行？"

"因为，"她准备离开了，"因为我太害羞了！"

我一时兴起的提议注定会遭到拒绝，因为时机不对。日本人很注重场合，下面这个故事应该能说明白。同一个晚上，在札幌，一个美国妈妈受到另一位妈妈的邀请去吃晚饭。她们两人的孩子在同一所幼儿园上学。这顿晚饭有两个目的：一是为了让这位美国女子感受一下日本文化，二是为了跟幼儿园老师拉近关系（老师也在受邀之列）。请老师到昂贵的餐馆吃饭，是日本人表达客气的惯常做法，这是为了让孩子在班上得到应得的关爱。当晚，两个艺伎负责上菜，三个艺伎在一旁奏乐，菜式是如此丰盛，以至于一个小时后，三位食客都不再装作继续用餐了，而是聊起共同感兴趣的话题，日本女子流露出相当的好奇——美国女子的月经初潮是在几岁。

菜不再上了，茶水端了上来，日本妈妈掏出一个裹了布的包袱。她说这是个惊喜，然后端庄娴雅地解开捆扎的缎带和包袱皮，取出一个卷轴。她说这东西颇有些年头了，大概是一百五十年前画的。她把画铺在地板上。艺伎们放下乐器，八个女子跪在餐馆包间

---

① 莱斯利·费德勒（1917—2003），美国的文学批评家，著有《美国小说的爱与死》。

的榻榻米上，看着卷轴的主人把画卷展开了八英寸。这是一组连环画，一个健壮的光头和尚在向一名艺伎抛送秋波。旁边写着一首诗，主人展示出第二幅画之前，先把它念出来又翻译了一遍。接下来，和尚笨手笨脚地摸向惊骇的艺伎，撕破了她和服的下摆。跟刚才一样，这幅画旁的诗也被主人正式地念了出来，主人继续展开画卷。就这样，画一幅幅地展现出来，全部摊开以后，整幅卷轴画的是一连串的春宫图：强壮的和尚强暴艺伎的各个阶段。后来我有缘看到了这幅画，我能证明，画面上栩栩如生地描绘出受伤的阴户和手枪般的勃起阴茎；尽管我同意英国评论家燕卜荪在撰文谈论比亚兹莱时所言："……日本的绘画大师们也是如此，当他们转画春宫的时候，就失去了其独特的线条和笔触。"第八幅画中，和尚显出疲态来，与此形成对比的是，艺伎的情欲显然被撩动了：她的眼睛发红，显出更为主动的姿态。第九幅画中，和尚想溜走了，她抓住他软垂的老二。第十幅中，苦恼的和尚仰面朝天，艺伎跨坐在他身上，徒劳地把他的老二往身体里塞。第十一幅，也是最关键的一幅，画的是一个更年长的和尚被迫在爱抚她，艺伎的脸上挂着迷醉的微笑，牢牢地捉住他的手，引向描绘清晰的私处。日本妈妈鼓起了掌，所有的女人都笑了——艺伎们笑得最响亮。

对场合的敏锐感受，正式的晚宴，对食物的昂贵花费，艺伎的出现，男子的缺席——这一切条件使得这场对春宫古画的品鉴成为可能。任何一点点草率和漫不经心都会破坏气氛。画轴被卷起来包好，主人娴雅地把它递给了美国妈妈：她可以给先生看，但可不能给小女儿看到哟。一周之后再交还给主人不迟。美国妈妈有些为难，还有些许的尴尬——幼儿园老师目睹了整个过程。但这位美国女子（是她告诉我这个故事的）还是十分开心的，因为她受邀出席，体验了一把日本女子的文化小聚。毫无疑问，这正是全部用意所在。

"个头不高，忙叨叨的劲头可不小。"南下的高速列车上，一个男子这样形容日本人，他肯定觉得自己一语中的。可是，我越琢磨札幌茶室里那热闹的一幕，就越觉得，北海道不像威斯康星。

第二十八章
阳光新干线：东京到京都

东京中央火车站的 18 号站台上，一百多个身穿灰西装的日本男子站在那里，脸上带着忧郁的尊敬神色，盯着我所在的车厢。他们没带行李，不是旅客。这些人围着车厢恭敬地站成半圆，眼光都聚集在一扇车窗上。那扇窗户背后，一对男女站在座位旁，下巴刚好露出窗框边缘。汽笛响了，火车启动，但就在启动之前，那对男女开始朝着车窗鞠躬，一次又一次。外头的站台上，那一百多个男子也做着同样的动作，而且速度很快，因为火车在加速。鞠躬停止了，那一百多个男人突然鼓起掌来。车内的那对男女一直站着，直到我们的列车驶出站才坐下来，各自展开报纸。

我问身旁的日本人，这两个人是何许人。

他摇摇头。有那么一刹，我以为他要说"不会说英语"，可他在想。他说："随便猜的话，我觉得他是个公司老总。也可能是个政客。我不认识他。"

"送别场面大得很啊。"

"在日本这不算少见。那人是个重要人物，下属必须表示出尊敬，哪怕——"他笑了，"哪怕心里不是这么想的。"

我想继续就这个问题深究下去，但正当我在琢磨怎么问的时候，邻座的男子伸手到公文包里掏出一本翻旧的书，那是企鹅版的《金碗》。他翻到中间的地方，压压疲沓的书脊，读了起来。我也同样翻开远藤周作的《沉默》，同时无比庆幸自己带的是远藤周作，而不是亨利·詹姆斯。男子按出圆珠笔头，在书页的空白处（已然记满了潦草的字迹）潦草地写了三个字，然后翻过了页。看人读已故詹姆斯的作品非常无趣。我看着自己的书，直到列车员过来检票。他给每个人的票都敲完洞之后，倒退着一边鞠躬一边说着"谢谢！谢谢！谢谢！"，一路退到了车门边。日本人的礼貌完美得无可挑剔，而且让你无从分辨那究竟是礼貌，还是粗鲁。

我向窗外看去，希望能看到东京郊区的尽头，可它沿着焦棕色的平坦大地一直伸展开去，一眼望不到边。这趟阳光新干线是世界上最快的客运列车，从东京到京都的三百多英里路程不到三个小时就走完了，超大型的都市圈把这两个城市连了起来，我们其实一步也没有走出大都市给人带来的纯然恐惧。黄褐色的烟尘蒙上了天空，显出羊毛般的纹理来；天空线下矗立着电缆铁塔、圆柱状的巨大楼房，还有不曾划分过区块的房屋群，每幢房子都不超过两层，窗户都正对着工厂。在东京的一天晚上，我去参观过一户民居，他们的房子质朴无华，毫无瑕疵，无法判定确切的年代；褪色的木头外墙上沾着煤灰的颜色，那是从隔壁的工厂烟囱里飘过来的；房屋之间的距离都不超过一英尺。看到如此高密度的人口，你会得出一个结论：过于拥挤催生了良好的礼仪；任何捣乱的行为，任何不符合完美秩序的做法，都会导致乱糟糟的后果。

我瞥见了两英亩大小的农地，于是希望见到大片的田野，可除了这块精致地块之外，再没别的了。小巧的犁，窄窄的犁沟，冬天的作物一棵棵之间只有几英寸远，干草没有打成垛，而是一小捆一小捆的，简直是个缩微农场。远处的几座小山上也有几块类似的农地，但眼前的犁沟里积着雪，地面宛如一块泡泡纱布料。可当我想起泡泡纱这个比方的时候，我们已经开过了好几英里。火车的速度比我脑子转的速度还要快，快得人人都坐在位子上。顶着这个速度，你是很难在车厢里闲逛的，车身微微倾斜一下，你就有可能摔个跟头。唯一冒此风险、在过道里走来走去的是推着茶水和点心推车的女服务生。日本的火车没有市集的传统特征，依靠的是飞机般的舒适，安静无声，有伸腿的空间，还有阅读灯。多付十美元，你就可以坐两人并排的位子（而不是三个），而且车上不鼓励乘客站起来，或是在车门旁聊天。高车速让有些人进入睡乡，让有些人屏住了呼吸。这种气氛不大适合交谈。我想念慢些的火车，有休闲车厢和哐啷哐啷的车轮。日本的火车是务实的，冷冰冰的，把人从一个城市运到另一个城市，唯有准时到站才最重要。慢悠悠的亚洲火车已然远去了。可即便如此，我还是跟邻座搭起话来。

"你在看亨利·詹姆斯的书啊。"

那男子笑了。

"我觉得詹姆斯写得含含糊糊的。"我说。

"不好理解？"

"不是，倒不是不好理解——反正就是很含糊。"

"那你可以来上我的课！"

"你讲詹姆斯？"

"唔，我这门课就叫'金碗'"。

"厉害啊，"我说，"一般的学生读完《金碗》要多长时间？"

"这门课要持续两年。"

"他们还细读其他什么书？"

"就这一本。"

"我的天呐！你总共上多少节课？"

他掐指算算，然后说："大概一年二十节课，也就是总共四十节。"

"我在看远藤周作。"

"我看到了。他是日本的基督徒。"

"你是教日本文学的？"

"嗯，对。可学生们总是说我们讲的东西不够现代。他们想读战后的作品。"

"'一战'还是'二战'？"

"'一战'，也就是明治维新之后的作品。"

"那你的重点是古典文学了？"

"对，八世纪、九世纪，还有十一世纪。"他列举着，放下了詹姆斯的书。他说，他是个大学教授，姓富山，在京都一所大学里教书。他说我会喜欢京都的。福克纳就非常喜欢，还有索尔·贝娄，呃，他也喜欢京都。"索尔·贝娄先生觉得一个人待着没啥意思，后来我们就带他去看脱衣舞，他相当喜欢！"

"肯定的。"

"你对脱衣舞感兴趣吗？"

"一定程度上吧，"我说，"可我看的那场不是脱衣舞。虐待狂跟受虐狂交欢，裸女自杀什么的——我从没见过那么多血！对那个我还真是一点胃口都没有。你去过日剧音乐厅吗？"

"去过，"富山教授说，"那不算什么。"

"嗯，我不觉得到处喷血算是情色，不好意思。我很希望日本人能离开'急诊室'来表现性。"

"在京都，"他说，"我们有场非常特别的脱衣舞表演，三个小时。非常著名的演出。索尔·贝娄觉得这一出最有意思。基本上那是一场女同性恋的演出。比如说，一个女孩子戴着面具，那种歌舞伎剧场里用的特制面具。那脸谱凶得很，鼻子特别长。相当明显喽，这是个阳物的象征。那女孩子不是把面具戴在脸上的，而是戴在那里，腰部以下。她的伴儿向后仰躺，她把这个鼻子插进去，模拟交合的情景。演出的高潮就是，不好意思，就是展示私处。这一幕演完，人人都鼓掌。但这是个很好的演出。我想你应该找机会看看。"

"你经常去看吗？"

"年轻的时候我总去，最近我只有陪来访客人的时候才去看。但客人多得很！"

他的表达很精确，手紧紧握着，态度十分谦逊，但他看得出我很感兴趣。我告诉他我以前也当过大学讲师。他认识我在京都的接待人，说很可能会去听我演讲。他询问了我这一路上的见闻，十分详细地问了问我在土耳其和伊朗的火车之旅。

"坐火车从伦敦到日本，路程真够长的。"

"长也有长的好处。"我说。我跟他说起马克·吐温的《赤道环游记》，还有辛辣幽默的旅行家哈利·德温特的话，后者在世纪之交的时候写出了《陆上旅行：从巴黎到纽约》和《陆上旅行：从北京到加来》。当我引述德温特在后一本书里提出的忠告时，富山教授大笑起来：

> 我只希望这本书能挡住别人，不要步我的后尘，若是能知道这些东西没有白写，我也就满意了。M. 维克多·梅格南这样总结他那本有趣的《从巴黎到北京的陆路之旅》："可别跟我学！我是个有道德的作者！"请读者记取我们的前车之鉴吧。

"有一次我从伦敦坐船回横滨，"富山教授说，"总共花了四十天。那是艘货船，所以没多少乘客。船上只有一个女的，是某个家伙的女朋友，那男的好像是个建筑师。可人家是一对。身边见不着女人的时间就属这回最长了。当然喽，我们到了香港之后，就上岸去看了几场黄片，可片子一点都不好。房间里很闷，放映机总是坏。大概是德国片子，拷贝质量很差。之后我们就回日本了。"

"你们只在香港停了一站？"

"还在槟城停了一下。"火车停了，这里是阳光新干线的唯一一站名古屋，列车停靠四十五秒。随后车子就继续往前进发。

"槟城的姑娘多得很！"我说。

"没错。我们去了酒吧，找了个皮条客。大家喝了点啤酒，皮条客说：'我们楼上有姑娘。'当时我们一共五个人，都是从英国回来的日本留学生。我们问他能不能上去，可他坚持要谈好价钱再上楼。我们语言不大通，他掏出纸笔来写，'搞一次'多少多少，'搞两次，多少多少，'干别的'，你知道的啦。写完了他让我们选。多丢脸啊！还没上楼呢，就得先说好要搞几次。我们当然拒绝了。

"我问他有没有女同性恋表演。可这个皮条客精得很。他假装听不懂！后来他明白了——我们解释给他听了。'槟城的中国人不搞这个，我们没有女同性恋表演。'我们决定回船上去。他很想让我们留下，他说：'咱们可以弄场表演。我去找个姑娘，你们中间的一个上，其余的看。'这不是开玩笑吗。"

我给他讲了马德拉斯的雏妓、拉合尔的皮条客，还有万象和曼谷那些花哨的性花样。到了旅途的这个阶段，我可讲的段子轶事已经很多了，富山教授听得津津有味，把名片都留给了我。余下的时间里，他继续读詹姆斯，我看远藤周作，那位公司老板大概在看演讲稿或报告之类的东西，大张的纸放在公文包上，上面对称印着几栏文字。然后广播响了，喇叭里传来日文和英文的提醒，警示大家在京都的停车时间会很短。

"不用着急，"富山教授说，"火车要停整整一分钟。"

经过三个月的奔波，这种远程旅行变得好像是品酒会，或是环球美食自助餐。你去到一个地方，浅尝辄止，然后做个标记。下一班火车时间到了，你的观光就要暂停。时间容不得你仔细品鉴滋味，但你可以日后再来。因此，漫长的旅行路线中，你做出了精选：伊朗，算了；阿富汗，不去了；白沙瓦要再去一趟，西姆拉或许，诸如此类。过一段时间之后，单凭某个地方的气味，或是从绿车厢的角落座位里瞥上一眼，你就能知道此地不宜久留，应该继续向前。在新加坡，我知道我绝不会再回来；在名古屋，站台上停了不到四十五秒，我就否决了它；而京都被我归为有朝一日要再度探访的地方。京都就像一瓶醇酒，你牢牢记住它的酒标，为的是确保日后能再度领略这美妙的滋味。

京都的美妙在于平安神宫，这是个模样很有趣的红色寺庙，荒凉的冬日花园，矮树掩映下停着一辆旧式的有轨电车，轨道大约有四十英尺，车子像个圣物似的被高高放置着。京都的美妙还在于宜人的天气，木头搭建的茶室，城外环绕的群山，路上行驶的有轨电车，还有僻静后巷小酒馆里，跟博学之士浅斟小酌的和悦气氛。在这些小酒馆里没有现金往来，也不用签什么票据。这些地方的酒客不仅仅是常客，他们是会员。酒馆老板娘会把客人吃了什么记下来，而喝了多少是很容易计算的。每个客人在酒馆的小橱里都存有自己极为珍贵的三得利老牌威士忌，他的名字或号码会写在瓶身上。

凌晨两点钟，在这样一间京都的小酒馆里，我们天南海北地聊着，从日本式的幽默说到米德尔顿[1]的戏剧《女人当心女人》中微妙的情色意味。我提起了三岛由纪夫，他的自杀令西方读者震惊，但显然也让不少日本人松了一口气，因为他们从三岛身上看到了危险的帝国主义倾向。他们看待他的方式就像，好比说吧，就像是美国人看待玛丽·麦卡锡[2]，认为她就像是美国革命的代言人。我说，我认为三岛由纪夫的小说似乎是建立在佛教思想上的。

"他对佛教的理解是错误的，相当肤浅，"岸教授说，"只是蜻蜓点水。"

重原先生说："这没什么，日本人一点也不了解佛教，三岛由纪夫对它也没什么认识。我们对佛教，不像你们天主教徒对天主教

---

① 即托马斯·米德尔顿（1580—1627），英国很有影响力的现实主义剧作家。
② 玛丽·麦卡锡（1912—1989），美国作家。她的作品以流畅的散文、讽刺性幽默和对当代生活的敏锐分析而著称。

领会得那么深刻。我们的生活方式就是如此，但说不上全心全意的奉献，也不做祈祷。你们天主教徒在宗教方面的意识很强。"

"这我倒是头一回听说。"我说。但读过了远藤周作的《沉默》，我能够理解日本人何以得出这个结论，因为那篇小说讲的是宗教迫害和信仰的坚定程度。我说我读过三岛由纪夫的"丰饶之海"系列小说。我非常喜欢《春雪》，《奔马》颇有些艰涩难懂，而《晓寺》关于灵魂转世的主题让我彻底摸不着头脑。

"呃，那部作品写的就是这个。"岸教授说。

"我觉得太玄了。"我说。

"我也觉得太玄了！"岩山先生说。

"没错，"重原先生说，"但你看完他最后的作品之后，你就能理解他为什么自杀了。"

"我有种感觉，"我说，"他相信转世，所以他没准认为自己很快能再回来。"

"我希望他别回来！"岸教授说。

"真的？"

"是的，我真的希望他别回来。我希望他留在原来的地方。"

"日本式的幽默！"岩山先生说。

"黑色幽默！"三宅教授说。

一块冒着热气的白东西端到我面前，样子像肥皂。

"这是萝卜，京都的名产。尝尝看，很好吃的。"岸教授说。今晚是他做东。

我咬了一口。里面有纤维，但很香。酒馆老板娘用日语对岸教授说了句什么。

"她说你长得像英格柏特·汉柏汀克①。"

"请告诉她,"我说,"我觉得她的膝盖长得很美。"

他说了。老板娘笑起来,又说了句什么。

"她喜欢你的鼻子!"

次日我带着宿醉,登上了比睿山顶。给我当向导的是我从前的老师瓦莱教授。他觉得阿默斯特那地方变得日益愚蠢,把京都视作他暂时的避难所。在接近退休的年纪,他怀着厌弃的心情辞去了那边的教职,隐遁到了京都。我们坐上有丝绒座椅的京福电气火车,抵达八濑比睿山口,那里尚有些枫叶,小小的橙色星形叶片在风中打着旋儿。随后我们坐上缆车去了第二高峰,随着山势增高,地面上出现了雪。接下来我们坐了空中索道登上山顶,胶囊般的车厢晃晃荡荡地经过盖了雪的香柏树尖。山顶在下雪。我们走过森林,参观了好几座寺庙,在一座很远的庙前,碰见了一群饱经风霜的农人。他们大约有二十人,主要都是老年男女,还有一两个胖乎乎的姑娘。这是他们收成之后的第一个休息日。他们红润粗糙的面庞转向山中的神社。领头的把一面旗子盖在头上挡雪,就像风雨中的锡兰信号员。这群人经过我们身边,没过多久,我们听到他们敲响了庙里的钟。长长的木桩击上巨大的铜钟,像是召唤,也像是警示。洪亮的钟声响彻了飘雪的森林,尾随着我们一路下了山。

---

① 英格柏特·汉柏汀克(1936—),出生于印度,是著名的浪漫歌王,广为人知的作品有《最后的华尔兹》。

第二十九章
回声号列车：京都到大阪

我在回声号上待的时间短得很，引擎嗡嗡叫了十四分钟，叹口气，然后就到了。我找到位子，掏出笔记本，在膝盖上摊开，可是还没等我写好日期，回声号列车就到了大阪，乘客开始纷纷下车。在大阪站的月台上，我听到了另一阵"回声"，一个速度不及火车快的念头：京都的郊区也正是大阪的郊区。这话并不值得写下来，除非有人注意到大阪的郊区令我感到一阵荒芜和孤寂，这种感觉是如此强烈，以至于我安顿好住处之后，就上床去睡了。我本打算买张票去木偶剧院看一场净琉璃文乐木偶戏——旅行作家到了陌生的城市，这种行为才算合理正常。要是你什么都不去看，就什么都写不出来，你得强迫自己去才行。可我的情绪是如此阴郁，没办法让自己走到外头那更加阴郁的街道上去。不仅仅是因为外面那灰扑扑的楼房和路口的人群——他们戴着口罩，等着绿灯亮起（就这事本身来说，就够让人担忧的：要是某个地方没有乱穿马路的人，那八成说明此地没有艺术家），还因为大阪臭名昭著的肮脏空气，据说里头含有二百五十种有害气体。

瞧，这个想写游记的人，待在大阪的旅馆里，脖子底下垫着枕头，除了两个印象之外，对这趟旅程全无记忆。第一个印象是他盯着空空如也的笔记本，上头除了一行日期外，什么都没有。第二个就是对这个城市的可怕印象，这地方就像是个忘了放上诱饵的钢铁陷阱。我喝起酒来，装作现在太阳已经落山，喝点小酒没什么可内疚的，跟别人的老婆调调情也无伤大雅，可昏暗的光线戳穿了我的把戏。下午才过半。我没管那么多，还是喝完了半瓶杜松子酒，随后又打起那排啤酒的主意来，那是善解人意的旅馆老板预先放在房间冰箱里的。我觉得自己就像个带着一箱子样品出远门、躲在巴尔的摩的推销员：起床有什么意义呢？就像满脑子胡思乱想的推销员一样，我开始寻找不离开旅馆的理由，开始编造让自己回家而不是出去推销的借口。二十九趟火车之旅把最大无畏的作家变成了威利·洛曼[①]。可是，所有的旅程都是归程。你走得越远，伪装卸下的越多，到了旅程快结束的时候，已没有任何风景能令你动心，此时的你最接近真正的你，一个躺在床上的人，身边围了一圈空酒瓶。那个说着"我有妻有儿"的男子离家有万里之遥，而在家里的时候，他想的是日本。可他不知道（他又怎会知道？），从维多利亚车站到东京中心站这一路上，车窗外风景的变化，根本无法与他内心的变化相提并论；还有旅行写作（旅途刚开始的时候它的确充满乐趣），渐渐从纪实变成了小说，终于又飞快地变成了自传，速度犹如回声号列车般迅疾。从这一刻起，你直奔忏悔而去，每多走一步路，离忏悔就近一分，在一个荒芜废弃的市集中尴尬地喃喃自语。我在想（脖子底下依然垫着枕头），一座怪异的城市，一个不为人知的酒店房间，这会让人陷入忏悔和告白的状态。可正当我准

[①] 即《推销员之死》里的主人公。

备历数自己所有的罪孽时，电话铃响了。

"我在楼下大堂，您的演讲……"

这是缓刑令。在文化中心，我对着麦克风直喷酒气，提到纳撒尼尔·韦斯特的时候，我带着优越感高傲地说道："这个作家你们可能不大熟悉……"

"佐藤教授……"一个日本女孩说话了。

一个男人跳起来，冲出了房间。

"……翻译了他的全部作品。"

逃走的男人就是佐藤教授。听到自己的名字，他彻底慌了，会后我向别人打听他时，人家向我道歉，说他已经回家了。我读过日本小说吗？他们想知道。我说读过，可我有个问题。"那就问后藤先生吧！"有人拍拍后藤先生的肩膀。后藤先生一副快要哭出来的样子。我说，在"年老"这个主题上，我读到过的日本小说家的处理方式跟其他作家都不一样，往往会带着怜悯和深刻的洞察，可是，起码有四个例子，故事的高潮是老人变成了窥淫狂。想到日剧音乐厅，富山教授讲的女同性恋演出，还有早班特快上少女的漫画书，我说，这种偷窥行为往往被主角设计得很高明。为什么观看性爱场面对日本人这么有吸引力？

"或许，"后藤先生说，"或许因为我们是佛教徒吧。"

"我以为佛教是教人征服欲望的。"我说。

"没准观看就是一种征服。"后藤先生说。

"是吗。"

问题没有解决，但我不断在想，如工厂工人般不知疲倦的日本人，已经到达了某种性爱疲劳的阶段，通过观看一些他们无意亲自去做的行为而获得快乐。这件事情和很多其他事情一样，都是日本式的、先进科技和式微文化的结合。

独自回旅馆的路上，我走进一家书店，想去找一本苏联的旅行手册，可店里没有，只得买了本吉辛的《新寒士街》。我继续往前走，找到了一间酒吧。从窗外看进去，酒馆里摆满了朝日啤酒和麒麟啤酒的瓶子，一派轻松欢乐，可我一进去，才发现不是这么回事。我看见了五个醉汉，泼脏了的地板，还有摔破了的椅子。这几个日本人的脸膛都喝得红扑扑的，眼睛肿着，已经失去了惯常那彬彬有礼的派头。他们踉踉跄跄地朝我走过来，拥抱我。其中一个操着难懂的英语说："你是哪国人？"另一个在我背上重重擂了一下："你是个好孩子！"一个猛地把脸凑到我面前："你的鼻子可真大呀！"他们要我说句日语听听。我说我不会。先前管我叫好孩子的那个呸了一声："你个坏孩子！"

我要了杯啤酒。柜台后的日本女孩子给我倒上酒，收了钱。一个胖脸男人叫道："日本姑娘！你爱日本姑娘！她走！"他拧拧我的鼻子，淫荡地大笑。他说我应该把那姑娘带回家。我冲姑娘笑笑，她连忙躲开了。

有个男人在唱歌：

三菱、三井和三洋
本田、山崎和石川！

不过也可能是发音差不多的词。他住了嘴，往我胳膊上捶了一下，说："你唱个歌！"

"我不会唱。"

"坏孩子！"

"为什么你不爱我？"胖脸男人说。他是个健壮的矮个子。他开始用日语大声指责起来，他的一个朋友想把他拉走的时候，他把双手勾到我脑后，把我拽过去亲了一口。四周响起一片欢呼，我挤出个笑容，连忙夺门而出。

后来一个美国人言之凿凿地对我说，这可真是稀罕事："我的意思是，从来没有哪个日本男人想亲我。"坐阳光新干线回东京的路上，我又遇见了一桩稀罕事：火车晚点了二十分钟。在名古屋郊外，阳光新干线停了车；日本乘客不安起来，十五分钟后有些人开始小声抱怨。这故障很少见，回到东京后，我决定到日本国家铁路局的办公室去问问为什么会停车。我找到国铁大厦，对一个公共关系部的职员提出了这个问题，他对我鞠了一躬，领我到办公桌前，打了个电话。

"路线上报告有火灾，"他说，"电脑得到了信息，后来更正了错误。我们希望这种事以后不会发生了。"他递给我一本小册子，里面介绍的是电脑控制火车的原理。"这里都讲了。"

"能再问你一个问题吗？"

"请说。"他闭上眼睛冲我微微一笑。

"有时候日本的火车进站只停三十秒。这停车时间可不长。你们出过事故吗？"

"我们没有这方面的事故记录，"他说，"我敢说这种事情不多。要咖啡吗？"

"谢谢。"推着咖啡车的女孩子把一杯咖啡放在我肘边。她微微向我鞠个躬，推着小车到下一桌去了。我们待在一个很大的办公室里，大约有五十张桌子，男男女女坐在办公桌后头处理着一叠叠文件。"可乘客呢，"我说，"这么匆匆忙忙地跳上跳下的，他们没意见吗？动作得很快才行！"

"日本人动作是很快，我认为。"他说。

"没错，可他们也很配合。"

"乘客配合，火车才能正常行驶，合作是日本人的天性。"

"在别的国家，乘客可能会希望在大站停车的时间长点，超过四十五秒钟。"

"啊，那火车就慢了！"

"那是，可为什么……"

我正说着，大办公室里响起了管弦乐。以我搭乘日本火车的经验，我知道后头要有广播通知了。可随后并没有马上播送通知，音乐仍然响着，声音很大，有点走调。

"您刚才说什么？"

"我忘了要问什么了。"我说。音乐继续响着。我很奇怪，乐声这么吵，怎会有人工作得下去。我看看四周，没有一个人在工作。每个职员都放下铅笔，站起身来。现在喇叭里传来人声，好像先解释了两句，然后响起熟悉的做操口令。员工们活动起胳膊来，然后扭身，弯腰，轻轻跳。广播里的女声讲出动作名称，打着拍子："现在，活动僵硬的脖颈，通畅血脉。转头，一、二、三、四，再转一次，一、二、三、四……"

现在是三点刚过。这样说来，天天都是如此！而且办公室里也没人开小差，职员们非常投入地做着深蹲动作，活泼地上下扑扇着双臂。这幅景象看上去就像是音乐剧里的场景，整个办公室里的人都泰然自若地站起来，在格子间里做着大踏步。

"你要错过锻炼了。"

"没关系。"

旁边桌上的电话机响了。我想知道他们会怎么办。一个正在摇头晃脑的女士去接听了，她停止摇头，低声说了几句，挂断了，然后继续回去做她的头部运动。

"还有问题吗？"

我说没了。我向他道谢，转身离去。现在他跟大家一起做起操来。他伸展双臂，先向右伸展，一、二、三、四，然后向左，一、二、三、四。在全国上下，机器指挥着日本人。日本人造出了这些机器，让它们说话，然后把控制权交给它们。现在，这些日本人遵从着灯光和声音的指示，活动着他们小小的肌肉，踢动着小小的脚丫，摇晃着小小的头，就像一群有瑕疵的发条玩具，在一个强大而无情的机器面前表演着，有朝一日，这个机器会把它们榨干。

第三十章
漫漫归途：西伯利亚横贯线

（一）伯力号轮船，从横滨到纳霍德卡

西伯利亚横贯线在最东边的始发车其实是一艘苏联轮船，这艘气味难闻的船每月发出两到三个班次，从横滨的沙尘中出发，穿越多风的津轻海峡和日本海（在两股对冲的洋流中，暴风雪会完全消失不见），抵达纳霍德卡。那里位于冰天雪地的普里莫尔斯克，离符拉迪沃斯托克只有一箭之地。这条路线要穿过强风，而且有染上肺炎的危险，可是，要向西去往火车的始发站纳霍德卡，只有这一条路可走。和火车一样，这条船也遵循着苏联的作风。它的阶级区别是如此微妙，只有训练有素的马克思主义者才能分辨出来。我的船票是四人舱，属于"硬卧"（在苏联国际旅行社的宣传中，有些等级的舱位叫作"软卧"，相比之下，硬卧这个叫法准确得多）。两个睡上铺的乘客都是澳大利亚人，一个叫布鲁斯，一个叫杰夫，他俩对西伯利亚之旅十分紧张。我对面铺位上的年轻瑞典人名叫安德斯，他长得很丑，有张斯堪的纳维亚式的僵冷面孔。这种面相一般都代表着性事方面的自鸣得意，还有饥渴的狂想。他听着两个澳大

利亚人说话，然后说了一句"嗨，我听说西伯利亚很冷"，此时我就知道，这一趟旅程肯定很难熬。

第一天下午晚些时候，本州岛的海岸线下起了雪，我们的船驶入海峡。船首和前甲板上已经结上了一层淡蓝色的冰。除了偶尔可见的几座灯塔和巨浪中剧烈颠簸的几艘拖网渔船之外，海上没有一点生命的迹象。海滨和背后的群山一派荒芜。"这是恐山，"一个日本学生指着一座山头，"山顶上有魔鬼，所以人们从不靠近这里。"日本人站在栏杆旁给这座魔山拍照。他们轮流互相拍照，手里还拿着一个写了日期、时间和地点的小石板。他们的姿势总是一样，但石板上写的字迅速地改变着。他们绝大多数都是学生，也有几个观光客。这群人人数不少，去哪儿的都有，可只有一个人会说英语。要去巴黎大学的社会学家不会说法语，要去马克斯·普朗克研究院①的那位不会说德语。他们经常拿着会话手册翻，可这东西在交谈的时候派不上多少用场。他们太习惯繁复的日本语法了，用德语、英语、意大利语、法语和俄语说话的时候，他们会说出"那个房间不适合我"这种日本式的句子。

我带了《新寒士街》去酒吧看，却时常被人打断。日本学生们拉过椅子来坐成一圈，像唱诗班歌手握着赞美诗集般握着会话手册，向我打听伦敦的旅馆是什么价钱。一对美国夫妇想知道我看的是什么书。还有那个年纪大些的澳大利亚人杰夫也过来搭话。他此行是要去德国。他三天没刮胡子了，总是戴着一顶贝雷帽，为了遮住秃头。他讨厌这艘船，但他心存希望。

① 全名为马克斯·普朗克科学促进协会，是德国一流科学研究机构的联合体。这个名字是为了纪念著名德国量子论创建者物理学家马克斯·普朗克。

"以前坐过这样的船没有？"他问。

我说没有。

"我跟你讲，我有个朋友坐过这种船。那回他大概是从悉尼去香港。他说刚上船的时候人人都挺好的，可船一入海，人都乱性啦。你懂我的意思吗？就是干那种平常不会干的事。"他意味深长地瞧我一眼，"有点失去理智。"

那天晚上，休息室里放了一部关于明斯克的电影。杰夫去看了，回来讲给我听。电影把明斯克描述成一个阳光灿烂、时常上演时装秀和举行足球赛的地方，结尾处详细地介绍了一家钢铁厂。电影放完后，俄罗斯服务员操起乐器，开起了舞会，可跳舞的人很少。两个南斯拉夫的海运官员跟来自澳大利亚阿德莱德的图书馆管理员跳了舞，美国人跟自己的太太跳，日本人在一边看着，手里捏着会话书。

"有人失去理智吗？"我问。

"这算不得出海，"杰夫说，"简直像主日学校的娃娃们出门郊游。要说为什么，我看是因为管事的是俄罗斯人。"

吧台的服务生是个穿着粉红色短裤的金发女子，身材十分健壮。她听见了杰夫的抱怨，说："你不喜欢？"

"我喜欢，"杰夫说，"只是我还不习惯。"

南斯拉夫人尼古拉过来跟我们一起聊天。他说他跳舞跳得很开心。他想知道那个身材矮点的图书馆员芳名为何。他说："我已经离婚啦，哈哈！"

"格丽娜·彼得洛夫娜，"我对吧台服务生说，"请再给我来杯啤酒。"

金发女子放下手里打着的毛线，用俄语对尼古拉说了句什么，添满了我的酒杯。

尼古拉说："她希望你叫她格娅。这样叫更亲切。"

"叫她格娅我又得不着什么好处。"

"你说得对，"他挤挤眼，"是得不着什么好处。"

我们谈起南斯拉夫。尼古拉说："在南斯拉夫，我们有三样东西：自由、女人和酒。"

"但三者不可兼得，是不是？"我说，提到自由，我们说起了受迫害的南斯拉夫作家德吉拉斯。

"这个德吉拉斯啊，"尼古拉说，"我给你讲个故事。我上学的时候，他们叫我读德吉拉斯的书。我必须看完他所有的作品。关于斯大林的。他说，哼，说斯大林就像宙斯。宙斯，那个希腊的神。不是说他的想法像宙斯，而是说他长得像——大脸盘，大脑袋。要我说，德吉拉斯是共产党的叛徒。我告诉你为什么。他写过一本书，很厚，书名叫，对，叫《同斯大林的谈话》。可现在呢，他现在说斯大林是个怪物。怪物！先是宙斯，现在是怪物。我倒是要问问为什么。为什么？因为德吉拉斯是个叛徒……"

尼古拉以前在南斯拉夫的船上当过船长，现在他是一家航运公司的官员，此行要去纳霍德卡调查一艘损坏的货船。他希望自己仍然是船长，还告诉我说，有一次他的船差点在津轻海峡的风暴里沉没。他说我们此刻正在驶过危险的洋流。"有时候你不得不祈祷，只是别让人看见！"

深夜时分，船上的酒吧里只剩下那对美国夫妇、尼古拉、一个闷闷不乐的波兰人（我一直没搞清楚他叫什么名字），还有我。那对美国夫妇说他们遇到了"灵异事件"。我请他们说说怎么回事。他们给我讲了几个鬼故事。有人送给他们一个日本娃娃，娃娃的鼻子有点破了。"快扔掉！那是活的！"一个日本男人告诉他们。那娃娃有灵魂。他们去了庙里，把盐撒成一圈，做了一场法事。"否则我们脸上就会出问题。"我说这纯粹是瞎猜。他们又给我讲了一个。事情发生在新奥尔良。有人给了他们一本奇怪的书。来吃晚餐的客人都说他们的房子变得十分阴郁，那本书有邪气。他们把书放到垃圾箱里烧掉了，结果一周之后他们的房子着了火，烧了个精光——没人知道为什么。

"我认识一个旧书商。"我开始给他们讲我看过的一个最吓人的故事，M. R. 詹姆斯写的"铜版画"。

"天呐。"我讲完后，那位太太叹道。她丈夫说："嘿，你也遇见灵异事件了吧？"

次日早晨，我们的船驶出了海峡。我以为日本海会平静得多，可情况更加糟糕。尼古拉解释说，日本海里有两股洋流，温度高的九州洋流来自南边，温度低的来自鄂霍次克海，这两股洋流相遇后，就会造成严重的湍流。整整一天，我们的船在暴风雪中穿行，驶入汹涌澎湃的波涛中，每次船头扎进波谷的时候，巨浪就拍上舷窗。船的下坠让我有种失重的感觉，没过多久，我就被晃得晕了船。要说害怕，晕船还在其次，更让人担心的是船会不会翻在这冰海里，那我们就得坐着脆弱的救生艇，忍受冰雪和巨浪了。

波兰人说我看上去好像不大舒服。

"我的确不大舒服。"

"去灌个烂醉。"

我试了,大喝了一通格鲁吉亚红酒,可喝完后更加难受,好似灌了一肚子松节油。船剧烈地摇晃着,海浪拍在船身上,发出轰然巨响,还摇撼着舱门和橱柜,好像要把它们晃散架似的。我回到客舱去,安德斯已经躺在床上了,面色难看得吓人。杰夫和布鲁斯在呻吟。现在船好像飞跃出了水面,在空中停留了五秒,随后斜着坠落下来,舱房里的木头家具猛地一歪。我没敢脱衣服。七号救生艇是我的。安德斯在睡梦中尖叫道:"不要啊!"

黎明之前,海浪的势头凶到了极致。一次又一次,我从铺位上被抛起来,有一次我的头撞到了床框。破晓时分——冰面把光线反射进了舷窗,海面平静一些了。我睡了一个小时,又被撞醒了,然后听到了这样一通对话。

"嗨,布鲁斯。"

"干什么?"

"你想不想吐?"

"还行。"

"你这是用腹语说话呐?"

"没啊。"

"哎唷,太难受了!这床晃得能要人命。"

杰夫沉默了一小会儿。安德斯呻吟起来。我去拧拧在横滨买的收音机,看有没有节目听。

"不知道早饭吃什么。"杰夫最后说了一句。

来吃早饭(腊肠、橄榄、溏心蛋和湿乎乎的面包)的有八个客人。其余的人,包括所有的日本人都晕船。我坐在波兰人和尼古拉旁边。波兰人和我聊起约瑟夫·康拉德。波兰人称呼他时，用的是他原来的姓氏科尔泽尼奥夫斯基。尼古拉很好奇："这个科尔泽尼奥夫斯基，他也写过斯大林，是不是？"

那是我们在船上的最后一天。阳光很灿烂，但气温仍在零度以下，冷得没法在甲板上待。我留在酒吧里读吉辛。中午前后，尼古拉跟一个头发花白的老俄罗斯人一同现身了。他们喝着伏特加，酒至半酣，那个俄罗斯人讲起战时故事来。尼古拉把他的话翻译给我听：这个俄罗斯人以前在一艘名为"万泽提"的船上当大副（它的姊妹船名叫"萨科"）①，这是一艘老朽的破船，船长是个臭名昭著的酒鬼。有一次，万泽提号等五十艘船结成船队穿越大西洋，但它的速度太慢了，远远落在了后面。一天，当船队的影子已经很远，几乎看不到的时候，一艘德国潜艇悄悄接近了万泽提号。船长用无线电呼救，可船队加速驶离，万泽提号只能自救了。不知它是怎么弄的，竟然躲过了两枚德国鱼雷。于是潜艇浮到水面上来看个究竟，可醉醺醺的船长已经命人准备好了锈迹斑斑的大炮。他发了一枚炮弹，结果击穿了潜艇，把它给打沉了。德国人以为这艘在不称职船长指挥下的破船是件秘密武器，于是不再骚扰船队。等到万泽提号费力地到达雷克雅未克的时候，英国人为俄罗斯人举办了一个庆功宴会。结果那些俄罗斯人晚了两个小时才露面，还哼着黄色小曲，醉得半瘫的船长被授予了一枚奖章。

那天下午，我看到了海鸥，又过了五个小时，苏联的海岸线才

---

① 两艘船的名字借用的是美国历史上著名案件中主人公的名字。1920年，这两位意大利移民被指控抢劫杀人。此案的审判相当有争议，也经历了漫长的申诉过程，但1927年法院最终仍判决两人死刑。

显露出来。让我惊讶的是地上竟然没有雪。那是我见过的最荒凉的土地，平坦的棕色大地上没有树木，就像一片一望无际的、被油腻腻的黑色海水冲刷过的冻土海岸。一直穿着旧衣服和毛毡拖鞋在船上到处逛的俄罗斯乘客，此刻已经换上了皱巴巴的套装，戴上了毛皮帽子。在右舷甲板上，我看到他们正往胸前口袋上别徽章（"模范工人"、雅库茨克互助会、布拉戈维申斯克青年团）。到了纳霍德卡后，船进港还要一阵子，我在甲板上找了个没人打扰的地方，摆弄着收音机，结果收到了吉卜赛音乐，那小提琴拉得活像锯子合奏。吊艇柱旁蹲着一个水手，头戴一顶脏乎乎的毛皮帽子，穿着破旧的外套。他用英语跟我说话（他去过西雅图！），请我把音乐调大声点。那是莫斯科广播电台的"摩尔多瓦①半小时"节目。他悲哀地笑了笑，露出了金属假牙。他的家乡在摩尔多瓦，离此地有万里之遥。

（二）东方号列车：从纳霍德卡到伯力

十二月的西伯利亚口岸纳霍德卡，让人觉得就像来到了世界的边缘，一个没有生气的地方。细瘦的树上没有叶子，土地硬邦邦的，寸草不生。街道上没有车辆，人行道上没有行人。路上倒是有灯，可那灯光的含义就像灯塔，警告在纳霍德卡附近流连的人们，这是个危险地带。周围除了一片苍茫之外，别无他物。低于零度的气温抹去了一切气味，也没有一丝可以扰动沉默的声响。正是这种

---

① 摩尔多瓦共和国，原苏联加盟共和国，位于罗马尼亚和乌克兰之间。

地方，能让人生出"地球是平的"的念头。

火车站是一幢抹了灰泥的建筑，造型犹如喀布尔的疯人院。苏联国际旅行社的手册里说，"正确的名字应该叫作提克胡肯斯卡亚火车站"。在车站里，我提出多付六个卢比，把我的票从硬卧换成软卧。工作人员说这属于严重违规，可我坚持要换。软卧包厢里是两个铺位，硬卧里是四个，在伯力号的舱室里，我已经吸取了教训——四个人太挤了。苏联之旅已经让我有了阶级意识，我主动要求奢华点的条件。这个要求在日本不会得到任何响应，那边就连部长也没有私人火车包厢（但天皇有十一节车厢），但这个要求让我得到了东方号上的豪华卧铺。

"您有什么问题？"一个头戴毛皮帽子的女士说。站台上冻得要命，雪地上横七竖八地印着脚印。女人的呼吸变成了白雾。

"我在找五号车厢。"

"五号换成四号了。请您到四号车厢去，把票拿给他们看就行。谢谢。"她大步走开了。

一群冻得直哆嗦的人站在刚才那位女士说的车厢门口，抱怨着。我问他们这是不是四号车厢。

"这就是。"那位遇上了灵异事件的美国人说。

"可他们不让我们上车，"他太太说道，"这个人叫我们等着。"

一个工人过来了，穿得像头灰熊。他架起梯子，那副煞有介事的仔细模样，就像是实验戏剧中的演员，为的就是把看得厌烦的观众给弄糊涂。我的脚已经冰冰凉了，在日本买的手套直透风，我的鼻子冻得生疼，就连膝盖也冷了起来。那工人笨手笨脚地换着金属牌子。

"哎，我好冷！"美国女人发出一声呜咽。

"别哭，亲爱的："她丈夫说。然后他转向我："以前你见过这种事没有？"

梯子上那人已经把写着"4"的牌子从车身上抽了下来，把"5"塞进框子里，用拳头捶了两下，然后他爬下梯子，把梯子合拢，示意我们上车去。

我找到了自己的包厢，心里想着刚才的一幕多奇怪啊。可看到包厢的样子后，我如释重负，心间充满了最纯粹的喜悦，几乎乐晕了过去。出门在外的人能够理解我的心情，因为我看见了这三十趟火车中最为豪华舒适的包间。就在这个苏联最东边、最荒无人烟的城镇站台上，在这列东方号快车上，有着一个只能用"高级维多利亚风格"来形容的卧铺包厢。它显然是革命之前造的。车厢里看上去就像一家伦敦优雅酒吧的窄厅。通道上铺着地毯，四处都是镜子，实木器具上刷了清漆，映出亮晶晶的黄铜配件。镜子两侧装着成对的灯，球状的玻璃罩子上蚀刻着罂粟花样，灯光照在红丝绒窗帘的流苏上，也照亮了包厢门上的罗马数字。我在七号。包厢里的休闲椅上平平整整地别着钩花椅罩，地上铺了一块厚地毯，另一块地毯铺在洗手间里，淋浴花洒卷盘在洗脸池边，微微地闪着光。我拍拍枕头，里头鼓鼓地填满了暖和的鹅毛。而且我是一个人。我在房间里踱来踱去，搓搓手，然后掏出烟斗、烟草、拖鞋、吉辛的书、崭新的日本浴袍，放好，给自己斟了一大杯伏特加。我倒在床上，庆祝自己就要享受这横亘在纳霍德卡和莫斯科之间六千英里的旅程，这是世界上最长的铁路线。

当晚，为了去餐车，我不得不穿越四节车厢，车厢之间的联结处用橡胶罩着，像个小隔间，这里像北极一样冷。刺骨的寒风从橡胶的裂缝里刮进来，地板上落着雪，墙壁上结了厚厚的冰，门把手上蒙着一层白霜。这门把手把我指尖上的皮都粘掉了。那次以后，但凡我要在这趟西伯利亚横贯线的车厢之间穿梭，我都会戴上手套。两个老婆婆向我打招呼。她们穿着白色的工作服，戴着白头巾，露着红通通的胳膊站在水槽边。还有更多的老妇人在用扫帚清扫过道。这个国家里满是弯着腰辛苦干活的老奶奶。晚餐是沙丁鱼和炖菜，两小杯伏特加下肚，菜式显得十分美味。吃到一半，那两位美国神秘主义者来了。他们点了红酒。太太说道："我们要庆祝一下呢，伯尼的实习期刚刚满了。"

"我不知道神秘主义者还有实习期。"我说。

伯尼皱皱眉。他说："我是医学博士。"

"啊，货真价实的医生！"我说。

"我们环游世界，来庆祝这个好消息，"太太说，"我们下一站要去波兰——我是说，去过伊尔库茨克之后。"

"这么说，你们是在狂欢喽。"

"算是吧。"

"伯尼，"我说，"你不打算回去当那种三脚猫医生了吧？治个口臭都要收天价，是不是？"

"上医学院是要花很多钱的。"他小声嘟哝着，这就是说，他会回去继续当医生。他说他还欠着两万美元的债，而且花了好多年时间学习这门专业。教科书贵得很，太太不得不出去工作支持家用。我说，听起来没那么受罪，我欠的钱比那还多呢。他说："我甚至卖过血。"

我说:"为什么医生总是跟人说他们当学生的时候卖过血?你不觉得吗,一品脱一品脱地卖血,只不过是再次证明你们贪财?"

伯尼说:"我用不着在这儿听你胡扯。"他拽着太太的胳膊,把她拉出了餐车。

"了不起的神秘主义者。"说完,我意识到自己醉了。我回到七号包厢,关掉桌上台灯之前,我往窗外瞟了一眼。地上覆盖着雪,冷月的清辉下,没有叶子的光杆树木远远地矗立着。

我醒来时四周还是一片漆黑,可看看手表,已经八点多了。荒凉的地平线上现出一丝苍白微弱的曙光,细细窄窄的半弧,宛如指甲下方的那块新月白。一小时后天色亮了,冬日的阳光照耀在普里莫尔斯克平坦的冰原上,照亮了小小的木头平房。那些房子就像烟囱冒烟的鸡舍,四周的大片田野里留着庄稼的残茬和雪堆。有些人已经起床了,为了御寒,他们穿着厚实的黑色外套,脚踩着沉重的毛毡靴,显得脚十分畸形。他们走路的样子像不倒翁,衣袖太厚了,手臂只得僵直地伸着。慢慢放亮的冬日天光中,我看见了一个格外敏捷的男子,他身上背着一副牛轭和两个桶,滑下斜坡,脚底下就像踩着雪橇似的。早饭过后我见到了更多类似的景象:带着桶的人;马拉的雪橇里坐着一个男人,冷得都懒得挥鞭;还有个男人拉着雪橇,孩子们坐在上头。但这个钟点外头没有多少人,也没有几处房舍,地上没有路,冒着烟的矮房子零星散布在茫茫的原野上,没有任何规律。

阳光穿透雾霭,晴明的天空中没有一丝云彩,阳光把卧铺车厢里的窗帘和地毯照得暖洋洋的。火车偶尔经过几个车站——木质结构，俗丽的屋顶，但停车的时间都很短，只来得及看清海报上的内容。海报上有列宁的画像、工人的群像，壁画上画着各种肤色的人们手挽手的英勇姿态。我观察了一下车上日本人的表情，他们没什么反应。或许是因为壁画上画的是中国人和俄罗斯人？有可能。这是个有争议的地区。去伯力这一路上，我们一直在沿着中国的国境线走，也就是乌苏里江沿岸。可地图挺误导人的，这一角中国国土与苏联并无区别：深雪掩盖着冻土，灿烂的阳光照耀着白桦林。

　　中午，伯力城在皑皑白雪中现身了。接下来的一周中，我渐渐习惯了西伯利亚横贯线旁苏联城市的沉闷景象。灰压压的天空线下，先看见的是城郊大片的木头平房。然后，在铁路分叉的地方，成群的女工撬着道岔上的冰。呼哧呼哧的蒸汽机车和雪地渐渐被煤灰染黑，楼房渐次出现，直到城市的民居、木屋和住宅区把火车纳入怀中。但是，在西伯利亚横贯线的历史上，伯力是个重镇要地。1857年，美国人佩里·麦克多诺·柯林斯首次提出修建这条伟大的铁路线，1891年终于在皇储尼古拉的主持下开工，1916年在此地彻底完工。最后一环是阿穆尔河①上的伯力大桥；然后，铁路从加来通到了符拉迪沃斯托克（由于军事方面的原因，外国人现在不能去了）。

　　东方号快车上的乘客都下车了，绝大多数人搭乘航程九小时的飞机到达莫斯科，还有些人（包括我）要在伯力城里住一夜，然后换乘俄罗斯快车。我跳下站台，外头冻得我直哆嗦，于是我跑回东方号去加件毛衣。

---

　　①　即黑龙江。

"不行，"苏联国际旅行社的女士说，"请您留在站台上。"

我说这地方寒风刺骨。

"现在是零下三十五度，"她说，"哈哈，但不是摄氏度！"

大巴车上，她问我在伯力城有没有特别的计划。我愣了一会儿，然后说："听场音乐会或歌剧怎么样？"

她微笑起来，就像缅因州班戈市的人听见这个问题的反应一样。她说："倒是有音乐滑稽剧，你喜欢这个？"

我说不。

"就是。我也不推荐你去看那个。"

午饭后，我去找地方买烟丝。我的存货不多了，要是今天买不到，到莫斯科之前这六天时间我就没烟可抽了。我穿过列宁广场，那位伟人（他从没来过这个城市）的塑像站在广场上，做着伸手的姿势，好像在叫出租车。在卡尔·马克思大街上，报摊的小贩说他们不卖烟丝，但推荐我看《真理报》，报纸的标题写着"伯力城的重工业工人庆贺斯摩棱斯克甜菜工人取得历史性大丰收"。然后我进了一家小餐馆，眼镜上顿时蒙上了白汽，模模糊糊地，我看见穿着外套的食客靠墙站着，在吃小面包。没有烟丝。我出门来，结果眼镜上的水汽冻成了霜，我什么都看不见了。在一家杂货铺里，我把眼镜擦干净了，这家店里堆放着黄油、大块的奶酪，还有成架子的泡菜和面包。我碰上哪家就进哪家。苏联国家银行里有张马克思的巨型画像，凝视着来存钱的顾客；我进了青年团的总部、一家珠宝店（里头摆着难看的座钟和手表，人们目瞪口呆地看着，好像进了博物馆）。在街道尽头我买到了一小袋保加利亚烟丝。出店后，我看到了一张熟悉的面孔。

"听说布鲁斯的事没有？"是杰夫。他的鼻子冻得通红，贝雷帽像浴帽似的，拉下来盖住了耳朵，围巾遮住了嘴巴，可他还是冻得直跳脚。他把围巾往下拉拉，说："他'屠夫钩'了。"

"什么意思？"

"你没听过这俏皮话。老天爷啊，可真冷！我说的是押韵的土话。"

在伦敦佬的土话里，"屠夫钩"的意思是"瞅瞅"。他瞅瞅？说不通啊。我说："那句押韵土话是什么意思？"

"他'弯钩'了，"杰夫跳着脚，引得路人侧目，"弯钩，美国人说谁生病了不用这个词吗？"

"不用。"

"他今天早上病快快的。嘴唇上的皮都裂了，眼睛无神，还发烧。旅行社的人带他去医院了。我觉得他是在那艘混账船上得了肺炎。"

我们走回酒店去。杰夫说："这地方不坏，看样子就要发展起来了。"

"我不这么觉得。"

我们经过一家商店，大约有一百五十个人在门口排队。排在队末的人瞪着我们，但队头的地方，半掩的门中有人在争吵。凑近点看，能看见这些人推推搡搡地挤入狭窄的入口，一次进一个人。我想瞧瞧他们这是在排队买什么，显然是某种供不应求的东西。可杰夫说："注意你右边。"我转头去瞧，只见一个身形魁梧的警察冲我打着手势，叫我们快走。

人群里有些东方面孔，伯力城里好像有很多这样身材圆胖、方脸膛、肤色黝黑的中国人。他们被称作"高第人"，是这个地区的原住民，美洲因纽特人的远亲。"很会做衣服的部落。"哈蒙·塔珀在他关于西伯利亚铁路的著作中这样评价。他写道，这个民族夏天的时候穿鱼皮衣服，冬天就改穿狗皮。可是，在伯力城十二月的街头，他们穿的跟其他人并无二致，脚上穿着毛毡靴，戴着连指手套，裹着大衣，头戴皮毛帽子。杰夫想知道他们是什么人，我讲给他听。

他说："有意思啊，他们看起来不像原住民。"

在酒店的餐厅里，杰夫径直朝着一个桌子走去，两个漂亮的俄罗斯姑娘正坐在那边吃饭。据她们说，她俩是姐妹。甄娅在学英语，纳斯塔西娅学的是俄罗斯文学（"我说的是俄罗斯文学，不是苏联文学，这个我不喜欢"）。我们聊起文学作品来。纳斯塔西娅最喜欢的作家是契诃夫，甄娅最喜欢塞林格："霍尔顿·考尔菲德是所有文学作品中最精彩的角色。"我说我很欣赏扎米亚京，可她俩没有听说过这位《我们》的作者（正是这部小说给了乔治·奥威尔灵感，让他写出了《1984》，两部小说很像），二十年代他试图为匈奴王阿提拉写传记，后来客死巴黎。我问两个姑娘，有没有哪位小说家来过伯力。

"契诃夫来过。"纳斯塔西娅说。

1890 年，安东·契诃夫去过罪犯流放地库页岛，那儿离伯力有七百英里。但是在西伯利亚，距离是小菜一碟，库页岛就像在隔壁一样。

"你还喜欢谁？"我问。

纳斯塔西娅说："估计你该问我喜不喜欢索尔仁尼琴了。"

"我本没打算问，"我说，"可既然你提到他，你觉得他怎么样？"

"我不喜欢他。"

"你读过他的作品吗？"

"没有。"

"你觉得，'社会主义现实主义是反马克思的'这个说法有没有道理？"

"这个问题要问我姐姐。"纳斯塔西娅说。

可杰夫正在跟甄娅说话，弄得人家直脸红。然后他对两个姑娘说："哎，要是你们想去哪个国家就能去，你们会去哪儿？"

甄娅想了想说："西班牙。"

"对，我也是，"纳斯塔西娅说，"我也选西班牙。"

"西班牙！"杰夫嚷道。

"因为那边总是很暖和，我觉得。"甄娅说。姐妹俩起身付了账。她俩穿上外套，围好围巾，戴上手套，把羊毛绒线帽子拉低到眼睛，然后走到风雪中去了。

后来，旅行社的女士带我到城里逛了逛。我说我想去看看河。她说："第一站，看工厂！"总共有五个工厂，"它们生产的是电缆、绞车、滑轮和螺栓"。每家工厂门口都贴着六英尺高的大照片，上面是神情严肃的男子面孔。"当月模范工人"，可他们看上去很像芝加哥的保龄球队。我说这些人看上去都很强悍。旅行社的女士说："他们有个歌剧团。"这话是在教训来访者：人家有个歌剧团呢！但歌剧在政治上是中立的，伯力城的歌剧院绝大部分时间是空着的。要是城里有保龄球道的话，他们八成会组成个球队。伯力城里没太多事情可做，就连旅行社的女士也承认这一点。参观过了诸多纪念碑、博物馆之后（里面全是濒临灭绝的老虎和海豹的标本，上头落着灰尘），我们去了阿穆尔河东岸。旅行社的女士说她在车里等我。她不喜欢冷（她想去意大利，调到苏联民航总局上班）。

这里的河道大约有半英里宽。从我站的地方能看到几十个男人缩着脖子站在冰面上，每人身边都凿开了好几个洞。他们这是在钓鱼，里头大多数都是上了年纪的男子，整个冬天都在冰面上钓鱼，盯着鱼线。我费劲地爬下堤岸，顶着寒风慢慢走过冰面，来到一个老人身旁。他看见我过来了，我跟他打个招呼，数了数他放下的钓线。他用一把钝斧子把两英尺厚的冰凿开了十四个洞。他钓到了六条鱼，最大的一条大约有九英寸，最小的大约四英寸，全都冻得结结实实。他跟我比划明白了：他早上八点钟就开始钓鱼，现在是下午四点半。我问能不能给他拍张照。"不！"他给我看他破旧的外套、裂了口的帽子，还有靴子上的口子。但他很希望我给他的鱼拍照片，可是，正当我要按下快门的时候，有个东西吸引了我。那是一根梳子般的鱼骨头，上头溅着血点，头和尾巴都还留在上面。

"这条怎么啦？"我拾起鱼骨。

老人大笑起来，用戴着手套的手比划了个吃的动作，一口坏牙上下嚼着。这么说来他抓到了七条鱼，第七条是他的午餐。

聊了十分钟之后，我已经冻僵了。走之前我在口袋里摸了摸，找到一盒日本的火柴。他想不想要？想的，很想！他收下了火柴，向我道谢。我转身走开的时候，他匆忙向五十码外的另一个钓客走去，拿给他看。

冰上的钓鱼人，用小树枝扎成的扫帚清扫排水沟的老妇人，卡尔·马克思街头店铺里吵架的排队人群，但伯力城还有另外一面。那天晚上，酒店的餐厅里挤满了军官，还有一些面相凶恶的女人。桌上摆满了空的伏特加酒瓶，很多人就着香槟在吃西伯利亚饺子。我在附近徘徊了一会儿，跟一个凶巴巴的上尉聊起了苏联日渐降低的出生率。

"计划生育的情况如何？"我问道。

"我们想停止这种做法！"

"成功了吗？"

"还没有。但我认为出生率会提高的。"

乐队开始奏乐了，一支萨克斯、一台钢琴、几个小军鼓，演奏的是《蓝色月亮》。军官们跳起舞来。那些女子把外套挂起来，磕磕绊绊地跟舞伴跳起舞来，她们的低胸裙子里还穿着毛衣。有些男人在唱歌，有人在大嚷。一个男人正在吃饺子，结果一对跳华尔兹的男女撞到了他的胳膊。一个酒瓶掉到地上摔碎了，紧跟着是一场混战。上尉对我说："现在你得走了。"

（三）俄罗斯号列车：从伯力到莫斯科

后来，每当我想起西伯利亚横贯线，我就会看到这些场景：开往莫斯科的途中，俄罗斯号列车转弯时，盛在不锈钢碗里的罗宋汤泼溅出来，洒在了餐车里；在那个转弯，透过车窗可以清楚地看到绿色与黑色相间的蒸汽机车头——从斯科沃罗季诺开始，车头喷出的浓烟在阳光下弥漫开来，飘进了森林，白桦林笼罩在氤氲之下，喜鹊高飞到空中。我看见夕阳下的松树，树尖上闪着金光；白雪松软地覆盖在棕色的草堆上，宛如地上泼洒了鲜奶油；济马的铲雪车长得像游艇一样；伊尔库茨克灯火通明的工厂中，烟囱旁冒出熊熊的赭色火焰；在拂晓时分的马林斯克，我看见起重机和楼房的黑影，有人正朝着明亮的火车站跑，长长的影子投在铁轨上——寒冷，黑暗，绊倒在西伯利亚铁轨上的小小人影，这一切结合在一起，有种悲苦的意味；车厢连接处，冰冷的小隔间里结着白霜；每一个车站都有列宁的塑像，前额上落着白雪；还有硬卧车厢里的乘客，毛皮帽子、毛皮绑腿、蓝色的运动衣，哭喊的孩子，还有沙丁鱼味、人的体味、卷心菜味、呛人的烟草味，这些气味是如此浓烈，以至于哪怕车只停五分钟，俄罗斯人也会跳到白雪皑皑的站台上去，冒着染上肺炎的风险也要呼吸一口新鲜空气；糟糕的食物；愚蠢的经济；还有卧铺包厢里的男男女女（苏联国际旅行社的手册里说"分配卧铺包厢时不考虑性别"），陌生的异性共用一个包厢，坐在相对的位子上，长着唇髭的男人和长着唇髭的女人，他们的打扮并无二致，脏兮兮的睡帽，裹在身上当披肩用的毯子直垂到粗壮的脚踝，脚挤在压扁的拖鞋里。而印象最深的是，这段旅程就像是一个时间被扭曲了的梦：俄罗斯号列车用的是莫斯科时间，吃毕了午饭之后（冷的黄土豆、有肥肉块的酸辣浓汤、喝上去像咳嗽药水的波尔图葡萄酒），我问几点了，结果得到的回答是早上四点。

俄罗斯号跟东方号不一样，它是新车。东德造的卧铺车厢是钢制车身，用灰色塑胶隔热，取暖设备是烧炭的锅炉，它连接着火炉和俄式大茶壶，弄得每节车厢的前端看上去都像是卡通版的原子对撞机。列车员总是忘了给火炉里添煤，车厢里冷得人直哆嗦。不知怎么的，寒冷会让我做噩梦，可与此同时又让我睡不着。软卧车厢里的其他乘客要么多疑，要么醉醺醺的，要么不讨人喜欢：一个高第人带着白俄太太和年幼的孩子，孩子穿着靴子，裹着毯子，浑身上下捂得严严实实；两个愤愤不平的加拿大人对着两个澳大利亚图书管理员抱怨列车员太傲慢；一位上了年纪的俄罗斯老妇人，整趟旅程中穿着同一件满是褶边的睡袍；一个看上去浑身不爽的格鲁吉亚人；还有几个酒鬼穿着睡衣吵吵嚷嚷地玩多米诺牌。谈话乏味透顶，觉也睡不踏实，倒错的时间弄得我的食欲都混乱起来。第一天的日记里我写下这样的句子：绝望让我饥饿难耐。

餐车里挤满了人。人人都在喝蔬菜汤，然后是煎蛋卷和维也纳炸肉排。上菜的有两个女服务员，一个身材很胖的女人不停地把食客呼来喝去，另一个是个漂亮的黑发少女，她也兼做洗碗工，看她的模样，好像一有机会就会跳下这趟火车。我吃了午饭，同桌的三个俄罗斯人想从我这儿要香烟。可我没有，大家聊了起来。他们要去鄂木斯克，我是个美国人。然后他们就走了。我在狠狠地自责，在东京应该买本俄语会话手册的。

一个男人坐到了我旁边。他的手在发抖。他点了东西。二十分钟后，胖太太给他拿来一瓶黄色的葡萄酒。他倒进杯子，两大口就喝光了。他的拇指上有个伤口，他忧虑地东张西望的时候就咬拇指。胖太太打了他的肩膀一下，他放开了手，踉踉跄跄地朝着硬卧车厢走去。可胖太太没找我的麻烦。我坐在餐车里，啜饮着浓稠的红酒，看着窗外的风景从平坦的雪原变成了小山——离开纳霍德卡以来，我第一次见到了山。落日给山丘抹上了一层灿烂的金色，我期待能在稀疏的树林中见到人影。我盯着窗外看了一个小时，却一个人也没看见。

同时，我也不知道自己身在何处。在日本买的苏联地图派不上什么用场，到了晚上我才知道，列车已经驶过了中国边境上的帕什科沃。这让我更加晕头转向了。我基本不知道火车开到了哪里，永远不知道正确的钟点，而且我讨厌每次去餐车时要经过三个"冰窖"。

　　胖太太的名字是安娜·菲约多芙娜，尽管她对自己的同胞很凶，可对我还挺好，一个劲儿要我叫她"安努什卡"。我这样叫了，她给我端来一份特别菜肴以资奖励：冷土豆和鸡肉，肉黑乎乎的，咬不动，像某种质地紧密的布。安努什卡看着我吃。她从茶杯后头冲我挤挤眼（她把面包蘸到茶里，然后吮吸），对一个坐到我这桌的跛子骂了一句。终于，她把盛着土豆和肥肉的不锈钢盘砰的一声放到他面前。

　　跛子吃得很慢，他谨慎地切着盘子里的肉，让这顿可怕的晚餐变得更加漫长。一个服务员从我们桌旁经过，啪啦一声，他端着的空水瓶掉到了桌上，把跛子的玻璃杯撞得粉碎。跛子极其冷静地继续吃着，拒绝理会那个服务员。服务员一边嘟囔着抱歉的话，一边收拾桌子上的碎玻璃。他从跛子的土豆泥里拔出一片硕大无比的玻璃渣子。跛子哽住了，推开了盘子。服务员又给他换了盘新菜。

　　"你会说德语吗？"跛子用德语问我。

　　"会，但说得很糟。"

　　"我会说一点儿，"他继续用德语说，"我在柏林学的。你是哪国人？"

　　我告诉了他。他说："你觉得车上的饭怎么样？"

　　"不算差，但也不是很好。"

"我觉得很差，"他说，"美国那边吃得怎么样？"

"好得很。"我说。

他说："资本主义者！你是个资本主义者！"

"或许吧。"

"资本主义坏。共产主义好。"

"胡扯，"我用英语说，随后又改成德语，"你这么想？"

"在美国，人都拿着手枪互相射。'啪！啪！啪！'这种的。"

"我就没手枪。"

"那黑鬼呢？那些黑人？"

"他们怎么了？"

"你们杀他们。"

"谁告诉你这些的？"

"报纸上。我自己会看。而且广播里也天天讲。"

"苏联的广播。"我说。

"苏联的广播是好广播。"他说。

餐车里的广播正在播送欢腾的风琴曲。它整天都在响，就连包厢里也是（每间包厢里都有个喇叭），喇叭整日里嗡嗡叫着，因为你没法把它彻底关上。我指指车上的喇叭说："苏联的广播太吵了。"

他哈哈大笑起来，随后说道："我是个残疾人，瞧这儿，我没有脚，只有腿。我没有脚，没脚！"

他抬起穿着毡靴的腿，用拐杖的金属头戳戳脚趾的位置。他说："打仗的时候，我在基辅打德国人。他们拿着枪，'啪！啪！'这种的。我跳进水里往前游。那时候是冬天，水很冷，很冷！他们打掉了我的脚，可我没停，继续往前游。还有一次我们上尉对我说：'瞧，那边德国人更多……'在雪地里……很深的雪……"

那天晚上我睡得很不踏实，床铺就像板凳一样窄小，我梦见德国人踏着正步，拿着干草耙子，头上的钢盔活像餐车里的汤碗，正逼我往冰河里跳。我醒了。我的双脚暴露在冰冷车窗的寒气里，毯子滑到了地上，包厢里蓝色的夜灯令我想起手术室。我吞了一片阿司匹林，继续睡了，直到走廊里亮得能找到厕所才醒。当天中午左右，我们停在了斯科沃罗季诺。"狱卒"列车员领着一个年轻小胡子进了我的包厢。他叫乌拉迪米尔，要去伊尔库茨克，两天后到。那个下午，乌拉迪米尔没再说什么，他在看俄罗斯平装书，封皮上画着爱国主义色彩的画。我望着窗外。我曾经认为火车的车窗是自由张望世界的窗口，如今却变成了禁锢，有时还像是不透明的细胞壁。

在斯科沃罗季诺城外的转弯处，我看见了拉动这趟列车的巨大蒸汽机车头。尽管乌拉迪米尔哑哑嘴，表示不赞同，但我尽力想拍下它转弯的样子来解解闷。机车喷出滚滚浓烟，烟飘过车身，飘入白桦和西伯利亚雪松林，又冉冉散入空中。地上有足迹，也有熄灭的火，却见不到一个人影。乡村的景象没有丝毫变化，就好像窗玻璃上贴了一幅画似的。我昏昏欲睡。我梦见了梅德福高中里的一间地窖①，醒来看到窗外的西伯利亚，我差点哭了出来。乌拉迪米尔不看书了。他背靠墙坐着，用彩色铅笔在本子上画电线杆的素描。我踱到了过道里。那个加拿大人正盯着外头的雪原。

① 保罗·索鲁出生于美国马萨诸塞州的梅德福，这所高中大概是他的母校。

他说："感谢上帝，咱们很快就要离开这个地方了。你要去哪儿？"

"莫斯科，然后转火车去伦敦。"

"真他妈的远啊。"

"可不是吗。"

他说："我都不知道今天几号了。就快到圣诞节了。哎，你看到那个着火的房子没有？"

前一天他说的是："你看见那辆过河的卡车没有？撞上冰啦。呃，是后轮。"我怀疑他是编的。他总是看见灾难和事故。我往窗外看去，看见的是自己焦灼的影子。

我回到包厢，又拿起《新寒士街》来看，可灯光很暗，天气又冷，外头在不停下雪，再加上书中主角埃德温·里尔登的可怜处境，我消沉到了极点。我睡了，做了梦，梦到我带着妻儿住在山中的小茅屋里。外头在下雪，窗户那儿镶着一面黑色的镜子。我正焦躁地不知该如何是好——有些不幸的消息必须告诉我们的熟人，可他们住在好几英里外。我的脚都冻僵了，可我已经答应别人要去通报消息。我踢开衣橱门找靴子，问道："你呢，安妮，你去吗？"

安妮说："外面太冷了！而且我在看书呢——我还是留在这儿吧。"

餐车里的丑女人安努什卡恰巧在茅屋的角落里喝茶，我对她说："你看到了吧？看到了吧？她总是说要陪我，可真到了去的时候，她没一回说话算话的！"

我的太太安妮说："你就磨蹭吧！当真要去，你就快点去，要么就把门关上，别再说那么多了。"

我拉开小屋的门。外面一片空茫。寒风刮了进来，掀起台布，吹得灯罩咔嗒咔嗒响。雪飘落在木地板上。

我说："好吧，要是没人跟我去，我就自己去了。"

"我能去吗，爸爸？"我看着年幼儿子的小脸。他在恳求我，稚弱的小肩膀真让人心疼。

"不行，"我说，"我得一个人去。"

"关上门！"

我醒了。我的脚好冷。包厢的窗户是黑的，车厢在上下颠簸（唯有西伯利亚横贯线会颠，因为它的铁轨接头是方的，不是交错式的）。那个梦意味着旅行中的恐慌、内疚，还有孤独感，当我把它记下来、细细回想的时候，我感到愈发孤独了。

乌拉迪米尔停下了素描笔。他抬头看看我："chai?"

我听懂了。在斯瓦西里语中，茶也叫作"chai"。他大声唤来了服务员。茶点过后，我上了第一节俄语课，把单词按谐音记在笔记本上。这是个枯燥的活儿，可它能消磨时间，而且是打瞌睡做噩梦的完美前奏。

那天晚上，餐车里空荡荡的，特别冷。车窗上结着霜花，气温低得连吵嘴员工的呼吸都清晰可见，全是白汽。经理瓦西里·普罗科夫耶维奇正在算账，噼里啪啦地打着算盘。到了此时我已经成了餐车里的熟客，知道瓦西里到了下午晚些时分就会喝得醉醺醺的。他是个五短身材的疤脸男人，见我来了，他跳将起来，给我看他呼出的白气（那是伏特加的蒸汽），然后拽出一箱啤酒来，给我看酒瓶里冻出的冰坨。他拿出一瓶，用手摩擦着瓶子，给我把冰焐化，还冲那个黑头发姑娘尼娜大嚷。尼娜给我端来一盘烟熏鲑鱼和切片面包。瓦西里指指鲑鱼，说："鱼！"

我操着简单的俄语说："这鱼好。"

瓦西里乐了。他让尼娜再给我多拿点来。

我敲敲冻着霜花的窗户说："Eto okhnor。"

"对，对。"瓦西里又往自己杯里多倒了点伏特加，端起来一饮而尽。他往平底玻璃杯里给我倒了一英寸。我喝掉，看到安努什卡坐在老位置上，把面包蘸进红茶里，然后吮吸着。

我指指她的茶说："那是茶。"

"对，对。"瓦西里大笑，又给我倒上。

我给他看吉辛的书，说："这是书。"

"对，对。"瓦西里说。尼娜端着盛了鲑鱼的盘子过来了。"这是尼娜。"瓦西里攒住漂亮的姑娘，"这个——"我明白他的手势，"是尼娜的胸脯！"

这两天，早晨变得更黑了，时间耍的把戏让我愈加错乱。睡了八个小时以后，我在一片漆黑中醒来。十二月的月亮像一把银镰刀，微弱的月色下，车窗外一片荒凉，没有树，没有雪，也没有风。天色渐渐破晓（我的表上是九点半），现出了怪异的景象：石勒喀河与音果达河岸边出现了村庄，为数不多的木头小屋聚集在一处；房屋都有些年头了，呈现出深棕色；烟笔直地立在烟囱头上，让我想起某种早期的、烧木头的车辆，搁浅在荒芜的大草原上。荒无人烟的景象持续了几个小时后，我们到达了赤塔，那里满是冒烟的烟囱，大堆大堆尚冒着烟的灰被倾倒在铁轨旁。赤塔城外有个结了冰的湖，在冰上钓鱼的人们蜷缩着，宛如湖畔落叶松上栖息着的、羽毛蓬松的肥胖乌鸦。

我说："乌鸦。"

"不对。"乌拉迪米尔跟我解释说，那是钓鱼的人。

"乌鸦。"我坚持说着，他终于懂了。但我没费多大劲，因为我发现，我遇到的这些俄罗斯人尽管缺乏想象力，习惯按字面意思理解别人的话，却极其多愁善感，伤感似乎是他们逃离平实态度的手段。乌拉迪米尔总喜欢背诵长长的句子（背诵别人的话，而不是说自己的看法），然后咕哝着"普希金"或是"马雅可夫斯基"。在苏联，这种无法自控的行为似乎是理所当然的，可要是我待在波士顿和缅因，听见有人背诵起"这里是原始森林……"①，我会起身换位子。

乌拉迪米尔买了一瓶匈牙利红酒，我们下起象棋来。他的棋风咄咄逼人，在棋盘上势如破竹，走棋速度之快，就像在下跳棋。等着走棋的空当，他就打响指。我走棋不是为了赢——我知道我没那水平，而是为了把他的速度拖慢点。他的棋子在棋盘上推进，火车在风中推进。车窗外，雪景又回来了。我发现一天之中我们经过了两种地貌。戈壁沙漠边缘处的低矮蒙古山丘上覆盖着雪松林，繁茂葱郁得宛若赤道的蕨类植物。到了四点钟，火车慢慢接近中西伯利亚高原的时候，风雪刮过车窗，细小的雪花卷在车头喷出的烟气里。远处，暴风雪造成了雾霾般的感觉，戈壁那头一片白茫茫的，再加上白桦林的树干颜色，衬得雪松格外羸弱。西伯利亚满是树木和雪，就连火车站的房屋也配合着森林的感觉。整个赤塔州里，车

---

① 美国诗人朗费罗的长篇叙事诗《伊凡吉林》的第一句。

站全是木质结构的，许多块原木板材仔细地斜搭成房屋，上头覆盖着冰霜。

我的棋下得越来越臭，可只要瓶子里还有酒，我们就继续玩下去。又下了两局，伏特加见了底，既然已经没东西喝，再玩下去就没意思了。可漫漫长夜还在等着我们。小睡把一整天分割成了若干个部分，每个部分都像一整天那样长。这种漫长的感觉，就像是发高烧的病人躺在一个极少人来探望的病房里。有时候，这种没意义的"康复"感会变成更为简单的感受：无聊。就像我做的那个噩梦一样，我像是待在大雪封山的茅屋里。天冷，灯光暗淡，在车厢里来回走走都很困难，因为绝大多数乘客的包厢都太挤，他们更愿意站在过道里。在这列火车上，的确是没地方可去。

我拿出一张纸，教乌拉迪米尔玩三子棋。用他的话说，他觉得这东西非常有趣（俄语里这个词的发音跟英语很类似），而且很快就发现了赢棋的窍门。为了打发时间，他教我玩一种极为复杂的俄罗斯游戏：在坐标纸上，用方格画出十个稍有不同的几何形状来，形状越不规则，得分就越高——或者是得分越低越好？我一直没搞懂规则。乌拉迪米尔最后放弃了教我，又画起素描来。我说服他给我看看那本子，有意思的是，里头一页接着一页，全是电线竿、高压线铁塔、绷直的电线、缠着电线的房梁、骨架子般的仪器。画这些垂直线条的怪物是他的嗜好（尽管他也很有可能是个间谍）。他示范给我看如何画电线竿。我对这个乏味的事情装作很感兴趣，又招呼列车员拿酒来。两瓶匈牙利红酒送来了，可要是不给列车员倒一杯他就不肯走。乌拉迪米尔画了一幅画：褐色和黑色的大地上，一个黑色的小屋，橙红色的太阳低悬在天边，天空中满是蜘蛛。他在旁边写上"西伯利亚"。然后他又画了几个高塔，几幢大楼，湛蓝的天空，阳光灿烂的好天气。

"列宁格勒？"

"不是，"他说，"伦敦。"他在画上写下"伦敦"。他又画了一幅伦敦景象。那是个港口，一艘纵帆船，好几艘停泊的船，阳光灿烂。他还画了一幅纽约景象，高高的楼房，阳光灿烂。但这些都是想象出来的，乌拉迪米尔从来没离开过苏联。

由于他坚持要付酒钱，我掏出了雪茄盒子。乌拉迪米尔抽了五支，吞云吐雾地就像抽普通香烟一样。红酒，雪茄，我们正沿着贝加尔湖岸行进，这一切让乌拉迪米尔说起母语来。他在包厢里来回踱着大步，挥赶着烟雾，对我说贝加尔湖有多么深，最后，他把手伸进外套里，喷出一大口烟，操着俄罗斯人引述名言时惯用的缓慢而又郑重其事的声调说道："I dym otechestva nam sladok i pryaten!"但说的时候他咳嗽了，说完后，他抬眼看着我。

我说："嗯？"

"普希金，"他说，"《叶甫盖尼·奥涅金》！"

（几个月后，在伦敦，我把按谐音记下的这句诗读给一个会说俄语的人听，他告诉我说这的确是普希金的诗句，翻译成英语就是："就算是祖国的烟雾，在我们看来也是甜美宜人的。"）

次日绝早的时候，澳大利亚的图书管理员们和那两个加拿大人摸黑坐在走廊的箱子上。伊尔库茨克两个小时以后才到，但他们担心睡过头，坐过了站。那时我就想（现在我也这样觉得），未必人人都认为错过伊尔库茨克是个悲剧吧。当伊尔库茨克的熊熊炉火和烟囱出现在视野中时，天色还是黑的。烟囱下方是一片覆盖着沥青毡屋顶、百叶窗关闭着的平房。让这个城市看上去像集中营的，不是工人住处的钢制篱笆，甚至也不是牢房样式的屋子，而是刺目的灯光——装在杆子上的探照灯和耀眼街灯，缩小了那些戴着手套的身影，让他们看上去就像是操场上的囚犯。乌拉迪米尔握着我的手，伤感地跟我道别。我被他感动了，满心怜悯地想着，可怜的人啊，一辈子都得待在伊尔库茨克——直到我回到包间，发现他偷走了我的那盒雪茄。

列车员走进包间来，把乌拉迪米尔的毯子收起来，往铺位上扔了一套新卧具。他身后跟着一个面色苍白的高个子男人，尽管现在已是上午，可他穿着睡裤和浴袍，一坐下就开始在本子上解起复杂的方程来。男子一直没说话，直到火车到了一个小站，他说道："这里——盐！"

这是他熟悉的话题，一则关于盐矿的新闻。但他的主要意思是，我们真的到了西伯利亚。在此之前，我们一直在苏联的远东地区穿行——幅员两千英里、位于中国和蒙古国境附近的无名区域。从现在开始，西伯利亚的针叶林越来越茂密了，树影模糊了远山的轮廓，密林中隐藏着的房舍吞没了那么多被放逐的俄罗斯人。在某些地方，密林会中断二十英里，那里是冻土地带，洁白无瑕的雪原上，一排排灯柱延伸到天边，就像示范透视法的画作一样，它们变得越来越小，最远的一根缩成了一个点。俄罗斯的广袤无垠让我快要崩溃了。我已经在这片土地上走了五天，可前头的路程还有一多半。我仔细盯着窗外，希望能发现一些新的细节，证明我们离莫斯科已经越来越近，可每天的差别非常微弱。皑皑白雪无边无际，火车在车站只是稍作停留，针叶林上空的阳光总是明媚灿烂，可到了城镇附近总是变得黯淡无光：每个镇子上空都蒙着一层厚厚的烟雾，遮蔽了日光。但小村庄就不一样，它们躺在阳光下，建在针叶林和铁轨之间的危险地带，那沉默是如此浓重，几乎看得见。

现在，我是火车上唯一的西方人了。我觉得自己就像最后一个莫希干人。我没法跟人闲聊，噩梦让我无法入睡，穿着睡衣的沉默男子和他长篇累牍的方程式让我烦躁不安，餐车上油腻的炖菜害得我肚腹绞痛，还有，一想到已经离家四个月，我就十分内疚，我想念我的家人。于是，我给瓦西里塞了点好处，买到了一瓶伏特加（他说车上没了，可给了他两个卢比之后，他又找到了一些），然后用了一整天把它喝光。买酒的那天，我碰到了一个年轻人，他用磕磕巴巴的德语告诉我，他要带他生病的父亲去斯维尔德洛夫斯克看病。

我说："病得很重吗？"

他说："很重！"

年轻人买了瓶香槟，带回包厢去。他跟我在同一节卧铺车厢。他请我去喝一杯，我们坐下，对面的铺位上，老人在躺着睡觉，毯子拉到了下巴上。他一脸病容，面色灰败，牙关紧闭，看起来就像是在痛苦地吞咽着死亡。于是，这间卧铺包厢就像个阴冷湿滑的坟墓，弥漫着地底下那种窒闷的死亡气息。年轻人咂咂嘴，给自己又倒上点香槟，喝掉了。他想拉我再喝点，可我觉得毛骨悚然——狭窄的铺位上躺着一个行将就木的人，他儿子坐在身边，冷静地喝着香槟，车窗外是俄罗斯中部覆盖着白雪的森林。

我回到自己的包厢去喝伏特加，从我孤单疏离的行为中，我体会到了一些俄罗斯人的凄凉和忧伤。事实上，他们除了喝酒什么都不干。他们一天到晚都在喝，而且什么都喝——味道像生发油的干邑白兰地、淡薄的酸啤酒、跟咳嗽药水没什么区别的红酒、九美元一瓶的香槟，还有入喉顺滑的伏特加。每天都有新情况：先是伏特加卖光了，然后是啤酒，然后是干邑，过了伊尔库茨克以后，有人看见几个粗俗男子凑钱买香槟，像街上的流浪汉一样，传着酒瓶子一人一口。不喝酒的时候他们就睡觉。我学会了从穿衣打扮的样子上判断一个人是不是酒鬼：他们戴着皮帽子，裹着皮绑腿，因为他们的血液循环相当不畅；他们的手和嘴唇总是青紫色的。我见到的绝大多数争吵和每一次打架都是因为醉酒。每次午饭过后，硬卧车厢总是有人打架；每次吃饭的时候瓦西里都会引发争吵。如果跟他吵架的那个人碰巧是清醒的，那人就会叫人拿来意见本，愤怒地狂写一通。

"同志！"顾客高喊着，叫人把意见本拿来。这个称谓，我只听人们用挖苦的口气叫过。

在济马爆发了一场恶斗。两个年轻小伙子（其中一个穿着军装）在站台上冲着列车员吼了一通。那个列车员是个面相凶悍的男子，穿着一身黑衣。他没有马上作出反应，但当两个小伙子上车之后，他跳上车去，抢身赶上他们，把两人揍了一顿。人们凑过来围观。一个小伙子大嚷："我是军人，我是军人！"人群里有人低声嘟哝："你这军人当得不赖。"列车员继续在硬卧车厢的连接处暴揍他俩。有趣的是，倒不是那两个小伙子喝醉了而列车员清醒着，而是他们三个全都醉了。

又是一个白天，一个晚上，又是一千英里，雪越来越深，我们到达了新西伯利亚。外国旅客一般都会在新西伯利亚下车过一夜，可我留在了车上。我原本答应要回家过圣诞的，可现在没可能了——已经是 12 月 23 日，两天之内我们到不了莫斯科。但转车顺利的话，我没准能赶在新年前到家。苍白脸的高个子把睡衣换成了皮衣，把方程式收起来，下车了。我把他的铺位收拾整齐，做了个决定：我需要有规律的生活。我要按时刮胡子，早晨冲杯果子盐，早餐前做俯卧撑；不再打盹小睡；我要看完《新寒士街》，开始读博尔赫斯的《迷宫》，还要着手写一篇短篇小说，我每天下午写，晚上七点之前绝不喝酒——或者最早六点吧，或者五点，如果灯光太暗没法写字的话。终于可以拥有私人空间了，我很高兴。我需要把思绪好好梳理一下。

那天上午，我把想法整理了一遍，找出焦虑的原因，决定马上就写那个短篇。四十岁的女子爱上了一个十九岁的男孩。他想跟她结婚。女子同意见见男孩的母亲。两个女人见面了，她俩年纪一般大，结果一拍即合，相谈甚欢，讨论起她们的离婚和外遇，几乎忘记了一旁涉世未深的年轻男孩。可他坚持要结婚，把她俩都弄得尴尬不已。故事应该是这样的：

> 斯特朗夫妇的婚姻美满幸福，且持续经年，朋友们提起来都又是赞叹又是美慕。可有天下午，两人暴吵一架，弄得方圆几英里内的夫妻都为之胆寒，这段婚姻也应声而碎。当米莉决定不再流连在纽约，劝说朋友们在这场跟拉尔夫的苦涩争战中站在她这边的时候，朋友们都长舒了一口气。她打算……

包厢门突然砰的一声打开了，一个男人提着一卷衣服和几个纸包进门来。他朝我笑了笑。此人五十上下，光头，脑袋轮廓起伏不平。他还长着一双红通通的大手，一双非常近视的老鼠眼。他把衣服卷扔到铺位上，把一条棕色的面包和一夸脱盛着紫红色果酱的罐子放到我的小说稿子上。

我放下笔，离开了包间。等我回来时，他已经换上了一身蓝色的运动服（胸前别着一枚小小的英雄奖章），鼻子上歪歪斜斜地架着一副眼镜（那镜片放大了他的眼睛），用一把折刀往面包片上抹果酱。我把稿纸拿走了。他大声地嚼着果酱三明治，打了个嗝，再继续咬下一口。吃完了三明治，他解开一个报纸包，掏出一块灰扑扑的肉。他切下一块放进嘴里，把肉包起来，摘下眼镜。他冲桌面嗅嗅，拿起我装烟斗通条的黄色小袋子，戴上眼镜研究起上头的字来。然后他看看表，叹了口气。他摸弄着我的烟斗、我的火柴、我的烟草、钢笔、收音机、时刻表、博尔赫斯的《迷宫》，放下一样就看看表，再嗅两下，就好像他的鼻子能发现眼睛看不到的东西似的。

当天余下的时间里，他一直是这副样子。这打乱了我规律生活的所有计划，也毙掉了我写小说的可能性。那些刺探的动作让我立即讨厌起他来，我想象着他脑子里的念头——嗅探完我的一样东西，拿起下一样之前，他敲敲手表的表蒙子，心说："啊，又过了三十秒。"他有本袖珍的苏联铁路地图册，每到一站他就戴上眼镜，在地图上找这站在哪儿。每页地图上大约有十五个站，所以，火车进入下一页之前，他的手指迹子就已经把那页弄脏了。这么一篇篇地翻下来，我都能从纸上的果酱痕迹和拇指印上看出来，这趟俄罗斯号已经走了多远。整个旅程里，他除了这本小册子之外什么都不读。他不说话，他不睡觉。那他怎么打发时间？他打哈欠。他一个哈欠能打五秒钟，放在舌头上品着，在下巴上绕个来回，最终大声地把它吞下去。他叹气，他呻吟，他咂嘴，他嘟哝，而且他每个动作都是独立计时的，打完哈欠或叹口气之后就看看表。他咳嗽和噎着的时候也是这么慢吞吞的，他研究着自己的嗳气过程，他打起嗝来，那充分的程度简直令人作呕，高低有三个音调，一口气要彻底用光，弄得自己上气不接下气。做这些事情的空当里，他就望着窗外，或是盯着我，我们眼光相遇的时候就冲我笑笑。他的牙齿是不锈钢的。

身边有个人的时候，我很难看得进书，而且一行字也写不出来。要是那个人再隔着一个果酱罐子和一条支离破碎的面包盯着我，我就快要精神错乱了。所以我什么都干不了，只能看着他，因为这是唯一可做的事。他还有个地方特别奇怪：要是我盯着车窗外头看，他也看；我走到过道里去，他也去；要是我跟隔壁那个年轻人说话（他父亲奄奄一息地躺在一堆空香槟瓶子中），他就鬼魅般地跟在我身后，从我肩膀上伸头往外瞅。我甩不掉他——我努力了。

因为害怕被火车扔下，短时停车的时候我从不下车。可自从这个"阴魂不散"的家伙在我包厢里住下，我上哪儿他就上哪儿的时候，我就暗自拟定了一个计划：我要把他扔在鄂木斯克。那将是个简单的"达菲尔"：我下火车，甩开他一段距离，然后等火车一开动，我就跳上车，堵在梯级踏步上，让他没地方落脚。我在巴拉宾斯克试了一回。他跟着我走到车门边，但没有下车。三小时后我们到了鄂木斯克，这个机会更好些。我怂恿他跟在我后头，把他领到了一个生意兴旺的面包小摊前，然后甩掉了他。最后一刻我上了火车，坚信他已经被"达菲尔"了，却发现他待在包厢里嗅探着地图册。自那以后他再也不离开包厢了。或许他怀疑我想扔下他。

这个笨蛋自己带了吃的，所以用不着去餐车。他吃饭的模样真可谓奇景。他把带来的食品围着自己摆成一圈：拳头大小的一块黄油裹在油腻腻的纸里，那条面包，那块肉，用报纸包着的泡菜，还有那罐果酱。他撕下一块面包，用折刀厚厚涂上黄油。然后他切下一块泡菜和一块肉，挨个咬上一口：泡菜、面包、肉、一口果酱。然后回过去从泡菜开始，再咬一个遍，把嘴里全塞满之后才开始嚼。我实在没法再看下去了，耗在餐车里的时间越来越长。

当醉酒的士兵被赶出餐车，其他食客（无论是干瘦还是肥胖）从金属碗盘中抬起头、拖着步子离开的时候，餐车的门就锁上了，厨房里的员工开始打扫卫生。他们允许我留下，因为我跟经理瓦西里达成了协议，只要我给他好处，并且邀他共饮，他就继续给我提供匈牙利红酒。瓦西里把算账的差事交给了助手瓦洛佳，后者自己有个算盘；厨子谢尔盖从厨房门后向尼娜抛着媚眼；安努什卡在擦桌子；而服务生维克多（他后来告诉我，他付钱给安娜替他干活，他说为了五个卢布她什么都肯做）跟瓦西里和我坐在一块，缠着我给他讲冰球队的消息：波希顿中熊队、多林多凤叶队、蒙他利尔贾拿大人队、季加哥黑因队[1]。维克多经常站在瓦西里身后，搔着右腮帮子，意思是说瓦西里是个酒鬼。

还有个擦地板的黑头发小伙子，很少跟人说话。维克多指指他，跟我说："基特勒，基特勒！"

---

[1] 即波士顿棕熊队、多伦多枫叶队、蒙特尔尔加拿大人队、芝加哥黑鹰队。

那小伙子不理他，可为了把意思说得更清楚，维克多一脚踩在地上，碾碾前脚掌，就像在踩死蟑螂。瓦西里把食指放到鼻子底下，装作是小胡子，说道："嗨，基特勒！"这么说，那小伙子可能是个反犹分子，但是，既然俄罗斯人的模仿和嘲弄算不得十分精细，他也有可能是个犹太人。

有天下午，那小伙子走过来跟我说："安吉拉·戴维斯①！"

维克多撇嘴笑笑："基特勒！"

"安吉拉·戴维斯，哈拉少②！""基特勒"滔滔不绝地用俄语说起安吉拉·戴维斯在美国是如何遭到迫害的。他冲我晃着扫帚，头发耷拉到了眼睛上，他继续大声地说着，直到瓦西里砰地拍了桌子。

"政治！"瓦西里说，"在这儿别谈政治。这是饭馆，不是大学。"他是用俄语说的，但他的意思很明显，而且他显然很生"基特勒"的气。

其余的人都很尴尬。他们把"基特勒"送回厨房，又拿来一瓶酒。瓦西里说："基特勒，你不哈拉少！"可最会和稀泥的是维克多。他站直了，收拢双臂，冲着厨房员工嘘了几声叫他们安静，然后操着别别扭扭的英语轻声说道：

> 哦，我的小家伙呀
>
> 如何让人觉得如沐春风？
>
> 我们做的每件事

---

① 安吉拉·戴维斯，1944 年生，美国政治活动家、学者、作家。
② 即俄语"好样的"。

都要先说"请"

当然也别忘了说句"谢谢你"！

后来，维克多带我到他住的包厢去，给我看他买的新皮帽。他对这顶帽子得意极了，因为那帽子几乎花了他一个星期的薪水。尼娜也住这个包厢，还有瓦西里和安娜——对于一个比普通衣橱大不了多少的地方来说，四个人真的挺挤的。尼娜给我看她的护照和她妈妈的照片，正看时，维克多没影了。我一只胳膊搂着尼娜，另一只手摘掉她白色的用人帽。她的黑发倾泻到了肩上。我紧紧拥着她，吻了她，她身上有股厨房的味道。火车在加速，可包厢门还开着，尼娜推开我，柔声说："别，别，别。"

圣诞节前一天下午，我们抵达了斯维尔德洛夫斯克。天空是铅灰色的，非常冷。我跳下车，看见那个老人被抬到了月台上，毯子滑到了他胸前，灰色的双手僵直地搁着，面色也同样灰败。儿子下车来，把毯子拉高到他嘴边。年轻人跪在冰上，拿一条毛巾围住老人的头，掖好。

看见我站在一旁，儿子用德语说："斯维尔德洛夫斯克，从这个地方开始就是欧洲了，亚洲过去了。这儿是乌拉尔山。"他指着火车尾部，说"亚洲"，然后指指车头，"欧洲"。

"你父亲怎么样了？"我问。抬担架的人来了，担架是个吊床，悬在那几个人之间。

"我认为他去世了。"他用俄语说了句再见。

打着旋儿的暴风雪中，列车朝着彼尔姆加速驶去。我的情绪越发低落。圆木的小屋和村舍半埋在雪里，房屋身后是白桦林，树上的积雪有一英尺厚，枝条上挂着冰，宛如银丝编成的工艺品。我看见孩子们正顶着风雪走过冰河，朝着几座小屋慢慢走去，此情此景令我心碎。我躺回铺位，拿过收音机。它刚才摆在窗口，冰凉凉的。我想调出个节目听听，拉出了天线。僵尸怪人从那堆还没拆包的食品后头望着我。一阵杂音过后，我调出了一个法国台，然后是《铃儿响叮当》。怪人笑了。我关掉了收音机。

圣诞前夜，很晚了，我敲开餐车的门，瓦西里迎了出来。他耸耸肩告诉我打烊了。我说："这可是圣诞夜啊。"他耸耸肩。我给他五个卢比。他放我进去，拿来一瓶香槟。趁他拔瓶塞的时候，我环顾着无人的车厢。平常人最多的时候这里也很冷，可没有了火炉的阵阵暖流，加上外头呼啸的风雪，这里比往常更冷。车厢里只亮着一根日光灯管，也只有我们两人。我实在想不出还有什么比这更糟糕的迎接圣诞的方式了。刺骨的寒冷中，瓦西里拉过一把椅子，把两个杯子满上。他往后重重一靠，仿佛这香槟是劣质酒似的，皱紧眉头叹道："呀嘿！"

我们面对面坐着喝酒，谁都不说话，直到瓦西里举起酒杯说道："U.S.A.！"

那时，我醉得足以想起乌拉迪米尔教我的俄语课。我拿酒杯碰碰瓦西里的杯子，用俄语说道："苏联（Soyuz Sovietski Sosialistichiski Respublik）。"

"草原！"瓦西里大叫。他唱了起来："草原！草原！"

我们喝光了一瓶，又拿了一瓶，瓦西里还在唱。午夜时分，他唱了一首军歌，我知道这首歌，起码我听出了旋律。我跟他一起哼唱起来，他说："对，对！"怂恿我唱。我只知道几句意大利的下流歌词，配着他的苏联爱国歌词，我们一起唱了起来。

瓦西里鼓掌，用俄语跟我一道唱了起来。我们站在餐车里，唱着二重唱，唱几句就停下来喝口酒。

"圣诞快乐。"第四瓶酒拿出来的时候，我对瓦西里说。他微笑着，点着头，刺耳地咯咯笑。他拿了一捆已经算过账的账单给我看。他摇晃着纸条，把它们一股脑扔到了空中："哟嗬！"我们再度坐下，瓦西里醉得已经忘我不会说俄语，冲着我滔滔不绝地讲了十五分钟。我猜他在说："瞧瞧我。我都五十五了，还管着这么个破餐车。（打了个嗝）每两个星期，就从莫斯科到符托迪沃斯托克走个来回。睡在硬卧车厢里，忙得连尿都没空撒，人人都不给我好脸色。（又打了个嗝）你说这叫什么日子？"这一大篇话快讲完的时候，他的脑瓜慢慢耷拉下来，眼皮往下掉，话说的越来越慢。他把头抵在桌面上，睡着了，手里还紧紧抓着酒瓶。

"圣诞快乐。"

我喝完杯中酒，穿过颠簸的车厢走回包厢。

次日清早，圣诞节，醒来后我看见同屋那位僵尸般的怪人睡着了，他像个木乃伊似的，胳膊交叉着放在胸前。列车员告诉我现在是莫斯科时间六点，可我的表是八点。我把表针调回两小时，等着天亮。我惊讶地发现，车上有那么多人都跟我一样。黑暗中，我们站在窗边，盯着自己的倒影。没过一会儿，我知道他们为什么站在这儿了。我们进入了雅罗斯拉夫尔的郊区，我听到其他人在喃喃自语。穿着褶皱睡袍的老妇人，带着妻儿的高第男人，打多米诺牌的醉汉，甚至刚才摆弄我收音机的僵尸怪人也来了。火车咔嗒咔嗒驶上一座长桥的时候，他们把脸贴在车窗上。在我们脚下，那半是冰冻半是流水、黑幽幽的、某些地方倒映出雅罗斯拉夫尔工厂中熊熊火焰的，是伏尔加河。

　　　昔日大卫王城中
　　　有一简陋矮牛棚……

　　那是什么声音？甜美的歌声和同样清晰的风琴声，从我的包厢里传出来。我呆住了，伫立静听。被伏尔加河震慑住的俄罗斯人陷入了沉默。他们弯着腰，俯身盯着河水。可那清甜飘渺的圣歌在空中萦绕，仿佛温暖的芳香。

　　　母亲诞下小婴孩
　　　暂借马槽作儿床……

　　赞美诗轻轻回荡着，但俄罗斯人的静默庄严和火车缓慢的速度，让这柔和的童声渐渐盈满整个走廊。我静静地听着，心间涌起几乎难以负荷的哀伤，就好似至为精纯的欢乐要诞生在痛楚的针尖之上。

　　　慈母之名为玛丽
　　　耶稣基督乃儿名……

　　我走进包厢，把收音机贴近耳朵，直至节目播完。那是BBC的圣诞音乐节目。那天，清晨的阳光始终没有降临。我们在浓雾中穿行，棕色的薄雾翻腾着，打着旋儿，衬得森林阴郁可怖。外面不是很冷，有些地方的雪已经融化，道路上满是泥泞——到了此地，路已经多起来了。整个上午，窗外的树都像是浓雾中的剪影，濡湿的树干变成了黑色，松树林在薄雾中隐约可见，宛若带着尖塔的大教堂。有些地方的树影实在是太朦胧了，就像是闭上眼后的残留影像。对这个国家我从没有过亲近的感觉，如今这浓雾更加拉远了我们的距离。经过六千英里的路程，在火车上过了这么多天以后，我感到的只是深深的疏远。对俄罗斯的每一个印象都令我心生厌烦——拿着铁铲、穿着橙色帆布上衣、在铁轨上干活的妇女，列宁的塑像，陷在黄褐冰雪里的车站布告牌，被疾驰的火车惊起、嘎嘎大叫的喜鹊。我憎恨俄罗斯的广袤和辽远，我想回家。

九点钟餐车锁上了。我十点钟又回去看了看，发现里头空无一人。瓦西里解释说，既然我们很快就要到莫斯科了，所以餐车停止营业。我骂了他一顿，被自己的暴躁脾气吓了一跳。在我的抗议下，他给我做了个煎蛋卷，又放了一块面包和一杯茶，递给我。我正吃的时候，一个女人走了进来。她穿着一件黑色外套，黑帽子上别着一个苏联铁路局的徽章。她用俄语对瓦西里说："面包。"瓦西里挥挥手叫她走："没有面包！"她指指我的餐盘，把要求重复了一遍。瓦西里冲她大嚷起来。她坚决不退让，结果瓦西里重重地推搡了她一下，推人家的时候，瓦西里还带着歉意地冲我笑笑。女人回过身来，伸出手臂，提高嗓门，冲瓦西里尖叫起来。这可把瓦西里给惹急了。他眯缝起眼睛，猛扑过去，用拳头揍她。他把她的胳膊扭到背后，狠狠踢了她一脚。她哀号起来，走了。

瓦西里对我说："她，不好！"打架让他有点上气不接下气。

他展颜愚蠢地笑了。我为自己感到丢脸——我没有上前去帮那个女人。我把餐盘推开了。

"保罗，怎么啦？"瓦西里冲我挤挤眼。

"你他妈的真是个猢狲。"

"请坐（Pozhal'sta）。"瓦西里热情地说。

快到莫斯科了，火车减速了一半。我穿过硬卧车厢，回铺位收拾行李。其余的乘客已经打好包了。他们换好衣服站着，在窗户边抽烟。我经过一个又一个人，从他们脸上看见暴戾和欺骗，从他们的小眼睛里看到粗野，他们的拳头从异常长的袖子里伸出来。

"猢狲。"我挤过一群士兵。

一个正在掸毛皮帽子的男人挡住了我的路。我走上前去，他颤着硕大的下巴，打了个哈欠。

"猢狲！"他让到一边去了。

列车员，猢狲；俄式茶壶旁边的男人，猢狲；软卧车厢里的军官，猢狲。我一边嘟哝着，一边看见同屋那僵尸怪人穿好了外套坐在窗边，沾着果酱的拇指按在地图册"莫斯科"那一站上。"猢狲！"我祝他圣诞快乐，给了他两根烟斗通条、一盒日本沙丁鱼罐头，还有一支圆珠笔——等他写完自己的名字，那笔就该没水了。

这就是我旅途的终点，却还不是路途的终点。我还有一张去伦敦的车票。由于希望赶上最近一班西行的列车，我取消了预定的酒店，花了一下午时间买到了去荷兰角港口的豪华火车票，途经华沙和柏林。我收拾好行李，圣诞当晚到达火车站时，还早到了一小时。苏联国际旅行社的导游把我送到边境站，向我道别。我在月台上站了四十五分钟，等着有人领我去火车包厢。

过来问我要去哪儿的不是行李搬运工，而是个移民官。他翻着我的护照，弄得纸页哗啦啦响。他摇摇头。

"波兰的签证呢？"

"我不在波兰下车，"我说，"我只是经过而已。"

"过境签证。"他说。

"你什么意思？"我说，"火车就要开了！"

"你必须拿到波兰过境签证。"

"在国境线那儿他们会发的。"

"不可能。他们会送你回来。"

"你看啊，"汽笛拉响了，"我必须上这趟车，求你了，它就要扔下我开走了！"我拎起行李箱。那男人抓住我的胳膊。一个信号员走过我身旁，举起绿旗子。火车开动了。

"我不能留在这儿！"可我听任那男子抓着我的袖子，看着开往荷兰的快车呜呜地开出车站。透过车窗能看见乘客的脸。他们开开心心、安安全全地离开了。圣诞节啦，亲爱的，他们说，我们走啦。这就是终局，我心里想。火车渐渐远去，带走了我的心。这就是终局：我被"达菲尔"了！

两天后，我可以离开莫斯科了，但回伦敦这一路上没什么可写的。我尽力想攒点文思，写写归途的情景，可我在睡梦中经过了华沙，茫然盯着柏林，进入荷兰的时候，我心中好似压着一块石头。四个月的火车旅行让我心神俱疲，这就好比我刚刚经受了一场痛苦万分的治疗，为了摆脱对某种瘾癖的依赖，我让自己彻彻底底沉溺其中，直至恶心厌弃。我不要落入俗套，我已经受够了那种兴冲冲、满腔希望的旅行调调，我只想快点到站。火车在平交道口拉响了汽笛，听到那悠长而愚蠢的呜呜声，我并没在魔力中陶醉，反而觉得它在嘲笑我。我说对了：在火车上，任何事都有可能，你甚至会急着想下车。我灌起酒来，让自己变聋，可我依旧能听到车轮在咔嗒作响。

旅程是圆的。我已经走过了亚洲，在半个地球上画出了一道抛物线。毕竟，纵然万水千山踏遍，开阔了眼界，也开启了心灵，但它依然只是行者的归家之旅。

而且，我也印证了一个长久以来就藏在心底的想法：游记和小说之间的区别，其实就是记录所见所闻与探索脑海中的想象之间的区别。写小说是纯粹的快乐——我不能把旅程回炉加工成小说，这是多么悲哀呀。如果我能够艺术地布置光影，任意拨弄列车延误的时钟，那这段旅程就会有个悦目而又称意的样貌了（此刻我们正经过荷兰角的湛蓝海港）。我可以让自己身陷险境：萨迪克可以手拿弹簧刀，镶上满口金牙；顺化的铁轨上放着嘶嘶作响的地雷；东方快车上挂着奢华的餐车；还有尼娜（她会恳求我），当火车穿过伏尔加河的时候，她会轻轻敲我包厢的门，脱掉身上的制服。事情并不是这样，而且我实在太忙了，没那个工夫，也没那个劲头。我天天都在工作，俯身在摇摇晃晃的笔记本上写个没完，就像特罗洛普趁着邮局公务的空当，草草地记下脑海中的字句。

欢悦的心情让我变得矫健敏捷，我开心地登上了开往伦敦的列车——更正一下，现在我已经离开哈里奇，正看着窗外一月份寸草不生的田地（我的句子和句子之间往往隔了二十英里，待我写完上个句子的时候，又是一百多英里过去了）。我的膝头放着四个厚厚的笔记本。其中一本上沾着马德拉斯的水渍；另一本上溅了罗宋汤；蓝色的那本封皮上烫着金字"旁遮普站前市场"，还有一圈湿玻璃杯留下的水痕；红色的那本已经被土耳其的阳光晒得褪成了粉红。这些印迹就像是注释。这段旅程结束了，这本书也一样。我立刻就要翻回到第一页，为了在回伦敦的路上自娱自乐一把，我会带着几分满意，从这段旅程刚开始的地方读起："小时候，我住在离波士顿和缅因不远的地方。打那时起，我一听见火车驶过的声音，就恨不得置身其中……"

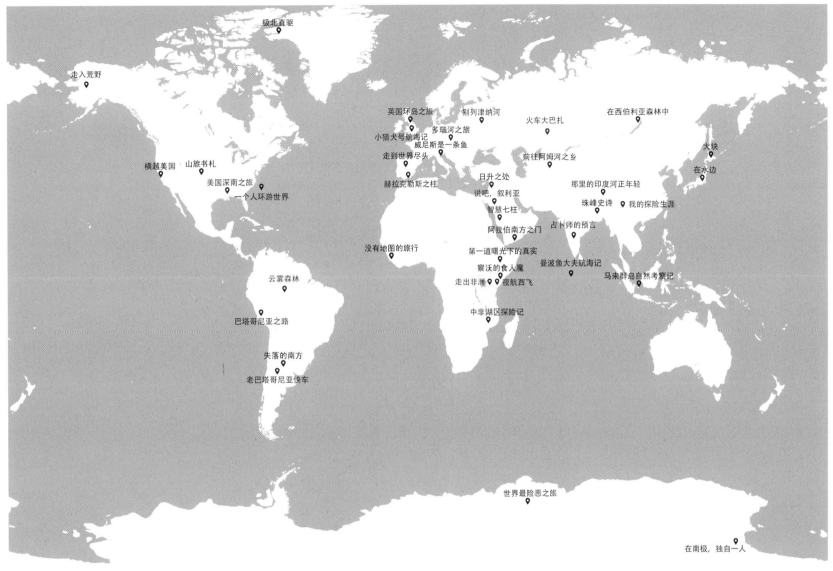